edition suhrkamp 2134

Ein Klassiker des 20. Jahrhunderts in neuen Übersetzungen.
Von dem Jahre 1923 an, als das erste Stück von Sean O'Casey, *Der Rebell, der keiner war*, im Abbey Theater, Dublin, uraufgeführt wurde, haben seine Stücke dem europäischen Theater einen entscheidenden Impuls gegeben, ein unverwechselbar irischer Ton klingt seitdem in dem großen Repertoire des Welttheaters. Seine Tragikomödien sind zerrissen zwischen Weinen und Lachen, und obwohl seine Stücke thematisch sehr speziell auf den Alltag der irischen Freiheitskämpfer festgelegt sind, hat Sean O'Casey mit seinen unverwechselbaren Figuren, diesen Helden und Antihelden, lächerlichen Träumern, romantischen Schwärmern und Feiglingen, die kräftig gezeichnet sind und doch feinsinnig charakterisiert, die Spielpläne bis heute mit bestimmt.

Sean O'Casey
Stücke 2

Suhrkamp

edition suhrkamp 2134
Erste Auflage 1999

Satz: MZ-Verlagsdruckerei, Memmingen
Druck: Nomos Verlagsgesellschaft, Baden-Baden
Umschlag gestaltet nach einem Konzept
von Willy Fleckhaus: Rolf Staudt
Printed in Germany

1 2 3 4 5 6 – 04 03 02 01 00 99

Inhalt

Der Preispokal

The Silver Tassie

Eine Tragikomödie in vier Akten

Deutsch von Tankred Dorst

Liedertexte von Karl Wesseler

Für Eileen
mit den gelben Narzissen
in der grünen Vase

Personen:

in der Reihenfolge ihres Auftretens

Sylvester Heegan
Mrs. Heegan, *seine Frau*
Simon Norton
Susie Monican
Mrs. Foran
Teddy Foran, *ihr Mann*
Harry Heegan, *Kriegsverdienstkreuzträger, Heegans Sohn*
Jessie Taite
Barney Bagnal
Der Kauernde
1. Soldat
2. Soldat
3. Soldat
4. Soldat
Der Korporal
Der Besucher
Der Stabshengst
1. Krankenträger
2. Krankenträger
1. Verwundeter
2. Verwundeter
Dr. Forby Maxwell
Die Stationsschwester

1. Akt: Zimmer in Heegans Haus
2. Akt: Irgendwo in Frankreich, später
3. Akt: Krankensaal, noch etwas später
4. Akt: Raum im Haus des Avondale-Fußballklubs, wieder etwas später

1. Akt

Kombiniertes Eß-, Wohn- und Schlafzimmer der Familie Heegan. Hinten ein großes Fenster mit Blick auf den Kai; man sieht den Hauptmast eines Dampfers, an dessen Spitze ein weißes Licht leuchtet. Rechts ein anderes Fenster auf eine Seitenstraße. Unter dem hinteren Fenster, direkt in der Mitte, steht ein Tischchen mit versilberten Beinen und vergoldetem Aufsatz; darauf ein mit lila Samt überzogenes Schild, auf dem die Medaillen festgesteckt sind: goldene in der Mitte, ringsherum silberne. Zu beiden Seiten des Schildes je eine kleine Vase mit künstlichen Blumen. Rote und gelbe Schleifen sind um das Schild arrangiert. Links von diesem Tischchen ein Bett mit einer schwarz, grellgrün gestreiften Bettdecke. Rechts vom Tischchen ein Schrank, unten mit Schubladen. Links der Kamin. Neben dem Kamin eine Tür zum Schlafzimmer, rechts die Wohnungstür, die in das Treppenhaus und auf die Straße führt. Links in der Ecke eine Art Staffelei, rot gestrichen, darauf, in versilbertem Rahmen, eine kolorierte Photografie von Harry Heegan im Fußballdreß: rotes Fußballertrikot mit gelbem Kragen und Manschetten und einem breiten gelben Gürtel, schwarze Strümpfe und gelbe Fußballerschuhe. Auf einem Tisch eine halbvolle Flasche Whisky, ein großes Paket belegter Brote und ein paar englische Illustrierte.

Sylvester Heegan und Simon Norton sitzen am Kamin. Sylvester Heegan ist ein untersetzter Mann von fünfundsechzig; er war sein ganzes Leben lang, vom Augenblick an, da er beim Abladen mitanpacken konnte, Hafenarbeiter; selbst jetzt mit fünfundsechzig haben seine Muskeln nicht nachgelassen, sie werden nur allmählich ein bißchen steif.

Simon Norton ist ein großer Mann, ursprünglich auch Hafenarbeiter. Etwas mehr Ausdauer, ein bißchen Selbsterziehung, eine angeborene raschere Auffassungsgabe haben ihm Anerkennung bei der Hafenbehörde und den Posten eines Aufsehers eingebracht. Er arbeitet ebenso viele Stunden wie die Hafenarbeiter, hat fast das gleiche Risiko, trägt doppelt soviel Verantwortung und verdient entsprechend weniger. Er ist nicht so warm angezogen wie Sylvester, aber dafür etwas sorgfältiger. Sein Benehmen und seine Art zu sprechen lassen vermuten, daß er etwas gebildeter ist, und daß er sich dessen bewußt ist. Dieses scheue nur halb bewußte Gefühl der Überlegenheit, das er manchmal auch wieder vergißt, zeigt sich häufig in einer selbstgefälligen Art, mit der er sich den schon etwas angegrauten Bart streicht. Es ist ein kalter Abend, und von Zeit zu Zeit wenden sich Simon und Sylvester fröstelnd dem Feuer zu. Sie sind ausgehbereit angezogen, jeder hat seinen Mantel und Hut neben sich liegen.

Susie Monican steht neben dem Tisch und putzt ein Gewehr mit einem Lappen. Den Gewehrkolben stellt sie dabei auf den Tisch. Sie ist ein Mädchen von zweiundzwanzig, mit herausfordernden Brüsten, aber alles ist versteckt in einem dunkelblauen Kleid, dessen Rock viel zu lang, und dessen Oberteil bis zum Hals hinauf zugeknöpft ist. Die einzige Belebung ist ein roter Schal, der vorne, wie bei einer Männerkrawatte geknotet, herunterhängt. Sie ist ausgesprochen hübsch, aber ihr Charme kommt durch das dunkle, unvorteilhafte Kleid nicht zur Geltung. Die strenge Frisur zeigt ihre unnachgiebige Sittsamkeit. Im Augenblick steht sie reglos, aufmerksam horchend und blickt nach der Tür rechts.

Mrs. Heegan steht rechts am Fenster, gleichfalls horchend, mit einer Hand zieht sie den Vorhang zurück, aber ihre eigentliche Aufmerksamkeit gilt der Tür. Sie ist älter als Sylvester, steif geworden durch Alter und Rheumatismus; ihr Leben nähert sich bereits unmerklich dem Ende: die Energie, die ihr die Not gegeben hatte, um pausenlos zu schuften, beginnt nachzulassen; alles, was sie zu leisten hat, tut sie bereits mechanisch. In ihrem Innern vernimmt sie auch nicht mehr das leiseste Echo ihrer Jugend. Weder Sylvester noch Simon haben die aufmerksame Haltung von Mrs. Heegan und Susie bemerkt, denn beide sind in einem angeregten Gespräch. Sylvester streckt den Arm und spannt die Muskeln.

SYLVESTER Ich habs gesehen, kannst mir glauben, wie ers gemacht hat!

SIMON Glaub ich dir ja, Sylvester!

SYLVESTER Eine Kette sprengen, bloß mit dem Bizeps! *Macht es vor:* So übern Arm gelegt – den Arm so ran – Muskel anspannen – geknackt, in zwei Teile. – Bloß mit dem Bizeps.

SUSIE Seid doch mal still, ihr zwei!

Mrs. Heegan geht mit schleppenden Schritten durch die Tür ab. Die übrigen bleiben für einen Augenblick still.

SYLVESTER Blinder Alarm.

SIMON Bloß keine Aufregung. Zeit haben wir noch 'ne Menge.

SUSIE *fängt wieder an, das Gewehr zu putzen und singt:*

Ins Dunkel fährt der Mensch dahin,
Eitel ist sein Begehr,
Nach ird'schem Gute steht sein Sinn
Und häufet immer mehr.
Und denkt nicht, wer am Jüngsten Tag
Sein Gut und Tand genießen mag.

Nach dem Lied, das offensichtlich für Simon und Sylvester gedacht war, geht sie nah an die beiden Männer ran und steckt den Kopf mit bösem Gesicht zwischen beide.

Wenn ihr am Tage des Schreckens bebend dastehen werdet vor dem Jüngsten Gericht, wie werdet ihr euch da vorkommen, wenn ihr nichts weiter zu sagen habt als: »Er hat 'ne Kette gesprengt, bloß mit dem Bizeps!« Dann werdet ihr beiden merken, daß die Bösen zur Hölle niederfahren und alle, die Gott vergessen. *Sie horcht einen Augenblick, legt das Gewehr hin und geht nach links raus.*

SYLVESTER Die macht einen fertig, die Susie, mit ihrer Drehorgel-Theologie. Ich krieg immer so ein komisches Gefühl im Bauch, Simon, wenn der Name des höchsten Wesens in so ein ruhiges, vernünftiges Gespräch reinplatzt.

SIMON Der Tag, wo er den Langstreckenrekord von Dublin gebrochen hat, Syl, das war ein historischer Tag.

SYLVESTER Könnte man schon sagen, Simon, ja. Aber noch historischer wars, wie er dem Wachtmeister 63 C die Furcht des Herrn ins Herz massiert hat, unter den Sternen einer frostklaren Nacht, damals, auf dem Heimweg von Terenure.

SIMON Ohne daß ich übertreibe, wirklich ohne alle Übertreibung, Sylvester, das war ein denkwürdiges Ereignis.

SYLVESTER Ich seh ihn noch – *er steht auf, hüpft hin und her, teilt Schläge aus und pariert sie* – immer so um den verdatterten Bobby rum, daß der gar nicht nachkommt mit seinem Schielauge.

SIMON *klopft seine Pfeife am Kamingitter aus:* Und Harry bleibt ganz lässig.

SYLVESTER Und die Hecken am Weg stehen starr in der lautlosen Kälte. Die Eiskristalle an den Zweigen glitzern wie Diamanten, heruntergesprüht vom Busen der Sterne. Die Stille der Nacht wird noch tiefer, weil der Harry keucht – er tut nur so – und der Bobby schnauft vor Wut. Und dazu klopft uns noch das

Herz, immer schneller. Wir wissen ja nicht, gehts so oder so aus.

Während Sylvester spricht, ist Susie mit dem Bajonett hereingekommen und hat angefangen, es zu polieren.

SUSIE Wir sinken nicht oft genug auf die Knie, deshalb haben wir auch nicht die Kraft, um uns zu erheben gegen das Böse. Nicht oft genug sinken wir auf die Knie ... Ich höre schon gewisse Leute hineinfallen in das Meer des ewigen Feuers, daß die Funken zischen. Und ihr werdet Rechenschaft ablegen müssen am Tag des Jüngsten Gerichts für jedes eitle Wort aus eurem Munde. *Sie geht mit dem Gewehr wieder hinaus. Beim Hinausgehen beugt sie sich zu Simon und Sylvester:* Gott hört euch zu. Gott hört euch zu.

SYLVESTER Psch, einen dauernd mit dem Namen des Herrn zu bombardieren! Sollte verboten werden, so was.

SIMON Das war für mich gar keine Frage, Syl, wie ich da stand, daß Harry den Bobby kampfunfähig auf den Boden legt.

SYLVESTER *fängt wieder mit seiner Pantomime an:* Da steht er und schwankt und schlägt einfach blind um sich, ist schon schlapp wie ein nasser Sack, und da eine Finte von Harry, er weicht aus, springt zur Seite, schießt plötzlich vor und legt ihn schlafen mit ...

SIMON *zusammen:* ... mit einem rechten Haken.
SYLVESTER ... mit einem linken Haken.

SYLVESTER *nach einer Pause:* Mit einem linken Haken, Simon.

SIMON Nein, nein, Sylvester, mit einem rechten Haken.

Mrs. Foran läuft rasch durch die Tür herein, eine Bratpfanne in der Hand, auf der ein Steak liegt. Sie kommt zum Kamin, stößt die Männer beiseite und unterbricht sie in ihrem Gespräch. Sie ist eine der vielen lustigen, von Sorgen geplagten Frauen der Arbeiterklasse.

MRS. FORAN *rasch:* Oben kocht ein Topf mit Wäsche auf dem Herd und ihr habt sicher nichts dagegen, wenn ich 'n Steak 'n Moment hier auf den Ofen tu, dann sieht er, wenn er noch mal kommt vor der Abfahrt, daß wirs ihm recht machen wollen und dann hoff ich, ich träum heute nacht, das Meer ist zwischen uns, und leid tuts mir morgen bestimmt nicht, wenn ich sehe, daß der Traum wahr ist. *Triumphierend, voller Vorfreude:*
Morgen früh bin ich wieder allein,
Hallo – hallo

Dann werd ich mal wieder ledig sein,
Hallo – hallo
Und was ich dann tu, wenn ich . . .
Sie bricht plötzlich ab.
Warum seid ihr denn so still?

SYLVESTER *langsam und bestimmt:* Ich war dabei, Simon, und es war ein linker Haken.

MRS. FORAN Wo dabei?

SIMON Ich war auch dabei, und er hat den Bobby mit 'nem rechten Haken hingelegt.

MRS. FORAN Was für'n Bobby?

SYLVESTER Ich stand direkt dabei, und wer solls denn besser wissen, schließlich bin ich dem Jungen sein eigener Vater.

MRS. FORAN Was für'n Junge? Was für'n Vater?

SYLVESTER Halt den Mund, Weib! Und mach uns nicht wahnsinnig mit dieser ewigen Fragerei!

SUSIE *die während der letzten Sätze hereingekommen ist und einen Stahlhelm poliert:* O das Elend derer, die nicht wissen, wie sie zu ihrem inneren Frieden kommen! Sie versuchen es mit diesem, sie versuchen es mit jenem, aber sie kommen nicht auf den Gedanken, es mit Gott zu versuchen. *Sie geht auf die beiden zu.* O die Glückseligkeit, zu wissen, daß Gottes Hand dich auserwählt hat für die Herrlichkeit des Himmels. *Zu Mrs. Foran:* Was ist der Honigkuß eines Geliebten gegen den Kuß der Rechtschaffenheit und des Friedens.
Mrs. Foran geht verlegen zum Fenster.

SUSIE *wendet sich an Simon:* Simon, willst du nicht die gleisnerische Tür der Kneipe zuschlagen, damit dir die Engel das Perlentor des Himmels auftun!

SYLVESTER Wir fühlen uns hier ganz gemütlich, wo wir sind, Susie.

SUSIE Spotte nicht, Sylvester, spotte nicht! Du würdest um dein Leben rennen vor einem großen Sturm, du würdest zittern bei einem Erdbeben und fliehen vor dem Feuer; nimms also nicht so leicht, wenn die schwache kleine Stimme dich ruft: bereue! glaube!

SYLVESTER *erschöpft und gereizt:* Wie lange willst du erwachsenen Männern noch so zusetzen!

SUSIE Gott beweist seine Liebe, indem er dem Sünder zusetzt und immer wieder zusetzt. Der Tag wird kommen, da wirst du die Berge anrufen, dich zu bedecken, und heulen wirst du dann und mit den Zähnen klappern, daß du taub warst für Susies warnende Stimme. *Sie legt ihre Hände beschwörend auf seine Schultern.* Sylvester, wenn du lang genug betest und gläubig genug und inbrünstig gebetet, dann wirst du auch die Kraft haben, den Kampf aufzunehmen gegen Beelzebub und ihn besiegen.

MRS. FORAN Mir wird heute abend ganz heilig sein, nicht wegen dem Himmelreich, das da kommt, sondern weil mein Mann weit weg ist und morgen ... *Sie singt:*
Morgen früh bin ich wieder allein,
Hallo – hallo
Dann werd ich mal wieder ledig sein,
Hallo – hallo
Das ist kein Risiko,
Denn mal wieder ledig sein
fällt mir nicht schwer.
Den Ring trag ich morgen nicht mehr.

SIMON Komm, mach die Sachen von Harry fertig, Susie, und hör auf, deine Freunde mit Psalmen zu berieseln, bis die Zeiten danach sind. Dann können wir in Ruhe lauschen.

Simon und Sylvester sind sehr befangen, während Susie mit ihnen redet. Simon klopft seine Pfeife auf dem Kamingitter aus. Dann bläst er sie durch. Während er sie durchbläst, klopft Sylvester seine aus, und wie er sie durchbläst, klopft Simon wieder. Wie Simon klopft, klopft Sylvester mit und dann schauen sie in die Pfeifenköpfe und blasen miteinander.

SUSIE Es gibt nur eins: Gnade oder Verdammnis! Wer heute nicht in der Gnade ist, über den kann morgen die Verdammnis kommen. Nie wird Er müde, zu warten und zu warten, und zu wachen und zu wachen, und immer wider klopft Er an, damit der Sünder – du, Sylvester und du, Simon –, damit ihr euch abwendet vom Laster und zu leben beginnt. O wenn ihr beiden wüßtet, was es heißt, zu leben. Leben! Nicht so herumtorkeln und auf dem Bauch kriechen zwischen den schmerzverzerrten und sündenbesudelten Begierden des Fleisches. Nicht so, sondern zu leben, wirklich zu leben, im Schwalbenflug vom himmlischen Frieden zu Gottes Allmacht und von Gottes Allmacht zur himmlischen Freude, der blitzende Flug einer Schwalbe im tiefen Blau des Sommerhimmels.

Simon und Sylvester rutschen verlegen hin und her. Susie legt ihre Hand zuerst Simon und dann Sylvester auf die Schulter.

Ihr beiden als Gottes anmutige Schwalben, gerettet, ein liebendes Schwalbenpaar mit starken Schwingen, befreit aus den Schlingen des Fängers, Schwinge an Schwinge, mit raschem Flügelschlag oder pfeilschnell im Gleitflug schießt ihr hinein ins himmlische Reich.

SIMON *hat einen rettenden Einfall, zu Sylvester:* Einer von uns beiden sollte rausgehen und die Alte zurückholen, wo sie da in der schneidenden Kälte steht und auf Harry wartet.

SYLVESTER Sie wird bloß kalt wie eine Leiche und mit der Warterei kommt der Harry auch nicht eher zurück. Ich gehe und scheuch sie wieder ins Haus. *Er steht auf und will gehen.* In einer Minute bin ich wieder da, Susie.

SIMON Laß nur, Syl, ich geh schon. Sie ist höchstens bis zur Ecke. Bleib du nur da und wärme dich. *Er steht auf.* In einer Minute bin ich wieder da, Susie.

MRS. FORAN *rennt zur Tür:* Bleibt nur da, ihr zwei, ich kann ja gehen. Dann hat Susie Zeit und treibt euch die Sünden aus den Knochen und poliert euch auf Hochglanz fürs Himmelreich. *Sie geht weg.*

SUSIE Oft sind es gerade die Spötter, die beitragen zum Ruhme Gottes. Da geht sie, und sie schenkt euch, dir, Sylvester, und dir, Simon, noch ein paar Augenblicke, kostbare Augenblicke – o wie kostbar, einmal vorbei, sind sie für immer vorbei –, Augenblicke, um hinzuhören auf die warnende Stimme des Himmels.

SIMON *plötzlich:* Moment, kommt da nicht jemand?

SYLVESTER Wetten, das ist Harry! Endlich kommt er.

Pause. Alle drei horchen.

SYLVESTER Nein, niemand.

SIMON Wenns jemand war, ist er vorbeigegangen.

SUSIE O Syl, o Simon, vernebelt nicht das Antlitz Gottes mit Ausreden. Das ist vielleicht die letzte Chance, ehe die Hölle sich über euch schließt. Die Hoffnung entschwindet, das Heil entschwindet und die Glorie mit ihr Arm in Arm. In der Frist, die euch noch bleibt, fallt nieder auf eure Knie und betet, daß sie in eure Herzen einziehen und darin wohnen für immer. *Sie legt Simon die linke Hand auf die Schulter und Sylvester die rechte und schüttelt die beiden.* Nieder auf eure Knie, nieder auf eure Knie und betet um Vergebung für eure Sünden, damit nicht das Erbteil Davids werde wie das Erbteil der Kanaaniter, der Amoriter, der Pereziter und der Jebusiter!

SYLVESTER He Susie, paß auf, jetzt fängst du an durchzudrehn!

SIMON Laß nach, Susie, laß nach. Mit Gewalt bringst du keinen zu Gott. Damit erreichst du eher das Gegenteil.

SYLVESTER So kannst du einem Mann doch keine Religion einbleuen.

SIMON Religion ist Liebe. Aber was du da machst, das ist eine Annullierung der Religion.

SUSIE Mit Zorn und Bitterkeit, anders kann man einem Gespann wie euch nicht beibringen, was das heißt: die ewige Verdammnis kommt auf euch zu.

SYLVESTER Also jetzt reichts aber, ich laß mich doch nicht reinzerren ins Himmelreich von dir, denk das bloß nicht! Da gewöhnt man sich die Frömmigkeit bloß ab, wenn du sie einem so ins Seelenleben massierst.

SIMON Das Himmelreich ist am besten, wenn man noch ein schönes Stück hin hat.

SYLVESTER Wenn ich beten will, bete ich freiwillig, ich laß mich doch nicht immer anheizen von dir! Denk ich nicht dran.

SUSIE In ein paar Tagen bin ich fort, um die Verwundeten zu pflegen, und mit mir verläßt euch Gottes warnende Stimme. Dann wird euch die Sünde in den Pfuhl von Gehenna stoßen für alle Ewigkeit. O, wenn ihr nur einen Schimmer davon hättet, was das heißt: Ewigkeit! *Sie beugt sich zu ihnen und sieht ihnen ins Gesicht.* Zeit, die niemals anfängt und die niemals endet – und da seid ihr – zwei Basilisken – die nebeneinander herkriechen, ein Bild der Verzweiflung, des Entsetzens, ein Fluch und ein Gespött von Ewigkeit zu Ewigkeit! *Sie verläßt das Zimmer.*

SYLVESTER Komisch, was? Basilisken, eine tolle Idee, Simon!

SIMON Das ist immer ein Ärgernis, einem zuzuhören, der aus dem Reich Gottes einen Pferch machen will.

SYLVESTER Ein Basilisk! Wo die das her hat! Möcht ich mal wissen!

SIMON Aus der Bibel. So ein Tier, das kommt irgendwo in der Bibel vor, ich glaub, eine Schlange hat es ausgebrütet aus dem Ei von einem Hahn.

SYLVESTER Von einem Hahn? Aber doch bestimmt nicht das Ei von einem normalen Hahn! Doch nicht einfach so von einem männlichen Huhn?

SIMON Doch. Glaub schon.

SYLVESTER Na, das ist 'n Ding! Weißt du, das muß man der Susie doch beibringen, daß sie 'n bißchen bremst mit ihrem Seelenfang. Mit Religion kann man das nicht mehr entschuldigen, wenn sie so was verbreitet, daß ein Mann 'n Basilisk wird!

SIMON In 'ner Kirche, ja, irgendwie ist es da ganz natürlich, auch auf der Straße kannst du so was sagen, im Freien kommts nicht so drauf an, da gehts ins große offene Ohr der Luft. Aber in den eigenen vier Wänden, so am stillen Herd, da ist das ...

SYLVESTER ... 'ne Ohrfeige!

SIMON Genau das!

SYLVESTER Wenn sie sich wenigstens auf die Feiertage beschränken würde mit ihrem Lobet-den-Herrn-Geschäft, auf Weihnachten, na ja, oder Ostern, von mir aus, da kann mans noch empfehlen. Weihnachten, das ist ja so, wie wenn sich so'n Vorhang langsam hebt, und danach, da senkt er sich wieder runter, ganz sachte – und da gibts nichts, was da mehr ... was da mehr ...

SIMON ... angemessen ist –

SYLVESTER Ja, und was so erhebt, als wenn sie singen *mit falscher Betonung:* in dulci jubilo!

SIMON Sie ist verdammt hübsch, wenn sie sich bloß vernünftig anziehen würde, die könnte schon 'n Männerherz erheben. Wirklich unfaßbar, was das für Ärger gibt, wenn eine Frau nichts zu bieten hat. Denn die meisten von ihrer Sorte sind doch flach vorne. Wenn eine Frau vorne flach geschaffen ist, dann ist sie auch moralisch. Ich möchte bloß wissen, was da bei der Susie verdreht ist. Du kannst deinen Geist anstrengen, wie du willst, Berufung kannst du das nicht nennen.

SYLVESTER *klopft heftig den Pfeifenkopf auf seinem Handteller aus:* Anbetung ...

SIMON Was?

SYLVESTER Anbetung, Simon, Anbetung des Fleisches. Sie ist hinter Harry her, und Harry ist hinter Jessie her. Und aus Wut hat sie's jetzt dafür mit der Bibel.

SIMON Komisch, komisch.

SYLVESTER Ja, sehr merkwürdig.

SIMON Ich glaube, das ist ein Problem.

SYLVESTER Ein unlösbares Problem, Simon.

Mrs. Foran kommt zur Tür herein. Sie führt Mrs. Heegan, die blaß ist und zittert.

MRS. HEEGAN *zitternd vor Kälte:* Uh, ich fühls direkt, wie mein bißchen Blut in meinen alten Adern einfriert.

MRS. FORAN Das ist ja auch verrückt, meine Gute, da draußen am Kai zu warten; wo der Wind durch Ihre alten Knochen bläst, durch und durch. Gegen so einen Wind hilft nichts, wie soll man sich da warm halten. Und ... *Sie läuft plötzlich furchtbar erschrocken zum Feuer, schiebt Simon und Sylvester beiseite und reißt die Bratpfanne vom Feuer.* Das Steak, das Steak! Das verdammte Steak mit den Zwiebeln. Ich habs vollkommen vergessen auf dem Feuer. Allmächtiger Gott! Der ganze Saft ist rausgebraten. Der Gestank geht bis auf die Straße, und keiner von euch rührt auch nur 'nen Finger, um es in Sicherheit zu bringen. Seht euch mal an, wie es aussieht! Nicht einmal diese Psalmenkanone macht was! Da hätte sie endlich mal tätige Nächstenliebe praktizieren können. *Sie geht raus.* Ihr verschmort und verschmorgelt schon richtig vor Nächstenliebe. Ich kanns direkt hören.

MRS. HEEGAN *drängt sich zu Simon und Sylvester ans Feuer:* Du geh mal dahin und du geh mal dahin, damit ich ans Feuer kann. Die Zeit frißt ihn mir weg, und er kommt nicht. Die Beine sind mir wie abgestorben, alle beide ... und ein Sturm kommt auf, daß die See rauf und runter geht unter dem Schiff heute nacht, und die Lichter abgeblendet und die U-Boote überall.
Susie kommt herein und schaut zum Fenster hinaus.
Das Fußballspiel muß doch längst aus sein, und noch nichts von ihm, und alle sind einen trinken gegangen, wenn sie gewonnen haben und wenn sie verloren haben, auch. Und Jessie an ihm wie 'ne Klette und keiner denkt an mich und an die Unterstützung, die ich vom Militär krieg.

SYLVESTER Er kommt schon rechtzeitig, er muß ja kommen, und da kommt er auch.

SIMON Seine Tore haben die letzten beiden Endspiele entschieden, da will er das natürlich auch gewinnen, ist doch klar, wo es doch um den Pokal geht, den er schon zweimal geholt hat.

SYLVESTER *fällt ihm ins Wort:* ... zweimal hintereinander ...

SIMON Zweimal hintereinander, beim dritten Mal wird er Klubeigentum.

SYLVESTER Genau das.

MRS. HEEGAN Die Kälte sitzt mir in den Knochen, und zittern ist das einzige, was ich noch kann. Er hat ja den Urlaub sowieso schon überschritten, und wenn er jetzt die Flut auch noch versäumt, dann schlittert er schon langsam in Fahnenflucht rein.

SUSIE Im Einsatz! Das bedeutet Erschießen im Morgengrauen.

MRS. HEEGAN Meine Unterstützung von der Regierung wird sofort gestrichen.

SUSIE Da würde sich die Miss Jessie Taite freuen, denn Ihretwegen wird ja die Hochzeit mit Harry bis Kriegsende verschoben, und dadurch kriegt sie keine Unterhaltszahlungen.

SYLVESTER *mit einem angewiderten Blick zu Simon:* Der Genuß, mit dem sich Frauen immer gleich das Schlimmste ausmalen! *Zu den Frauen:* Lieber Himmel, freut euch nicht zu früh, der kommt rechtzeitig.

MRS. HEEGAN Sie verdient doch schon genug in der Munitionsfabrik, da braucht sie doch nicht nach dem bißchen zu schielen, was wir für Harry kriegen. Einmal, wie sie abends im Kino ist mit ihm, hat sie ihre Handtasche liegenlassen, und wie ich die so'n bißchen durchsehe, was find ich da, was meint ihr?

SUSIE Na, einen unanständigen Roman oder ein anstößiges Bild?

MRS. HEEGAN Löwe und Einhorn mit dem Wappenschild waren drauf. Und Kringel und Zahlen und Bestimmungen und Vorschriften.

SIMON Also, was wars, Mrs. Heegan?

MRS. HEEGAN Mit Rand und liniert, mit Stempel und Unterschrift. Verpackt in eine schöne blaue Hülle, damit's schön warm bleibt.

SYLVESTER *ungeduldig:* Jetzt verkündige schon, Weib, sonst ist es nicht mehr spannend.

MRS. HEEGAN Ein Post-Sparkassenbuch!

SYLVESTER Was!

SIMON Wieviel denn, Mrs. Heegan?

MRS. HEEGAN Pfunde und Shilling, die Pennies gar nicht erst erwähnt. Mit Bankgeheimnis und gesetzlich geschützt.

SYLVESTER *ungeduldig:* Ja, ja, Weib, aber wieviel war es denn?

MRS. HEEGAN 200 und 19 Pfund, 16 Schillinge, nicht mehr und nicht weniger.

SYLVESTER Ein hübsches kleines Ei im Nest, muß ich schon sagen.

SUSIE Ich hoffe von ganzem Herzen, daß sie's auf ehrliche Weise verdient hat und daran denkt, daß es heute so wahr ist wie damals: daß ein Kamel leichter durch ein Nadelöhr kommt als ein Reicher in den Himmel.

SIMON Und sie hat alles unter dem Mantel des Schweigens versteckt, wo ihr doch keiner von uns neidisch ist, keiner! . . .

Lärm vom oberen Stockwerk, dann ein Krach, wie wenn jemand

Geschirr zerschlägt. Alle fahren zusammen und horchen gespannt.

MRS. HEEGAN *bricht das Schweigen:* Da ist er wieder mal am Werk. Und dabei erzählt sie uns, daß er ein Muster von Ehemann ist, seit er zu Hause auf Urlaub ist. Und macht immer Spaß mit ihr, singt schon am frühen Morgen, das erste, was er tut morgens. Ich hab mir schon gedacht, da wirds noch Scherben geben wegen ihr – der Mann so lang weg und sie sieht so munter aus. Dabei müßte er im Schützengraben eigentlich was begriffen haben von der Heiligkeit des Menschenlebens.

Wieder Krach. Geschirr zerbricht.

Und in der letzten Urlaubswoche konnte sies nicht lassen, da hat sies ihm direkt vorgesungen.

SYLVESTER Jetzt kriegt sies dafür, daß sie da rumläuft und ihr Glück dem armen Mann ins Gesicht lacht.

Wieder ein Krach, dann ein Schrei von Mrs. Foran.

SUSIE Ich hoffe, er kommt nicht runtergelaufen wie sonst.

SIMON *ein bißchen nervös:* Ich kann hier nicht bleiben und das mit anhören. Ich gehe rauf und mach ein Ende. Sonst bringt er die arme Frau noch um.

MRS. HEEGAN Mach das bloß nicht, Simon, der erschlägt dich mit dem Beil oder mit sonstwas.

SIMON Phh! Mit der Linken wehr ich ihn ab, und mit der Rechten lande ich einen Haken. *Er setzt den Hut auf und geht zur Tür.* Wenn ich so ganz korrekt und ahnungslos ankomme, ist er schon mal verblüfft. Man wär doch ein Unmensch, wenn man hierbleibt, und der bringt oben seine Frau um.

MRS. HEEGAN *ruft ihm nach:* Paß bloß auf dich auf, Simon!

SYLVESTER *steht rechts neben der geschlossenen Tür, das Ohr an der Wand:* Simon ist ein ganz kräftiger kleiner Bolzen, der kann den Teddy Foran schon aus dem Gleichgewicht kippen mit seinem linken Haken.

Krach.

Hat jetzt Simon den Foran hingelegt oder Foran den Simon?

MRS. HEEGAN Wenn er jetzt runterkommt und wir haben das Licht aus, und wir sind ganz ruhig, denkt er vielleicht, wir sind alle fort.

SYLVESTER Pscht! Jetzt höre ich gar nichts. Simon hat ihn wohl eingeschüchtert. Ist ein ruhiger Mensch, der Simon, aber wenn er mal in Fahrt kommt ... Pscht! Nein, nichts ... Da ist irgendwas passiert. O Gott!

Die Tür, gegen die Sylvester sich gelehnt hat, w… gerissen, und Sylvester fällt der Länge nach au… Foran, mit aufgelöstem, über die Schultern fall… Schnittwunde über dem Auge, außer sich vor A… und kriecht in wahnsinniger Eile unter das Be… gan ist vor Schreck lebendig geworden, sie l… Junge ins andere Zimmer, gefolgt von Susie. Sie schlagen… hinter sich zu. Sylvester erkämpft sich hastig den Weg unter das Bett zusammen mit Mrs. Foran.

MRS. FORAN *spricht aufgeregt und stoßweise, während sie unter das Bett rutscht:* Sein Essen hat er ins Feuer geschmissen und dann angefangen, alles kaputtzuschlagen, was rumsteht im Zimmer. Will das Büffet schützen, da krieg ich eins aufs Auge. Wie ich raus bin, habe ich die Tür zugesperrt, und ich bin noch nicht halb unten, da hat er schon die Türfüllung raus – mit dem Beil.

SYLVESTER *unter dem Bett, atemlos:* Warum machst du denn den Mund nicht auf, bevor du mir die Tür an den Kopf donnerst!

MRS. FORAN Wie hätte ich denn, ich bin doch um mein Leben gerannt!

SYLVESTER Und in eine ganz schöne Lage hast du mich jetzt gebracht!

MRS. FORAN Und ich hab noch nach dem Simon Norton geschrieen, aber da ist der bloß noch schneller gerannt – aus dem Haus raus.

SYLVESTER Wie ein König ist er rausgegangen in den Kampf. Da sieht mans wieder, nicht jeder, der einen Dreispitz trägt, ist ein Napoleon.

Teddy Foran, Mrs. Forans Ehemann, kommt herein, in der einen Hand eine knallgelbe Schale, die mit karmesinroten Rosen bemalt ist, in der andern ein Beil. Er ist ein riesiger, kräftiger Mann, roh und gewalttätig. Ein Mann, der in der Kneipe alle beherrscht und auf den alle hören. Er trägt die Khaki-Uniform eines Soldaten auf Urlaub.

TEDDY Unterm Bett, wie? Richtig für'n schlechtes Gewissen! Zum Fenster hätt ich dich rausschmeißen sollen mitsamt dem Fraß, den du mir da vorgesetzt hast. Raus mit dir, da unten, und komm rauf mit deinem Mann!

SUSIE *öffnet plötzlich die Tür rechts, steckt ihren Kopf herein, zieht*

…ch wieder zurück und schließt die Tür wieder:* Der Herr … dich! Der Herr sieht dich!

…FORAN Ich rühr mich nicht vom Fleck!

…DDY *schaut unter das Bett und entdeckt Sylvester:* Was machst denn du da? Hetzt sie auf gegen ihren Mann!

SYLVESTER Du hast kein Recht, mit roher Gewalt einzufallen in das friedliche Dasein dieser armen Frau.

TEDDY *mit Entrüstung:* Sie ist doch wohl meine Frau, oder?

MRS. FORAN Auch was Schönes! Wenn ich mein Augenlicht verliere von dem Schlag von dir!

TEDDY Sie ist doch meine Frau, oder? Und du hast kein legales Recht, sie hier zu verstecken und hältst sie ab von ihren häuslichen Pflichten. Da war ich bedient, wie ich das seh, wie die gut aussieht und ich bin die ganze Zeit weg! Bläst mir den ganzen Tag die Ohren voll von wegen Abschied, und dabei steht sie Höllenqualen aus aus Angst, ich krieg das Schiff nicht.

SYLVESTER Geh rauf in deine Wohnung, hier kannst du nicht gewalttätig werden, hier hast du kein Recht.

TEDDY Willst sie wohl zu deiner Chère-amie machen, was? Ist nicht drin, du kleiner Schreihals! Ich hab euch gesehn, wie ihr die Straße runter seid, Arm in Arm.

SYLVESTER Hast du vielleicht erwartet, wir kommen Bein in Bein?

TEDDY Ihre Rente hat sie im Kopf statt ihren Mann! *Zu Mrs. Foran:* Dir bring ichs schon bei, zu strampeln vor Vergnügen, und dein Mann muß weg. *Er zeigt die Schale.* Deine Hochzeitsschale, sieh sie dir an. Hübsch, was? Wirf noch mal 'n Auge drauf, bevor sie absegelt nach Westen.

SUSIE *steckt wieder den Kopf durch die Tür:* Gott sieht dich! Gott sieht dich!

MRS. FORAN *flehend:* Teddy! Teddy! Bitte mach mir nicht meine arme Schale kaputt!

TEDDY *zertrümmert die Schale mit einem Beilhieb:* Wär schade drum, was? Scheiß ich doch drauf. Und auf dich auch. Jetzt geh ich, und schlag alles kaputt, was ich vergessen hab, eben, dann kannst du dich amüsieren, das traute Heim wieder herzurichten, bis dein liebender Mann zurückkommt. Kannst ja mit raufkommen und zuschaun, und bring ihn doch mit, deinen Mon-ami, wenn du willst!

Er geht raus, es entsteht eine Pause, während Sylvester und Mrs. Foran ängstlich zur Tür blicken.

SYLVESTER Vorsicht! Vorsicht jetzt! Vielleicht liegt er da vor der Tür auf der Lauer und springt hoch, wenn du bloß deine Nase zeigst.

MRS. FORAN Meine süße kleine Hochzeitsschale! Meine süße kleine Hochzeitsschale!

Man hört oben Teddy Geschirr zerschlagen.

SYLVESTER *kriecht unterm Bett vor:* Ah – er ist doch raufgegangen. Da hat ers doch 'n bißchen mit der Angst gekriegt, wie er mich gesehen hat!

MRS. FORAN Meine kleine Hochzeitsschale, eingepackt war sie in Seidenpapier, und ich hab sie nur immer Weihnachten rausgeholt, für ein paar Stunden – meine arme kleine Hochzeitsschale!

SUSIE *steckt den Kopf zur Tür herein:* Gott sieht dich – o, er ist ja weg!

SYLVESTER *jubelt:* Verduftet! Da hat ers doch'n bißchen mit der Angst gekriegt, wie er mich gesehen hat!

Mrs. Heegan und Susie kommen ins Zimmer.

MRS. FORAN Er macht alles zu Kleinholz, was wir im Hause haben, Mrs. Heegan.

MRS. HEEGAN Gehn Sie ins andere Zimmer, Mrs. Foran, und wenn er wieder runterkommt, sagen wir ihm, Sie sind auf die Straße gelaufen.

MRS. FORAN *geht ins Nebenzimmer:* Meine arme kleine Hochzeitsschale! Für Generationen hätte ich sie behalten können!

SUSIE *sieht aus dem Fenster, aufgeregt:* Da kommen sie! Sie kommen! Ein ganzer Haufen mit einer Ziehharmonika! Sie tragen Harry auf den Schultern! Und die Jessie Taite tragen sie auch, andere. Einen Silberpokal hat sie in den Händen! O, schamlos, wie sie ihre Beine herzeigt!

MRS. HEEGAN Laß nur der Jessie ihre Beine. Jetzt gibts nur eins: so schnell wie möglich aufs Schiff mit ihm!

Während sie spricht, hört man von draußen Ziehharmonika und eine Menschenmenge, die näher kommt. Die Leute bleiben vor dem Haus stehen. Man hört Rufe »Hoch die Avondales«; »Hoch die Avondales«; »Hoch Harry Heegan und die Avondales«; dann Schritte die Treppe herauf. Als erster tritt Simon Norton ein, der die Tür feierlich für Harry offenhält; Harry hat seinen Arm um Jessie gelegt, die einen Silberpokal hochhält, mit mehr Übermut als Respekt, so als ob sie einen Priester, der den Kelch hebt, nachahmte. Harry trägt khakifarbene Hosen, eine Mütze, schmutzig vom Schützengraben, einen orangefarbenen Sweater mit schwarzem Kragen und Manschetten. Er ist dreiundzwanzig, groß, hat die sehnigen Muskeln eines Arbeiters, der Sport treibt. Er ist der typische junge Arbeiter, enthusiastisch, sehr oft heftig; er begreift mehr durch Instinkt als durch Verstand. Er ist gedankenlos in die Schützengräben gegangen, wie er zur Wahlurne gehen würde. Von Natur aus ist er nicht dumm; vielmehr ist es die Dummheit von Personen höheren Ortes, die ihn verdummt hat. Er hat seinen Herren alles gegeben, sein starkes Herz, seine gesunden Lungen, seinen gesunden Magen, seine sehnigen Glieder, und das bißchen Verstand, dem die Erziehung gerade soviel Entwicklung gegönnt hat, wie nötig ist, um den Nutzwert seiner übrigen Fähigkeiten zu steigern. Jetzt ist er übererregt durch das süße und unschuldige Gefühl, etwas geleistet zu haben und durch ein paar Drinks.

Jessie ist ungefähr zweiundzwanzig, ein Mädchen, das ganz unmittelbar auf alle sinnlichen Reize reagiert. Immer tanzt und wirbelt sie herum, zwischen Welt und Begierde und den Verlokkungen des Bösen. Gern würde sie mit einem Jungen durch die Heide von Howth Hill streifen und auf den Rasenflächen des Phönix-Parks mit jungen Männern Ball spielen. Ihre Gunst schenkt sie den Berühmten und Beliebten. Harry wird von ihr bevorzugt: durch seine Kraft und Schnelligkeit hat sein Klub das Endspiel gewonnen, er trägt das Band des Kriegsverdienstkreuzes (D. C. M.). Für sie ist dieser Augenblick ein Höhepunkt.

Barney Bagnal, ein Kriegskamerad von Harry, steht etwas scheu neben der Tür, ein freundlich gutmütiges Grinsen auf seinem ziemlich breiten Gesicht. Er ist ungefähr so alt wie Harry, genau so kräftig, aber nicht so geschickt, nicht so gut gewachsen und weniger sensibel; er ist imstande, die meisten Dinge ruhig hinzunehmen; wird er aber einmal in Wut gebracht, dann kann er wild werden und außer sich geraten. Er ist marschbereit angezogen, sein Mantel ist bis oben zugeknöpft, und er trägt Harrys Mantel über dem Arm.

HARRY *fröhlich und aufgeregt:* Gewonnen! Gewonnen! Gewonnen! Drei zu zwei gewonnen! Heb ihn hoch, Jessie! Heb ihn hoch! Das Zeichen der Jugend! Das Zeichen der Stärke! Das Zeichen des Sieges!

MRS. HEEGAN *zu Sylvester:* Ich habs ja gewußt, Harry kommt rechtzeitig und kriegt noch das Schiff.

HARRY *zu Jessie:* Stell ihn da hin, stell ihn da ab, Jessie, unter das Bild! Der Junge da auf dem Bild hat das Endspiel gewonnen.

MRS. HEEGAN Da sind belegte Brote und 'ne Flasche Whisky und ein paar Illustrierte für unterwegs für dich und Barney.

HARRY Weg mit den Broten, weg mit deinen Illustrierten! Schau den Pott an! Den Pott hat Harry gewonnen mit seinem Entscheidungstor. *Zu Barney:* Wie hieß noch das Lied, das der kleine Jock immer gesungen hat? Der kleine Jock, den wir im Stacheldraht hängenlassen mußten nach dem letzten Angriff.

BARNEY »Kommst du denn niemals wieder«?

HARRY Nein, nein, das andere, wo wir immer mitgesungen haben. »Der Preispokal«. *Zeigt auf den Pokal.* Da ist er, der Pott! Gewonnen durch das Entscheidungstor von Harry Heegan.

MRS. HEEGAN Höchste Zeit, Harry! Höchste Zeit!

JESSIE Er weiß schon, er weiß schon, regen Sie sich doch nicht so auf, Mrs. Heegan!

HARRY Haben sich nicht benommen wie Männer! Fair spielen, fair spielen – hätten sie doch fair gespielt! Hast du gesehen, der Präsident vom Klub, Dr. Forby Maxwell, wie er mir den Pott überreicht hat und die Hand geschüttelt: Gut gemacht, Heegan! Und wie sie geschrien und getobt haben beim Ausgleich in der ersten Halbzeit!

BARNEY Dabei haben sie bloß Schwein gehabt, das war alles!

MRS. HEEGAN *hält Harry den Mantel, damit er ihn anzieht:* Hier, dein Mantel, Harry! Zieh ihn an beim Reden.

HARRY *zieht den Mantel an:* Nur mit der Ruhe, reg dich nur nicht auf. *Zu den anderen:* Und das Geschrei immer, wenn sie mal am Ball waren; und wenn sie ihn verloren haben: »Schiedsrichter! Schiedsrichter! Abseits! Schiedsrichter! Foul! Das war ein Foul! Flasche, Schlafmütze!«

JESSIE Und wir haben sie niedergeschrien mit: »Sauber spielen, sauber spielen, Primrose Rovers!«

BARNEY Du hast sie so rumgescheucht, da blieben sie auf der Strecke.

MRS. FORAN *hat zweimal schüchtern aus dem Nebenzimmer hereingesehen. Tritt jetzt ein.* Soll jemand doch rauf und Teddy runterholen, daß er nicht hierbleibt.

SYLVESTER *zu Harry:* Deinen Tornister und deine Sachen, Harry. Erst den Tornister, was?

HARRY *schnallt den Tornister um:* Tornister, Tornister! Hetzt mich nicht so. *Zu den anderen:* Aber wenn ich den Ball hatte, Barney, wenn ich den mal hatte, dann hats gehagelt für die. Und das letzte Tor, das uns in Führung brachte, das Entscheidungstor, das war, das war, also das war – klassisch!

BARNEY Das war ein Gedicht, Junge!

HARRY Um die Verteidigung rum, die auf mich losgeht wie ein wütender Bulle, konzentriere mich einen Moment, Schuß, dann seh ich blitzartig, wie es dem Torwart mit einem Ruck die Hände vor die Brust reißt durch den Aufprall, er ist schon halb hinüber, gibt noch ab, Nachschuß, und dann hab ich ihn hineinbefördert, ihn und den Ball und alles, mit hurra mitten ins Netz!

BARNEY Mensch, ich denk, ich werd verrückt, wie ich sehe, wie du ihn auf den Arsch gesetzt hast mitten im Netz.

MRS. FORAN *an der Tür:* Einer von euch soll doch raufgehen und sehen, ob Teddy fertig ist.

MRS. HEEGAN *zu Harry:* Dein Vater trägt dir dein Marschgepäck zum Schiff runter und Jessie das Gewehr.

HARRY *gereizt:* Verdammt noch mal, Frau, hör doch bloß eine Minute auf mit deinem Gejammer!

MRS. HEEGAN Du hast bloß noch ein paar Minuten, Harry!

HARRY Und die wollen wir auch noch ausnützen! *Zu Barney:* Jetzt rück sie mal raus, eine von den kühlen Jungfrauen, die wir uns vorhin in der »Feldmühle« angelacht haben, Barney! Wollen wir ihr mal die Unschuld rauben, noch mal so richtig ran, dann haben wir doch bloß wieder ein Gewehr im Arm!

Simon ist in das Nebenzimmer gegangen und mit einem Gewehr und Marschgepäck zurückgekommen. Er geht zu Barney.

BARNEY *zieht eine Flasche Wein aus der Tasche:* Lassen wir sie auslaufen, die keusche Dame.

HARRY Laß sie bluten, Barney, laß sie bluten! *Er nimmt den Silberpokal und hält ihn Barney hin:* Hier in den Pott, sag ich! Aus dem Pott trinken wir, aus dem Preispokal!

BARNEY *hat das Stanniol entfernt und den Korken rausgezogen:* Da haben wir sie . . . mit der kannst du jetzt alles machen, ausgezogen, ohne Hülle!

JESSIE Keine Zweideutigkeiten, Barney!

SUSIE *hochmütig zu Jessie:* Die Männer, die für uns kämpfen, dürfen sich das ruhig mal erlauben, denn die Männer, die mit den Kanonen ziehen, ziehen mit Gott!

Barney gießt für Harry Wein in den Pokal, für sich selbst in ein Glas.

HARRY *zu Jessie:* Jessie, ein Schluck für dich,

Sie trinkt aus dem Pokal.

und jetzt ein Zug für mich. *Er trinkt.* Und jetzt ein Kuß, solange unsere Lippen noch feucht sind. *Er küßt sie.* Mensch, Barney, würdest du gern so 'ne Stellung räumen, das hübscheste Gesicht und – *hebt Jessies Rock ein bißchen* – und die schönsten und schicksten Beine der Stadt. Niemandsland, Barney, für jeden außer für mich!

MRS. FORAN Jetzt geht doch mal endlich einer rauf und holt den Teddy runter!

BARNEY *hebt Susies Rock ein bißchen:* Niemandsland, Harry, für jeden außer . . .

SUSIE *stößt Barney wütend von sich:* Du Affe in Khaki, was fällt dir denn ein! Fummle doch an den Franzosenmädchen rum, wenn du willst. Aber zieh dir gefälligst Handschuhe an, wenn du eine Frau anfaßt, die es nicht gelüstet nach fleischlichen Dingen!

HARRY *legt einen Arm um Susie, um sie zu beruhigen:* Na, Susie, beherrsche mal deine Laune für diesen flüchtigen Augenblick, wir wollen den Hauch von Küssen mitnehmen in die granatenschwangere Luft der Schützengräben . . . Brauchst dich außerdem nicht zu genieren, das Gestell ist gar nicht schlecht!

SUSIE *legt Harry ihren Arm um den Hals und sieht Barney herausfordernd an:* Was Harry tut, nehm ich nicht übel. Ich weiß, er denkt sich nichts Schlechtes dabei. Harry ist anders!

JESSIE Vergiß nicht, mir einen deutschen Helm aus Frankreich zu schicken!

SUSIE *versucht ihren Kopf an Harrys Brust zu legen:* Ich kenn doch Harry, er ist ganz anders! Ich würde keinem erlauben, mich anzufassen, aber bei Harry weiß ich, der ist einfach anders!

JESSIE *legt ihren Arm um Harry und versucht, Susies Arm wegzuschieben:* Susie, Harry will seinen Arm um mich legen in diesen letzten Minuten, also laß ihn los.

SUSIE *zuckt ein bißchen zurück:* Ich habe ja nur gesagt, Harry ist ganz anders.

MRS. FORAN Um Gottes willen, geht doch einer rauf und holt den Teddy, sonst geht der gar nicht mehr zurück!

TEDDY *erscheint an der Tür:* Bist ja verdammt hinterher, daß er auch abhaut, der Teddy. Ja, er haut schon ab jetzt. Und er hat ganz schön aufgeräumt da oben, brauchst du gar nicht mehr sortieren. *Zu Harry:* Der Klub und ein ganzer Haufen warten draußen, die wollen uns zum Kai bringen, bevor sie sich in die Siegesfeier stürzen.

TEDDY *bitter:* Die machen da ein Bankett und wir müssen wieder nach vorn in die Scheiße.

HARRY *nach einer kurzen Pause zu Barney:* Machst du mit, Barney?

BARNEY Bei was?

HARRY Feiern, und den Tornister lassen wir noch eine Nacht im Schrank!

BARNEY *nimmt Simon sein Gewehr ab und hängt es über die Schulter:* Nein, nein, mach ich nicht, Entfernung von der kämpfenden Truppe – Soldentzug gibt das und den Rest deiner Tage hockst du da vorn in der Scheiße! Nein, nein, wir müssen zurück.

MRS. HEEGAN Nein, nein, Harry, du mußt zurück!

SIMON/SYLVESTER/SUSIE Du mußt zurückgehen!

STIMMEN DER MENGE DRAUSSEN Kommt raus, kommt raus!

Die Schiffssirene heult.

SIMON Das Warnungssignal!

SYLVESTER Bis sie hinkommen, ziehen sie grade die Gangways hoch!

SUSIE *gibt Harry den Stahlhelm:* Hier ist dein Helm, Harry.

Er setzt ihn auf.

MRS. HEEGAN Jetzt müßt ihr aber noch rennen!

SYLVESTER Ich hab deinen Sack, Harry!

SUSIE Ich das Gewehr!

SIMON Ich marschier vorn mit dem Pott, hinter Conroy her mit dem Akkordeon.

TEDDY Los, onavang, in die Gräben!

HARRY *unbekümmert:* Also, Jessie, der letzte Schluck! *Er hebt den Silberpokal und singt:*

Bringt 'nen Liter Wein, ihr Freunde,
Gießt ihn in den silbernen Pokal,
Denn bevor wir gehen,
Trinken wir noch schön
Auf Gesundheit und ein frohes Wiedersehn!
Schaukelnd liegt das Schiff im Hafen,

Und der Wind bläst pfeifend durch den Mast.
Drum –:
Meine süße Mary,
Muß ich dich verlassen,
Weine nicht und sei gefaßt!
Flaggen wehn – Trompeten schallen –
Alle Speere kampfbereit!
Und das Schiff stampft schwer
Übers weite Meer,
Und man hört das Kriegsgeschrei von ganz weit her.
Weder Sturm noch Kampfgetümmel
Halten mich im Augenblick zurück.
Nein!
Meine süße Mary,
Ich will bei dir bleiben,
Sonst verlasse ich mein Glück.

TEDDY Los, los!

Simon, Sylvester und Susie gehen ab.

STIMMEN VON DRAUSSEN *die letzten Zeilen gesungen.*

Teddy und Barney gehen hinaus, Harry und Jessie folgen. Als Harry bei der Tür ist, löst er seinen Arm von Jessie und kehrt zu Mrs. Heegan zurück.

STIMMEN VON DRAUSSEN Und vom Camp in die Schützengräben.

HARRY *küßt scheu und eilig Mrs. Heegan:* Leb wohl, Alte.

MRS. HEEGAN Leb wohl, mein Sohn.

Harry geht ab. Der Gesang »Der Silberpokal«, vom Akkordeon begleitet, wird immer schwächer und ist schließlich nicht mehr zu hören. Mrs. Foran geht zögernd ab. Mrs. Heegan stochert im Feuer, rückt alles im Zimmer wieder zurecht, geht dann zum Fenster und sieht hinaus. Nach einer Pause hört man den langgezogenen und lauten Ton der Schiffssirene. Das Licht am Topp, das durch das Fenster zu sehen ist, bewegt sich langsam vorbei, und Mrs. Heegan wendet sich mit einem Seufzer »Lieber Gott!« zum Kamin und setzt sich hin. Eine kleine Pause, dann kommt Mrs. Foran ins Zimmer zurück.

MRS. FORAN Alles Porzellan, was ich gehabt habe, liegt da oben in einem einzigen Scherbenhaufen, wie angeschwemmtes Strandgut nach 'ner Sturmflut.

MRS. HEEGAN *mit einem tiefen Seufzer der Erleichterung:* Gott sei Dank, daß wir die drei noch rechtzeitig fortgeschafft haben.

2. Akt

An der Front. Die zerschossene Ruine eines ehemaligen Klosters. Im Hintergrund werden eine eingestürzte Wand und ein Fenster durch einen Bogenpfeiler angedeutet, dessen geborstener Bogen von links nach rechts geht. Ein ähnliches Mauerwerk geht von rechts nach links. Zwischen diesen zerfetzten, wie Finger in den Raum ragenden Mauerstücken sieht man die Landschaft bis zum Horizont, wo die Front verläuft. Hier und da Trümmerhaufen – das waren Häuser. Aus einigen ragen Hände von Toten heraus. Weiter hinten zersplitterte Baumstümpfe – früher ein kleiner Wald. Der Boden ist zerrissen von Granatlöchern. Über dem Horizont in rotem Widerschein das Gewirr von Stacheldrahtverhauen vor den Schützengräben. Am Himmel steigt ab und zu ein grüner oder weißer Stern hoch. Links vom Bogengang der gewölbte Eingang zu einem anderen Teil des Klosters, der jetzt als Rot-Kreuz-Station benutzt wird. In der Mauerruine rechts, fast vorne, ein Fenster aus buntem Glas: auf grünem Grund die Jungfrau, mit weißem Gesicht, in schwarzem Gewand; durch die Beleuchtung im Innern tritt die Figur lebhaft hervor. Abseits davon ein Kruzifix in Lebensgröße. Eine Granate hat einen Arm vom Kreuzbalken gerissen, so daß der Körper nach vorne hängt und der abgerissene Arm auf die Madonna zeigt. Auf dem Sockel des Kruzifixes in roten Lettern: Princeps pacis. – Fast genau gegenüber ein Kanonenrad, an das Barney gebunden ist. Im Hintergrund Mitte, wo sich die Mauer wölben müßte, der Umriß einer Haubitze. Schwere Lafette, das lange Rohr im Winkel von fünfundvierzig Grad drohend nach vorn gerichtet. An der Lafette ein Brett, darauf in Kreideschrift: Hyde Park Corner. Auf einem anderen Brett am Eingang zur Rot-Kreuz-Station ebenfalls in Kreideschrift: Lärmen und Straßenhandel verboten. In der Mitte der Bühne in einem Kohlebecken ein Feuer. Etwas erhöht kauert ein Soldat, seine Kleidung ist schmutzig und blutbefleckt. Jeder Teil der Szene erscheint gegenüber seinem ursprünglichen Aussehen leicht verzerrt. Es regnet ununterbrochen, ab und zu peitschende Windstöße. Beim Aufgehen des Vorhangs hört man eine kleine Orgel mit langsamen und gemessenen Tönen. –

Nach einer Pause beginnt der Kauernde bewegungslos und in sich versunken:

DER KAUERNDE Und des Herrn Hand war über mir, und trug mich hinauf im Geist des Herrn und setzte mich nieder mitten in einem Tal. Und ich sah um mich und erblickte eine Menge, die da stand, und es war ein großes Heer. Und Er sprach zu mir: Menschensohn, kann dieses große Heer zu einem Tal verdorrter Beine werden?

Die Musik hört auf; aus dem noch stehenden Teil des Klosters kommt eine Stimme: Kyr ... ie ... e ... eleison. Kyr ... ie ... e ... eleison. Darauf die Antwort: Christe ... eleison.

DER KAUERNDE *beginnt wieder:* Und ich antwortete, Herr, du weißt es. Und Er sprach, so verkündige es ihnen, und dem Wind sage, er möge kommen aus den vier Winden und den Lebenden zuwehen, daß sie sterben.

Während er innehält, hört man wieder die Stimme im Kloster: Gloria in excelsis Deo et in terra pax hominibus bonae voluntatis.

DER KAUERNDE *beginnt wieder:* Und ich verkündete es, und der Atem verließ sie, und die Waffen fielen von ihnen ab, und es kam ein Beben und Zittern, und die Gebeine brachen auseinander, Bein für Bein, und sie starben und das große Heer wurde zu einem Tal verdorrter Beine.

Man hört die Stimme aus dem Kloster, klar während des ersten Teils des Satzes, sie erstirbt gegen Ende: Accendat in nobis Dominus ignem sui amoris, et flammam aeternae caritatis. Eine Gruppe Soldaten kommt. Sie sind erschöpft und drängen sich aneinander, um sich zu wärmen. Sie sind durchnäßt und frieren, die Gesichter sind stumpf. Sie stellen sich um das Feuer und wärmen die Hände.

1. SOLDAT Kalt und naß und müde.

2. SOLDAT Naß und müde und kalt.

3. SOLDAT Müde und kalt und naß.

4. SOLDAT *der wie Teddy aussieht:* Zwölf Scheißstunden Granaten schleppen, das macht einen fertig.

1. SOLDAT Zwölf Scheißstunden.

2. SOLDAT Zwölf verlorene Stunden.

3. SOLDAT Heiße, schwere Stunden.

1. SOLDAT Schwitzen, um eine Mauer zu bauen, die uns von zu Hause trennt.

2. SOLDAT Granaten heben.

3. SOLDAT Granaten tragen.

4. SOLDAT Granaten stapeln.

1\. SOLDAT Und von oben schifft es und der Wind pfeift.
2\. SOLDAT Der Wind pfeift und wir ersaufen im Regen.
3\. SOLDAT Der Scheißregen und der blöde Wind.
1\. SOLDAT Und die Drückeberger sitzen zu Haus am Kamin.
2\. SOLDAT Granaten für uns und für die 'n Klavier.
3\. SOLDAT 'n Pelz für die und für uns'n Leichentuch.
4\. SOLDAT Warm.
2\. SOLDAT Und trocken.
1\. SOLDAT Und zufrieden.
BARNEY Und das nennen sie Ruhestellung!
1\. SOLDAT *legt sich hin:* Mensch, bin ich kaputt.
2\. SOLDAT *legt sich hin:* Kaputt und überall Läuse.
3\. SOLDAT Scheißkälte. Ich frier mir 'n Ast ab.
4\. SOLDAT *grunzt vor sich hin, die andern fallen ein:* Kaputt und voller Läuse, durchnäßt und hundemüde. Mutter, weck mich morgen früh nur rechtzeitig.
1\. SOLDAT Mensch, wenn ich an zu Hause denke – da seh ich vor mir – so 'ne Wiese mit Butterblumen.
DIE ANDERN *abwesend:* Eine Wiese mit Butterblumen!
1\. SOLDAT *plötzlich:* Aber warum wir da in der Scheiße sind! Warum! Das möcht ich wissen!
2\. SOLDAT *singt:* Wir sind hier,
Weil wir hier sind;
Weil wir hier sind,
Sind wir hier.
ALLE *singen:* Wir sind hier,
Weil wir hier sind;
Weil wir hier sind,
Sind wir hier.

Von hinten kommt der Korporal mit dem Besucher. Der Besucher ist ein dicker Mann mit einem Vollmondgesicht. Zwar lächelt er, um seine Unbekümmertheit zu beweisen, aber sein Gesicht ist immer ein wenig verzerrt, er hat die ganze Zeit Angst. Seine Kleidung ist halb zivil, halb militärisch – dunkler Kammgarnanzug, Stahlhelm, eine Reisetasche an einem Riemen über der Schulter, ein brauner Gürtel um den Bauch, schwarze Reitstiefel mit Sporen. Er hat einen Stock bei sich. Sein Kopf steckt zwischen den Schultern, die etwas hochgezogen sind.

DER BESUCHER Jawohl, morgen, da pirsche ich mich ein wenig näher heran. Da dringe ich noch ein wenig tiefer in die Gefahrenzone. Verrückt, wie? Aber das ist doch ein Erlebnis, kann man wohl sagen, ein Erlebnis! Die Militärbehörden sind ja verdammt streng. Die wollen offenbar nicht, daß man umkommt.

KORPORAL Kurz gesagt, Sir, Sie dürfen den Kanonen bloß ins Arschloch gucken.

BESUCHER *dem die Bemerkung nicht gefällt:* Ja, nein, nein, naja. Verdammt streng, sie wollen einfach nicht, daß man umkommt. *Plötzlich erschrocken:* Was war das?

KORPORAL Was?

BESUCHER So ein Brummen, ich habe doch ein Brummen gehört!

KORPORAL Gebrummt hat's?

BESUCHER Von einem Flugzeug!

KORPORAL Hab ich nicht gehört. War vielleicht 'ne Biene.

BESUCHER Biene, nein, nein, Biene war das keine! *Er setzt den Stahlhelm auf.* Dieser verdammte Stahlhelm, er ist so eng, der drückt wie die Sünde, man kriegt Kopfweh. Ohne ist besser, aber die Bestimmungen! Die Militärbehörden sind eigen, wollen einfach nicht, daß man umkommt. *Entdeckt Barney.* Ach, was haben wir denn da?

KORPORAL *zu Barney:* Pscht. *Zum Besucher:* Disziplinarvergehen, Sir.

BESUCHER *zu Barney:* Aber doch nichts Schwerwiegendes, Junge, was?

BARNEY *singt:*
Ein Stabshengst zog den Vorhang
Zwischen sich, seiner Wirtin und der Welt!
Dann lief er im Pyjama zum Telefon
Und hat gebellt:
Ein Soldat erwürgt ein Huhn!
Sofort schnappen – etwas tun! –

KORPORAL Alle Hühner sind verzweifelt
Über diesen schnöden Mord;
Der Verlust des braven Hähnchens
Macht den Platz zum Schreckensort!

BESUCHER *tadelnd zum Korporal:* Ich bitte mir Ernst aus, Korporal! Heilig – Eigentum eines Bürgers dieses befreundeten Landes ist uns heilig! Diebstahl im Dienst – das ist kein Spaß! Ein Huhn, oder ein Hahn – das ist unantastbar. *Zu Barney:* Und die Uniform, mein Sohn? Die Soldatenehre? Infra dignitatem, Junge! Infra dignitatem!

BARNEY Oui, oui.

BESUCHER *zu den liegenden Soldaten:* Ihr macht's euch gemütlich, was?

KORPORAL Die sind fertig. 12 Stunden Granaten schleppen.

BESUCHER Nicht zu oft ablösen, die Leute, Korporal! Immer in Bewegung halten, soviel wie möglich! Zuviel Ruhe – das ist ganz schlecht! Demoralisiert die Leute.

KORPORAL *zeigt nach links:* Da ist noch 'n bißchen was vom Kloster. Da machen wir Gottesdienst, für die Kompanien, die nach vorn gehn. Mit Orgel.

BESUCHER Ausgezeichnet! Da reißen sie sich zusammen! Gibt inneren Frieden.

Ein Stabsoffizier tritt plötzlich auf, mit hüpfendem Schritt am Besucher vorbei, so daß er jetzt in der Mitte der Bühne steht, der Besucher rechts und der Korporal links. Er ist geschniegelt und gebügelt, trägt eine elegante Khaki-Uniform, goldene Litzen, rote Epauletten, gewichste Stiefel. Er spricht seine Sätze mit pointierter Wichtigkeit.

KORPORAL *nimmt plötzlich Haltung an:* Achtung, Stab!

Die Soldaten springen auf. Der Kauernde bleibt in seiner Lage.

KORPORAL *schnauzt den Kauernden an:* He! Du da! Stab! Achtung!

DER KAUERNDE *ruhig:* Kann nicht. Krank gemeldet. Brauch nicht zum Dienst.

STABSOFFIZIER *liest einen Befehl:* Kompaniebefehl FA, 31 D 2. Einheit zur Zeit in Ruhestellung. Antreten 8 Uhr abends zum Besuch eines Vortrags. Der Vortrag ist organisiert von der Abteilung für Unterhaltung und Weiterbildung der Frontsoldaten. Thema: Der Teppich von Bayeux und seine historischen Hintergründe. Es spricht: Mr. Melville Sprucer. Zusatzbefehl: Die Einheit trägt Gasmaske. Rührt euch!

Der Stabsoffizier geht mit dem gleichen hüpfenden Schritt wieder hinaus. Der Besucher und der Korporal schlendern zur Rot-Kreuz-Station. Die Soldaten lagern sich in verschiedenen Stellungen um das Feuer.

BESUCHER *zeigt auf die Rot-Kreuz-Station:* Ah ja, dahinein! Wir wollen nur einen kurzen Blick hineinwerfen.

Er und der Korporal verschwinden in der Rot-Kreuz-Station. Eine Pause.

1. SOLDAT Wie lang sind wir jetzt hier?

2. SOLDAT Einen Monat.
3. SOLDAT 29 Tage, 23 Stunden und *sieht auf die Uhr* 23 Minuten.
4. SOLDAT Noch 37 Minuten, dann sind's 30 Tage.
DER KAUERNDE 30 Tage hat September, Juni, April und November.
November – da bin ich geboren, im November.
Nicht am Anfang, nicht am Ende – in der Mitte vom November.
An den Ufern von der Themse, in der Mitte vom November.
Werd' ich sterben am Anfang, am Ende, in der Mitte vom November?
1. SOLDAT *zum Kauernden:* Noch ne Drehung im Gewinde, dann ist er Chef in der Klapsmühle.
2. SOLDAT Vielleicht haben sie vergessen.
3. SOLDAT Vergessen!
4. SOLDAT Uns vergessen!
1. SOLDAT Wenn die Frontschweine nur nicht so meckern würden.
DIE ANDERN Immer nur meckern!
2. SOLDAT Und die Verwundeten uns nicht so anglotzen würden!
DIE ANDERN Wenn sie sie vorbeitragen, Polsterklasse auf der Bahre.
3. SOLDAT Wir sitzen die Zeit ab im Dreck.
4. SOLDAT Wir sehn die Sonne aufgehn im Dreck.
2. SOLDAT Wir sehn sie untergehn im Dreck.
3. SOLDAT Wir segnen den Stacheldraht mit Flüchen.
2. SOLDAT Und kein Urlaub in Sicht.
3. SOLDAT Ich möcht mal wieder blau sein.
1. SOLDAT Ich möcht mal wieder vögeln.

Der 3. Soldat nimmt ein Päckchen Zigaretten aus der Tasche, nimmt sich eine und reicht die Schachtel weiter. Jeder nimmt sich eine. Der neben Barney kniet, steckt ihm eine Zigarette in den Mund und zündet sie an. Sie sitzen um das Feuer und rauchen einige Zeit schweigend.

2. SOLDAT *singt:* Eine lange, lange Reise –
Bis ich im Land meiner Träume bin,
Wo die Nachtigallen fröhlich schlagen –
Komm ich je dahin?
Nach 'ner langen, langen Reise
Werd ich dich endlich wiedersehen,
Und den Weg in das Land der Träume

Werden wir zusammen gehn!
Eine lange, lange Reise
Bis in die ferne Friedenszeit,
Die Menschen von Angst und Sorgen
Und vom Haß befreit!
'’s ist eine lange, lange Reise,
Und sie fällt uns nicht leicht,
Und wer weiß, ob man je den Traum
Vom Frieden vor dem Tod erreicht.

Der Besucher und der Korporal kommen aus der Rot-Kreuz-Station zurück.

BESUCHER *zückt ein Zigarettenetui:* Zu trübsinnig, die Schwestern. Und die Ärzte sind viel zu ernst, so geht das nicht!

KORPORAL Lauter schwere Fälle, Sir. Ziemlich übel.

BESUCHER *steht jetzt bei dem Kruzifix:* Um so mehr Grund, eine freundliche Atmosphäre zu schaffen. Um sie abzulenken. *Zu den Soldaten:* Ich seh' euch alle morgen beim Vortrag?

1. SOLDAT *erhebt sich und steht etwas dümmlich vor dem Besucher:* Zu Befehl, Sir.

ALLE Zu Befehl, Sir.

BESUCHER Schön. Werd's interessant machen. *Er sucht in seiner Tasche.* Verdammt, keine mehr? Ach ja, doch! Gerettet! *Er zieht ein Streichholz aus der Tasche und will es achtlos am Kruzifix anreißen. Da schlägt ihm der 1. Soldat mit einer raschen, erschreckten Bewegung das Streichholz aus der Hand.*

1. SOLDAT Scheißkerl, tu deine schleimigen Zivil-Pfoten da weg.

2. SOLDAT Von Seinem Bild!

3. SOLDAT Jesus von Nazareth, König der Juden.

1. SOLDAT *wieder am Feuer:* Irgendwo ist nämlich ein Gott und der haut um sich!

4. SOLDAT Willst wohl, daß er uns so 'ne Scheiße da rüberschickt, in Gestalt einer Granate!

BESUCHER Tut mir leid. *Zum Korporal:* Die haben zu viel Zeit zum Spintisieren. Zu nervös. Zu viel Zeit zum Spintisieren. Schlecht. Schanzen, immer schanzen müßten sie. *Er geht in die Richtung, aus der er gekommen ist.* Ich muß zurück ins Hauptquartier. Es muß sein, wir haben schließlich Krieg. Cheerio! Die Straße da runter ist näher als um den Hügel rum?

KORPORAL Nicht mal halb so lang.

BESUCHER Nicht unter Beschuß?

KORPORAL Nein. Ab und zu mal. Letzte Woche hat's die Gulaschkanone erwischt.

BESUCHER Ich geh um den Hügel. Die Zeit nehm ich mir. Befehl vom Oberkommando: kein unnötiges Risiko! Muß man gehorchen! Verdammt streng, die Militärbehörden, wollen einen einfach nicht umkommen lassen. *Er und der Korporal gehen ab. Die Soldaten liegen in unterschiedlichen Stellungen um das Feuer. Nach einigen Augenblicken Ruhe kommen von links zwei Sanitäter, sie tragen einen Verwundeten. Sie gehen an den schlafenden Soldaten vorbei zur Rot-Kreuz-Station. Dabei singen sie. Wenn die Strophe beendet ist, kommen zwei weitere mit einem Verwundeten.*

DIE KRANKENTRÄGER *singen:*

Tragt sie sanft, tragt sie sacht!
Eine Kugel aus der Schlacht
Macht wie jeder Splitter stop, stop, stop!
Liegt dann kalt und tot im Fleisch,
Denn er hat sein Ziel erreicht,
Seit er aus dem Rohr entsprang
Hopp – hopp!
O Splitter der Granaten,
O glüh'nde Eisenflut!
Ihr tränkt die grünen Wiesen
Mit rotem Herzensblut!

1. KRANKENTRÄGER O Barney, haben sie dich wieder mal an die Kette gelegt, weil du die Stute vom Korporal geritten hast!

BARNEY Nee, 'n Hahn von 'nem Restaurant hab ich erwischt.

2. KRANKENTRÄGER 'n Hahn, keine Henne?

3. KRANKENTRÄGER Vielleicht die Lieblingshenne?

BARNEY *singt:*

Ein Stabsarzt zog den Vorhang
Zwischen sich, seiner Wirtin und der Welt.
Dann lief er im Pyjama zum Telefon
und hat gebellt:
Ein Soldat erwürgt ein Huhn!
Sofort schnappen – etwas tun!

1. KRANKENTRÄGER Das Arschloch!

2. KRANKENTRÄGER Der lausige Sandkastenstratege.

3. KRANKENTRÄGER Hoch die Moral, hoch die Moral, hoch die Moral im Heer!

2. KRANKENTRÄGER Ißt er gut?

ALLE Ja, er ißt gut.

2. KRANKENTRÄGER Pißt er gut?

ALLE Ja, er pißt gut.

2. KRANKENTRÄGER Schläft er gut?

ALLE Ja, er schläft gut.

2. KRANKENTRÄGER Stößt er gut?

ALLE Ja, er stößt gut.

2. KRANKENTRÄGER Kämpft er gut?

ALLE Ach wo! Er muß doch für uns alle denken!

STIMME *von der Rot-Kreuz-Station:* Trägerkolonne – weitermachen!

DIE KRANKENTRÄGER *singen:*

Tragt sie sanft, tragt sie sacht!
Jede Kugel aus der Schlacht
Macht wie jeder Splitter stop, stop, stop!
Tragt sie sanft, tragt sie leicht!
Der hat bald sein Ziel erreicht!
Mit dem armen Kerl ist's vorbei – bei!
Christus sieht vom Kreuz entsetzt,
Wie der Mensch sein Werk verletzt,
Und er weint vor Schmerz dabei – bei – bei!

Sie gehen ab. Auf der Bühne bleiben der Kauernde und die schlafenden Soldaten am Feuer. Der Korporal kommt zurück. Er trägt zwei Päckchen. Er bleibt stehen, betrachtet einen Augenblick die schlafenden Soldaten und schreit dann.

KORPORAL *schreit:* He, ihr müden Säcke! Joe, ein Päckchen! Und eins für dich, Jimmy! Bewegt euch! Päckchen! *Die Soldaten erwachen und springen auf.* Für dich, Joe! *Er wirft ihm das Paket zu.* Und für dich! *Er wirft das Paket.*

3. SOLDAT *wickelt das Päckchen auf:* Faßt sich an wie Zigaretten!

1. SOLDAT Oder Spielkarten.

2. SOLDAT Oder 'n Gebetbuch.

3. SOLDAT *überrascht:* Mensch, das ist wirklich eins!

DIE ANDERN Was?

3. SOLDAT 'n Gebetbuch!

4. SOLDAT Grüner Samt, Kreuz in Gold.

DER KAUERNDE Schlag auf in den Psalmen und sing, daß wir erlöst werden und nicht hinsterben wie das Vieh!

BARNEY Per omnia saecula saeculorum.

2. SOLDAT *hat sein Paket ausgepackt:* Mensch, 'n Ball.

4. SOLDAT 'n rot-gelber Gummiball.

1. SOLDAT Und 'n Zettel.

2. SOLDAT *liest:* »Stürmt mit dem Ball nach vorn, wenn's hart auf hart geht. Mollie.«

1. SOLDAT Probier mal, ob er springt.

Der 2. Soldat läßt den Ball springen und kickt ihn vor sich her. Der Korporal fängt ihn auf und läßt ihn quer über die Bühne hüpfen. Der 3. Soldat versucht ihn zu kriegen. Der Korporal schreit wie beim Fußball: »Abseits.« So spielen sie ein paar Minuten. Plötzlich kommt der Stabsoffizier und steht starr in ihrer Mitte.

KORPORAL *in Achtungsstellung:* Achtung, Stab!

Alle stehen stramm. Der Kauernde rührt sich nicht.

KORPORAL *schreit den Kauernden an:* He! Achtung!

DER KAUERNDE Kann nicht. Krank geschrieben.

STABSOFFIZIER Regimentsbefehl CX 143 B/Y 341, betrifft: Gasmasken. Gasmasken sind so zu tragen, daß sie 2 ½ Grad von der Gelenkpfanne des linken Schulterblattes und 2 ¾ Grad von der Pfanne des rechten Schulterblattes abstehen und demgemäß am unteren Ende zwischen sich und dem zweiten Knopf des Uniformrockes einen freien Raum von einem ¼ Inch lassen. Befehl tritt in Kraft ab 6 Uhr am Morgen des dem Regimentsbefehl folgenden Tages. – Rührt euch!

Er hüpft wieder davon, der Korporal folgt ihm.

1. SOLDAT Verstandehwu?

3. SOLDAT Träsbieng.

2. SOLDAT *steht hinten im Torbogen, sieht dem Stabsoffizier nach und singt:*

Fröhlich hüpft er ins Hotel zurück –
Da, wo seine Uhr gemütlich tickt;
Und ein Kissen seinen Hintern wärmt
Von gestickten Vögelchen umschwärmt!

Und sein Eindruck von der Front verschwimmt –
Wenn er die Brüste seiner Schnecke nimmt.
Und sie streichelt mit verliebtem Blick
Seinen Dingsda – der kam heil zurück!

Ja! –
Durch das Schwerverletzten-Schrei'n

Wirft ein Kreis Bezechter
Kreischendes Gelächter!
Christus zieht an einem Strick
Eine Feldhaubitze mit!

Seine Uniform, die Orden frißt –
Und im Luxus schon ertrunken ist –
Schaut sich blutgetränkte Jacken an –
Die vorüberwanken dann und wann!

Feine Litzen nach dem letzten Schrei
Bunt gefärbt – so wie ein Papagei –
Blicken frei aus seiner feinen Kluft –
Die verdrückt sich schnell bei dicker Luft!

Ja!
Christus, der das Kreuz geschleppt –
Ist noch ganz zerschlagen
Von den Schreckenstagen.
Jetzt zieht er an einem Strick
eine Feldhaubitze mit! –

Der Korporal ist hereingekommen. Sehr erregt, aber gefaßt, bleich und grimmig.

KORPORAL Sie greifen an! Auf der ganzen Front greift der Feind an! Wenn sie durchbrechen, können sie gleich hier sein!

DIE SOLDATEN *setzen die Gasmasken auf:* Sie greifen an! Der Feind greift an!

KORPORAL Lasset uns anbeten das, woran wir glauben.

DIE SOLDATEN Auf daß es uns nicht fehle in der Zeit der Not.

Der Korporal geht zur Kanone, stellt sich mit dem Gesicht zur Kanone auf den unteren Tritt. Die Soldaten gruppieren sich um ihn, jeder kniet und nimmt die gebeugte Haltung ehrfürchtiger Anbetung an. Sie sind alle der Kanone zugewandt, der Rücken zum Publikum. Der Kauernde erhebt sich und tritt zu ihnen.

KORPORAL *singt:*
Heil Dir kalter Turm aus Geist und Stahl!
Du Wächter von Liebe, von Haß und Qual!
In's göttliche Ohr für uns das eine sprich:

DIE SOLDATEN *singen:* Wir glauben an Gott
Und wir glauben an Dich!

KORPORAL In Dir verschmolzen sind insgemein –

Alle die Träume von Bronze und Stein –
Zu einem Instrument untadelig:
DIE SOLDATEN Wir glauben an Gott
Und wir glauben an Dich!
KORPORAL Die Blicke der Frau'n sind vom Schmerz entstellt;
Sie brachten ihre Kinder nur für Dich zur Welt!
Sie füll'n Dir die Gräber, ob sie woll'n oder nich'
DIE SOLDATEN Wir glauben an Gott
Und wir glauben an Dich!
KORPORAL Besprenge die Kranken mit Eisen und Stahl –
Gieß Deine Salve über Kinder noch mal!
Vergieße ihr Blut und die Blüte zerbrich!
DIE SOLDATEN Wir glauben an Gott
Und wir glauben an Dich!
KORPORAL In die Seelen der Feinde reiß ein Loch –
Den Frieden des Todes schenk' ihnen doch!
Dazu noch die Freuden vom Paradies:
DIE SOLDATEN Wir glauben an Gott
Und wir glauben an Dich!

Der Himmel hat sich mit roter Glut überzogen, vermischt mit gelben Streifen. Säulen braunen und schwarzen Rauchs steigen auf. Der Stabsoffizier stürzt außer sich herein, seine Uniform ist in Unordnung.

STABSOFFIZIER Der Feind ist durch! Ist durch! Ist durch! Jeder Mann, den ein Weib gebar, ans Geschütz! Ans Geschütz!
DIE SOLDATEN Ans Geschütz! Ans Geschütz!
STABSOFFIZIER Die beim Gebet, die im Bett und die Säufer in den Kneipen!
DIE SOLDATEN Ans Geschütz! Ans Geschütz!
STABSOFFIZIER Alle Ordonnanzen, der Koch, jeder Hurensohn,
Der 'nen Funken Mut im Leibe hat,
Und Kraft in den Knochen,
Jeder, der laufen, gehen oder auch nur kriechen kann –
Schafft sie her, schafft sie her, treibt sie –
DIE SOLDATEN Ans Geschütz! Ans Geschütz!

Angeführt vom Stabsoffizier, rennen die Soldaten an ihre Plätze am Geschütz. Das Rohr schwenkt herum zum Horizont; eine Granate wird ins Ladeloch geworfen, und ein Blitz deutet das Abfeuern der Kanone an. Scheinwerfer suchen den rotglühenden Himmel ab; die Szene wird dunkel. Fern zucken Blitze. Die Sol-

daten am Geschütz laden und feuern und laden in rhythmischer Bewegung, während lautlos der Vorhang fällt. Es blitzt noch ab und zu auf; alles geht lautlos vor sich.

3. Akt

Teil eines Krankensaales. Im rechten Winkel zur Hinterwand 2 Betten, eines mit einer roten, das andere mit einer weißen Steppdecke. Am Kopfende jedes Bettes ist eine Stange, wie ein Schwanenhals über das Bett gebogen, mit einer Kette und einem Holzgriff, an dem sich schwache Patienten zum Sitzen hochziehen können. Links von den Betten eine Doppeltür aus Glas, die ins Freie führt: ein Türflügel ist offen, und die untergehende Septembersonne taucht den Garten in rötliches Licht.

Gegen den Himmel heben sich 2 Pappeln ab. Zur Rechten dieser Tür ein anderes Bett mit einer schwarzen Steppdecke. Kleine weiße Schilder sind am Kopfende jedes Bettes befestigt: 26, 27, 28, über jedem Schild hängt eine Fieberkurve an der Wand. Rechts der Kamin. Rechts vom Kamin eine Tür, die in ein Badezimmer führt. In der Ecke zwischen der Glastür und dem Kamin ein Postament, darauf eine Statue der Heiligen Jungfrau mit der Inschrift: »Mater Misericordiae, ora pro nobis«. Neben dem Kamin ein Lehnstuhl mit Dekken. In der Mitte ein weißer Tisch mit einer Glasplatte, darauf Medizinfläschchen, Drogen und ärztliche Instrumente. An einer Ecke des Tisches eine Vase mit Blumen. Ein schmaler Schrank am Kopfende und ein einfacher Stuhl am Fußende jedes Bettes. Zwei elektrische Birnen mit grünem Schirm hängen von der Decke und über dem Kamin eine Wandlampe mit rotem Schirm. Es ist dämmrig und die beiden Deckenlampen brennen. Die Wände sind blendend weiß.

Simon sitzt auf dem Stuhl neben dem Bett »27« und sieht ins Freie.

Sylvester liegt im Bett »26«, auf den Ellbogen gestützt, und sieht zur Glastür.

SYLVESTER *nach einer Pause:* Herrgott, kapierst du das?

SIMON Wenn man's bedenkt, Sylvester, ist es überhaupt nicht zu fassen.

SYLVESTER Da kommst du ahnungslos hierher, und da findest du die Susie Monican vor, und die hat sich wie Königin von Saba. Gottes Wege sind wunderbar, Simon.

SIMON Jetzt ist es der Dr. Maxwell, der ihr nachsteigt.

SYLVESTER *reckt sich, um hinauszusehen:* Die Köpfe zusammen, was? Mann, jetzt küßt er sie dort hinterm Baum! O Susannah, wie sind die Mächtigen gefallen und die Waffen des Krieges dahingeschwunden!

Harry Heegan, zusammengesunken in einem Rollstuhl sitzend, rollt sich selbst herein. Er lenkt zum Kamin. Sylvester läßt sich ins Bett zurücksinken, und Simon vertieft sich in ein Buch, das er vom Schrank genommen hat. Harry bleibt einige Augenblicke neben dem Kamin, dann dreht er die Räder herum und rollt sich wieder aus dem Raum. Sylvester richtet sich im Bett auf, und Simon läßt das Buch sinken, um Harry zu beobachten.

SYLVESTER Rein und raus, raus und rein.

SIMON Rein und raus, raus und rein.

SYLVESTER Keine Minute hat er Ruhe.

SIMON Klammert sich ans Leben.

SYLVESTER Wo ers doch bloß noch am kleinen Finger erwischt.

SIMON Schon halb auf dem Wege –

SYLVESTER Und immer denkt er an Jessie.

SIMON Bloß die Jessie nie an ihn.

Susie Monican in der Uniform einer Krankenschwester betritt den Saal durch die Glastür. Sie ist verändert, man merkt, daß sie in ihrer Tracht so schick wie möglich aussehen möchte. Sie hat das entschiedene Auftreten von früher, aber Würde und das Gefühl ihrer Wichtigkeit sind dazugekommen. Ihre Beine in Seidenstrümpfen wirken vorteilhaft durch einen kurzen und flott geschnittenen Rock. Alles in allem ist sie jetzt sehr hübsch. Beim Hereinkommen wirft sie einen Blick auf das Bett Nr. 28, dann bleibt sie bei Sylvester und Simon stehen.

SUSIE Was ist mit 28?

SIMON/SYLVESTER *gleichzeitig:* Schon wieder auf Achse.

SUSIE Hat er überhaupt ein Wort mit euch gesprochen?

SYLVESTER Stumm ist er, Susie, stumm.

SIMON Brüten tut er, Susie, immerzu brüten.

SYLVESTER Er spintisiert immerzu, Susie. Denkt und denkt.

SUSIE *scharf zu Sylvester:* Es ist unsinnig, 26, daß Sie im Bett liegen. Die Schwestern sind alle zu nachgiebig mit Ihnen! Hättet ihr ihn wenigstens in den Garten rausgeschickt, ihr faulen Brüder, daß er dabei einen warmen Sonnenstrahl abkriegt.

SYLVESTER In Anbetracht seines schlechten Gesundheitszustandes –

SIMON – und weil so ein Frosthauch in der Luft ist –
SYLVESTER – haben wirs uns überlegt und haben gedacht, da könnte –
SIMON – da könnte er sich eine doppelseitige Lungenentzündung holen.
SYLVESTER/SIMON *zusammen:* Und dann geht er von uns. *Sie blasen:* Pff, aus ist das Flämmchen.
SUSIE In Zukunft, solange ihr hier Patienten seid, bin ich für euch Schwester Monican und nicht Susie! Merkt euch das, bitte, ihr beiden.
Harry rollt wieder herein, an ihr vorbei, zum Kamin hin, er blickt ins Freie.
SUSIE *aufgebracht zu Sylvester:* 26, sehen Sie sich nur den Zustand Ihrer Bettdecke an. Sie müssen sich Mühe geben, daß sie glatt bleibt. Tss, tss, was würde die Oberschwester dazu sagen, wenn sie das sähe!
SIMON *mit einem nervösen Glucksen:* Er ist ein unruhiger Geist, Schwester Monican.
SUSIE *heftig zu Simon:* Ihre sieht genauso aus, 27! Sie sollen nicht auf dem Bett herumlungern, das muß tadellos glatt bleiben. *Sie streicht das Bettuch glatt:* Ich möchte das nicht zweimal sagen! *Zu Harry:* Möchten Sie nicht ein bißchen runter in den Garten, 28?
Harry kauert sich schweigend und mürrisch in seinem Rollstuhl zusammen.
Nach dem Regen gestern ist es wie neues Leben in den Bäumen, wenn sie auch schon gelb werden und das Gras riecht wie im Frühjahr.
Harry schwenkt mit dem Rollstuhl herum und rollt nach links hinaus.
SUSIE *zu Sylvester, während sie hinausgeht:* Merken Sie sich: Sie können 8 Tage bewußtlos sein, aber Sie müssen das Bett in tadellosem Zustand halten. Man muß es jederzeit vorzeigen können!
Eine Pause.
SYLVESTER *macht Susie nach:* 26, Sie können 8 Tage bewußtlos sein, aber Sie müssen das Bett in tadellosem Zustand halten.
SIMON *macht Susie nach:* 27, eine Schande ist das, und solange Sie hier sind als Patient, merken Sie sich bitte, ich bin für Sie nicht Susie, sondern Schwester Monican.

SYLVESTER *macht Susie nach:* 27, haben Sie die Pillen eingenommen, die der Doktor verordnet hat?

SUSIES STIMME *von links:* Sechsundzwanzig!

SYLVESTER Ja, Schwester!

SUSIES STIMME Die Oberschwester sagt, Sie müssen sofort ein Bad nehmen, und Siebenundzwanzig, Sie lassen das Wasser einlaufen!

Eine ziemlich lange Pause.

SYLVESTER *ärgerlich:* Ein Bad, die ist gut! Ich bin gar nicht in der Verfassung für ein Bad.

Wieder eine Pause.

SYLVESTER *ernsthaft zu Simon:* Und du hast die ganze Woche keine Zehe in die Wanne getaucht. Ich war erst vorgestern dran, spät am Abend noch. Da kann sie nur d i c h gemeint haben, Simon.

SIMON Da gibts doch gar keinen Zweifel, die hat einwandfrei 26 gebrüllt.

SYLVESTER *aufgeregt:* Wie kannst du denn wissen, Mann, ob sie nicht die Nummern verwechselt hat!

SIMON Nummern verwechselt! Wie kann denn die die Nummern verwechseln!

SYLVESTER Wie kann die die Nummern verwechseln! Das ist doch ganz klar, daß man leicht 26 sagt, statt 27! Wie kann die die Nummern verwechseln! Natürlich kann die die Nummern verwechseln!

SIMON Was erwartest du eigentlich von mir – soll ich mich vielleicht in eine Wanne stürzen, wo du rein sollst?

SYLVESTER Meinetwegen brauchst du dich nirgendwo reinzustürzen, aber von mir kannst du schließlich nicht erwarten, daß ich mich in ein fremdes Bad stürze.

SIMON Schwester Monican hat 26 gesagt, und wenn sich was ändert, kannst du bei mir klingeln und mir das mitteilen.

Pause. Dann steht Simon auf und geht auf die Badezimmertür zu.

SYLVESTER *fährt hoch:* Wo rennst du denn jetzt hin?

SIMON Ich will dir das Bad bereiten.

SYLVESTER Das Bad bereiten! Den Hahn für das heiße Wasser aufdrehen und den Hahn für das kalte Wasser aufdrehen für Nummer 26 und mischen wie der Apotheker die Medizin. Bleib da sitzen, Mensch, bis wir ein abschließendes Urteil hören!

Simon setzt sich wieder hin. Susie kommt von links, geht auf die Türe zu, die ins Freie führt, sie bleibt bei Simon und Sylvester stehen.

SUSIE Was ist denn los mit euch beiden? Habe ich nicht gesagt, daß Sie ein Bad zu nehmen haben, 26, und Sie sollten es ihm einlassen, 27!

SYLVESTER *richtet sich strahlend im Bett auf:* Gerade wollte ich aufspringen, wie Sie da reingeplatzt sind.

SUSIE Also auf mit Ihnen und ins Bad! *Zu Simon:* Und Sie lassen es einlaufen für ihn.

Simon geht ins Badezimmer.

SYLVESTER *mit einem letzten Hoffnungsschimmer, wie Susie zur Eingangstür geht:* Ich war vorgestern abend erst, Schwester!

SUSIE *während sie rausgeht:* Und heute wieder, bitte.

Man hört das Wasser im Badezimmer rauschen und Wasserdampf dringt aus der halbgeöffneten Tür.

SYLVESTER *macht Susie nach:* Und heute wieder, bitte! Vor und nach dem Essen zu nehmen! Was die sich rausnimmt, seit sie ihre Schultern mit dem Schwesternkragen dekoriert hat!

SIMON *kommt und lehnt sich gegen den Türrahmen, schadenfroh:* Jetzt kannst du abdampfen, Sylvester, alle Hähne auf, volle Kraft voraus.

SYLVESTER *wütend zu Simon:* Das ist Musik in deinen Ohren, wenn es da drin gurgelt. Musik! Und jetzt mißt du auch noch die Temperatur! *Setzt sich auf:* So'n Spital ist das letzte, was Gott geschaffen hat! Das kann man nicht mal einem ausgestopften Zeisig zumuten.

SIMON Los, komm rein, bevor die ganze schöne Hitze rausdampft.

SYLVESTER *steigt aus dem Bett:* Hast du die Handtücher vorgewärmt und alles bereit, daß ich bloß reinzuspringen brauche?

SIMON *mit einer Verbeugung:* Alles bereit zu Ihrem speziellen Vergnügen, Sir.

SYLVESTER *während er zum Badezimmer geht:* Gott will, daß ein Mann sich mal die Hände wäscht, aber doch nicht, daß er sich seinen Körper mit Wasser und Seife sündhaft vergoldet.

SIMON *grinst:* Kann ich noch irgend etwas für Sie tun, Sir?

SYLVESTER *fast unverständlich vor Wut:* Das kann ich dir sagen, Simon Norton, das ist eine harte Probe für unsere Freundschaft.

Harry rollt mit dem Rollstuhl herein, zum Kamin hin und sieht hinaus. Simon beobachtet ihn einen Augenblick, holt dann ein Päckchen Zigaretten aus der Tasche und zündet sich eine an.

SIMON *verlegen zu Harry:* 'ne Zigarette, Harry, alter Junge?

HARRY Will keine, hab den ganzen Spind voll.

SIMON Soll ich dir eine von deinen holen?

HARRY Ich kann mir selber eine rausholen, wenn ich eine will. Meinst wohl, meine Arme sind genauso tot wie meine Beine!

SIMON Im Gegenteil, allen fällt es auf, was für Fortschritte du in den letzten Tagen gemacht hast.

HARRY Allen, bloß mir nicht.

SIMON Morgens Massage und abends Massage, und dann noch die Operation morgen als große Schlußrunde, laß mal ein paar Monate vorbeigehn, wer weiß, vielleicht stehst du da schon wieder auf dem Rasen.

HARRY *gereizt:* Komm, halt den Mund! Ein Wunder brauch ich, keine Operation. Die letzte hätte meinen Gliedern schon wieder Leben geben müssen, aber Leben ist keins gekommen, bloß, daß ich von hier an noch lebe, dieses Elend, das war wieder da. Schau mich doch nicht so blöde an, Mensch, hast du noch nie einen gesehen, der vom Bauch abwärts abgestorben ist? Los, fang doch an, sags schon! – »Wo noch Leben ist, da ist noch Hoffnung.«

Simon verdrückt sich in seine Ecke, Susie kommt durch die Glastür herein und geht zum Tisch.

HARRY *zu Susie:* 'ne Schachtel Zigaretten aus dem Spind. Bitte, Susie.

Susie geht zu Harrys Spind, holt die Zigaretten und gibt sie ihm. Als er die Zigarette anzündet, zuckt er plötzlich mit dem rechten Arm.

SUSIE Ruhig, was ist denn los?

HARRY *mit nervösem Lachen:* Weils nicht in meine Beine geht, schießts jetzt zurück in die Arme. Das geht richtig bis in die Fingerspitzen.

STIMME EINES PATIENTEN *rechts draußen, jammernd:* Schwester!

SUSIE *wendet ihren Kopf in die Richtung, aus der die Stimme kommt:* Ruhig verhalten, 23, einschlafen, einschlafen!

HARRY Ich habe so ein weiches, pelziges Gefühl, wie taub, wenn ich etwas anfasse.

SUSIE Denk nicht daran, wenn man so grübelt, wird man nicht gesund, wahrscheinlich ist das meiste Einbildung.

HARRY *beleidigt:* Ich weiß doch, wie sich Eisen anfühlt, *Er be-*

rührt das Bettgestell. oder Holz, *Er faßt den Stuhl an.* oder Fleisch, *Er faßt sich an die Backe.* aber meinen Fingern gibt das alles die gleiche Anwort. Ich habe immer so ein Gefühl von Abstand zwischen mir und dem, was ich da anfasse.

STIMME EINES PATIENTEN *von links:* Schwester!

SUSIE Pscht, einschlafen, 23!

STIMME *von links:* Das Bohren im Kopf wird immer schlimmer!

SUSIE Sie haben Ihre Dosis Morphium schon weg, mehr gibt es nicht. Das müssen Sie jetzt einfach aushalten.

Stabsarzt Forbee Maxwell kommt von draußen. Er ist ca. 30 Jahre alt und sieht gut aus. Sein Ärztekittel ist aufgeknöpft, man sieht seine Auszeichnungen, u. a. das Band des Ehrenkreuzes. Er ist munter und unbekümmert und interessiert sich offensichtlich für Susie.

DR. MAXWELL *singt Lied:*

Jessie räkelte ihren Körper auf dem Sofa –
Und sie spielte nebenbei an ihrem Kleid –
Das die schönste Partie
Über dem Knie
Leider viel zu selten zeigt.

In Gedanken fing ich darum an zu trauern –
Und das hab ich ihr dann auch direkt gesagt:
Schade – so ein Mist –
Daß auf dem Sofa nicht
Noch ein Plätzchen für mich ist.

SUSIE *zu Dr. Maxwell:* 23 ist wieder soweit.

DR. MAXWELL Hoffnungsloser Fall. Er hat seinen halben Kopf in Flandern gelassen. Das kann noch einen ganzen Monat so zugehen.

SUSIE Wegen ihm können die Patienten nicht schlafen.

SIMON Mit seinem »Gott sei mir gnädig!« alle zehn Minuten!

HARRY Das ist ungerecht gegen mich, eine Ungerechtigkeit ist das! Mein Körper braucht doch den Schlaf, wenn er jemals wieder hochkommen soll.

DR. MAXWELL Der arme Teufel belästigt euch nicht mehr lange. *Lied.*

SUSIE Pscht, Dr. Maxwell!

DR. MAXWELL *singt Lied:*

Doch Jessie sah –

Mich leuchtend an
Und sagte dann: ein sehr geschickter Mann,
Der mathematisch denkt dabei,
Der macht das Sofa breit genug für zwei!

Ich begann dann meine Pläne durchzuführen,
Jessies Augen glänzten nach der Liebelei,
Und sie flüsterte: Vielleicht,
Du – vielleicht
Ist das Sofa auch noch groß genug für drei.

Dr. Maxwell faßt nach Susies Hand. Sylvester stürzt aus dem Badezimmer herein, läuft zu seinem Bett und stößt mit Dr. Maxwell zusammen.

DR. MAXWELL Hallo, was ist denn das!

SYLVESTER *wirft sich ins Bett, deckt sich schnell mit den Decken zu, bläst und schnaubt, um sich warm zu machen.*
Puh, puh, ich fühl es, ich bin schon auf der Schwelle zu einer Lungenentzündung, puh!

DR. MAXWELL Wir werden gleich mal nachsehen bei Ihnen, 26, und sehen, wie es mit Ihnen steht.

Sylvester läßt sich im Bett zurückfallen und Simon verdrückt sich zur Tür in den Garten, er sieht hinaus und wirft hin und wieder einen Blick auf Dr. Maxwell, der Sylvester untersucht.

DR. MAXWELL *zu Harry, der angestrengt in den Garten hinaussieht:* Na, wie geht es uns denn heute, Heegan?

HARRY Ich bilde mir ein, ich fühle mich nicht so abgestorben da drin wie die letzten Tage.

DR. MAXWELL Na, das ist doch schon was!

HARRY Manchmal denke ich, ich fühle so ein schwaches, zittriges Zucken oben in meinen Schenkeln.

DR. MAXWELL *berührt Harrys Schenkel:* Wo, da?

HARRY Nein, weiter oben, Doktor, gerade wo die Grenze ist zwischen dem Lebendigen und dem Leblosen.

DR. MAXWELL Ein Zucken?

HARRY Ein schwaches, zittriges Zucken.

DR. MAXWELL Das ist gut, das kann unter Umständen viel heißen, dieses schwache Zucken.

HARRY Ich bin sehr gespannt auf die Operation morgen.

DR. MAXWELL So muß man es auch nehmen. Solange noch Leben da ist, so lange ist auch noch Hoffnung. *Mit einem Lächeln und*

einem Wink zu Susie: Und jetzt wollen wir uns mal 26 ansehen.
Wie Harry hört »Solange noch Leben da ist . . .«, rollt er sich wütend nach links hinaus. Auf halbem Weg wendet er den Kopf und reckt ihn hoch, um in den Garten zu sehen. Dann fährt er weiter.

SUSIE Meinen Sie, die Operation morgen hat Erfolg?

DR. MAXWELL Aber natürlich!

SUSIE Sie meinen, sie wird ihm helfen?

DR. MAXWELL Ganz fabelhaft wird sie ihm helfen.
Susie geht zu Sylvester ans Bett.

SUSIE *zu Sylvester:* Setzen Sie sich auf, 26! Dr. Maxwell will Sie untersuchen.
Sylvester setzt sich mit deutlicher Anstrengung auf und lächelt schmerzlich.

SYLVESTER Bin zur Stelle, Doktor.
Dr. Maxwell kommt, sein Stethoskop wirbelnd, herüber. Simon späht zur Glastür herein.

SUSIE *zu Dr. Maxwell:* Worüber haben sie sich eigentlich gestritten, die Oberin und die Schwester Jennings? *Zu Sylvester:* Machen Sie das Hemd auf, 26!

DR. MAXWELL *hat das Stethoskop bereits in die Ohren gehängt. Nimmt es wieder heraus, um Susie zu antworten:* Man hat sie erwischt, wie sie mit dem Assistenzarzt Tango getanzt hat in seinem Dienstzimmer. Ganz munter, das Mädchen. *Zu Sylvester:* Sagen Sie »99«!

SYLVESTER 99.

SUSIE Ich habe mir immer schon gedacht, das so was mal passiert. Dabei ist sie eine Pfarrerstochter.

DR. MAXWELL *zu Sylvester:* Sagen Sie »99«!

SYLVESTER 99. Huh, mir wird aber kalt, wenn ich so sitze.

DR. MAXWELL *zu Sylvester:* Noch mal. Und keine Angst. Ruhig atmen!

SYLVESTER 99. Kalt wie 'ne Hundeschnauze, Doktor. 99.

DR. MAXWELL *zu Susie:* Verdammt hübsches kleines Ding. Nicht so hübsch wie Sie, natürlich!

SYLVESTER *zu Dr. Maxwell:* Gestern bei der Visite hat Dr. Joyce zu den medizinischen Herren, die so dabei sind und Tips haben wollen – zu denen hat er gesagt, daß die Behandlung bei mir gut anschlägt, und 'ne Operation wär nicht nötig.

DR. MAXWELL Weiter, 99, 99.

SYLVESTER 99 – 99.

DR. MAXWELL Schmeißt ganz schön die Beine und dann sollten Sie sie mal sehen, wenn sie die Beine so ... *Macht es ihr vor.*

SYLVESTER *zu Dr. Maxwell:* Mir ist alles recht, wenn ichs nur loswerde. Ich bin nicht so einer, mit dem man vor einer Operation 'n ganzes Gebetbuch runterbeten muß.

SUSIE Das wäre auch wirklich nicht sinnvoll, so was zu tun, wenn die armen Patienten warten müssen.

DR. MAXWELL *steckt sein Stethoskop in die Tasche:* Der schafft das schon. Ganz zäher Bursche. *Zu Sylvester:* Sie können sich wieder zudecken. *Zu Susie:* Erzählen Sie mir bloß nicht, daß Sie nie mal kribblig werden, und daß Sie nicht auch mal gerne für einen Kuß in einer Ecke verschwinden! *Er kitzelt sie unter dem Arm.* Ein Küßchen in der Ecke, Schwester.

SUSIE *ist geschmeichelt, tut aber spröde:* Bitte nicht, Dr. Maxwell, bitte.

DR. MAXWELL *kitzelt sie wieder, sie gehen ab:* Ein Küßchen in der Ecke ... tarara – Küßchen in der Ecke ...

Pause.

SYLVESTER *zu Simon:* Simon, hast du dieses Zwiegespräch gehört?

SIMON Ja, hab ich.

SYLVESTER Da haben wir die Hände voll zu tun, um am Leben zu bleiben. Stell dir vor, dein Körper hingestreckt vor einer Hand, die stößt dir – ta-ra-ra, ein Messer mitten in den Bauch rein, fix, der Herr hats eilig, er ist schon auf dem Sprung, er ist schon kribblig, er braucht sein Küßchen in der Ecke. Hast du gesehn, mir war ganz schwummrig, reine Zeitverschwendung wars, die »99« aus mir rauszupumpen! Überhaupt nicht beachtet hat ers, und ich hab gebibbert vor Kälte, und weil ich nicht wußte, wie ich dran bin.

SIMON Die sagen aber alle, er ist ein gewiefter Bursche mit dem Messer.

SYLVESTER Der kann dir 'n Auge rausquetschen, 'nen Arm absägen, dir 'ne Ladung Gedärme aus dem Leib schaufeln und reibt sich die Hände und strahlt vor Freude, wenn er die Ruine betrachtet und sagt: »26, sobald es Ihnen ein bißchen besser geht, fühlen Sie sich wie ein neuer Mensch!«

Mrs. Heegan, Mrs. Foran und Teddy kommen von draußen. Mrs. Foran führt Teddy, der eine breite Binde über die Augen hat und die blaue Lazarettkleidung trägt.

MRS. FORAN *zu Teddy:* Paß auf, eine kleine Stufe hier, Teddy!

Upsch, jetzt haben wirs. Jetzt sind wir wieder auf dem Boden, bei Simon und Sylvester. Setz dich lieber hier hin. *Sie führt ihn zu einem Stuhl, er setzt sich.*

SYLVESTER *zu Mrs. Heegan, die ihn küßt:* Na, wie gehts dir, Alte?

MRS. HEEGAN Mach mir Sorgen um unseren armen Harry.

SIMON Er schaffts schon! Morgen lacht er drüber.

SUSIE *kommt ärgerlich herein:* Wer hat euch um diese Zeit reingelassen? 28 wird morgen operiert und muß Ruhe haben.

MRS. HEEGAN Schwester Peter Alcantara hat gesagt, wir können ruhig reinkommen, Schwester.

MRS. FORAN *hochmütig:* Schwester Peter Alcantaras Autorität sollte genügen, denke ich.

MRS. HEEGAN Schwester Peter Alcantara meint, Besuch wird ihn ein bißchen aufmuntern.

MRS. FORAN Schwester Peter Alcantara weiß, was für eine Verantwortung sie auf sich lädt, wenn sie eine Frau von ihrem Mann fernhält und eine Mutter von ihrem Sohn.

SUSIE Schwester Peter Alcantara braucht ihn ja auch nicht zu pflegen. Und bitte denkt daran: nichts, was seine Depressionen verschlimmert!

MRS. FORAN *würdevoll:* Besten Dank, Schwester, für den Hinweis, aber so ein falsches Benehmen ist nicht unsere Art!

Susie geht nach links ab, Harry rollt rasch herein. Als er die Gruppe bemerkt, hält er plötzlich an. Man merkt, er ist enttäuscht.

MRS. HEEGAN *küßt Harry:* Wie geht es dir, mein Junge?

MRS. FORAN Ich hab dir Teddy mitgebracht, deinen Kriegskameraden, Harry.

HARRY *ungeduldig:* Und wo ist Jessie? Ich hatte gedacht, ihr bringt sie mit.

MRS. HEEGAN Sie kommt uns gleich nach.

HARRY Warum ist sie nicht gleich raufgekommen?

MRS. FORAN Sie hat da unten noch jemand getroffen und spricht noch mit dem.

HARRY Barney Bagnal! Ist es Barney Bagnal?

TEDDY Will ihm sicher zum Viktoria-Kreuz gratulieren.

HARRY Was für'n Viktoria-Kreuz? Wer kriegt das Viktoria-Kreuz?

TEDDY Barney. Hat ers dir nicht gesagt?

Mrs. Foran stößt ihn am Knie.

Was ist denn?

HARRY *gespannt, zu Teddy:* Wofür kriegt ers? Wofür kriegt er das Viktoria-Kreuz?

TEDDY Weil er dich verwundet aus dem Feuer getragen hat.

Mrs. Foran stößt ihn am Knie.

Was ist denn?

HARRY *gequält:* Mein Gott, weil er mich aus dem Feuer getragen hat!

MRS. HEEGAN *rasch:* Harry, ich würde an gar nichts mehr denken, bis wir sehen, wie die Operation morgen ausgeht.

SIMON *rasch:* Gott, wenn er wenigstens ein Bein wieder gebrauchen kann!

MRS. FORAN *rasch:* Denk mal, wo er da überall hinhumpeln könnte, und was er da alles unternehmen könnte, wenn er bloß 'ne Krücke hat.

MRS. HEEGAN Und selbst im schlimmsten Fall ist er ja von keinem abhängig, ihm steht ja die höchste Invalidenrente zu.

SIMON Zwei Scheine die Woche, stimmts?

SYLVESTER Ja, zwei, bei Vollinvalidität.

HARRY Sie kommt nicht rauf, wenn einer von euch nicht runtergeht und holt sie rauf.

MRS. HEEGAN Sie muß ja raufkommen, sie hat ja deine Gitarre.

HARRY Ruf sie rauf, Simon! Ruf sie rauf! Ich muß Jessie sehen.

Simon geht zur Tür, die ins Freie führt und sieht hinaus.

MRS. FORAN *beugt sich ganz nah zu Harry*: Er sieht schon lang nicht mehr so überanstrengt aus wie das letztemal.

MRS. HEEGAN *sieht Harry ins Gesicht:* Und deine Wangen sind auch nicht mehr so eingefallen.

TEDDY Ich glaub, die Jessie muß er sich wohl aus dem Kopf schlagen. Wenns einen Mann am Rückgrat erwischt hat –

Mrs. Foran stößt ihn am Knie.

Was ist denn los, Frau?

HARRY *ungeduldig zu Simon:* Kommt sie? Kannst du sie irgendwo sehn?

SIMON Ich seh jemand, da drüben, unter den Bäumen, das ist sie wohl.

HARRY Ruf doch! Kannst du nicht rufen, Mann!

SIMON *ruft:* Jessie! Hallo, Jessie! Bist dus, Jessie?

MRS. HEEGAN *zu Harry:* Um wieviel Uhr wirst du denn operiert, Harry?

HARRY Ruf noch mal! Ruf sie noch mal! Los!

SIMON *ruft:* Jessie! Jessie!

TEDDY Da hat er nicht viel Chancen, mit ’nem angeknackten Rückgrat!

MRS. FORAN *ganz nah an Teddy:* Halt doch den Mund, du!

HARRY Warum habt ihr sie denn draußen gelassen? Warum habt ihr nicht gewartet, bis sie mitkommt?

MRS. FORAN *neben Simon, ruft:* Jessie! Jessie!

JESSIES STIMME *weit weg:* Jaa –

MRS. FORAN *ruft:* Komm schnell rauf! Alle warten!

JESSIES STIMME Ich komm nicht.

MRS. FORAN Bring schnell die Gitarre rauf!

JESSIES STIMME Barney bringt sie.

Harry, der gespannt zugehört hat, rollt sich rasch zum Fenster, zwischen Mrs. Foran und Simon.

HARRY *ruft laut:* Jessie! Jessie! Jessie!

MRS. FORAN Sieh dir das an! Da läuft sie weg, das Luder.

HARRY *flehentlich:* Jessie! Jessie!

Susie kommt rasch von links. Sie geht zu Harry und schiebt ihn von der Tür weg.

SUSIE *entrüstet:* Empörend! Die ganze Station weckt ihr auf mit dem Geschrei! Lieber Himmel, seht doch, in welchem Zustand 28 ist. Los jetzt, bitte, Sie müssen alle sofort gehen.

HARRY Jessie kommt noch auf einen Sprung rauf, Schwester.

SUSIE Niemand kommt mehr herauf. Das war genug für einen Abend, und morgen die schwere Operation. Bitte alle gehn jetzt! Bitte! *Susie führt Mrs. Heegan, Mrs. Foran und Teddy nach links hinaus.*

MRS. FORAN Wir gehn ja schon, wir gehn ja schon, danke. Eine nette Art, mit dem Strandgut und Treibgut der Schlachtfelder umzugehen!

SUSIE *zu Harry:* Ins Bett jetzt, 28, bitte. *Zu Simon:* Helfen Sie mir ihn zu Bett bringen, 27.

Susie schiebt Harry zu seinem Bett nach rechts. Simon bringt einen Wandschirm, den er vor Harrys Bett aufstellt, um ihn zu verdecken.

SUSIE *während sie den Wandschirm zurechtrückt, wendet sie sich zu Sylvester um, der aufrecht im Bett sitzt:* Ihre kleine Operation wird morgen gleich in der Frühe gemacht, Sie sollten jetzt auch schlafen.

Sylvester wird blaß, Bestürzung und Angst im Gesicht.
Machen Sie kein Theater, Sie werden schon nicht auseinandergenommen, in 10 Minuten ist alles vorbei!

SYLVESTER *stöhnt:* Wenn sie einen mal da liegen haben, bleibt einem nur noch die Hoffnung auf die unendliche Gnade Gottes.

SIMON Wenn ich du wär, Sylvester, ich würde die Operation gar nicht weiter ernst nehmen. Du kennst doch das alte Lied: »Laß mich fallen wie ein Held«. Wenn ich du wär, ich würd gar keinen Gedanken daran verschwenden.

SYLVESTER *läßt sich in die Kissen fallen, Todesangst im Blick:* »Laß mich fallen wie ein ein Held« . . . Hat einer so was schon jemals gehört! Einfach keinen Gedanken daran verschwenden! *Er richtet sich auf, starrt Simon an.* He, du! Wenn du schon nicht mehr vernünftig denken kannst, dann faß es wenigstens nicht in Worte! *Er sinkt wieder in die Kissen.* »Laß mich fallen wie ein Held« . . . O, das ist ein bitteres Unrecht, wenn ein Mensch mit einem Gefühlsleben in so eine Welt reingestoßen wird. *Sylvester kriecht unter die Decke und bleibt ausgestreckt und bewegungslos liegen. Harry ist ebenfalls jetzt im Bett. Simon entfernt den Schirm, Susie legt Harrys Decke für die Nacht zurecht.*

SUSIE *zu Simon:* Jetzt schnell das Abendbrot. Helfen Sie reintragen.
Simon geht ab nach links.

SUSIE *zu Harry ermutigend:* Nach der Operation viel an die frische Luft, in ein Erholungsheim, das wirkt oft Wunder!

HARRY Wenn mein Atem eins wäre mit dem Wind, der über die Meere geht und über alle Länder der Erde, er könnte doch diesen erbärmlichen Balg nicht ausdehnen und zu etwas anderem machen.

SUSIE *macht die beiden Hängelampen aus, so daß nur noch das rote Licht über dem Kamin bleibt:* Seien Sie nicht albern, 28. Wenn Sie erst einmal mit Ihrem Rollstuhl zwischen den Buchen und Tannen spazierenfahren können, und wenn die Narzissen wieder in Blüte stehen, dann werden Sie auch wieder an den Aufstieg und die Erneuerung des Vaterlands glauben können.
Man hört draußen die Glocken zur Abendandacht läuten.

HARRY *mit tiefer Bitterkeit:* Und dann sag ich zu der Tanne: »Gib mir die Anmut und die Schönheit der Buche.« Und zu der Buche werd ich sagen: »Gib mir die Kraft und den Wuchs der Tanne.« In einem Netz werd ich Schmetterlinge bündelweise fangen; und werd sie zwischen meinen Fingern zerreiben und werd sie aufspießen, wenn sie noch zappeln, auf das Banner der Barmherzigkeit. Meinen Rollstuhl mach ich zu einem Panzerwagen und überrolle den Hals und das Rückgrat von all den Narzissen, und streu die zerfetzten Blüten aus als Zeugnis der Gnade Gottes und der menschlichen Gerechtigkeit!

SUSIE *erschrocken:* Pscht, Harry! Harry!

HARRY Leck mich doch, mit deinem Vaterland und deinen Bäumen und dem ganzen Dreck! Mit deinem Gebrabbel und Gesabbel!

SUSIE *während sie rausgeht:* Achtundzwanzig!

HARRY Leck mich doch am Arsch! Du mit deinem Vaterland und deinen Bäumen und deinem ganzen Dreck, mit deinem Gegrabbel und Gesabbel!

Susie sieht ihn an, bleibt einige Sekunden stehen, als ob sie etwas sagen wollte, dann geht sie ab. – Pause. – Dann kommt Barney vom Garten herein. Er trägt einen Mantel über der blauen Lazarett-Kleidung. Sein linker Arm ist in einer Schlinge. Unter dem rechten Arm trägt er eine Gitarre und in der Hand einen Blumenstrauß. Verlegen und langsam geht er zu Harrys Bett, legt die Blumen und die Gitarre ans Fußende.

BARNEY *unbeholfen:* Deine Gitarre. Und ein Blumenstrauß von Jessie.

Harry bleibt reglos liegen.

BARNEY Ein Blumenstrauß von Jessie, und deine . . . Gitarre.

Die Stationsschwester kommt herein, links, auf dem Weg in die Kapelle. Sie trägt ein cremefarbenes Ordenskleid und eine weiße Haube; ein Rosenkranz mit großen Perlen hängt an ihrem Gürtel. Sie bleibt stehn. Ein Messingkreuz blitzt an ihrer Brust.

DIE STATIONSSCHWESTER *zu Harry:* Bleiben wir auch tapfer und hoffnungsfreudig, 28?

HARRY *leise:* Ja, Schwester.

STATIONSSCHWESTER Schön. Und eine Gitarre haben wir auch. Können Sie sie spielen, mein Sohn?

HARRY Ja, Schwester.

STATIONSSCHWESTER Schön. Sie müssen mir mal etwas vorspielen, wenn die Operation gut überstanden ist. *Zu Barney:* Und Sie halten wohl Wache bei Ihrem Kameraden, 22?

BARNEY *leise und befangen:* Ja, Schwester.

STATIONSSCHWESTER Das ist brav. Denn was du den geringsten

meiner Brüder tust, das hast du mir getan. Gott mit euch, meine Kinder! *Zu Harry:* Und 28, beten Sie zu Gott, denn er ist herrlich in seinem Tun an den Menschenkindern. *Sie geht ruhig und würdig hinaus ins Freie.*

BARNEY *geht nach links ab, bleibt einen Augenblick stehn:* Auf dem Bett sind sie. Die Gitarre und der Blumenstrauß von Jessie.

Man hört die Schwestern in der Kapelle das Salve Regina singen.

SCHWESTERN Salve Regina, mater misericordiae;
Vitae dulcedo et spes nostra, salve!
Ad te clamamus, exules filii Hevae;
Ad te suspiramus, gementes et flentes in hac lacrimarum valle.
Eia ergo Advocata nostra,
Illos tuos misericordes oculos ad nos converte,
Et Jesum, benedictum fructum ventris tui –

HARRY Gott, der du Wunder tust, gib einem armen Teufel eine Chance! Gib ihm noch eine Chance!

DIE SCHWESTERN Nobis post hoc exsilium ostende,
O clemens, o pia, o dulcis Virgo Maria!

4. Akt

Einer der Räume, die zu den Tanzsälen des Avondale-Fußballklubs gehören. Hinten schräg links ist ein gewölbter Durchgang zum Ballsaal. Er ist durch einen schlanken Pfeiler unterteilt. Statt Türen schwarz-rot gestreifte Vorhänge. Schiebt man, während getanzt wird, den Vorhang zur Seite, so sieht man tanzende Paare. Über dem Eingangsbogen ein Schriftband mit der Aufschrift »Hoch die Avondales«. Hinten eine breite und hohe Glastür mit dem Ausblick auf die Büsche und Maulbeerbäume des Gartens. An der Glastür apfelgrüne Vorhänge. Im Augenblick steht die Türe weit offen. Zwischen dem Eingangsbogen und der Glastür hängt die Ehrentafel mit den Namen der fünf im Krieg gefallenen Klubmitglieder. Unter der Ehrentafel ein Lorbeerkranz, mit roten und schwarzen Schleifen geschmückt. Im Vordergrund links der Kamin. Zwischen dem Kamin und dem Eingangsbogen eine Tür mit einem ovalen weißen Emailschild, auf dem »Hausmeister« steht. Rechts ein langer Tisch mit grünem Tischtuch, darauf Weinflaschen und ein Dutzend Gläser. Ferner steht auf dem Tisch ein Telefon. Der Fußboden ist mit einem braunen Teppich belegt. Im Zimmer 2 Lehnstühle und ein einfacher Stuhl. Von der Decke hängen 3 Lampen, die mittlere hat Hochformat, die seitlichen Querformat. Die Lampen sind schwarz mit einem roten Streifen: an der Mittellaterne ist der Streifen vertikal, an den Seitenlampen horizontal, so daß sie, wenn sie von innen beleuchtet sind, das Bild eines außen schwarzen, innen roten Kreuzes ergeben. Der Saal ist bunt geschmückt mit vielen farbigen Lampions, die an Schnüren mit bunten Wimpeln herabhängen.

Bei Beginn des Aktes sind die Vorhänge zum Tanzsaal zugezogen; man hört die Kapelle einen Foxtrott spielen. Draußen im Garten, in der Nähe der Glastür sieht man Simon und Sylvester rauchen, während Teddy langsam auf und ab geht. Die Kapelle aus dem Saal ist einige Augenblicke zu hören, dann erst werden die Vorhänge beiseite geschoben, Jessie und Barney kommen Hand in Hand herein und gehen schnell zu dem Tisch mit den Weinflaschen. Gleich hinter ihnen folgt Harry, der sich in seinem Rollstuhl ein wenig vorrollt, dann anhält und die beiden beobachtet. Der Vorhang wird noch einmal zurückgeschoben: Mrs. Heegan wird sichtbar, die

Harry beobachtet. Simon und Sylvester betrachten von draußen durch die Glastür die Vorgänge im Zimmer. Barney trägt einen adretten dunkelblauen Anzug, einen ziemlich hohen steifen Kragen und eine schwarze Krawatte. An den Rock hat er seine Kriegsauszeichnungen gesteckt; das Viktoria-Kreuz fällt sofort ins Auge. Harry hat gleichfalls seine Auszeichnungen angelegt. Jessie trägt ein sehr hübsches enganliegendes Ballkleid mit einem tiefen Dekolleté. Alle, auch Harry, tragen bunte Papierhüte.

JESSIE *erhitzt, erregt und ängstlich, da sie mit einem Blick nach rückwärts bemerkt, daß Harry hereinkommt:* Da kommt er uns schon wieder nach! Daß er uns immer beobachtet, das vertreibt mir die ganze Freude heute abend. Ich krieg eine Gänsehaut bei dem Gefühl, daß er hinter uns herrollt.

BARNEY Wir finden schon eine Gelegenheit, ihn abzuschütteln. Wenn er wieder anfängt, sorgen wir dafür, daß er seine verschobenen Knochen woanders hinschafft.

Als sich Harry vom Vorhang her nähert:

Jetzt kommt er zu uns her. *Lauter zu Jessie:* Rotwein, Jessie, oder Weißwein?

HARRY Zuerst Roten, Jessie, auf die Leidenschaft und die Kraft und den Schmerz im Leben und dann ein Glas Weißen auf die Melodie des Lebens, die in alldem mitschwingt.

JESSIE Mir ist so heiß!

HARRY Mir ist so kalt! Weißen für die Frau, das kühlt sie ab, Roten für den Mann, dem so kalt ist, um ihn zu wärmen.

JESSIE Für mich Weißen.

HARRY Für mich den Roten, um auf Männer zu trinken, die vor Stolz auf ihre Kraft aus den Nähten platzen. Auch so ein Kriechtier wie ich kann ja noch rufen: »Preiset den Herrn!«

BARNEY *sanft zu Harry, während er Jessie ein Glas Wein gibt:* Für dich jetzt nichts mehr, Harry.

HARRY *höhnisch:* O bitte, Eure lüsterne Lordschaft, wenn ich nur noch um eins ersuchen dürfte, und wenn ich noch 'n zweites verlange – klopft mir auf die Finger. *Rollt mit seinem Stuhl wütend auf Barney los.* Hau ab, du aufgeputztes Dreckstück! Ich habe genauso Orden an der Brust wie du! *Er füllt sich ein Glas.*

JESSIE Komm, Barney, laß uns wieder tanzen!

Barney zögert.

Bitte, Barney! Laß uns tanzen!

HARRY Zum Tanzen, zum Tanzen! Denn es kommt noch der Tag, da wird keiner mehr aufspielen. Und die Beine sind ja gemacht zum Tanzen, zum Rennen, zum Springen, und um einen zu tragen von Ort zu Ort. Bloß meine können nicht gehen, nicht rennen, nicht springen, und sie spüren auch diesen lustigen Schwung nicht mehr von so einem Tanz. Aber legt mich nur auf den Boden, auf den Bauch, dann kann ich mich auf den Rücken wälzen und dann wieder zurück auf den Bauch. Das ist immer noch mehr, als ein toter Mann fertigbringt.

BARNEY Jessie möchte tanzen. Also gehen wir jetzt und lassen dich hier für 'n Moment allein.

HARRY Dem Schmerz noch Schmerz dazu, und der Freude noch mehr Freude. Ich gehe auch. Du willst mich hier wohl einsperren, daß ich nicht sehe, wie du tanzt und tanzt, und die Jessie ganz nah an dir dran und du ganz nah an Jessie! Du wirst es nicht glauben, ich bin auch manchen schönen Meter übers Parkett gewalzt mit einer süßen kleinen Maus!

Wie Jessie und Barney fortwollen, hält er Jessie am Kleid fest.

Wie sie heißt? Egal wie, nennen wir sie doch mal Jessie!

JESSIE Laß mich doch los! *Zu Barney:* Barney, er soll mich loslassen, bitte!

Barney entfernt wortlos Harrys Hand von Jessies Kleid. Jessie und Barney verschwinden dann durch den Torbogen, dessen Vorhang offen bleibt, in den Tanzsaal. Nach einer Weile zieht sich auch Mrs. Heegan vom Eingang in den Tanzsaal zurück. Einen Augenblick später folgt Harry gleichfalls in den Saal. Simon und Sylvester kommen vom Garten herein, während Teddy rauchend draußen bleibt und auf und ab geht, vorsichtig, wie Blinde gehen. Simon und Sylvester setzen sich an den Kamin und paffen einige Augenblicke schweigend.

SYLVESTER Ich habs ja gewußt; ich habs ja gewußt. Es zerrt und zerrt an seinen Nerven und treibt ihn tiefer und tiefer in seine Wahnidee.

SIMON Jessie könnte ja versuchen, ihn etwas zartfühlender abzuschieben. Aber es wäre auf jeden Fall besser gewesen, finde ich, wenn Harry heute abend nicht hergekommen wäre.

SYLVESTER Ich bin ganz deiner Meinung, Simon. Im Lazarett war er ein Paradestück, hier ist er ein Alptraum.

SIMON Leben und Frohsinn dahin zu bringen, wo bloß Kranke und Hilflose sind – das ist in Ordnung. Aber ein hilfloser Krüppel, wo alles Leben und Frohsinn ist, das ist falsch.

Das Telefon läutet.

SYLVESTER Das Telefon läutet.

SIMON Es wird schon gleich jemand kommen und abnehmen.

SYLVESTER Daß man ein bißchen Schwung in einen Haufen Elend bringt, das nenne ich vernünftig, aber so ein armes Stück Elend hierherschicken, wo alles so bei Kräften ist, das finde ich – das ist –

SIMON – der reinste Hohn.

SYLVESTER Genau das.

Das Telefon läutet weiter.

SYLVESTER Da ist immer noch das Telefon und läutet.

SIMON Wird schon gleich einer kommen und rangehen.

Teddy hat sich an die Eingangstür getastet.

TEDDY Das Telefon klingelt, Jungens.

SYLVESTER Danke, Teddy, wir habens gehört, danke. *Zu Simon:* Wie er die Einladung vom Komitee bekommen hat, mit allen Orden und Ehrenzeichen hier zu erscheinen, da haben die Alte und ich ihn überreden wollen, er soll zu Hause bleiben, in dem Zustand, in dem er war. Und ich hätte ihn dann hier vertreten. Aber – *eine Geste* – nichts zu machen.

Teddy geht wieder auf und ab.

SIMON Ist ja verständlich, daß er kommen wollte, wo er den Pokal zweimal für sie gewonnen hat. Wenn sie ihn jetzt behalten dürfen für immer, verdanken sies doch ihm.

SYLVESTER So'n hilflosen Jungen hierherbringen, wo er doch immer daran denken muß, wie kräftig und wie gewandt er war, hier, wo alles so herumwirbelt in Jubel und Trubel, das ist einfach – einfach –

SIMON Verheerend, würde ich sagen.

SYLVESTER Ja, das ist es. Wird das verdammte Telefon denn die ganze Nacht bimmeln?

Mrs. Foran kommt rasch aus dem Tanzsaal.

MRS. FORAN Miss Monican sagt, einer von euch soll das Telefon abnehmen und sie rufen, wenns was Wichtiges ist.

SYLVESTER *nervös:* Ich hab noch nie in meinem Leben ein Telefon in der Hand gehabt.

SIMON Ich habs mal versucht, aber da ist mir so heiß und kribblig geworden, daß ich kein Wort verstanden hab, und noch nicht mal wußte, was ich selber gesagt habe.

MRS. FORAN Nun mal ran und seht mal!

Alle drei schleichen sich an das Telefon ran.

SYLVESTER Versuchs doch mal, Simon, du mußt versuchen, ruhig zu bleiben.

Wie Simon die Hand zum Hörer ausstreckt:

Nicht so hastig! Nicht so hastig, Mensch, sonst gibts 'n Durcheinander. Eins nach dem andern!

SIMON *zeigt auf den Hörer:* Wenn man das abhebt, ist man verbunden, glaub ich.

SYLVESTER Hat keinen Wert, da lange zu überlegen. Muß man da nicht zuerst die Kurbel drehen?

SIMON *gereizt:* Nein! Da wird keine Kurbel gedreht, Mann!

MRS. FORAN Laß doch Simon machen! Simon kann das!

Simon nimmt zitternd den Hörer ab, läßt ihn fast fallen.

SYLVESTER Ojeoje! Simon, paß auf, paß bloß auf!

SIMON *spricht in das Mundstück:* He! Hallo! He, hören Sie dort? He! Hören!

SYLVESTER Jetzt sei doch mal still, Mensch, und laß mal den am andern Ende reden!

SIMON Wenn ihr wollt, daß ich das manipuliere, dann laßt mich das in Ruhe machen!

MRS. FORAN *zu Sylvester:* Bring ihn nicht durcheinander, Sylvester!

SIMON *winkt sie ab:* Drängelt euch nicht so ran. Ich brauche Platz zum Manipulieren.

Einige Augenblicke ist Totenstille!

MRS. FORAN Hörst du was vom anderen Ende?

SIMON So 'n Summen und Brausen ist da drin.

Sylvester zieht plötzlich mit einem Ruck an dem Draht und reißt Simon den Hörer aus der Hand.

SIMON Was machst du denn da, Mensch! Du reißt mir ja die ganze Verbindung auseinander!

SYLVESTER *aufgeregt:* Da war 'n Knoten und 'n Knick in der Strippe, da ist der Ton nicht durchgegangen!

SIMON Wenn du willst, daß ich saubere Arbeit leiste, dann halte dich bitte abseits. He! Hallo! Hören Sie? Ja? Ha, ha, ha! Ja, ja, ja. Nein, nein, nein. Cheerio! Ja. He! Hallo! Hören Sie! Hallo!

SYLVESTER Was ist? Was sagen die?

SIMON *verzweifelt, legt den Hörer weg:* Ich hör keinen Ton!

SYLVESTER Heiliger Gott, und was jast und neinst und cheeriost du denn dann so?

SIMON Du kannst doch nicht dastehn wie ein Idiot und keinen Ton sagen.

SYLVESTER Gib mal her, Simon! Gib mal – du hältst es ja nicht im richtigen Winkel!

MRS. FORAN Laß mal Sylvester ran, Simon! Das ist eine heikle Erfindung, da muß man den Dreh raushaben.

SYLVESTER *nimmt Simon den Hörer weg und legt ihn vorsichtig an sein Ohr:* Du mußt immer die Balance halten zwischen dem Mund, der spricht, und dem Ohr, das hört. *Spricht in den Hörer:* Hallo! Jemand da am andern Ende? Eh! Was? Ja, ja – ich hab Sie verstanden. *Nimmt den Hörer vom Ohr, zu Simon und Mrs. Foran:* So was wie Wein oder Sein oder Schein oder so – und dann so was, was immerzu summt.

SIMON Kann ich keinen großartigen Sinn drin finden.

MRS. FORAN Kanns nicht sein, daß sie Bienen meinen?

SYLVESTER *höhnisch:* Bienen! Nee, Bienen können sie nicht meinen! Mit deinem Gefrage, Mrs. Foran, bringst du bloß alles durcheinander. Bienen! Ts, ts, ts – die Dummheit mancher Leute – erschreckend.

SIMON Frag sie doch in aller Ruhe, was sie wünschen.

SYLVESTER *gereizt:* Blödsinn! Was soll ich sie denn fragen, wenn bloß immer so was kommt wie so 'n Summen.

MRS. FORAN Ist es nicht vielleicht »Jungen« oder »Stummen« oder »Krummen«?

SYLVESTER Vielleicht was mit Dummen! Ich für meine Person, Mrs. Foran, ich meine, man sollte wenigstens nicht stören, wenn man schon nicht helfen kann.

SIMON Leg es zurück, Sylvester, wo es war, und wenn es wieder klingelt, dann gehen wir ganz leise raus.

MRS. FORAN Ja, leg es zurück, und wir sagen, es hat nicht geläutet.

SYLVESTER Wo war es denn? Wo legt man's denn hin?

SIMON Auf das Ding da, was da hochsteht. – Jetzt ist es friedlich. *Sylvester legt vorsichtig den Hörer auf. Sie sehen für ein paar Augenblicke das Telefon an, dann gehen sie, einer nach dem andern, zum Kamin zurück. Sylvester steht mit dem Rücken zum Kamin, Simon setzt sich auf einen Stuhl, auf dessen Lehne sich Mrs. Foran stützt.*

MRS. FORAN Komisch, daß die am andern Ende sich nicht verständlich machen konnten.

SIMON Wahrscheinlich sind sie nicht dran gewöhnt, und da ist es dann ein bißchen schwierig, wenn man nicht genau weiß, wie man so 'n Ding manipuliert.

SYLVESTER Dann sollen sie es eben studieren oder die Konsequenzen tragen. Wir können doch nicht unsere Zeit verschwenden, es ihnen beizubringen.

Der Vorhang am Eingang zum Tanzsaal wird beiseite geschoben und Teddy, der kurz vorher aus dem Garten verschwunden war, tritt ein. Da er den Vorhang offenläßt, sieht man die Tanzpaare im Tangorhythmus vorbeigleiten. Teddy kommt nach vorne, hält seinen leeren Blick auf die Gruppe am Kamin gerichtet, dann tappt er zum Tisch, tastet, bis er eine Flasche berührt, die er in eine Hand nimmt, um sie mit der anderen abzutasten.

SIMON Wie geht's, Teddy?

TEDDY *mit leerem Blick auf die drei:* Sylvester – Simon – gut. – Was siehest du, Teddy? Du siehest nicht, wie der Mensch sieht. Aufrecht stehen die Bäume im Garten, und das Grüne wachset dem Lichte zu und streut Blumen aus in allen Farben. Am Himmel die Sonne am Tage und die Sterne bei Nacht – nichts. Im Saal drin hör ich, wie sie tanzen, die Augen der Frauen, grün und blau und braun und schwarz, blitzen auf und verschleiern sich und blitzen wieder auf. Ihre Brüste heben sich und senken sich und heben sich wieder. Schlanke Beine kommen heraus aus dem Rot und dem Schwarz und dem Grün, kommen raus und sind wieder verdeckt – nichts. Wie du dich auch anstrengst, von Gottes Thron erstreckt es sich bis hinunter, bis zum Grunde der Hölle.

SIMON Was?

TEDDY Die Finsternis.

SIMON *weiß nicht, was er sagen soll:* Ja, o ja, ja, ja.

TEDDY *hebt eine Weinflasche:* Welche Farbe, Sylvester? Es ist egal, aber der Rote ist mir lieber.

MRS. FORAN *geht zu Teddy:* Nur ein Glas, mein Lieber, und mit dem setzt du dich schön da hin und trinkst es Schluck für Schluck.

Mrs. Foran füllt Teddy ein Glas Wein, führt ihn zu einem Stuhl und reicht ihm vorsichtig das Glas. Man hört die Kapelle spielen und durch die auseinandergeschobenen Vorhänge sieht man die Paare tanzen. Jetzt tanzt Jessie in Barneys Arm vorüber, und wenige Augenblicke später folgt Harry an der Saalwand entlang in seinem Rollstuhl und läßt das Paar nicht aus den Augen. Mrs. Foran und die beiden Männer sehen zu und werden aufmerksam, als zwischen den Tanzenden Susie im Arm von Stabsarzt Maxwell, Jessie mit Barney, schließlich auch Harry vorbeiziehen.

SYLVESTER *als Susie vorbeitanzt:* Susie Monican sieht heute abend aus, als ob sie zu allem bereit wär.

SIMON Man kann sich kaum noch vorstellen ihre Gottesfurcht von einst.

SYLVESTER *wie Jessie vorbeitanzt, verfolgt von Harry:* Da ist er wieder, immer hinterher.

SIMON Und Jessie will wohl auch ihre Jungfernschaft loswerden. Sie sieht ganz so aus.

MRS. FORAN Die schmalen Träger an ihrem Kleid, wie die dauernd über die Schulter runterrutschen, und wie sie die immer erst im allerletzten Moment wieder raufschiebt.

SIMON *grinst:* Und Barneys Hand schiebt sich immer noch 'n bißchen höher rauf, um noch 'n bißchen nachzuhelfen, wenn sie rutschen.

MRS. FORAN Erstaunlich, wie die Mädchen ihre Unanständigkeit auch noch zur Schau stellen. Immer wenn sich eine von ihnen hinsetzt und die Beine übereinanderschlägt, tun die armen Männer mir von Herzen leid, die diesem wenig erbaulichen Anblick ausgesetzt sind, und das in voller Länge.

TEDDY *in Gedanken:* Doch 'n verdammt hübscher Anblick, finde ich.

MRS. FORAN *empört:* Man sollte meinen, daß so ein Gedanke keinen Mann mehr bewegt, der seinem Augenlicht Lebewohl gesagt hat.

TEDDY Kontrollier doch nicht jedes Wort von mir!

MRS. FORAN *einen Augenblick sprachlos vor Staunen, reißt Teddy das Glas aus der Hand:* Verdammt noch mal, keinen Tropfen kriegst du mehr heute abend!

Die Kapelle hört plötzlich auf zu spielen. Man sieht durch den Eingangsbogen, wie die Paare im Tanz innehalten und aufmerksam gegen den Hintergrund des Saales blicken. Nach einer kurzen Pause wird Harry in seinem Rollstuhl von Susie hereingefahren. Sein Gesicht ist blaß und verzerrt, sein Atem geht keuchend und flach, und sein Kopf lehnt seitlich gegen die Rückenlehne des Rollstuhls. Mrs. Heegan geht auf der einen Seite von Harry, Stabsarzt Maxwell, der eine Art Abendanzug trägt und all seine

Medaillen angelegt hat, auf der anderen. Harry wird in die Nähe der offenen Glastür gerollt. Barney und Jessie im Eingangsbogen sehen und hören zu.

DR. MAXWELL Hier ans Fenster. *Zu Mrs. Heegan:* In ein paar Minuten ist ihm wieder besser. Ein kleiner Anfall, zuviel Aufregung. Sowie er sich ein bißchen erholt hat, bringen wir ihn nach Hause.

HARRY *schwach, aber störrisch:* Nein, nichts! Nicht nach Hause! Jetzt noch nicht. Es geht schon wieder. Ich will noch bleiben, eine Stunde noch mittendrunter sein, mitten im Trubel! Weitermachen!

DR. MAXWELL Es ist besser für Sie, wenn Sie nach Hause gehen, Heegan.

HARRY Wenn sie auf das Wohl des Klubs trinken, aus dem Pokal – dem Silberpokal –, den ich dreimal gewonnen habe für die, dreimal gewonnen – meine Lippen und Jessies Lippen waren die ersten, die draus getrunken haben –, dann geh ich, aber jetzt noch nicht. Mir ist ganz wohl. Noch ist mein Name nur ein Schatten auf dieser Ehrentafel – bis jetzt!

MRS. HEEGAN Komm nach Hause, Harry. Du kriegst deine Rente bloß, wenn du nach Vorschrift lebst.

HARRY Bringt den Pokal her! Ich will ihn hierbehalten, bis es losgeht, bis ihr auf die Avondales trinkt – hier auf den Tisch neben mir. Bringt den Pokal her! Hier paß ich auf ihn auf.

DR. MAXWELL Holt einer den Pokal für ihn!

Simon geht in den Saal und kommt mit dem Pokal zurück, gibt ihn Harry.

HARRY *hält den Pokal hoch:* Den ersten Trunk wieder für mich, für mich allein diesmal, denn die Granate, die mich getroffen hat, hat Jessie und mich auseinandergerissen für immer. *Zu Simon:* Komm er, schenk ein!

DR. MAXWELL *zu Simon:* Nur ein bißchen – höchstens ein Glas voll. Das kann ihm nicht schaden. *Zu Harry:* Dann müssen Sie sich aber ganz ruhig verhalten, Heegan.

HARRY Den Wein – einschenken, den Wein!

SIMON *zu Harry:* Roten oder Weißen?

HARRY Roten – rot wie die verglühende Erinnerung an die Feuer in Frankreich. Rot wie der Mohn, der seine Blüten hinstreut auf die Brust der gefallenen Männer. Nein, Weißen, weiß wie das Schweigen der Millionen, die ihre Stimme verstummen ließen in dem Gewühl des Lebens. Nein, Roten; rot wie das Blut, das für euch vergossen worden ist und für die vielen zur Vergebung der Sünden. *Er trinkt.* Ruhig, Harry, und hebe deine Augen auf zu den Hügeln. *Grob zu den Umstehenden:* Was glotzt ihr denn alle so?

DR. MAXWELL Ruhig, Heegan – Sie müssen versuchen, ruhig zu bleiben.

SUSIE Und wenn du dich ausgeruht hast und dich besser fühlst, mußt du für uns ein Neger-Spiritual singen und begleitest dich dazu auf deiner Gitarre.

MRS. HEEGAN So wie früher.

SYLVESTER Hinter den Linien, damals.

SIMON Im Camp.

MRS. FORAN Ja, dort in Frankreich.

HARRY Haut doch ab mit eurem Mitleid, davon hab ich nichts! *Er rollt seinen Stuhl rasch zum Saal.* Weitertanzen, laßt den Ball am Rollen! *Ruft laut:* Pauken und Trompeten, los, anfangen! *Die Kapelle beginnt wieder zu spielen.* Tanzt, tanzt, tanzt! *Er horcht einen Augenblick.* Stürzt euch wieder rein ins Vergnügen. Das andere überlaßt dem lieben Gott. *Er wirbelt sich im Rollstuhl im Takt der Musik herum.* Herrgott, es geht nicht. *Er sinkt seitwärts an die Lehne.* Ich muß ausruhn. Ausruhn. *Er rezitiert ruhig:*
Für 'ne kurze Zeit bleib ich noch hier,
Dann pack ich meine Beine ein und geh,
Das Leben trägt euch hoch auf der Flut,
Während ich in der Ebbe des Lebens steh.
Harry rollt sich zum Fenster und blickt in den Garten hinaus. Mrs. Heegan rechts von ihm, Teddy links; etwas weiter hinten Simon und Sylvester, die zusehen. Mrs. Foran rechts neben Mrs. Heegan. Stabsarzt Maxwell und Susie, die mehr im Vordergrund stehen, beobachten ihn einen Augenblick, dann legt Stabsarzt Maxwell seinen Arm um Susie, sie gehen in den Tanzsaal. Kurz darauf werden die Vorhänge zugezogen. Längere Pause. – Teddy legt schweigend seine Hand auf Harrys Schulter und beide starren in den Garten.

SIMON Die Luft tut ihm bestimmt gut.

SYLVESTER Das füllt ihm die Lunge, daß er sein Lied singen kann und die Gitarre spielen.

MRS. HEEGAN So wie früher.

SYLVESTER An der Front.

HARRY Sehen kann ich, aber ich kann nicht tanzen.

TEDDY Siehst du, und ich kann tanzen, aber ich seh nichts.

HARRY Ich wollte, ich hätte die Kraft, zu tun, was ich die andern tun sehe.

TEDDY Was hab ich von der Kraft, wenn ich nichts sehe.

HARRY Der Herr hat's gegeben, und der Herr hat's genommen.

TEDDY Der Name des Herrn sei gelobt.

MRS. FORAN Ich hör so wahnsinnig gern die Hawaiigitarre so pling, pling, pling in der Nacht.

SYLVESTER Und dabei hast du sie vor dir, die glänzenden Körper der Schwarzen, wie sie sich winden und schieben und aufbäumen in ihrem großen Urwaldtanz, und sie schütteln ihre Schilde und ihre Speere und du hörst das Gerassel und das Pom – pom – pom von ihren Trommeln.

MRS. FORAN Es gibt nur eine Begleitung zu einem Neger-Spiritual, und das ist das pling, pling, pling von der Hawaiigitarre.

HARRY Ich werde es nie mehr fühlen, wenn die Säfte in den Bäumen steigen.

TEDDY Ich werde nie mehr sprießende Blätter und Zweige sehen.

HARRY Es stimmt was nicht im Leben, wenn einer gehen kann.

TEDDY Es stimmt was nicht im Leben, wenn einer sehen kann.

HARRY Ich habe nie die Hand gespürt, die mich hilflos machte.

TEDDY Ich habe nie die Hand gesehen, die mich erblinden ließ.

HARRY Das Leben kam und nahm mir die Hälfte des Lebens.

TEDDY Das Leben nahm mir die Hälfte, die es dir ließ.

HARRY Der Herr hat's gegeben, der Herr hat's genommen.

TEDDY Der Name des Herrn sei gelobt.

Susie kommt rasch herein, geht zum Tisch, wählt unter den Weinflaschen eine aus. Sie will eilig zurück, geht aber, als sie Harry sieht, auf ihn zu.

SUSIE *freundlich:* Wie geht's dir jetzt, Harry?

HARRY Gut, danke.

SUSIE Das ist fein.

Susie will eilig weg, aber Mrs. Foran hält sie mit einer Bemerkung zurück.

MRS. FORAN Er ruht sich jetzt ein bißchen aus, bis ihr soweit seid, sein Spiritual zu hören.

SUSIE Lieber Gott, das hätte ich beinahe vergessen. Beim nächsten Tanz verteilen sie die Ballons, und wenn der Foxtrott vorbei ist, muß er reinkommen und uns sein Spiritual singen.

MRS. HEEGAN Wie früher immer.

SUSIE Sobald der Ballontanz vorbei ist, Harry, dann raus durch den Garten und rein durch den Haupteingang mit dir, dann kannst du gleich anfangen, wenn sich alle gesetzt haben. Und nach dem Lied trinken wir alle auf den Klub, aus dem Preispokal.

Sie eilt mit der Flasche zurück in den Saal.

MRS. FORAN Ich möchte so wahnsinnig gern den Harry zur Gitarre hören.

HARRY Hoffentlich krieg ich's gut hin.

MRS. HEEGAN Natürlich, Harry!

HARRY Vor soviel Leuten! Vergiß bloß mal ein Wort – aus ist es!

SIMON Probier's doch mal aus, leise, dann hört man's nicht im Saal.

SYLVESTER Dann wirst du wieder sicher.

HARRY *zu Simon:* Gib uns mal die Gitarre, Simon.

Simon holt die Gitarre und gibt sie Harry.

TEDDY Wenn ich Gitarre spielen könnte, käme ich vielleicht ein bißchen raus aus der Finsternis.

HARRY *macht einige Griffe, stimmt die Gitarre, dann singt er leise:*
Swing low, sweet chariot, comin' for to carry me home.
Swing low, sweet chariot, comin' for to carry me home.
I looked over Jordan, what did I see, comin' for to carry me home?
A band of angels comin' after me – comin' for to carry me home.

STIMME *ruft im Saal durchs Megaphon:* Die Ballons werden jetzt verteilt! Ballonverteilung!

MRS. FORAN Die gehen jetzt mit den Luftballons raus! Die lassen die Luftballons fliegen!

HARRY *singt:* Swing low, sweet chariot, comin' for to carry me home.
Swing low, sweet chariot, comin' for to carry me home.

MRS. FORAN *während Harry singt:* Miß Monican sagt, wir sollen alle kommen und sehen, wie die Luftballons fliegen.

Sie nimmt Teddy am Arm und läuft mit ihm in den Saal.

SIMON Wir sollten uns alle die Luftballons ansehen.

MRS. HEEGAN *läuft in den Saal:* Rote Ballons und schwarze Ballons.

SIMON *folgt Mrs. Heegan:* Grüne Ballons und blaue.

SYLVESTER *folgt Simon:* Gelbe und braune.

Alle gehen in den Saal, die Vorhänge bleiben offen; Harry mit seiner Gitarre ist nun allein. Man sieht durch den Bogen bunte Ballons in der Luft wirbeln, dazu lustiges, aufgeregtes Stimmengewirr.

HARRY *langsam und leise:* Comin' for to carry me home.

Er wirft die Gitarre in einen Sessel, sitzt einen Augenblick still, dann rollt er sich an den Tisch, ergreift den Pokal und lenkt seinen Rollstuhl in den Garten hinaus.

Nach einer Pause sieht Barney herein, dann betritt er das Zimmer, zieht Jessie an der Hand nach und läßt die Vorhänge sofort wieder zufallen. Er geht eilig zur Glastüre, schließt sie, schiebt den Riegel vor und zieht den Vorhang über einen Türflügel; dann kehrt er zu Jessie zurück, ergreift wieder ihre Hand und versucht, sie in das Zimmer links mit sich zu ziehen. Während des Folgenden geht der Tanz im Saal weiter.

JESSIE *hält einen abgerissenen Träger ihres Kleides fest und will zurück in den Saal:* Barney, nicht! Ich hätte schreckliche Angst, wenn er uns hier allein trifft!

Der Vorhang wird aufgerissen und bunte Papierschlangen werden über Jessie und Barney geworfen.

BARNEY Blödes Volk! ... Er ist weg, ich sags dir, er soll doch drüben das Lied singen zur Gitarre.

JESSIE *aufgeregt und ängstlich:* Paß auf, sie beobachten uns doch! Nein, Barney, tu's nicht, ich gehe nicht mit! *Barney zieht Jessie in seine Arme und drängt sie zu der Tür links.* Du hast was Schlimmes vor. Ich geht da nicht rein!

BARNEY Ich hab nichts Schlimmes vor, bestimmt nicht. Ich möchte bloß 'ne Minute mit dir allein sein. *Barney macht Jessies Träger ab, das Kleid rutscht herunter.*

JESSIE *nahe an der linken Tür, Barney macht sie auf:* Du hast mein Kleid aufgemacht – ich hab's ja gewußt, daß du was Schlimmes vorhast. *Während sie ihn leidenschaftlich küßt:* Bring mich nicht dazu, ich will nicht.

BARNEY *hält sie fest und versucht sie ins Nebenzimmer zu ziehen:* Vor Barney brauchst du doch keine Angst zu haben! Wir wollen uns nur ein paar Minuten vom Tanzen ausruhen.

Man sieht Harry durch den vorhanglosen Türflügel. Er sieht herein, rollt dann seinen Stuhl zurück und wieder vor zur Mitte des Türrahmens; in einem Anlauf sprengt er den Riegel, rollt herein, rasend vor Wut, und kommt vor Jessie und Barney zum Stehen.

HARRY Macht euch lustig über einen Krüppel! Mir ins Gesicht, ihr verlogenes Pack! Du! Hast du nicht abwarten können, bis ich weg bin. Ich hab's wohl noch sehen sollen, wie du zu dem andern gehst, mit einem Lachen, weg von mir zu dem andern! *Zu Barney:* Hast dir wohl die Finger verbrannt da drin, was, weil du die Hand so schnell rausziehst aus ihrem Ausschnitt! Was? *Zu Jessie:* Bin ich wohl der Retter in der Not, Mylady? *Zu Barney:* Da wollt ihr euch auf derselben kleinen Couch amüsieren wie wir damals. Da hat sie dich noch nicht mal wahrgenommen, und da hat sie hier schon das liebende Weib gemimt und ich den liebenden Mann. Die schwarze Couch da mit den grünen und roten Schmetterlingen in den gelben Sträußen. Da haben wir uns oft müde gemacht mit dem, wo du jetzt hinterher bist.

JESSIE Er lügt, Barney! Er lügt! Er hat es oft versucht, erst mit Schmeicheln und dann mit Gewalt, aber es hat immer damit aufgehört, daß er am Schluß keinen Schritt weiter war als am Anfang.

HARRY Wenn ich jetzt meine Hände an deinem weißen Hals hätte, würde ich dir Spuren hinterlassen, die könnte dir kein Barney nicht absabbern mit seinem Drecksmaul!

BARNEY Du halbgarer Lazarus, ich hab' dich den ganzen Abend geschont. Zwing mich nicht, rauher umzugehen mit dem bißchen Leben, das sie dir als Souvenir gelassen haben!

HARRY Wie ich am Abkratzen war, da hast du mich zurückgehalten mit deinem Geflüster: Denk an Jessies Tränen, denk an Jessies Tränen – aber die Jessie hat ihre Tränen abgewischt an deinem Ordensband. Und wie du den armen Krüppel da siehst, Jessie, freust du dich jetzt – war'n guter Tausch! Aber wenn du sie kriegst, Barney, wirst du schon merken, kriegst du bloß eine ausgeleierte Hure.

BARNEY *packt Harry:* Ich dreh dir den Hahn ab, du neidische, schielende Tunte!

JESSIE *will Barney zurückhalten:* Barney! Barney! Nicht! Nicht!

HARRY *flehend:* Barney! Hör auf, Barney! Mein Herz! Ich krieg 'n Herzschlag!

JESSIE *rennt zum Eingang und ruft in den Saal:* Hilfe! Hilfe! Sie bringen sich um!

Der Tanz bricht ab. Stabsarzt Maxwell läuft herein, hinter ihm Susie, Simon, Sylvester, Mrs. Foran, Mrs. Heegan. Als letzter tappt Teddy herein, bis an die Glastür. Tanzpaare sammeln sich vor dem Eingang und sehen zu. – Dr. Maxwell trennt Barney und Harry.

DR. MAXWELL Was soll das! Auseinander! Auseinander! So was gibt es hier nicht!

MRS. HEEGAN Gewürgt hat er ihn! Diese arme hilflose Kreatur hat er gewürgt. Wenn was passiert, dann hat die die Verantwortung, diese angemalte Schnecke, diese Jessie Taite!

DR. MAXWELL So geht das nicht weiter. Sie müssen ihn nach Hause bringen. Jede weitere Aufregung ist für ihn gefährlich.

MRS. HEEGAN Was hat er nun davon, daß er vor ihrer Tür gesessen hat, nächtelang und mit ihr ins Theater und ins Kino gerannt ist jeden Tag, und für jeden Pfennig, den er an mir gespart hat, hat er ihr Geschenke hingeschleppt, damit sie ja bei ihm bleibt!

DR. MAXWELL Bringen Sie den Jungen heim, Frau, bringen Sie den Jungen heim!

SYLVESTER Und in dem Firlefanz da auf ihrem Kopf, was da so glitzert, da steckt auch was von meinem Geld!

JESSIE Was für ein Firlefanz?

Bunte Papierschlangen werden durch den Bogen geschleudert und schlingen sich um einige der Herumstehenden.

SYLVESTER Die da, die Tira – Tiraria – *er kann das Wort nicht aussprechen* – hab ich dir doch vorletztes Weihnachten geschenkt. Mit den gelben Beeren und den drei flatternden roten Schwalben.

HARRY *mit einem bitteren Lachen:* Essig, Barney Bagnal, Essig, Jessie Taite! Das Herz schlägt noch ganz munter in der Brust. Ein munteres Herz in einer kalten Brust – oder ist das Herz kalt in froher Brust? *Er nimmt einige von den bunten Papierschlangen und bindet sie um sich und seinen Rollstuhl.* Teddy! *Harry packt Teddy am Ärmel und windet auch um ihn ein paar Papierschlangen.* Los, sing ein Lied, Mensch, zeig ihnen, daß du ein Kerl bist!

DR. MAXWELL *packt Mrs. Heegan am Arm:* Bringen Sie ihn nach Hause, Frau! *Er packt Sylvester am Arm.* Schaffen Sie ihn nach Hause!

HARRY Gott da oben, diese Mißgestalt ist immer noch dein Kind! *Zu Mrs. Heegan:* Mutter, dieses hilflose Bündel ist immer noch dein Sohn! Ich bin das, Harry Heegan, der auf dem Spielfeld glatt einen Zweizentnermann umgeschmissen hat. Für diesen geliebten Klub hab ich dreimal den Pokal gewonnen, schade, daß ich dieses Jahr nicht in Form war, um wieder anzutreten. Und jetzt, bevor ich gehe, übergebe ich euch allen den Pokal, den Silberpokal, daß ihr ihn nehmt und behaltet für immer und alle Zeit. *Von seinem Stuhl aus ergreift er den an zwei Seiten eingebeulten Pokal und hält ihn den andern entgegen.* Zerschlagen und zerbeult, genau wie ich. Seine schöne Form ist angeschlagen. Seht, und hier steht »Jessie«, und hier steht »Harry«. Der eine Name weit weg vom andern. *Er schleudert den Pokal zu Boden.* Behandelt ihn gut. Vielleicht kann man ihn noch mal in Form bringen. Damit sie sich zutrinken können, Jessie und Barney.

TEDDY Komm, Harry, komm! Hier hast du nichts mehr zu suchen, und ich auch nicht. Wir haben das Beste hinter uns und was noch auf uns zukommt, dem wollen wir uns wie Männer stellen, du alter Kamerad im Schlachtendonner.

HARRY Was da kommt, das wollen wir wie Männer tragen.

Harry durch die Gartentür ab, Sylvester schiebt seinen Rollstuhl und Mrs. Heegan folgt langsam. Die im Zimmer Zurückgebliebenen sehen der Gruppe nach, die erst den Weg durch den Garten nimmt und dann nach rechts einbiegt.

HARRY Der Herr hat es gegeben, und der Mensch hat es genommen.

TEDDY *(man hört ihn noch im Garten):* Der Name des Herrn sei gelobt.

Die Kapelle im Saal fängt wieder an zu spielen, der Tanz beginnt wieder.

DR. MAXWELL Kommt alle! Gehen wir, wir vertun hier bloß unsere Zeit.

SUSIE *zu Jessie, die still in einem Stuhl sitzt:* Komm, Jessie, hol dir deinen Partner! *Und spöttisch:* Du kannst ja später noch dein stilles Stündchen mit Barney haben.

JESSIE Armer Harry!

SUSIE Ach, Unsinn, wenn dir so viele durch die Hände gegangen wären wie mir, würdest du gar nicht mehr hinsehen, Jessie! Teddy Foran und Harry Heegan sind jetzt weggegangen, sie leben in ihrer eigenen Welt. Wir können sie da nicht rausholen, du nicht und ich nicht. Sie können unser Leben nicht mehr mitmachen. Wir können den Blinden nicht sehend machen und den Lahmen nicht gehend. Wenn wir's könnten, würden wir's tun.

Das ist eben das Elend des Krieges. Solang es noch Kriege gibt, bleibt uns nur starres Entsetzen. Starke Glieder werden nutzlos und helle Augen verdunkeln sich, aber wir, die wir heil aus dem Feuer gekommen sind, wir müssen weiterleben. *Sie zieht Jessie vom Stuhl hoch.* Komm, Jessie, nimm dir, was du brauchst im Leben. *Zu Barney:* Komm, Barney, nimm sie mit!

Barney kommt herüber, legt seinen Arm um Jessie, und sie tanzen in den Saal. Susie tanzt mit Stabsarzt Maxwell. Während sie den Walzer »Über den Wellen« tanzen, bleiben andere zurück, um zu trinken. Zwei von ihnen singen zur Tanzmelodie den Text.

DR. MAXWELL *singt:*

Tanzt und nehmt doch die Freude –
Solange sie da ist – feste mit!
Willst du das Leben genießen –
Gibts entweder 'n Kuß oder 'n Tritt!

Und wenn dir die Freude ein Feind ist –
Verkriech dich in Jammer und Wut!
Dein Leben ist halt in der Ebbe –
Doch unsres ganz hoch in der Flut! –

Alle im Saal tanzen davon mit Papierschlangen und fliegenden Ballons. Simon und Mrs. Foran setzen sich und sehen zu. Mrs. Foran zündet sich eine Zigarette an und raucht. Die beiden sehen zu. – Pause.

MRS. FORAN Schade, schade, jammerschade, daß Harry zu schwach war und nicht mehr bleiben konnte und sein Lied singen. Ich hör so wahnsinnig gern die Hawaiigitarre, wenn sie so pling, pling, pling macht in der Nacht.

Purpurstaub

Purple Dust

Eine hinterhältige Komödie in drei Akten

Deutsch von Michael Eberth

Personen:

Cyril Poges
Basil Stoke
Souhaun, *Cyrils Geliebte*
Avril, *Basils Geliebte*
Barney, *Diener*
Cloyne, *Dienstmädchen*
O'Killigain, *Maurervorarbeiter*
1. Arbeiter
2. Arbeiter
3. Arbeiter
Hochwürden George Kanonikus Chreehewel, *Gemeindepfarrer von Clune-na-Geera*
Postmeister
Mann mit dem gelben Bart
Die Gestalt
Der Bulle

Ort: Ein Raum in einem alten Herrenhaus aus der Tudorzeit in Clune-na-Geera

Zeit: Die Gegenwart

1. Akt

Ein breiter, tiefer, düsterer Raum, der früher Teil des Empfangs- oder Wohnraums eines tudor-elisabethanischen Herrenhauses war. Der Fußboden ist mit breiten schwarzen und mattroten Fliesen ausgelegt. Die Wände sind von Eichenbalken durchzogen; auch die kreuzweise verlegten Deckenbalken sind aus Eichenholz, was dem Raum das Aussehen eines gewaltigen Käfigs gibt. Die Balken sind abwechselnd schwarz und weiß gestrichen, was sie besser zur Geltung bringen und ihre Schönheit hervorheben soll; durch die Farben treten sie aber ewas zu stark hervor und wirken dadurch eher häßlich.

Auf der rechten Seite ein gewaltiger offener Kamin, darüber eine nicht minder gewaltige Haube. Aus der Mitte des Kamins streckt sich ein großer eiserner Arm mit schwenkbarem Querstück wie ein Kran nach vorn; vom Querstück hängt eine dicke Kette herab, in die ein großer glänzender Kupferkessel eingehakt ist. In die Rückwand sind rechts und links schmale bogenförmige Türöffnungen eingelassen. Dazwischen zwei lange, tiefe, mit Mittelstreben versehene Fenster. An der linken Wand, etwa auf Höhe der Feuerstelle, eine etwas breitere, gleichfalls bogenförmige Türöffnung, die zur Eingangshalle führt. In der Nähe der Feuerstelle zwei Stühle mit senkrecht aufragenden Lehnen, dem Aussehen nach Kirchenstühle für Kinder, jeder grade groß genug für eine Person. Etwa in der Mitte des Raumes ein kleiner elisabethanischer oder jakobinischer Tisch. Darauf eine Vase mit Veilchen und Primeln, überwiegend Primeln.

Es ist gegen sieben Uhr an einem schönen, frischen und heiteren Herbstmorgen.

In dem Raum sind drei Arbeiter zu sehen, zwei mit Schaufeln, der dritte mit einer Spitzhacke. Einer der beiden mit Schaufel und der mit der Spitzhacke stehen in der Nähe des Durchgangs zur Eingangshalle; der andre mit Schaufel steht neben der breiten Feuerstelle und starrt sie neugierig an. Der 1. Arbeiter ist ein hochgewachsener, dürrer Mann mit einem listigen Ausdruck im Gesicht; der 2. Arbeiter ist gleichfalls hochgewachsen, aber eher kräftig gebaut; er hat einen verträumten Blick und trägt einen gestutzten dunklen Bart, in dem erste Spuren von Grau zu sehen sind; der

3. Arbeiter ist stämmiger als die beiden andern, aber nicht so groß. Alle drei tragen grobe, verdreckte Kleider und hohe Gummistiefel.

1. ARBEITER *beim Kamin:* Wunder gibt's viele, aber hergehn und in ein Haus ziehn, das halb hinüber ist und demnächst zusammenbricht ... Schwindeln mit weißer und schwarzer Farbe den Anblick von Haltbarkeit auf diese modrigen Balken, damit sie möglichst lang trostlose Bleibe bieten, sogar für den nagenden Käfer und bohrenden Wurm.

3. ARBEITER *mit der Hacke:* Die mögen so was.

1. ARBEITER Und das Mädchen erzählt, sie wollen sich Hühner und Kühe anschaffen, damit sich das Gut selber trägt.

2. ARBEITER Und Geschäftsmänner sind sie und schwimmen im Geld.

1. ARBEITER Frauen, mit denen du nicht verheiratet bist, kosten dich einiges; und die zwei, die sie mitgebracht haben, fassen den Alten ganz schön in die Taschen. Daß sie nach London sind, hat sich für die schwer gelohnt.

3. ARBEITER Kommen aus Irland und schämen sich nicht.

1. ARBEITER Die und schämen? Hat nicht die Ältere sogar ausposaunt, daß sie in direkter Linie vom Herzog von Ormond abstammt?

3. ARBEITER Dabei sieht man sie noch vor sich, wie sie als junge Dinger mit ihren geflickten Unterröcken und kaputten Schuhen durch die Gassen von Killnageera rennen.

1. ARBEITER Der Herrgott solls ihnen verzeihen, sie bringen schließlich einiges von dem Geld der zwei Tattergreise dahin, wo's gebraucht wird.

3. ARBEITER Die werden nicht mehr viel in der Hand haben, die zwei armen englischen Tröpfe, wenn ihre Schätzchen eines Tages beschließen, daß es Zeit zum Adieusagen ist.

2. ARBEITER *der bisher schweigend gegen seine Schaufel gelehnt war und träumend vor sich hin geschaut hat:* Und dieser Tag wird sich sputen, denn der Herrgott ist gut. Unsre einstigen Dichter haben es uns oft prophezeit: es werden Zeiten kommen, die auch den Iren wieder mit Wein und Bier auf dem Tisch erleben und den Engländer barfuß beim Betteln um Brotkrusten in einer einsamen Straße, und bei frostigem Wetter.

1. ARBEITER Nach einem hemmungslosen Dasein brauchen sie den Frieden des Landlebens.

3. ARBEITER *in der Haltung des Horchenden:* Es rührt sich was.

Cyril Poges, Souhaun und Barney kommen durch einen der hinteren Eingänge herein; Avril, Basil Stoke und Cloyne durch den anderen; sie tanzen in einem Stil, den sie für ländlich halten, werfen die Beine und singen und kommen dabei in der Mitte zusammen. Avril hat eine Kette aus Gänseblümchen um den Hals und einen zierlichen kleinen Hirtenstab in der Hand, Cyril Poges eine kleine hölzerne Harke mit buntbemaltem Griff; Souhaun eine kleine Hacke mit Bändern dran; Cloyne eine zierliche kleine Heugabel; Barney eine kleine Sichel; und Basil Stoke einen kleinen Spaten mit schmalem Stiel. Jeder von ihnen trägt einen weißen Kittel mit der stilisierten Abbildung eines Tieres drauf; auf dem Kittel von Poges ist ein Schwein zu sehen; auf dem von Basil eine Henne; auf Souhauns eine Kuh; auf Avrils eine Ente; auf Cloynes ein Schaf; auf dem von Barney ein Hahn.

Poges ist ein Mann von fünfundsechzig Jahren. In jungen Jahren war er ein recht gutaussehender Mann, doch das Alter hat ihn verändert. Er neigt jetzt zur Korpulenz, hat eine breite Brust und einen kräftig vorstehenden Bauch; sein Gesicht ist etwas zu breit und gerötet und zeigt unter den Augen deutlich sichtbare Tränensäcke. Er hat einen mächtigen Schädel, der vorn bereits kahl wird, hinten und über den Ohren aber lange, recht dicke Haare hat, die sich grau zu verfärben beginnen. Er hat eine hektische Art, bricht beim geringsten Anlaß in Geschäftigkeit aus, will sich in allem durchsetzen, bildet sich dabei ein, was er für notwendig hält, sei für alle das beste, und erwartet von jedem anderen, daß er ihm zustimmt. Er gerät leicht aus der Fassung und fängt zu schreien an, weil er der Meinung ist, dies sei der einzige Weg, um andere Leute für seine Ansichten zu gewissen. Er hat sich dazu überredet, auf dem Lande seien Frieden und Freundlichkeit zu finden; nun erwartet er, daß die anderen dies auch tatsächlich dort finden. Unter dem Kittel trägt er sein Morgengewand, auf dem Kopf einen Zylinder.

Basil Stoke ist ein langer, dünner Mann von dreißig Jahren mit einem recht grämlichen Gesicht, das seiner Ansicht nach Würde ausstrahlt, aber dazu tendiert, eher noch grämlicher zu werden, da er sich für einen Philosophen hält. Seine Backen sind dünn, deren Knochen scharf wie ein Beil. Er ist glatt rasiert und trägt das dünne Haar auf seinem halbkahlen Schädel von der Stirn aus nach hinten gebürstet. Seine Augen sind mit einer breiten Horn-

brille bedeckt. Unter dem Kittel trägt er Jackett und Knickerbokker, auf dem Kopf eine Kappe.

Souhaun ist eine Frau von dreiunddreißig Jahren. Sie muß ein sehr hübsches Mädchen gewesen sein und sieht immer noch gut aus, wenn auch eher in Richtung Matrone. Sie hat die schlanke Figur ihrer jüngeren Freundin Avril, ihre Arme und Beine sind aber ein wenig plumper geworden. Sie ist immer noch attraktiv genug, um die Aufmerksamkeit so manchen Mannes anzuziehen – wenn ihre junge Freundin nicht in der Nähe ist. Unter dem Kittel trägt sie, was eine Dame normalerweise am Vormittag anhat.

Cloyne ist ein stämmig gebautes, gutaussehendes Mädchen von etwa sechsundzwanzig und trägt unter ihrem Kittel das Zofengewand und auf dem Kopf eine Zofenhaube.

Barney ist ein Mann mittleren Alters mit unzufriedenem Gesicht und der Angewohnheit, ständig vor sich hin zu murmeln. Unter seinem Kittel trägt er das übliche Gewand eines Butlers.

Avril trägt unter ihrem Kittel einen bunten Pyjama.

POGES *singend:*

Wie dies Leben uns behagt:
Bauernknab,
Melkersmagd,
Wer hätt je den Traum gewagt,

ALLE Auf dem grünen Lande!

AVRIL *singend:*

Mensch, du hast die Stadt gebaut,
Vor der uns graut,
Die uns versaut;
Gott hat zum Glück nicht mitgebaut –
Er schuf die grünen Lande!

ALLE *Chorus:*

Es lebe das grüne Land,
Wo das Glück sich fand,
Unser festes Band!
Es umfängt uns, wenns Abend wird,
Und begrüßt uns am Morgen!

BASIL *singend:*

Die Musik dazu ist das süße Muh
Von Ochs und Kuh,
Und der Taube Guruh
Und des Hahns schrilles Dudel-di-du,

ALLE Auf dem grünen Lande!
Chorus: Es lebe das grüne Land,
Wo das Glück sich fand!
Unser festes Band,
Es umfängt uns, wenns Abend wird,
Und begrüßt uns am Morgen!

Während sie die letzten Zeilen des Chorus zum zweiten Mal singen, gehen die, die durch die linke Tür hereinkamen, durch die rechte hinaus; und die durch die rechte Tür hereinkamen, gehen durch die linke hinaus. Die Arbeiter stehen ein paar Augenblick lang stumm da und starren den verschwundenen Sängern nach.

1. ARBEITER Gott steh ihnen bei, den Verrückten. Schlechtes Zeichen, wenn einem Leute begegnen, die sich so aufführn und dabei nüchtern sind.

3. ARBEITER Seltsamer Haufen – wollen sich amüsieren und gehn dazu aus der Stadt in ein abgelegnes und unpassendes Dorf wie das unsre.

1. ARBEITER Bei sich daheim würden sie jetzt erst ins Bett gehn; und hier auf dem Land bilden sie sich ein, daß es dazugehört, in aller Herrgottsfrüh auf den Beinen zu sein.

3. ARBEITER Sie bringen sich fast um vor Bemühen, so auszusehen, als hätte das Land sie schon immer geliebt.

1. ARBEITER Und das jung Kalb hüpft herum und hat nichts am Leib und stachelt nur Anstand und Argwohn des Dorfes an.

3. ARBEITER Dabei fallen ihr die Augen zu, wenn sie sehen muß, was sie Gatte nennt, und gehen wunderbar auf, wenn sie per Zufall O'Killigain streifen.

1. ARBEITER Ein hübscher, kräftiger junger Kerl, und hat ne Mordsnarbe im Arm, die ihm in Spanien eine Kugel verpaßt hat.

3. ARBEITER Der gießt doch nur Tag und Nacht sein rücksichtsloses Gerede über die Gleichgültigkeit der Kirche angesichts der heutigen Zustände über das Dorf.

2. ARBEITER Und recht hat er, es sollten sich nur nicht gleich sämtliche Ohren schließen, wenn er seine Meinung verkündet.

1. ARBEITER *zum 2. Arbeiter:* Ich würd mich an deiner Stelle auch taub stellen, der Kanonikus Chreehewel ist nämlich wie ein Beseßner drauf aus, ihn aus dem Dorf zu vertreiben und die, die ihm zuhörn, gleich mit.

2. ARBEITER *hitzig:* Da könnt ihr bis in die Großstadt gehn, bevor ihr einen zweiten erlebt, der so ehrlich und clever wie der ist;

und wenn er geht, geh ich auch.

1. ARBEITER *mit leichtem Spott:* Tapfer, tapfer.

3. ARBEITER Kommt einem vor, als würden sie lieber was anderes sein als sie selber.

1. ARBEITER Die nehmen jede Strapaze auf sich, damit sie sich einbilden können, sie sind schon, was jemand wie die gar nicht werden kann.

2. ARBEITER *geschmerzt:* Das muß man sich vorstellen: da kommen zwei verdorbene Weibsbilder an, die in Irland geboren sind, und wollen sich unter den unbescholtenen Leuten hier einbürgern lassen!

3. ARBEITER Pscht; der Boß kommt, O'Killigain.

O'Killigain kommt durch den seitlichen Eingang herein, ein kurzes Stemmeisen in der Hand. Er ist ein großer, blonder junger Mann von fünfundzwanzig oder sechsundzwanzig Jahren. Er hat ein derbes, klar geschnittenes Gesicht; er wirkt eigensinnig, wenn er sich aufregt, sieht aber hübsch aus, wenn er gute Laune hat, und das ist meistens der Fall. Er ist glatt rasiert und hat volle, schön geschwungene Lippen. Sein Haar ist kurz geschnitten, aber dicht und widerspenstig. Wenn er über etwas redet, was ihn interessiert, machen seine Hände graziöse Gesten. Er hat ein recht hartes Leben hinter sich, was ihm viel Selbstvertrauen gibt; umfangreiche Lektüre hat dieses Selbstvertrauen nur noch vestärkt. Er trägt einen blauen Arbeitsanzug und um den Hals einen Wollschal in kräftigem Gelb und mit blauem Muster. Beim Hereinkommen summt er eine Melodie und geht auf die Männer zu.

O'KILLIGAIN *singend:*

Hadert ruhig mit der Welt! Seit ich antrat hienieden –
Schien die Welt mir ein Ort voller Güte und Glück.
Sucht euch nur euren beßren, humanren Planeten,
Doch bis ihr ihn findet – laßt mich hier zurück.

Zu den Männern: Morgen, Jungs.

DIE MÄNNER Morgen, Jack.

O'KILLIGAIN *mit einer Geste, die dorthin weist, wo er die Leute des Hauses vermutet:* Schon auf den Beinen?

1. ARBEITER Ob die auf den Beinen sind? Na, und wie! Tanzen quer durchs Gefilde.

O'KILLIGAIN Leuchtende Farben wollen die Damen, sagen sie, in Stoffen und Anstrich; möglichst jazzige Muster, sagen die beiden guten jungen Damen: da werden sie ganz schön lebhafte

Farben brauchen, wenn sie die Leichenhalle hier aufheitern wollen.

3. ARBEITER Seltsame Sache, daß jemand, der Geld hat, nen Wohnsitz sucht, der so einsam und kalt ist, daß ein Mann, der seit Jahren tot daliegt, ins Schaudern käme!

O'KILLIGAIN Sie finden, es hat etwas, was man Geschichte nennt. Du kannst heute hinkommen, wo du willst – das Alte ist überall heilig. Gib nem Haus eine Geschichte, spinn eine schöne Legende herum, laß einen alten Idioten mit Adelstitel drin leben und sterben – und schon sieht irgendein dämliches Hirn in Morschheit und Trümmern was Wunderbares.

1. ARBEITER Ein Neffe vom Herzog von Ormond hat sich drin totgesoffen, erzählen sie, und die Ersatzfrau vom älteren Sack gibt zum besten, sie stammt in direkter Linie vom Neffen ab; aus der Düsternis und Gefahr von England sind sie hierhergekommen, sagt sie, um sich in etwas einnisten, was ihr angestammtes Zuhause ist.

O'KILLIGAIN Und auf die Löffel und Gabeln und Messer wollen sie sich was draufmachen lassen, was sie das Wappen der Ormonds nennen; und auf dem Briefpapier soll der Leitspruch der Ormonds leuchten; und dieser baufällige alte Schuppen hier soll Schloß Ormond getauft werden.

2. ARBEITER *wild:* Englisches Pack, und protzt mit den Insignien von irischen Adligen rum!

3. ARBEITER Seltsam, wie viele auf so was wie Namen reinfallen, findet ihr nicht? Erinnert euch nur an das alte Fräulein MacWilliam, das jedesmal vor Begeisterung in Ohnmacht fiel, wenn es erzählt hat, wie's ne Sekunde im Sessel vom König von Dänemark saß; oder an den alten Tom Mulligan, der jahrelang damit rumgestenzt ist, daß ihm der Sohn vom Grafen von Skibereen aus Versehen ins Auge gespuckt hat.

O'KILLIGAIN Na, dann wolln wir mal, Männer.

1. ARBEITER *warnend:* Sch! Hier kommt die Blume von Finea!

Avril kommt durch ein linken Eingang herein. Sie ist ein hübsches Mädchen von etwa einundzwanzig Jahren, das gelegentlich zum Romantischen neigt und sich ihres hübschen Äußeren sehr bewußt ist. Sie ist alles andre als unintelligent, tut aber wenig dafür, ihre natürlichen Anlagen zu entwickeln, und es könnte ihr auch nicht gleichgültiger sein. Ihre Augen sind groß und ausdrucksvoll, nehmen aber manchmal einen stumpfen Glanz an.

Sie neigt zu der Annahme, jeder gutaussehende junge Bursche, egal, ob reich oder arm, müsse ihrem hübschen Gesicht und ihrer Figur erliegen, und ist ein bißchen besorgt, wenn dies nicht der Fall ist. Wenn sie mit Arbeitern redet, verfällt sie in einen plump-vertraulichen, unnatürlichen Ton. Sie trägt jetzt Hosen in leuchtendem Scharlachrot, die an den Enden breit auslaufen, um Hüften und Hintern aber eng sitzen, ein tief ausgeschnittenes Mieder aus schwarzer Seide mit karmesinfarbnen Schlitzen, das teilweise von einem nachlässig über die Schultern gelegten rot-weiß-gestreiften Schal verdeckt ist – und schwarze Schuhe. Sie trippelt in langsamen, tänzelnden Schritten zu den Arbeitern hinüber und singt beim Hereinkommen den ersten Vers der »Maid of Bunclody«.

AVRIL *bei den Arbeitern angekommen:* Prächtigen Morgen, Jungs!

O'KILLIGAIN *geht darauf ein:* Wünschen wir Ihnen auch, Fräulein, und zwar jede Menge davon, einen prächtiger als den prächtigsten von allen, die ihnen das sanfte Licht der Dämmerung beim Erscheinen des Tages je in die frisch geöffneten Augen gestreut hat.

AVRIL Von meiner Seite her hoff ich, daß das prächtige Haus euch gefällt, das ihr hier renoviert.

O'KILLIGAIN Den müßten Sie einem erst nennen, dem das prächtige Haus nicht gefallen würde, das wir hier renovieren. Das wäre ne finstre Person ohne jede Spur Licht und verlassen von allen Gefühlen.

1. ARBEITER *enthusiastisch:* Wissen Sie, Fräulein, wir waren selbst jahrelang sprachlos vor Wundern, daß von den Leuten, die Geld haben, nie jemand kam und ne plötzliche Hand an das Haus gelegt hat, damit ihm wieder die Glorie zuteil wird, die drin geherrscht haben muß, als die goldenen Tage von einst noch nicht gar so vergangen waren!

AVRIL Wenn es vollständig restauriert ist, wird es Freude und Stolz für die ganze Region sein.

O'KILLIGAIN *mit einer Spur Sarkasmus in der Stimme:* Wenn wir hier fertig sind, wärs dann nicht auch für jemand wie Nuad den Silberhändigen als Schutz und Komfort und Behaglichkeit denkbar, wenn er noch unter uns weilen würde, oder für Fergus den Großen mit seinen wunderbar glänzenden Bronzewägen?

AVRIL Oder vielleicht sogar für den Neffen vom großen Herzog von Ormond, den kriegerischen Ahnherrn meiner persönlichen Freundin und entfernten Cousine?

O'KILLIGAIN Und jeder, der hier was darstellt, wird vor Neid grün sein, weil ers nicht selber war, der sichs geschnappt hat, um wieder das draus zu machen, was bald zu erkennen sein wird!

Avril trällert eine Tanzmelodie und tanzt leichtfüßig durch den Raum. Der Erste und der Dritte Arbeiter stimmen in das Trällern der Melodie ein. Als sie an O'Killigain vorbeikommt, greift der in seiner Erregung nach ihr und wirbelt sie rücksichtslos durch den Raum, bis sie außer Atem ist, während die beiden Männer ihr Trällern beschleunigen. Zu Avril, die atemlos vor ihm steht:

Verbeugung vor dem Partner.

Avril verbeugt sich vor ihm, und er verbeugt sich vor ihr. Auf die beiden Männer deutend, die die Melodie mitgesungen haben:

Verbeugung vor den Sängern.

Sie verbeugt sich vor den beiden Männern, und während sie sich vorbeugt, verpaßt ihr O'Killigain einen kräftigen Klaps aufs Gesäß. Sie richtet sich mit einem kleinen Schmerzensschrei und einem heftigen Schrei der Empörung wieder auf und fährt ihn wütend an.

AVRIL *empört:* Schamloser Kerl, Sie, was fällt Ihnen ein! Wie können Sie es wagen, Ihre dreckigen Pfoten auf eine echte Dame zu legen! Das hat man davon, daß man zu Leuten freundlich ist, die aus der Gosse kommen! Warten Sie nur, bis Sie hören, was der Herr Stoke sagt, wenn er erfährt, was Sie machen mit einem. Raus aus dem Raum hier und raus aus dem Haus – verschwinden Sie, und lassen Sie Ihre widerliche Visage hier nie mehr blikken!

O'KILLIGAIN *mit leichtem Spott in der Stimme:* War nicht bös gemeint, Fräulein, ehrlich; ist mir so rausgerutscht in der Erregung des Spielens. *Zum 1. Arbeiter:* Stimmt doch, Bill, oder?

1. ARBEITER Genau so wars, Fräulein. Ehrlich, der arme Mann hat vor Fröhlichsein und vergnügtem Gesinge die Vorsicht verloren.

O'KILLIGAIN Ich habs mehr als Spiel betrachtet; ich dachte, Sie mögen so was.

AVRIL *sarkastisch:* Ach, tatsächlich? Also, ich mag so was überhaupt nicht, und ich dulde auch nicht, daß jemand draus Nutzen zieht, daß ich mir Mühe gebe, in Arbeitern menschliche Wesen zu sehen.

2. ARBEITER *boshaft:* Wenn mich wer fragen würde, da würd ich fast sagen, ich hab einen Funken Vergnügen erkannt in der Stichflamme, die in Ihr Auge kam, als Sie so hitzig wurden!

AVRIL *wütend – zu den Männern:* Verschwindet, ihr drei, und laßt mich mit diesem jungen Mann da allein was besprechen! Von euresgleichen muß ich mir außerdem nichts erklären lassen; zieht also ab, damit ich mir diesen Burschen mal vorknöpfen kann! *Die drei Arbeiter machen sich von der Bühne. Mit einem sanfteren Ton in der Stimme:* Machen Sie so was nie wieder, junger Mann.

O'KILLIGAIN *mit gespieltem Ernst:* Nie wieder, junge Dame. Sie sahen so hübsch und vergnügt und jung aus, daß meine Gedanken so sorglos und heiter wurden wie Ihre tanzenden Füßchen.

AVRIL Nie wieder, merken Sie sich das – vor allem, wenn andre dabei sind, die dastehn und gaffen. *Sie geht zu ihm hin und befühlt einen Muskel seines Arms.* In so einem Muskel steckt viel zuviel Kraft, um einem jungen Mädchen einen zarten und harmlosen Klaps zu geben.

O'KILLIGAIN Ich schäme mich für die Kraft, die eine Hand dazu angestiftet hat, einem Mädchen von Grazie eins zu verpassen, das dazu auserwählt ist, neben all der Schönheit einherzuschreiten, die vor den Augen der Menschheit erschienen ist, seit Helena ihre Kleider löste, um ihren wilden und willigen Weg durch die Straßen von Troja zu tanzen!

AVRIL Ich weiß doch, daß die Wahrheit nur im Glanz der Wörter steckt, die Sie auf mich hereinregnen lassen und die bei Ihnen so griffbereit dastehn wie vor einem verliebten und sittsamen Mädchen die wilden Blumen, die es hastig aus Hecken pflückt, wenns auf dem Weg in die Messe ist.

O'KILLIGAIN Sie werden doch nicht etwa sich damit meinen, wo Ihre Wörter genauso frank und frei angetanzt kommen wie die besten der meinen?

AVRIL Warum nicht, wo ich meine Lieder singe, seit ich erst jahrelang reingerannt bin, in die Felder und Straßen, die die Bäume und Hügel von Killnageera umsäumen und dann jahrelang wieder rausgerannt bin? Läuft irgendwo ein irischer Mensch herum, bei dem nicht nen guter Schuß Wunder im Reden steckt?

O'KILLIGAIN Davon hab ich nicht viele getroffen; aber den Hang zum Liedermachen hab ich von meiner Mutter, die *stolz:* hat nämlich bei einem Wettbewerb eine große goldne Medaille gewonnen, und zwar für 'nen Song, den sie geschrieben hat, als sie ihre sechs Kinder großzog und dem einen, das gestorben ist, die gelegentliche Blume aufs Grab legte.

AVRIL Irgendwann müssen Sie mir ein paar von Ihren Songs vorsingen.

O'KILLIGAIN Das mach ich sofort, wenn Sie sie hören wollen und wenn Sie glauben, daß jetzt der Moment dafür ist.

AVRIL Jetzt nicht, es könnt uns wer stören; aber irgendwann abends vielleicht und nicht hier.

O'KILLIGAIN Mach ich, gern sogar; einige von denen, die in ein kleines Buch gedruckt wurden, das lustig und imposant aussieht und der Welt was zum Schauen gibt. Komm; hör zu – *mit spöttischem Flüstern* – und widersetz dich dem Eifern des gichtigen, mächtigen Basil Stoke.

AVRIL *unter Hochwerfen ihres Kopfes:* Dieses Etwas! *Mit bittrer Verachtung:* Dieses kleine Kind, das zu Füßen einer Frau auf dem Boden spielt; dieser Dieb, dem die Kraft fehlt, das Ding auch zu stehlen, das er begehrt; diese Laus, die sich in den Bauch einer jungen Löwin eingebohrt hat; dieser Eidbrüchige in Sachen Leidenschaft; diese ausgebrannte Drohne, die ihr Leben hinter sich hat und trotzdem noch dranhängt!

O'KILLIGAIN *umarmt sie fest:* Heut nacht also, oder morgen nacht, beim verwunschenen Dornbusch.

AVRIL *mit Angst in der Stimme:* Beim verwunschenen Dornbusch! Nein, da nicht, da nicht – da hockt das Böse in den verschlungenen Ästen; und Liebende, die sich drangelehnt haben, lang ist es her, haben den Liebsten verloren oder sind selber gestorben. Nein, nein, da nicht: da würds einem Heiligen schaudern, wenn er in stockdunkler Nacht dran vorbeigehn müßte, und es ist uns als ein schmaler Strich Mond am Himmel, der ihm den Weg weisen soll.

O'KILLIGAIN Ach, dummes Ding, wo die Liebe lebt, gibt es nichts Böses. Wir setzen Zeichen des Rosenkreuzes zwischen das Böse und uns, und was tot und vertrocknet war, wird wieder blühen und Früchte tragen. Wir sind keine Heiligen, drum können wir uns ohne Schaudern und Seufzen in die Nähe verwelkender Dinge wagen, und sei die Nacht noch so finster und trüb. Es liegt nur an uns, ob das Sterbende wieder lebendig wird und ob das Welkende wieder zu grünen und blühen beginnt. Leg deinen

Arm in den meinen, du junges und hübsches Ding, und schau dem Leben entgegen.

AVRIL *nach leichtem Zögern:* Unterm Dornbusch also, mit dir.

Während Stimmen zu hören sind, hält er sie für einige Augenblicke fest in den Armen, küßt sie ein paarmal und läßt sie dann los. Er geht zu einer Wand hinüber, an der offensichtlich grade ein Telefon installiert werden soll, und untersucht sie.

Avril steht ernst und gefaßt auf der anderen Seite des Saales und beobachtet ihn.

Souhaun und hinter ihr Poges und Basil kommen herein. Sie trägt in ihrer rechten Hand einen großen Tonkrug mit zwei Henkeln und unter dem rechten Arm zwei farbige Kissen. Cyril Poges trägt ein großes Ölgemälde von sich in einem goldenen Rahmen; auch Basil Stoke trägt ein Gemälde von sich, das seine in silbernem Rahmen; aus seiner Seitentasche ragt ein Hammer heraus. Cloyne folgt ihnen mit einer sechsstufigen Trittleiter. Poges und Stoke tragen Gummistiefel, die ihnen bis zu den Schenkeln reichen, und bunte Schals um die Hälse.

Poges und Basil lehnen die Bilder gegen eine Mauer.

SOUHAUN *zu Avril:* Ach, da bist du ja, und mit Herrn O'Killigain. Wir haben uns schon gewundert, wo du steckst. Es gibt noch jede Menge zu tun, bis das Haus mal bewohnbar ist, meine Liebe, halte also Herrn O'Killigain nicht von der Arbeit ab. *Sie stellt den Krug in einer Ecke ab.* Einen Strauß Blumen rein, und der Krug paßt perfekt zu deinem Quattrocento-Schreibtisch, Cyril.

POGES Göttlich, Liebling. *Zu O'Killigain:* Sind ein bißchen über die Felder gerannt, O'Killigain; göttlich; fühlt sich danach so frisch wie ne Primel. *Zeigt auf seine Stiefel.* Höchst komfortabel in dem hohen feuchten Gras, diese Stiefel. Jede Menge Kaninchen gesehn – drollige Geschöpfe.

BASIL Mit diesen Dingern und den Gummihüten und Gummimänteln trotzen wir jedem Wetter. Ich hab den Hammer. Hast du die Nägel?

POGES Hab ich vergessen. Ich hol sie.

BASIL Und ich den Draht.

Der eine geht nach links ab, der andre nach rechts.

SOUHAUN *zu Cloyne:* Halt mal das Ende vom Vorhangstoff, damit wir die Breite sehen.

Cloyne hält das eine Ende des Stoffes, Souhaun hält das andre.

O'Killigain tut so, als sei er interessiert, beugt sich über Cloyne, und während er eine Hand ausstreckt, um den Stoff anzufassen, legt er seinen Arm halb um Cloynes Nacken, was die sich gerne gefallen läßt.

O'KILLIGAIN Fein gewoben wie das Federkleid von einem Kiebitz, was? Würde keine Spur komisch aussehn, wenns der Mantel der bezaubernden Emer wär; und wenns auf den stämmigen Schultern der Königin Maev läge, würds ihr ne zweite Gloriole verpassen!

SOUHAUN *ungehalten über seine heimliche Aufmerksamkeit für Cloyne:* Hierher, Cloyne, bitte; nimm dieses Ende da.

Souhaun und Cloyne tauschen die Plätze, und O'Killigain beugt sich über Souhaun.

AVRIL *zu O'Killigain:* Ich muß mich unbedingt mit dem einen von Ihren Männern unterhalten, der alles wissen soll, was es über Irlands Geschichte und Gegenwart Wissenswertes zu erfahren gibt, Herr O'Killigain.

O'KILLIGAIN *sehr ernsthaft:* Versuchen Sie aber nicht, sich über ihn lustig zu machen, Fräulein. Belästigen Sie ihn nicht mit höhnischen Bemerkungen, er ist ein wandernder König, der alle Zeitalter in seinen Händen hält.

SOUHAUN Wie kann ein gewöhnlicher Arbeiter König sein, O'Killigain?

O'KILLIGAIN Leichter, als ein König gewöhnlicher Arbeiter sein kann. Der König, dessen Reich nicht von dieser Welt ist, war ein Zimmermann.

AVRIL Und wo ist dann die wirkliche Welt?

O'KILLIGAIN Wo ich sie oft genug fand und weiter zu finden gedenke.

AVRIL Und wo soll dieser Ort sein?

O'KILLIGAIN In der Bitternis und Freude, die sich in der Hand einer hübschen Frau vereinen; im Mitgefühl in ihrer Brust; in der kämpferischen Schönheit ihrer liebkosenden Arme; in der Ruhe an ihrer Seite, wenn das Herz müde ist.

CLOYNE Der macht sich doch über uns lustig.

O'KILLIGAIN Sanfter und sicherer als die Brustwehr des heiligen Patrick ist die Brust einer Frau, wenns darum geht, einen Mann aus den Schlingen des Lebens zu retten. *Beginnt sanft zu singen, wobei er sich ein wenig entfernt. Mit einem Augenzwinkern gegenüber den Frauen:*

Komm herein, geh hinaus oder steh nur am Tor,
Mit zwei Mädels im Arm und nem dritten davor;
Oh, je mehr ich begehr, desto größer der Chor,
Denn die Mädels sind Leben,
Sagt Rory O'Moore!

Was ist das Verführn für ein herrlicher Spaß,
Ganz egal, ob bei Nacht oder offen am Tag;
Ist ein Spiel mal vorbei, steht das nächste bevor;
Denn die Mädels sind Leben,
Sagt Rory O'Moore.

Wenn alles getan ist, und kein Wort gesagt,
Ob im Gras oder Bett, nie hat eine geklagt;
Nach jedem Gefecht tönt das Nochmal! im Ohr;
Denn die Mädels sind Leben,
Sagt Rory O'Moore!

Während er seinen Song beendet, kommen Poges und Basil zurück, der eine mit den Nägeln, der andere mit dem Draht.

POGES *zu O'Killigain – beschwingt:* Mit der Garage kommt ihr gut voran, O'Killigain, nicht?

O'KILLIGAIN *der die Wand abgeklopft hat und den Kopf schüttelt:* Ja, sehr gut.

POGES *enthusiastisch:* Guter Mann; wenn sie fertig ist, laß ich 'nen erstklassigen Künstler aus London kommen, der sie mir anmalt, damit sie wie 'n kleines Tudorhäuschen aussieht und die Schönheit des noblen alten Gebäudes nicht gar so entstellt. Was sagen Sie dazu, O'Killigain?
O'Killigain bleibt stumm.
Hm?

O'KILLIGAIN Ich hab nichts gesagt.

BASIL *der weitergegangen ist und voller Begeisterung eine Außenwand hochschaut:* Frühes Tudor, meiner Ansicht nach; ja, frühes Tudor, da könnt ich drauf schwören. Große Epoche, große Epoche. Berstend vor Schwung, Energie, Farbe, Wucht, Erfindungskraft, aber auch Heiterkeit.

O'KILLIGAIN *klopft die Wand neben sich ab – ironisch:* Und das ist mittleres Tudor – ganz ohne Zweifel.

POGES *schaut voller Begeisterung die andere Außenwand an:* Diese ist spätes Tudor, da bin ich sicher. Ha, England hatte nichts Vergleichbares damals. Denkt nur an Löwenherz, nicht? Hat den Ungläubigen zerschmettert, hat ihn aus Jerusalem in seine Wüstenkäffer zurückgeschmettert. Wie hieß er gleich, Nachfolger des Propheten? Sagt schon. Hegira, der weiße Stein, oder war es ein schwarzer Stein? – Himmel, wie hieß denn der Affe?

SOUHAUN *hilfsbereit:* Tututtenkamum, Schatz?

POGES *verächtlich:* Tututtenkamum! Mein Gott, Frau, das ist doch noch gar nicht lang her!

AVRIL *noch hilfsbereiter:* Der Mahdi, Schatz?

POGES *noch verächtlicher:* Der Mahdi! *Klagend:* Ist denn hier niemand, der einen Funken Ahnung von der Geschichte seines Landes hat!

BASIL *mit selbstgefälliger Gewißheit:* Dschingis Khan.

POGES *mit Nachdruck:* Dschingis Khan! So hieß doch der Affe, den das Löwenherz Richard aus Jerusalem rauswarf. Ein Krieger, ein Held. Es kann nämlich durchaus sein, daß er in diesem Haus hier war. Das ist alles sehr bewegend. *Zu O'Killigain:* Ich bilde mir ein, ich höre das Deng, Deng, Deng von Rüstungen, wenn ich durch diese Räume gehe, und sehe die Banner und Fähnlein mit ihren putzigen Mustern von den Mauern flattern! Spüren Sie nichts von dem wunderbaren Erlebnis solcher – em – em – em – alten, unglücklichen, weit entfernten Dinge und der Schlachten von Anno dazumal? *O'Killigain bleibt stumm. Poges insistiert:* Spüren Sie nichts von dem allem, O'Killigain, hm?

O'KILLIGAIN *ruhig:* Ich überlasse es den Toten, ihre Toten zu beerdigen.

SOUHAUN Du darfst Herrn O'Killigain nicht so zusetzen, Cyril; er ist ein normaler Arbeiter, und er versteht weder etwas von diesen Dingen, noch interessiert er sich dafür.

POGES Unsinn; O'Killigain ist ein intelligenter Mann, und er ist froh und dankbar, daß er über die höheren Dinge des Lebens ein bißchen was lernen kann; sich mit den großen Dingen der Vergangenheit zu beschäftigen kann nur gut sein – nicht wahr?

O'KILLIGAIN Ab und zu vielleicht; solang man nicht damit leben muß. Das Leben, wie es ist und werden wird, bewegt mich viel mehr.

POGES Komm, komm; wir sollten nicht ewig über die Gegenwart und Zukunft brüten. Dazu geht einem das Leben viel zu nah, O'Killigain; von früh bis spät verschwenden wir unsere Kräfte, im Nehmen wie im Geben. Sie haben den guten alten Wordsworth nie gelesen, nehm ich an, was?

O'KILLIGAIN Hab ich sehr wohl.

POGES Tatsächlich? Na, das begründet direkt eine Kameradschaft zwischen uns, was? Großer Mann, großer Mann; und ein noch größrer Dichter, nicht wahr?

O'KILLIGAIN *mit einiger Heftigkeit:* Ein todlangweiliger alter Schwätzer; ein abgewracktes Hirn; ein Mann, der mit dem eigenen Leben Versteck gespielt hat; ein Schatten, der als Sonne herumstolzierte; ein Dichter, der für alles empfindsam war, außer für Menschen; ein Dudelsack, der ab und zu eine Note Musik von sich gab; ein Narr, der geglaubt hat, das Zentrum der Welt wäre Wordsworth; ein Dichter, der das menschliche Streben in moralisierende Kinderlieder einsperren mußte; eine Schnecke, die von Gott den Glanz eines Glühwürmchens abgekriegt hat; ein Dichter, dessen Gesang ein einziges Lob der Geborgenheit war!

POGES *irritiert:* Ach! Ist das das Resultat des heutigen Schulunterrichts? Ich fürchte, Sie werden kaum jemand finden, der Ihnen da zustimmt, mein Freund. Schön, schön, wir haben andres zu tun, als die Verdienste eines Dichters zu erörtern; also vorwärts mit der Arbeit an der Garage, wie sichs gehört für einen guten Mann.

O'KILLIGAIN *verbeugt sich ironisch:* Ich gehe, Herr. *Er geht hinaus.*

POGES *zu den anderen:* Ist das nicht ein schockierendes Beispiel für schlechten Geschmack und Beschränktheit? *Zu Souhaun:* Da siehst du mal, was du für Landsleute hast, meine Liebe.

SOUHAUN Tja, lieber Cyril, du weißt genau, daß du nur vor ihm angeben wolltest. Ein paar lächerliche Zitate, die man dir in der Schule eingebleut hat, mehr kennst du doch gar nicht von Wordsworth. Du kannst doch nicht oft genug betonen, daß dir die Lyrik gestohlen bleiben kann.

POGES *wütend:* Die moderne Lyrik kann mir gestohlen bleiben, die moderne Lyrik; und es ist mir egal, wer das weiß. Aber das Vergangene lehne ich nicht ab. Tradition – das ist unsre Stärke in Zeiten des Wirrwarrs; Tradition, den Traditionen folgen, dem einzigen, was Bedeutung hat im Leben eines kultivierten Menschen. So nah wie nur möglich an den Schönheiten der Vergangenheit dranbleiben – der, der Glorie, die Rom war, und der Größe, die Griechenland war – Shakespeare wußte, wovon er sprach, als er das sagte.

BASIL Indem wir in diesem alten Haus leben, sind wir an den alten Traditionen jedenfalls hautnah dran.

SOUHAUN *zweifelnd:* Ich hab das Gefühl, daß es hier langsam ein bißchen kalt und feucht wird.

POGES *erstaunt und ungehalten:* Kalt? Was redest du da? Und feucht? So ein Unsinn. Wenn es wärmer wäre, würde sichs langsam unbehaglich anfühlen. Was meinst du, Cloyne?

CLOYNE *die mit einem langstieligen Staubwedel die Wände abgestaubt hat:* Ich fühl mich recht gemütlich, Herr; obwohls vom Kamin her ein bißchen zieht.

POGES *mit leichtem Frösteln:* Hm? Gemütlich, hm? Natürlich hast du das Gefühl, daß es gemütlich ist; das haben wir alle. Vor allem, wenn du an die prächtige Umgebung denkst: Fluß, See, Tal und Hügel. *Jubilierend:* Engel, die hier gelegentlich rasten, bezweifeln sogar, daß es in Eden schöner ist. Wir haben hier den Frieden von Eden.

SOUHAUN Und du mußt zugeben, daß wir Iren ein einfacher, herzlicher, ehrlicher und gewinnender Menschenschlag sind, Liebster.

BASIL *begeistert:* Die Iren sind Goldstücke. Alle, die ich bisher getroffen habe, sind Goldstücke; drollig und liebenswert – richtig süß. Man muß sie nur unter der Fuchtel halten; man muß sie unter der Fuchtel halten.

POGES Da stimm ich dir zu. Die Iren sind alle gleich. Ein bißchen zurückgeblieben vielleicht, wie alle primitiven Völker, besonders heutzutage, wo ihnen Beispiel und Einfluß einer Oberschicht fehlen; trotzdem reizende Leute. Man muß sie nur unter der Fuchtel halten; oh, das muß man in der Tat.

BASIL Wir sollten zusehn, daß wir das Land richtig kennenlernen; einen Sinn für das Landschaftliche haben ist das eine, ein Land verstehen etwas ganz anderes.

POGES *herzlich:* Völlig richtig, Basil. Wir sollten zusehn, daß wir das Land etwas kennenlernen, damit uns alles vertraut ist. *Jubilierend:* Pflügen und säen, reifen und mähen, und ein Bauernkna-ha-hab werden. Von den verschiedenen Bäumen sollte man beispielsweise auf Anhieb die Namen kennen.

AVRIL Im Winter wie im Sommer.

POGES Richtig. Im Sommer durch ihre Früchte.

AVRIL Bäume haben keine Früchte, Cyril.

POGES Natürlich nicht. Ich meine Rinden und Zweige. Es wird

ein Genuß sein, zu irgendwelchen ahnungslosen Besuchern aus der Stadt zu sagen: Dieser Baum? Ach, das ist einfach eine Eiche; und dieser da drüben am Ufer ist ein – ein –

AVRIL Stachelbeerbaum, Cyril.

POGES Ein Flieder, oder dergleichen. *Zu Avril:* Bitte keine Scherze. Das ist eine ernste Angelegenheit.

CLOYNE Wir sollten auch die Hühner nicht vergessen, gnädiger Herr.

POGES Die Hühner? Ja, natürlich – die Hühner. Gute Idee. Ja, Hühner brauchen wir auch; eine erstklassige Rasse allerdings: alles andere würde nichts bringen.

CLOYNE Eine erstklassige Rasse, völlig klar.

POGES Und eine Kuh auch.

AVRIL Eine Kuh kann gefährlich werden.

POGES Gefährlich? Unsinn; wenn sie gefährlich wird, steckt man sie in einen Käfig. *Er stellt die Trittleiter auf, steigt hoch und hält sein Porträt an die Wand.* Wie sieht das aus?

SOUHAUN *nimmt keine Notiz davon:* Als erstes sollten wir Art und Namen von sämtlichen wilden Blumen der Gegend erkunden.

POGES *stellt das Bild am Boden ab und wendet sich den andern zu:* Vor allem die wilden Blumen, die Shakespeare so geliebt hat – die – die – em – em – *Sein Blick fällt auf Primeln in einer kleinen Vase auf dem Tisch* – die Primel, zum Beispiel; ihr wißt doch – die Primel an des Baches Rand, wie gelb sie in der Wiese stand, und doch ne Primel nur; wobei unsereins natürlich längst alles weiß, was es über Primeln zu wissen gibt.

BASIL *stellt sein Porträt auf den Boden, wobei er sich über die Spitze beugt, so daß er am einen Ende des Raumes und Poges am andern wie Prediger aussehen, deren Kanzeln mit ihren Porträts getäfelt sind:* Das ist die pure ignorante Selbstzufriedenheit, Cyril. Wenn man so eine Pflanze natürlich nur als einzelne Essenz betrachtet, annimmt oder ansieht, ist eine Primel eine Primel, und weiter ist dazu nichts zu sagen.

POGES Du kannst eine Primel schließlich nicht als Ulme annehmen oder betrachten, alter Junge, oder?

BASIL *rasch:* Unterbrich mich bitte mal ne Minute lang nicht, sei so gut. Sollten wir die Primel jedenfalls in unsre synthetische Überlegung einbeziehen, sei es als Ganzes oder sei es a priori als bloßen Teil, zu dem der Rest der Gesamtheit aller natürlichen

Objekte oder Phänomene dazugehört, dann gibt es, müßte oder könnte es zumindest die Möglichkeit geben, diese Blume als etwas über Status, Substanz oder Qualität eines bloßen Fragmentes Hinausgehendes zu betrachten und in der Folge zu dieser Gesamtheit in Beziehung zu setzen, so daß die simple Primel für einen rationalen Denker oder logischen Kopf etwas ist oder werden könnte, was wir ein Universelles zu nennen riskieren dürfen. Verstehst du?

POGES *verwirrt:* Em? Ja, doch, doch; nein, nein; doch, doch: em, was?

SOUHAUN *zu Cloyne:* Cloyne, du solltest lieber gehen und in unsren Zimmern nach dem Feuer schauen.

Cloyne steht auf und geht hinaus.

AVRIL *mit Spott in der Stimme:* Pscht! Hört alle her – große Männer reden!

POGES *zu Basil:* Em, was zum Teufel reden Sie da, Mann?

AVRIL *mit triumphierendem Spott:* Ha, Cyril, jetzt bist du ertappt!

POGES *ungehalten:* Ertappt? Wer ist ertappt? Ich? Unsinn, Mädchen. Er hat einen Fakt mit einem Fehlschluß vermengt. Kann ich schauen? Hab ich Augen? Ja. Also schön. Ich sehe eine Blume mit Wurzel, Blättern und Blüte; ich frage mich: Was ist das? Ich antworte: Eine Blume! Ich frage mich: Wie nennt man sie? Ich antworte: Eine Primel.

BASIL *lustlos:* Das sagen Sie, verehrter Herr.

POGES *heftig:* Das sagt jeder, verehrter Herr!

BASIL *beugt sich zu Poges vor:* Und was ist eine Blume, mein Herr?

POGES *wütend:* Eine Blume? Guter Gott, eine Pflanze, mein Herr; ein Machwerk, das aus der Erde kommt; eine vegetierende Verbindung von Wurzel, Blättern und Blüte.

SOUHAUN Beruhige dich, Cyril, beruhige dich.

BASIL *lehnt sich zurück und schließt voller Überdruß die Augen:* Genau das habe ich von Ihnen erwartet, verehrter Herr. Worte; Sie benutzen einfach Worte. Sie sollten versuchen, an eine Primel nicht als Primel zu denken, Herr, sondern als ein simples Objekt, als eine Substanz, die sich außerhalb von Ihnen befindet.

POGES *halb außer sich:* Herrgott, das weiß ich doch selber, daß eine Primel keine Substanz ist, die sich innerhalb von mir befindet, Mann! Erzählen Sie uns mal, wie ein Mensch bei ner Primel an etwas anderes als eine Primel denken soll. Er kann schließlich nicht an das liebe kleine, süße kleine irische Kleeblatt denken, oder wie? Was für eine elende Herabwürdigung, einem halbgebildeten Esel zuhörn zu müssen!

BASIL *schließlich doch wütend geworden, stellt er das Porträt ab und macht einen drohenden Schritt auf Poges zu, worauf sich Avril vor ihn stellt, um ihn zurückzuhalten:* Esel? Wollen Sie damit behaupten, daß ich ein Esel bin, Herr? Kann man einen in sämtlichen Philosophien der Erde bewanderten Menschen als Esel bezeichnen?

AVRIL Basil, Lieber!

SOUHAUN *stellt sich vor Poges:* Cyril, Schatz, vergiß nicht, daß wir einen freundlichen kleinen Disput über eine gewöhnliche Landblume führen!

AVRIL *ironisch:* Basil will doch nur sein bedeutendes Wissen mit uns teilen.

POGES Das soll ein Wissen sein?

SOUHAUN Wir dürfen nicht vergessen, daß Basil Oxford durchlaufen hat, Schatz.

POGES Ob er da drunter durchgekrochen oder drüber weggeflogen ist, ist mir völlig egal; er hat mich nicht mit Dingen zu belästigen, die er dort aufgeschnappt hat.

BASIL *ein bißchen weinerlich:* Wenn man bedenkt, daß ich jedes Wort gelesen habe, das Hume, Spinoza, Aristoteles, Locke, Bacon, Plato, Sokrates und Kant geschrieben haben, um nur ein paar zu nennen, sollte ein ungebildeter Mensch meinen Ansichten mit etwas Respekt begegnen, sollte man meinen.

POGES *angeberisch:* Ich hab nicht allzuviel Erziehung gehabt; trotzdem steh ich jetzt hier und bin ein vermögender Mann, der zu fast jedem sagen kann, komm er, und er kommt her, und zu fast jedem andren, verschwinde, und er verschwindet – und hurtig dazu; und der Lords und Grafen die Hand schüttelt und sie beim Vornamen nennt. Das hier – *er berührt seine Stirn* – und die da – *er streckt seine Hände aus* – haben das alles geschaffen, ohne daß mir auch nur ein einziger geerbter Penny geholfen hätte! *Er schaut Basil feindselig an.* Das ist mehr, als mancher andere von sich sagen kann. Und ich habe kein Oxford durchlaufen!

SOUHAUN *um Versöhnung bemüht – zu Basil:* Komm, geh ein paar Minuten nach oben, er wird sich schon wieder beruhigen.

BASIL *in Tränen und grimmig:* Da könnt ihr mal sehen, Souhaun, und du, Avril, wie ihn die Tugend des Respekts und der einsatzbereiten Ehrfurcht verlassen hat, die jeder halbwegs vernünftige Engländer den klassischen Hochschulen entgegenbringt.

SOUHAUN *um Versöhnung bemüht:* Ist ja gut, ist ja gut; kommt sicher alles gleich wieder.

BASIL *fast weinend:* Dabei hat er mich bei jeder Gelegenheit, die sich auftat, nach Oxford gehetzt, damit ich mich mit diesem Professor und jenem Doktor treffe, so gewaltig hats ihn gejuckt, einen honoris causa zu ergattern, ganz egal, von welcher Fakultät er war, Theologie, Wissenschaft, Literatur, Medizin oder Jura!

POGES *spöttisch:* Und die meisten waren wie wild hinter Tips von der Börse her. Hau doch ab, Mann, und heul dich im stillen aus. *Er hält sein Porträt die Wand hoch.* Wir haben hier andres zu tun. Schau, wie siehts da aus?

SOUHAUN *schiebt Basil sanft aus dem Raum:* Komm, Schatz, geh hoch und sieh zu, daß du wieder zu dir kommst.

BASIL *geht hinaus, laut:* Quisabit grunniodem expectio porcum – was kann man von einem Schwein erwarten – außer ein Grunzen?

POGES *mit dem Porträt an der Wand:* Schau, wie siehts hier aus? *Mitleidig:* Armer Esel; kindliches Gemüt, Souhaun, kindliches Gemüt. Aber raffgierig wie sonstwas, wenns darauf ankommt, und ich verdopple ihm auch noch sein Einkommen, indem ich geschickt investiere. Undankbarkeit. *Ungeduldig:* Na, wie siehts hier aus?

SOUHAUN Ich finde, an die Wand gegenüber paßts besser, Schatz.

AVRIL Wo es ist, ists am besten, Mutter.

POGES Entscheidet euch, entscheidet euch!

SOUHAUN Wo es ist, Schatz.

POGES Und was ist mit der Höhe?

SOUHAUN Bißchen höher.

AVRIL Bißchen tiefer.

POGES Nur eine, nur eine!

SOUHAUN Jetzt noch ein bißchen mehr rechts.

AVRIL Jetzt noch ein bißchen mehr links.

POGES *läßt das Bild auf den Boden hinunter:* Welche jetzt? Wie jetzt? Was jetzt?

Cloyne kommt mit einer Zeitung in der Hand herein.

CLOYNE *zu Poges:* Ihre Zeitung, Herr – die Finanzwelt.

Sie läßt sie auf dem Tisch liegen und geht wieder hinaus. Poges bricht seine Zeitung auf und ist grade dabei hineinzuschauen, da erscheint Barney im linken Eingang. Von draußen hört man ein Gackern, das laute Muhen einer Kuh und das Krähen von Hähnen.

POGES *die halb ausgebreitete Zeitung vor sich:* Was zum Teufel ist jetzt wieder?

BARNEY Es ist ein Mann draußen, der wissen will, ob sie paar rührige Hühner brauchen?

POGES Ein paar was?

BARNEY Paar Hühner, rührige Hühner?

POGES *ungeduldig:* Was zum Teufel soll ich mit Hühnern, rührig oder nicht rührig?

BARNEY Er sagt, im ganzen Land ist es rum, daß sie rauf und runter paar rührige Hühner suchen.

CLOYNE *erscheint am rechten Eingang:* Es sind zwei Männer da, die wissen wollen, ob Sie paar picobello fetzige Hähne kaufen wollen, die billig abgehn?

1. ARBEITER *erscheint neben Barney und schiebt ihn zur Seite, um sich vor ihn zu stellen:* Entschuldigen Sie, Herr, aber es ist grad ein Freund von mir mit einer Kuh gekommen, die für jeden Menschen ein lohnender Anblick ist; ein Koloß mit ner Haut am Leib, die so glänzend und sanft ist wie ne Daune von einem erstklassigen Engelsflügel; und ein Euter, das jeden ins Schwitzen bringt, der für die Milch, die herausfließt, die Eimer beschaffen soll!

POGES Hühner, Hähne und Kühe! *Zum 1. Arbeiter:* Für was hältst du mich – für einen Bauernbursch, oder was?

SOUHAUN Das kommt davon, daß du gesagt hast, in das Anwesen gehören Hühner und eine Kuh. *Zu Cloyne:* Und du hast es überall in der Gegend ausposaunt, dummes Ding!

CLOYNE Der einzige, dem ichs gesagt hab, was Herr O'Killigain.

1. ARBEITER *geht auf Poges zu:* Hören Sie zu, Herr, und lassen Sie mich Ihnen nur kurz etwas flüstern: Kämpfen Sie für die Ehre des heiligen Patrick, solange das Eisen noch heiß ist, und setzen Sie auf die Kuh. Und nur mal geflüstert: lassen Sie sich um Gottes willen nicht auf die Hennen und Hähne ein, die man Ihnen da andrehen will – da ist keiner dabei, der nicht ein Ausbund von falscher Verschlagenheit ist!

SOUHAUN *wütend – zu Cloyne:* Ich dulde es nicht, daß du mit O'Killigain schwatzt und mit ihm eine Zeit vertust, die du darauf zu verwenden hast, das Haus in Ordnung zu bringen! Wie kommst du auf die Idee, unsre Angelegenheiten mit einem O'Killigain zu besprechen! Und wenn du dir einbildest, jemand wie O'Killigain findet etwas an dir, hast du noch nie einen größeren Fehler gemacht, meine Kleine.

CLOYNE *empört:* Sind Sie da sicher, gnädige Frau? Wenn mich O'Killigain beim nächsten Mal grüßt, mach ichs genauso, und zwar auch ohne Ihre Genehmigung, gnädige Frau!

BARNEY *ungeduldig:* Was soll ich zu dem Mann sagen, der die rührigen Hühner angebracht hat?

POGES *schreiend:* Schaff ihn weg mit seinem Geschacher!

Barney geht hinaus.

Zu Cloyne: Und du machst das gleiche mit dem Mann, der die fetzigen Hähne gebracht hat!

SOUHAUN *zu Cloyne:* Und die gutmütige Art von O'Killigain wird auch nicht mehr ausgenützt!

CLOYNE *wendet sich um und schaut im Hinausgehn kurz Souhaun an:* Ich kenn ein verwelkendes altes Weib, keine hundert Meilen von hier, das seinen eigenen Ratschlag beherzigen sollte, damit es aufhört, am armen O'Killigain seine ausgeleierten Zaubertricks auszuprobieren! *Sie geht hinaus.*

POGES *lautstark und klagend:* Schluß jetzt mit diesen abgeschmackten Debatten! Sie passen nicht in ein Haus, das für Frieden und Würde gedacht ist! Könnt ihr euch nicht mal benehmen, wie die les grand dames und die les granderen monsieurs sich benahmen, als sie in diesem schönen Tudorhaus hier herumspazierten? Solange wir hier sind, sollten wir die gemeine Welt und ihr Walten vergessen. *Ungehalten zum 1. Arbeiter, der während der letzten paar Augenblicke an seinem Ärmel gezupft hat:* Was zum Teufel willst du noch, Mann?

1. ARBEITER *ernst, fast ins Ohr von Poges:* Passen Sie auf, Herr, nur kurz geflüstert; packen Sie den Stier bei den Hörnern und nehmen Sie sich die Kuh, bevor sie dahin ist. Und was die rührigen Hühner und Hähne betrifft, die Ihnen zur Ehre gereichen – wenn Sie diese Dinge mir überlassen, Herr, werden Sie mit einem heiteren Blick in den Augen Ihrer Wege gehen!

POGES *packt den 1. Arbeiter voller Wut an den Schultern und schiebt ihn aus dem Raum und den Türgang hinunter:* Raus hier, raus hier, du Esel, mitsamt deinen Hühnern und Hähnen und Kühen!

SOUHAUN *rasch zu Avril, als Poges im Türgang verschwunden ist:* Komm, lauf hoch und hätschle und tröste den alten Esel; du kannst dazu ruhig den meinen ein bißchen runtermachen; wenn er wieder halbwegs bei sich ist und immer noch Trost und Gehätschel braucht, zapfst du dem alten Sabbermaul einen Scheck ab.

AVRIL *springt hoch:* Prima Idee! *Sie läuft weg.*

SOUHAUN *ruft ihr nach:* Und zwar einen fetten!

Poges kommt wütend zurück und bürstet seinen Mantel ab, wo er mit dem 1. Arbeiter in Berührung kam.

POGES Soll man hier keinen Frieden haben, wo hier der Friede geboren ist? *Er nimmt sich wieder die Zeitung und beginnt drin zu lesen.* Em. Hm, Zinnaktien wieder gestiegen. Gut. *Er begräbt sein Gesicht in der Zeitung.* Wenn bloß die elenden Steuern nicht wären.

Der 1. und der 3. Arbeiter lugen um die Ecke des linken Eingangs; dann nähern sie sich rasch und leise dem in seine Zeitung versunkenen Poges, und der 1. Arbeiter bleibt links von ihm, der 3. Arbeiter rechts von ihm stehen.

1. ARBEITER *eindringlich, in Richtung von Poges' Zeitung:* Hören Sie her, Herr: wenn Sie echtes Geflügel wollen, das mit Stolz und Munterkeit Eier legt, und keine mickrigen, unbedeutenden Rupflinge, die ans Geschäft des Legens herangehn wie ein Mitglied des irischen Parlaments an seine Jungfernrede, ich hätt Ihnen da ein paar Hühnchen, die Eier legen, als kämen sie aus 'ner Maschine mit Dampfantrieb!

POGES *wütend – über den Zeitungsrand schauend:* Verschwinde, Mann, verschwinde, und mach mich nicht wahnsinnig!

3. ARBEITER *in Richtung von Poges' Zeitung:* Diese Lügen, die manche erzählen, damit sie ihre Absichten durchgesetzt kriegen! Schaun Sie, Herr, jeder weiß, daß seine mickrigen Hühnchen ein Witz sind; die machen sich nur ans Legen, wenn ein Gewitter sie so erschreckt hat, daß sie sich selber ihr Dasein beweisen müssen! Ich kann Ihnen aber besorgen, was Ihnen fehlt, und ein paar spritzige Hähne dazu, die ihnen beispringen bei dem Bemühen, der Menschheit die Nahrung zu liefern.

POGES Verschwinde, Kerl; wenn ich Geflügel will, setz ich mich mit den Experten vom Ministerium für Landwirtschaft in Verbindung.

1. ARBEITER *entsetzt – teilweise an Poges, teilweise an Souhaun gewendet:* Also, jetzt hört euch das an! Haben Sie das gehört, gnädige Frau? Vom Ministerium für Landwirtschaft, was? Möge Gott der Herr Ihre Unschuld vor Schaden bewahren, verehrter Herr, alles was recht ist. Wars nicht exakt jenes selbige Ministerium, das erst vor kurzem eine speziell kräftige Sorte Hähne vorbeigeschickt hat, damit sie die Art verbessern, und haben die nicht schon vorm Ende der Probezeit die gesamten Hennen hysterisch gemacht?

POGES Hysterisch? Du lieber Gott!

3. ARBEITER Hey, und mußten die Bauersleut nicht vor Schreck ihre Flinten holen und auf diese Hähne zielen, als sie die Hennen über Berg und Tal verstreut auf dem Rücken liegen sahen, Beine in die Luft gestreckt und allesamt kurz davor, den letzten Japser zu tun, und dabei noch heilfroh, eine Welt verlassen zu dürfen, in die sie sich schon so gut eingelebt hatten! Die paar Stabilen, die überlebt haben, waren so geschockt, daß es in diesem Dorf über Jahre kein einziges Ei gab!

POGES *(gut gelaunt faßt er die Männer am Arm und führt sie zum linken Türgang):* Los, Männer, ab mit euch, ich hab zu tun; ich muß über ein paar wichtige geschäftliche Dinge nachdenken und kann mich jetzt nicht mit Hühnern befassen!

1. ARBEITER *während sie hinausgehen:* Ein andermal, Herr; aber denken Sie nicht an das Ministerium in so einer wichtigen Angelegenheit: die schicken Ihnen nur Hennen, die Ihnen die Hähne paralysieren, oder Hähne, die Ihnen die Hennen paralysieren! *Sie gehen hinaus.*

POGES *kommt zurück und liest die Zeitung:* Kindische Leute, diese Iren, nicht wahr? Hysterische Hühner! Dieser Doktor Wie-hieß-er-doch-gleich, der gesagt hat, der Mensch wird von Gedankenströmen bewegt, die nie den Kopf erreichen – na, der fände hier einiges zum Studieren. Ist natürlich auch angenehm, in einem schönen Haus zu leben, das in einem schönen Land steht, und an nichts anderes denken zu müssen als an hysterische Hühner. *Er konzentriert sich plötzlich auf etwas in der Zeitung.* Ich muß ein paar von diesen Aktien haben. *Er springt zum Telefon und schüttelt und klopft dran.* Was kann bloß mit diesem Amt los sein? – Ich hör keinen Ton! *Zu Souhaun:* Hol einen von den Arbeitern, ja? Ich brauche auf der Stelle eine Verbindung nach London.

Souhaun läuft hinaus, um einen Arbeiter zu rufen. Noch einem oder zwei Augenblicken kommt der 2. Arbeiter in den Raum.

2. ARBEITER Wollen Sie mich, Herr?

POGES Nicht speziell; ich möchte nur wissen, ob Sie zufällig wissen oder ob es in diesem Land irgendwen gibt, der wissen könnte, warum ich keine Verbindung zum Amt bekomme?

2. ARBEITER Ist das alles, Herr?

POGES *bissig:* Ist das alles! Ist das nicht genug, Esel?

2. ARBEITER *scharf:* Wen zum Teufel nennen Sie Esel?

POGES *beschwichtigend, aber mit einiger Ungeduld:* Lieber guter Mann, bitte lassen Sie mich wissen, ob Sie mir sagen können, warum das Amt nicht auf Anrufe reagiert.

2. ARBEITER Von einem Ende des Landes bis zum anderen können Sie jeden fragen, ob Philip O'Dempsey ein Esel ist, sogar O'Killigain selber, und Sie werden sehen, was die Ihnen erzählen. Ein vernünftiger Kopf, ausgestattet mit einer festen Erziehung von sieben langen Jahren in einer anständigen Schule, und deshalb durch und durch fähig, in jeder beliebigen Auseinandersetzung seinen Platz zu behaupten, ausgenommen die höchsten Philosophien der größten Geister, die unsre Welt verbessern!

POGES Lieber guter Mann, ich habe Ihnen nur eine simple Frage gestellt.

2. ARBEITER *ignoriert die Bemerkung:* Kommen hier an und bilden sich ein, man kann die gesamte Glorie und Größe der Welt und die Macht eines Menschen in eine schwellende Geldbörse stopfen, und strecken einer Rasse die Zunge heraus, die um die Kleinigkeit von tausend Jahren älter ist als die eure und schon in den Anfängen größer war als die eure in ihrer Blütezeit; wir haben schon mühelos die mächtigen Sprachen der Welt gesprochen, als eure Leute gerade ein paar Laute zum Gurgeln hatten und alles andre mit fuchtelnden Fingern zu sagen versuchten.

POGES *brüllend vor Wut:* Geh zum Teufel, Mann, und gewöhn dir Manieren an!

2. ARBEITER *macht heftig weiter, bewegt sich dabei aber langsam auf einen der Türgänge zu:* Wir haben schon prächtige goldene Verzierungen für wallende Mäntel und schöne Gewänder gehämmert, als ihr noch eifrig getrocknetes Gras gesammelt und blau gefärbt habt, damit ihr den Schrecken der Mittelpartien verstecken könnt; wir haben schon wichtige Bücher mit glühender Farbe und kühner Schönheit verziert, was Ihnen O'Killigain

sicher bestätigen wird, als ihr noch Jahrhunderte davon entfernt wart, vom Alphabet auch nur läuten zu hören. *Neben dem Eingang.* Esel? Sie sind der Esel, sag ich Ihnen, daß Sie in ein Haus ziehen, das höchstens für Tote zum Wohnen taugt! Sie wollen sich hier niederlassen, was? Warten Sie nur, bis der Herrgott den schweren Regen schickt und bis die Fluten kommen! *Er geht hinaus.*

POGES *zu Souhaun:* Da hast du dein Irland mitsamt seinem Heulen und Lachen im Auge mal vor dir! Dieser ungehobelte Klotz! Und gehässig dazu – ich soll warten, bis die Fluten kommen! So was rotzt er einem dreist ins Gesicht!

SOUHAUN Wird ja nicht gleich das Gesicht einer Majestät gewesen sein, oder? Du mußt eben lernen, vor den Leuten Respekt zu haben, wenn du erwartest, daß sie vor dir Respekt haben.

POGES *sarkastisch:* Ich werde in Zukunft voller Hochachtung sein. *Aufbrausend zum 1. Arbeiter, der im Türgang erscheint:* Na, was willst du?

1. ARBEITER Verzeihung, ich bin nur kurz reingesegelt, weil ich höre, daß es Probleme gibt; da wollt ich mal schauen, ob ich was helfen kann.

POGES Na schön, ich würde gern wissen, wo der Mann steckt, der dafür zuständig ist, daß dieses Telefon eingebaut wird?

1. ARBEITER Warum, Herr, ist irgendwas nicht in Ordnung damit?

POGES *aufbrausend:* Alles ist nicht in Ordnung damit, Mann! Ich komme nicht zum Amt durch!

1. ARBEITER Na, das kann ich Ihnen erklären: es ist noch nicht angeschlossen.

POGES Aber das sollte doch heute morgen als erstes gemacht werden. Wann wird es angeschlossen?

1. ARBEITER *vorsichtig:* Na ja, em, das hängt davon ab, Herr.

POGES Hängt davon ab? Hängt wovon ab?

1. ARBEITER Wie lang es dauert, bis man den strömenden Schall dazu bringen kann, daß er von hier aus gefahrlos zu einem der Ausgänge fließt, die dazu da sind, daß man ihn hört.

POGES *ungeduldig:* Hol mir O'Killigain und sorg dafür, daß er auf der Stelle herkommt.

1. ARBEITER Mach ich, obwohl das die Sache vom Postmeister ist – Herr O'Killigain hat damit nichts zu tun!

POGES *brüllend:* Dann schaff mir den Mann ran, der zuständig ist!

SOUHAUN *die den bunten Vorhangstoff gemustert hat und ihn aus-*

breitet: Hier, Cyril, sag, was du findest: Paßt der rote mit dem grünen Streifen besser zu den Wänden oder der grüne mit dem roten Streifen?

Draußen ist das Trappeln von Pferden zu hören, das deutlicher wird, bis es sich irgendwo in der Nähe des Hauses verliert.

POGES *zu Souhaun – irritiert:* Du lieber Himmel – eins nach dem anderen. *Zum 1. Arbeiter:* Geh und hol mir den Mann, der befaßt ist.

1. ARBEITER Ich fürchte, da wird man weit reisen müssen, wenn man den holen will, Herr; der mußte nämlich 'nem toten Vetter die letzte Ehre erweisen; aber keine Angst, er ist höchstens ein paar Stunden weg, es sei denn, es hält ihn was Außergewöhnliches auch noch den ganzen Abend und größten Teil der Nacht fest.

Poges sinkt in einen der Sessel, stumm und vernichtet.

CLOYNE *erscheint am hinteren Eingang:* Die Pferde sind da, Herr.

POGES *setzt sich auf:* Pferde? Welche Pferde?

CLOYNE Die Pferde, die Herr Basil und Fräulein Avril bestellt haben.

SOUHAUN Basil und Avril wollen einen kleinen Ritt machen, Cyril.

POGES *verdrießlich:* Das ist jetzt nicht der Moment, um ans Amüsieren zu denken; wir haben erst mal das Haus hier halbwegs in Schuß zu bringen. Sag O'Killigain, er soll herkommen.

SOUHAUN *zu Cloyne:* Ja, hol O'Killigain, Cloyne; er hat einen guten Blick und kann beurteilen, welcher Vorhangstoff an die Fenster soll.

Cloyne geht hinaus. O'Killigain erscheint am linken Eingang mit besorgtem Ausdruck im Gesicht.

O'KILLIGAIN Wer hat vor, die Pferde da draußen zu reiten?

SOUHAUN *hochnäsig:* Fräulein Avril und ihr Freund Herr Basil Stoke haben vor, sie zu reiten.

O'KILLIGAIN Ich nehm an, Sie wissen, daß diese Pferde ungebärdige Kreaturen sind, die nach Reitern verlangen, die im Sattel daheim sind.

SOUHAUN *noch hochnäsiger:* Fräulein Avril und ihr Freund haben die Kunst in einer Londoner Reitschule gelernt und im Richmond Park schon des öfteren ausgeübt; Ihre gütige Besorgnis ist unnötig, Herr.

O'KILLIGAIN *boshaft:* Der Richmond Park ist nicht Clune-na-

Geera, gnädige Frau. Dort sind Pferde Tiere; hier sind Pferde Pferde.

Avril, in Jersey und Reithosen gekleidet, kommt hereingetrippelt, gefolgt von Basil, der eine dunkelgrüne Art Jagdrock, hirschlederne Hosen und große, glänzende Stiefel mit Sporen trägt; er hat eine Peitsche in der Hand und einen hohen, schicken, glänzenden Zylinder auf dem Kopf.

Mit einem erschrockenen Blick auf Basil: Ach du lieber Gott! *Er wendet sich um und geht wieder hinaus.*

BASIL *mit selbstgefälligem Dünkel – zu Souhaun:* Die frühere Lebensart kehrt in das alte Haus zurück, Souhaun!

SOUHAUN *hingerissen:* Ist das nicht großartig, Schatz? Vergeßt nicht, durchs Dorf zu gehen.

AVRIL *fröhlich:* Basil war wirklich reizend, Souhaun; er hat mir einen ganz großen Scheck gegeben.

SOUHAUN *gibt Basil einen Kuß und winkt Basil zu:* Basil, du bist ein Schätzchen!

POGES *mißmutig:* Seid vorsichtig mit den Pferden.

BASIL *hochnäsig – zu Poges:* Haben Sie etwas gesagt, Herr?

POGES *mit einiger Hitze:* Ich habe gesagt, seid vorsichtig mit den Pferden!

BASIL *mit spöttischer Verbeugung:* Besten Dank, Herr; wir werden uns Mühe geben. *Zu Avril:* Komm, Schätzchen.

Avril trippelt hinaus, und Basil folgt ihr in einer Manier, die er für würdevoll hält.

POGES Ich hoffe nur, sie tun sich nichts an.

SOUHAUN Nur keine Angst; Basil hält sich im Sattel wie ein Zentaure.

Das Trappeln von Pferdehufen ist zu hören, das ins Traben übergeht und dann leiser wird, bis es verklingt.

POGES *erschöpft:* Gebs Gott, daß er dem Pferd keinen Schrecken einjagt. Wär angebrachter gewesen, er wär hiergeblieben und hätte das Telefon zum Funktionieren gebracht. Hier scheint es jeder drauf anzulegen, uns von allem fernzuhalten, was nach Zivilisation aussieht! *Zu Souhaun wütend:* Versuch um Gottes willen, O'Killigain dazu zu bewegen, daß er was unternimmt, damit dieses Ding da in Ordnung kommt. *Er geht zu Souhaun hinüber, die mit den Vorhängen beschäftigt ist, reißt ihr die Vorhänge aus den Händen und wirft sie auf den Boden.* Hörst du mich, hörst du mir überhaupt zu, Frau?

SOUHAUN *verliert die Geduld, packt und schüttelt ihn:* Was glaubst du, was du dir hier erlauben kannst, du triefäugiger halbtoter Trottel, du alter! Ich stell dich ab wie das Telefon, wenn du nicht lernst, wie du dich zu benehmen hast! Du hast beschlossen hierherzukommen, also finde dich ab mit dem Unangenehmen!

POGES *protestiert:* Na, na, na! Du warst es doch, die mich überredet hat, mich in dieses gottverlassene Loch zu setzen!

SOUHAUN *schüttelt ihn noch heftiger:* Lügner, das ist nicht wahr! Du hast ständig danach geschmachtet, kleine Eichhörnchen in den Bäumen hüpfen zu sehen und erleben zu dürfen, wie Veilchen und Primeln vom Keimen und Knospen des Frühling träumen! *Sie stößt ihn heftig von sich.* Noch ein einziges Knurren, und ich bin fort hier und lebe alleine.

POGES *düster:* Das kannst du dir jetzt ja leisten, wo ich Esel dir fünfhundert Pfund pro Jahr ausgesetzt habe.

Während dieser Auseinandersetzung ist im linken Türgang Cloyne erschienen, die nun gesetztes Husten vernehmen läßt.

SOUHAUN *rasch – um den Streit vor Cloyne zu verbergen:* Dann nehmen wir also diesen Stoff für die Vorhänge, Cyril, Schatz.

POGES Er wird wunderbar aussehn, Schätzchen. *Tut so, als sähe er Cloyne jetzt erst:* Oh, was willst du?

CLOYNE Der Kanonikus Creehewel ist draußen und würd gern mit Ihnen zwei Worte wechseln, wenn Sie nicht zu beschäftigt sind.

POGES *zeigt sich irritiert:* Oh, diese Pfarrer, diese Pfarrer! Breiten sich aus wie das Unkraut in diesem armen Land. Widersetzen sich jedem vernünftigen Gedanken, der nicht per Zufall von ihnen kommt. Ständig darauf bedacht, die Leute daran zu hindern, dem Kindesalter zu entwachsen. Man sollte ihnen nicht den leisesten Zuspruch geben. Wenn dieses irregeleitete Volk doch nur zur Verehrung der alten keltischen Götter zurückkehren würde – was würde das für ein Erwachen geben! Zur herrlichen, ja legendären Anmut von – em – em – em – wie heißt er, wie heißt sie, na, wie heißen sie denn? Ich habs schon so oft auf der Zunge oder im Kopf gehabt, der oberste, jedenfalls einer von den obersten Göttern der alten Kelten?

SOUHAUN Meinst du Gog oder Magog, Schatz?

POGES *mit grimmiger Verachtung:* Ach was, nein, nein; versuch doch ein bißchen zu denken, wenn du mir schon behilflich sein willst. Weißt du nicht, daß Gog und Magog zwei philistrische Riesen waren, die David oder Jonathan oder Joshua oder Joab oder Samson oder sonstwer umgelegt hat? Ich mein diesen alten keltischen Gott, den, der – wie hieß er denn bloß?

SOUHAUN Gulliver?

POGES Aber was; doch nicht Gulliver!

SOUHAUN Ach, ich hab keine Ahnung, wen zum Teufel zu meinst.

POGES *schlägt sich jubelnd auf den Schenkel:* Brobdingnag! Das war der Bursche – der Bursche, der die neun Nüsse aß – oder warens nur sieben? –, die er von dem Baum gepflückt hat, der kurz vorm Ende der Welt zu der Quelle herabhing.

CLOYNE Was sag ich dem Kanonikus, Herr?

POGES Was will er; hast du gefragt, was er will?

CLOYNE Er sagt, er will wegen der fünfzig Pfund, die Sie ihm geschickt haben, ein, zwei Worte des Danks fallenlassen.

Draußen ist ein Murmeln von Stimmen zu hören. Es kommt näher und scheint von Erregung getragen zu sein.

POGES *horchend:* Was ist das schon wieder?

1. ARBEITER *von draußen:* Halt seinen Kopf hoch.

3. ARBEITER *von draußen:* Jetzt sind Sie daheim, Herr, jetzt sind Sie daheim.

Sie kommen herein und stützen Basil unter den Armen, gefolgt vom 2. Arbeiter, der Basils Frackschöße hält. Basil ist bleich und hat einen verschreckten Ausdruck im Gesicht. Sein hübsches Gesicht ist mit Dreck bespritzt und an einigen Stellen zerrissen. Der 1. Arbeiter trägt den Zylinder, der jetzt wie eine verbeulte Ziehharmonika aussieht.

POGES *besorgt:* Was ist das, was ist passiert?

1. ARBEITER *beruhigend:* Alles in Ordnung, Herr; nur ein kleiner Schock. Wir haben ihn aufs Haus zukriechen sehn und sind ihm zu Hilfe gekommen. Sein Roß hat ihn abgeworfen. *Poges zuflüsternd:* Man sollte ihn auf nichts drauflassen, was ungebärdiger ist als ein Schaukelpferd, Herr.

SOUHAUN *läuft zu Basil:* Hast du dir weh getan, Basil, Schatz?

BASIL *gebrochen:* Prellungen, Prellungen von oben bis unten.

POGES *ärgerlich:* Warum zum Teufel bist du nicht hiergeblieben und hast mir geholfen, das Telefon in Gang zu bringen?

BASIL Warum hast du mich nicht mit Gewalt festgehalten? Au, warum hast du mich gehen lassen!

SOUHAUN *ängstlich:* Wo ist Avril?

BASIL *ihre Frage ignorierend:* Oh, ich hätte mich nie auf ein irisches Pferd wagen sollen! Verantwortungslos, verantwortungslos, wie das gesamte Volk. Als es nicht losgehen wollte, hab ich ihm mit der Spore einen kleinen Piks gegeben – *stöhnt auf* –, und die Bestie benahm sich wie ein wildes Tier, direkt wie ein wildes Tier!

1. ARBEITER *beruhigend – zu Souhaun:* Es ist kaum was verletzt, gnädige Frau; nur im Gras auf dem armen Hintern gelandet.

SOUHAUN Aber wo ist Avril? *Schüttelt Basils Schulter.* Wo ist Avril?

BASIL Weg!

SOUHAUN Weg?

BASIL Auf und davon mit O'Killigain. Er kam angesprungen, um Avril zu helfen, und hat auf mich eingeschimpft, weil ich runtergefallen bin. Dann sind sie gemeinsam davongaloppiert. *Laut und ein wenig schrill:* Nackt und schamlos ist dieses Weibsstück mit O'Killigain auf und davon!

Gips fällt herab, und in der Decke entsteht ein Loch, fast direkt über dem offenen Kamin; dann kommt baumelnd ein dünnes Seil herunter, an dessen Ende eine Glühbirne angebracht ist, und diesem folgt das Gesicht eines Mannes mit kräftigem gelben Bart, der seinen Kopf durch das Loch streckt, so weit es nur geht.

DER BÄRTIGE *zu denen unter ihm:* Hallo, hallo, Sie da; ist das die Stelle, wo das Licht hin soll?

POGES *mit einem ärgerlichen Schrei, als er sieht, wo das Seil hängt:* Nein, da doch nicht, da doch nicht, Esel! *Deutet auf eine Stelle mehr in der Mitte und weiter hinten.* Da, da ist die Stelle, wo sie hin soll! Wo mein Schreibtisch hinkommt! Gott, sie reißen mehr ein, als sie aufbaun!

DER BÄRTIGE *beruhigend:* Keine Sorge; kleiner Fehler beim Messen, Herr. Nur keine Angst, wir werden den richtigen Punkt eines Tags schon noch treffen! Hauptsache ruhig bleiben, Herr.

Er zieht seinen Kopf aus dem Loch und verschwindet, läßt dabei einen aufgebrachten Poges zurück.

POGES *schreit zum Loch hoch:* Was fällt dir ein, von mir zu verlangen, daß ich ruhig bleiben soll? Ich bleibe nicht ruhig! Ich weigre mich, ruhig zu bleiben!

SOUHAUN *zu Poges:* Komm, hilf mir mit dem armen Basil, bis er nen Brandy getrunken und sich nen Moment hingelegt hat.

Poges nimmt einen Arm, Souhaun nimmt den andern, und so führen sie Basil aus dem Raum.

POGES *zu Basil im Hinaushelfen:* Ich hoffe, du bist dir darüber im klaren, welchen enormen Ärger du anderen damit bereitest, daß du dich weigerst, deine Grenzen anzuerkennen!

BASIL *gereizt:* Trag mich raus, Mann; trag mich raus!

CLOYNE *als sie vorbeigehen:* Was mach ich jetzt mit dem Kanonikus, Herr?

POGES *wild:* Sag ihm, er kriegt von mir noch nen Scheck, wenn er dafür sorgt, daß das Telefon funktioniert, bevors Nacht wird!

Basil, Souhaun und Poges gehen durch den linken Türgang aus dem Raum; Cloyne durch den rechten; die Männer bleiben zusammen in einer Ecke des Raumes stehen.

2. ARBEITER *nachdenklich:* Es steckt noch der Geist des Grauen von Macha in unseren irischen Pferden!

1. ARBEITER *erregt:* Habt ihr das gehört, hm? Habt ihr gehört, was ihm da grad entwischt ist? Daß das Mädel vom Haus mit O'Killigain durchgebrannt ist und nackt durch die Gegend reitet!

2. ARBEITER Und splitternackt noch dazu. Das hab ich schon an ihrem Aufzug gesehn, daß sie ne wilde Hummel von Mädel is! Und verteufelt gut sah sie aus!

1. ARBEITER Der Anblick hätte mich fast meine Augen gekostet, wie sie davonzog und hatte nicht mal nem Strumpfhalter am Leib, der ihr Schamgefühl vor Erkältung schützt.

3. ARBEITER Das wird unsre ganze Gegend um ihren entsagungsvollen Anstand bringen.

1. ARBEITER *springt aufgeregt auf einen Sessel, um näher an das Loch in der Decke heranzukommen:* Cornelius, hey, da oben, Cornelius!

Der Kopf mit dem gelben Bart wird wieder durch das Loch gesteckt.

DER BÄRTIGE Was gibt's?

1. ARBEITER Hast du die furchtbare Sache gehört, die passiert ist?

DER BÄRTIGE Nein; welche furchtbare Sache?

1. ARBEITER Das Mädel vom Haus is abgehaun und galoppiert auf 'nem Pferd übers Land, obwohl sie nichts als die eigene Haut auf dem Leib hat!

DER BÄRTIGE *entsetzt:* Hör auf!

3. ARBEITER *zu ihm hoch:* Und auf den Feldern mußten sich die armen Männer in die Gräben flüchten, damit sie ihr Augenlicht vor dem Schock bewahren, sie sehen zu müssen!

DER BÄRTIGE *mit wachsendem Entsetzen in der Stimme:* Sieht mir wieder mal ähnlich, daß ich hier oben stecke, wo man die Welt nicht im Blick hat, und es geschehen große Dinge!

Vorhang

2. Akt

Derselbe Raum wie im vorigen Akt.
Die Porträts von Stoke und Poges hängen nun an der hinteren Wand zwischen den Fenstern. An den Fenstern sind Vorhänge in leuchtendem Grün und mit breiten roten Streifen angebracht. Ein jakobinischer Lehnstuhl ergänzt inzwischen die beiden steifen, kirchenstuhlartigen Sitze am offnen Kamin. Der Tisch ist nach links gerückt, wodurch die beiden nebeneinanderliegenden Matratzen zu sehen sind, deren Kopfenden zur Wand und deren Fußenden nach vorn gerichtet sind. Darauf liegen Poges und Stoke, in Teppiche und Decken eingewickelt. Ein paar zusammengerollte dicke Teppiche liegen an der Wand. In dem Tonkrug auf dem Tisch steckt ein Büschel Pampasgras. Der abgelehnte karmesinrote Vorhangstoff liegt über einem der kirchenstuhlartigen Sitze. Ein Spazierstock, es ist der von Basil, lehnt in der Nähe seines Lagers an der Wand.
Es ist gegen halb sieben an einem kalten und nebligen Morgen. Ein paar neblig trübe Sonnenstrahlen dringen durch die Fenster und lassen das Licht einer angezündeten Laterne verblassen, die zwischen den Betten steht. Die beiden Männer wälzen sich unruhig auf den Matratzen; wenn Poges sich nach rechts dreht, dreht sich Stoke nach links, und umgekehrt. Irgendwann hebt Poges den Kopf, auf dem er ein blaues Barett mit schwarzer Schleife trägt, und schaut zu Basil hinüber. Er ist in dem schläfrigen Zustand, der sich einstellt, wenn man sich nachts über Stunden vergeblich um Schlaf bemüht hat.
Ehe die Szene beginnt, ist zunächst das Schreien von Eulen zu hören; dann das schwache Muhen von Kühen, das Grunzen von Schweinen, das Krähen von Hähnen, das Blöken von Schafen; schließlich mit Heftigkeit und aus verschiedenen Richtungen das Pfeifen des Refrains von »The Farmer's Boy«.

POGES *nachdem er sich mehrfach hin und her gewälzt hat – halb zu sich, halb zu Basil:* Gott, ist das kalt!
Basil bleibt stumm.
Hey, Basil, bist du wach? Wie fühlst du dich?

BASIL *mit schwachem Stöhnen:* Immer noch steif wie die Hölle!

Ein Wunder, daß ich am Leben bin. Wo mich Avril noch dazu überall zum Gespött macht, indem sie sich mit O'Killigain amüsiert.

POGES *mitfühlend:* Das war verdammt mies von ihr, Basil. Sie hat einen Hang in der Richtung, fürchte ich. Du wirst sie kräftig an die Kandare nehmen müssen, mein Junge.

BASIL *mit tiefem Stöhnen:* Kann ich leider nicht mehr.

POGES Warum nicht, Mann?

BASIL Einen Monat bevor wir hier ankamen, hab ich einen fürchterlichen Blödsinn gemacht.

POGES Ach?

BASIL *düster:* Ich hab ihr auf Lebenszeit fünfhundert Pfund pro Jahr ausgesetzt.

POGES Ach! *Eine ziemlich lange Pause.* Basil, Basil, ich hab das gleiche für Souhaun gemacht!

BASIL Wir sind erledigt, Cyril.

POGES *in munterem Ton:* Nein, nein; ein Monat auf dem Land, und wir sind wieder jung. Du wirst sehn, wir sind im Nu so lebendig wie Geißböcke. Außerdem können wir jederzeit vorsichtig andeuten, daß wir die Summen erhöhen.

BASIL *düster:* Bei Arbeitern, die Tag und Nacht für höhere Löhne streiken, wird es beim Andeuten bleiben müssen.

POGES *genauso düster:* Es ist abstoßend, Basil. Wie soll ein armer Mensch leben, wenn man ihnen immer noch mehr geben muß? *Er sinkt auf die Matratze zurück und zieht sich die Kleider über den Kopf. Draußen lautes Krähen eines Hahnes, gefolgt vom Ruf eines Kuckucks. Schnalzt aufgebracht mit der Zunge – unter seinen Kleidern.* Dtch, dtch, dtch! Was für ein Glück, daß die Vögel nicht hier im Haus sind! *Der Hahn kräht wieder, diesmal wesentlich lauter, und der Kuckuck ruft wieder. Streckt den Kopf unter den Kleidern vor.* Zum Teufel mit dem Hahn und dem Kuckuck! Hast du diesen Hahn krähen gehört, Basil, und den Kuckuck rufen?

BASIL Zum Taubwerden, was! Und dazu diese Eulen die ganze Nacht. Ein Krach wie im Dschungel!

POGES Auf dem Land ist es offenbar doch nicht so still, wie ich dachte. Ich bin trotzdem froh, daß wir hier sind.

BASIL Ich letztlich auch. Diese Geräusche sind nun mal ein Teil dessen, was das Land so anziehend macht – so angenehm und gemütlich.

POGES Und so stimulierend, Basil, so stimulierend. Schau dir an, wie das Sonnenlicht durch die Fenster fällt – ein neuer Tag bricht an, Basil, und ein neues Leben. Jeder Tag auf dem Land bringt eine weitere Chance, ein neues Leben zu leben.

BASIL *begeistert:* Und wir werden es leben, äh, was, Cyril?

POGES *begeistert:* Oh, Junge, und wie!

Souhaun erscheint am linken hinteren Türgang, Avril am rechten. Beide tragen Pelzmäntel über ihren Nachthemden und frösteln ein wenig.

SOUHAUN *klagend:* Würdet ihr beiden vielleicht mal die Güte haben, euch zu erheben und etwas zu tun! Cloyne ist im dunklen Flur gestürzt und hat sich am Handgelenk weh getan, sie kann kaum was machen.

POGES Oh?

AVRIL Und irgendwas muß passieren, damit die Räume geheizt werden – wir sind fast erfroren heut nacht.

POGES Ach was! Also, wir sind auch nicht grade vor Hitze verbrannt.

SOUHAUN Los, rührt euch, dann wird euch schon warm werden. O'Killigain und seine Männer sind längst an der Arbeit und müssen hier rein und raus.

Der Hahn kräht lauter denn je, und mehrere andere stimmen ein; einige davon in großer Entfernung, so daß ihre Geräusche nur schwach zu vernehmen sind; die Geräusche vermischen sich mit dem Bellen von Hunden, dem Muhen von Kühen, dem Blöken von Schafen, dem Zwitschern von Vögeln, dem Grunzen von Schweinen und dem Gackern von Hühnern.

AVRIL Da hört ihrs; alles ist munter, außer ihr beiden.

POGES In einer Sekunde sind wir mittendrin.

Die beiden Frauen ziehen sich zurück. Basil und Poges, von Dekken umwickelt, setzen sich auf und tauchen wieder unter. Nach einer oder zwei Sekunden setzen sie sich erneut aufrecht hin und tauchen wieder unter.

POGES *bibbernd:* Huuuh, Basil, kalt!

BASIL *bibbernd:* Bitter, bitter! Was würd ich jetzt nicht dafür geben, ein gemütliches Zimmer zu haben; oder ein gemütlicheres Bett; und eine glühend heiße Wärmflasche!

Sie liegen einen kurzen Moment lang still da.

POGES Es bleibt uns nichts übrig, als aus dem Sommer in den schwarzen, bitteren Winter zu springen.

BASIL Du zählst vor.

POGES Auf die Plätze! Fertig! Los!

Sie steigen mühsam aus den Betten. Beim Herauskommen zeigt es sich, daß sie völlig bekleidet sind, sogar ihre schweren Mäntel tragen und Schals um die Hälse gewickelt haben.

POGES *haucht seine Hände an und reibt sie:* Huuuh, frisch, was? Aber gesund. Huuuh! Wo zum Teufel steckt dieser Barney wieder, daß er kein Feuer gemacht hat? Huuuh! Man könnt den ganzen Tag hinter ihm hersein. *Ruft:* Barney, Barney!

Barney kommt herein; in der Beuge seines rechten Armes liegen ein paar Holzscheite, in der linken Hand hält er eine Laterne. Cloyne folgt mit etwas Papier und einem Blasebalg. Ihr linkes Handgelenk ist bandagiert. Barney hat einen Mantel an und einen dicken Schal um den Hals. Cloyne trägt ebenfalls einen schweren Mantel. Sie gehen beide zum Kamin hinüber. Zu den Hereinkommenden: Ha, da wären wir. Bißchen frisch, Barney, was; schneidend, aber gesund. *Zu Cloyne:* Du solltest mit den Treppen und Fluren ein bißcher vorsichtiger sein. Beim Reinkommen mußt du auf deine Füße achten und beim Rausgehn auf deinen Kopf. Huuuh! *Zu Basil:* Du solltest losziehn und den andern zur Hand gehen, soweit du nur kannst. *Als Basil geht:* Was ist mit deinem Gehstock?

BASIL *bewegt sich steif:* Ich muß versuchen, ohne klarzukommen – zumindest im Haus. *Er nimmt die Laterne, die neben seinem Bett steht, und geht, leicht hinkend, hinaus.*

POGES *zu den beiden anderen:* Na, ihr zwei, und was denkt ihr so über das Landleben, hm? Und über das Haus? Besser als alles, was eure einstigen Könige aus dem Stamm Tarara hatten, nicht?

CLOYNE *überschwenglich:* Es wird bestimmt herrlich sein, wenn wir mal einziehen, gnädiger Herr.

In dem Bemühen, seinem Körper die Kälte auszutreiben, hat Poges mit den Armen um sich geschlagen. Cloyne macht sich daran, die Decken auf den Betten zusammenzufalten und ordentlich auszubreiten.

POGES Das wird es allerdings. Und wir werden es alle genießen; wir werden uns jünger fühlen; jünger s e i n sogar. Die Luft, die frische, reine, belebende Luft wird uns beflügeln. *Er saugt seinen Atem ein und stößt ihn wieder aus.* Huuuh! Wir werden uns bald nicht mehr wiedererkennen. Wir werden uns besser ernähren, besser schlafen; schlaffe Muskeln werden wieder Kraft bekommen, und wir werden spüren, welch eine Lust, Lust, Lust doch das Leben ist. Denkt an die Spaziergänge, die wir hier machen werden; so viel zu sehen, so viel zu hören, so viel zu riechen; und danach kommt man richtig schön müde zurück in ein herrliches Haus. Ein Leben für Götter!

CLOYNE Großartig, großartig, gnädiger Herr.

POGES Jetzt muß ich aber los und mir ein Glas Tee einverleiben, es gibt hier nämlich noch einiges zu tun, wirklich einiges. *Er eilt aus dem Raum.*

CLOYNE Der arme alte Esel!

BARNEY Wegen Muße und Ruhe in diese von Gott übergangene Ecke zu ziehn! Nach allem, was von der Wissenschaft für uns ausprobiert wurde, zu Funzeln und Kerzen zurückgehn! Das einzige elektrische Licht, das er in seinem Tudorhaus zulassen will, ist das Licht überm eigenen Schreibtisch! Der Güte von Gott dem Allmächtigen seinen Rücken kehrn nenn ich das – und nicht anders!

CLOYNE Die werdens noch vor uns leid sein.

BARNEY Ich kann nur sagen: ich bins jetzt schon leid. Schau dir an, wo wir leben: überall Türen, die aussehn wie Kerkertore, und Flure, die so finster sind wie die Hölle am Tag der Erschaffung; wenn man wo reinwill, haut man sich den Schädel an, und wenn man wo rauswill, bricht man sich sämtliche Zehen; und du wirst sehen, das ist erst der Anfang.

CLOYNE Es könnt schlimmer sein.

BARNEY *zündet ein Streichholz an, um das Papier anzustecken:* Es wird schlimmer werden, das sag ich dir.

CLOYNE Schlimmer als jetzt kanns nicht werden.

BARNEY *da die Flammen auf dem Papier verlöschen:* Keine Chance, hier was anzuzünden. Warum sagst du dann, daß es schlimmer sein könnte?

CLOYNE Na, weil es das könnte.

BARNEY Wie kann es schlimmer sein, wenns schon so schlimm ist, wie's überhaupt werden kann, Frau?

CLOYNE Indems eben noch schlimmer wird, als es war.

BARNEY Wie solls schlimmer werden, wenns schon so schlimm ist, wie's überhaupt werden kann?

CLOYNE Wirst schon sehn, wie's noch schlimmer wird, bevors wieder besser wird.

BARNEY Mistholz, verdammtes! Versuch ich dir das nicht die

ganze Zeit einzutrichtern?

CLOYNE Was versuchst du mir einzutrichtern?

BARNEY Daß es noch schlimmer wird, als es war, bevor es so schlimm wurde, wie's im Moment ist, und daß wir in einer Woche mit Seufzern auf Zeiten zurückblicken werden, so schlimm sie gewesen sein mögen, die auf jeden Fall besser waren als das Schlimmste von dem, was jetzt auf uns liegt.

Poges stürmt herein. Sein schwerer Mantel ist verschwunden, und er trägt jetzt leuchtend blaue Shorts, einen smaragdgrünen Jersey und braune Schuhe, hat aber noch immer den Schal um den Hals. Er hat eine Tasse Tee in der Hand, an der er beim Hereinkommen nippt. Ihm ist jämmerlich kalt, aber er gibt sich munter, wobei er sich im Kopf zurechtlegt, daß es natürlich ist, auf dem Land zu frieren, und daß dies soweit wie nur möglich ignoriert werden sollte, um einem lächelnden Gesicht, einer munteren Art und dem Tragen von auffälligen Farben Raum zu geben, weil dies Bewegungsfreiheit und Mißachtung der üblichen Regeln der Konvention demonstriert. Er fühlt sich alles andre als behaglich, denkt aber, daß er dies keinesfalls zeigen sollte; je kälter einem ist und je unbehaglicher man sich fühlt, desto munterer muß man sich geben und desto abgehärteter wird man am Ende sein.

POGES Da wären wir wieder! Zu allem bereit. *Verliert sein fröhliches Gehabe, als er sieht, daß das Feuer nicht angezündet ist.* Brennt das Feuer noch immer nicht? Was treibst du bloß, Barney? Auf dem Land leben ist doch kein Grund, sich zu Tode zu frieren.

BARNEY Ich krieg keinen Funken raus, was ich auch ausprobiere.

POGES *gereizt:* Holzscheite kann man doch nicht mit Papierfetzen anzünden, Mann. Nutz den Verstand, Barney, nutz den Verstand.

BARNEY Was hab ich denn sonst, womit ich sie anzünden kann?

POGES Holzspäne, Mann; leg doch Holzspäne drunter.

BARNEY Können Sie mir mal verraten, wo ich hier Holzspäne hernehmen soll? Der nächste Laden ist ein Dutzend Meilen weg von hier, oder?

POGES Wenn du keine Holzspäne hast, sprenkelst du eben Petroleum drüber.

BARNEY *sarkastisch:* Und wo krieg ich Petroleum her? Hier springen schließlich keine Ölquellen aus dem Boden.

POGES *streng:* Stell dich nicht an. Du hast dir klarzumachen, daß du hier auf dem Land bist.

BARNEY Ich bin doch derjenige, der das am meisten zu spüren kriegt!

POGES Hier muß man die Dinge eben selber machen; hier gibt es nun mal keinen Knopf, auf den man nur drücken muß, damit man die Dinge erledigt bekommt.

BARNEY Völlig klar, ich seh langsam ein, daß Sie recht haben.

POGES Siehst du nicht, daß die Scheite zu groß sind?

BARNEY Ich denke schon, es sei denn, meine Augen fangen an, mir Streiche zu spielen.

POGES *hitzig:* Mann, warum tust du's dann nicht!

BARNEY Ja was denn?

POGES *laut:* Sie kleiner machen, Mann!

BARNEY *ruhig und sarkastisch:* Ja wie denn?

POGES Ja wie denn! Ja wie denn! Mit einer Axt natürlich!

BARNEY *verliert die Geduld, laut:* Und wo ist eine Axt, und wo ist eine Axt?

POGES Es wird sich doch irgendwo eine Axt herumtreiben.

BARNEY Hier treibt sich gar nichts herum, höchstens ne bittere Brise, die so kalt durch die Gänge bläst, daß sie ner Nonne die Beine taub machen würde.

CLOYNE *versucht die Dinge zu besänftigen:* Der arme Mann hat sich Herz und Rückgrat kaputtgemacht vor Bemühn, es zum Brennen zu bringen, gnädiger Herr!

POGES *der mit den Armen ruderte und mit den Füßen stampfte, während seine Zähne klapperten, wendet sich grimmig Cloyne zu:* Du kümmre dich um deinen Kram, Mädchen! *Sieht, wie sie die Matratzen an die Wand lehnt.* Müssen wir heute nacht etwa wieder hier unten schlafen?

CLOYNE Ja, das müssen Sie. Die andern Räume sind noch zu feucht. Herr O'Killigain sagt, es braucht einen Monat gewaltiges Heizen, bis die trocken sind.

POGES *gereizt:* Herr O'Killigain sagt, Herr O'Killigain sagt! Es hängt mir langsam zum Hals raus, was Herr O'Killigain sagt. Wenn wir hier schlafen sollen, haben Barney oder du eben wach zu bleiben und das Feuer in Gang zu halten, sonst erfrieren wir mitten im Schlaf. *Sein Blick fällt auf das Telefon. Er geht hinüber und hebt den Hörer ab.* Nicht ein Pieps! Nein, oh, nein; nicht die Spur einer Eile. *Ärgerlich zu Cloyne:* Lauf hinaus, Mädchen, schick mir den Burschen rein, der an dem Telefon arbeitet. *Mit leisem Stöhnen:* Irland!

Cloyne geht durch den rechten Türgang hinaus, der zur Eingangshalle führt. Nach einigen Sekunden ist das laute Muhen einer Kuh zu hören, gefolgt von einem Schrei von Cloyne, die panisch, kreideweiß und zitternd in den Raum gestürzt kommt.

CLOYNE *eilt außer Atem in den Raum zurück, fällt auf den Boden und packt Poges wild bei den Beinen:* Retten Sie mich! Streckt mir den Schädel ins Gesicht, kaum hab ich die Tür aufgemacht. Heilige Mutter Maria, ich werd nie mehr das Licht eines Tages sehn, so einen Schreck hab ich abgekriegt!

POGES *alarmiert:* Was hast du, was hast du, Frau?

CLOYNE *kaum zusammenhängend:* Ein Stier, ein wilder Stier, in der Vorhalle draußen!

BARNEY *verzweifelt:* Ein wilder Stier! Wir sind erledigt.

POGES *versucht sich aus Cloynes Umklammerung zu befreien:* Laß los, Mädchen! Laß mich doch los, ich kann mich ja sonst nicht verteidigen. Wenn er hier reinkommt, nimmt er uns auf die Hörner!

CLOYNE *verzweifelt:* Mir sind glatt die Beine weggesackt. Ich muß mich an Ihnen festhalten, Herr – Sie sind meine einzige Hoffnung!

POGES *zu Barney:* Stell den Tisch vor die Tür, Mann, und hilf uns, ihn auszusperren – schnell, Mann, so mach schon! Und eine Matratze.

Zu Cloyne, während Barney den Tisch und die Matratze an die Tür schiebt: Warum hast du ihm nicht die Tür ins Gesicht geknallt, dummes Ding?

CLOYNE War er vielleicht nicht schon halb in der Halle, bevor ich die Tür auch nur aufgemacht hatte! Ach, gnädiger Herr, was tun wir bloß? Bitte gehen Sie, gnädiger Herr, und sehn Sie zu, wie Sie ihn rausschubsen können!

Draußen in der Halle ist das Brüllen des Tieres zu hören.

POGES *halb tot vor Panik:* Guter Gott, Frau, man kann einen Bullen nicht einfach so rumschubsen! *Laut rufend:* Souhaun, ein wilder Stier ist im Haus! Hilfe, O'Killigain, Hilfe. *Zu Barney:* Lauf, Mann, und sag dem Herrn Stoke, er soll seine Flinte mit runterbringen. So lauf, Mann, beeil dich! Aber komm ihm nur ja nicht zu nahe.

Barney läuft weg.

Laut rufend: O'Killigain, Hilfe! Kannst du nicht loslassen, Mädchen?

CLOYNE *noch immer an ihn geklammert:* Tragen Sie mich weg hier, Herr, bitte. Lassen sie mich nicht allein hier verenden! Vielleicht kann er uns über die Treppen nicht nach. Als ich aufs Land kam, hätt ich nie gedacht, daß einem die wilden Tiere hier auf der Schwelle stehn!

Basil erscheint an einem der rückwärtigen Türgänge; er bewegt sich schleichend vorwärts und streckt Poges ein Gewehr hin.

BASIL *nervös:* Was gibt's denn, was gibt's denn?

POGES Ein Stier, in der Halle draußen.

BASIL Wer hat ihn reingelassen? Verdammt noch mal, was für ein Leichtsinn! Ihr wißt doch, man muß vorsichtig sein auf dem Land. Hier, nimm die Flinte, Mann.

POGES *wütend zu Basil:* Raus hier, Mann, tritt ins Offene, los, und mach dich bereit, mit der Flinte zu schießen, wenn er ins Zimmer kommt! *Schiebt das Gewehr von sich weg.* Benutz du sie doch; du warst doch beim Luftschutz, Mann, oder?

BASIL *ungehalten:* Ich hab nur kurz bei nem Tontaubenschießen mitgemacht! Laß doch den das verdammte Vieh rausschaffen, der es reingelassen hat! *Er stupst Poges mit dem Gewehr.* Hier, nimm sie und leg ihn um – du bist näher dran am Stier.

POGES *wütend:* Ich bin doch kein Torero, Mann, oder? Und ziel nicht auf mich mit der Flinte, Mann, ziel nicht auf mich! Nimm den Lauf runter, Mann; nimm endlich den Lauf runter! Soll ich zwei Tode auf einmal sterben? Was hast du davon, daß du in Oxford warst, wenn du nicht mal mit ner Flinte in der Hand auf einen Stier zugehn kannst? Sei ein Mann, Mann, und sei keine Maus.

BASIL *bleibt vorsorglich im Türgang und zeigt nur die Nase:* Ruf die Polizei oder Feuerwehr an oder sonst was.

POGES *heftig:* Weißt du nicht, in was für nem Land wir sind! Hier gibts keine Polizei oder Feuerwehr, und Telefon gibt's auch keins! Wenn du deine Flinte nicht benutzen willst, dann komm her und hilf mir, das Mädchen aus der Gefahr zu bringen.

Die Kuh streckt einen stilisierten Kopf mit langen geschwungenen Hörnern über die Barrikade und läßt ein lautes Brüllen aus. Cloyne zerrt krampfartig an den Beinen von Poges, wodurch er das Gleichgewicht verliert und nach einem verzweifelten Versuch, sich zu retten, zu Boden stürzt.

CLOYNE Uuuh, Herr, retten Sie mich!

POGES *mit einem wilden Schrei im Niederfallen:* Mein Gott, er geht auf uns los! Wir sind verloren! Hilfe!

Basil wirft das Gewehr in den Raum und rennt um sein Leben.

BARNEY *aus weiter Ferne:* Wenn Sie wollen, daß Ihnen wer beisteht, müssen Sie schreien, Herr!

Draußen, wo das Tier ist, ist jemand zu hören; dem Geräusch folgt die Stimme des 1. Arbeiters, der die Kuh aus der Eingangshalle scheucht. Nach ein paar Momenten setzt Poges sich langsam auf und horcht.

1. ARBEITER *ruft draußen:* Eh, he, he, oi joi joi; oi, oi, joi, joi!

Poges stellt sich auf seine Beine, schüttelt sich ein bißchen, geht zum Gewehr hinüber, hebt es auf, stützt sich drauf und stellt sich über die hingestreckte Cloyne, die einer Ohnmacht nahe ist, wie sie da zusammengerollt auf dem Boden liegt, das Gesicht in den Händen verborgen. Kurz darauf erscheint im Türgang der 1. Arbeiter mit einem Eimer Kohlen und ein paar Spänen. Er schaut über den Tisch und ist erstaunt, die hingestreckte Cloyne zu sehen und einen Poges, der mit einem Gewehr in der Hand in ihrer Nähe steht.

POGES *stürmisch:* Wo zum Teufel kommt dieser Stier her? Wem gehört er? Wer hat ihn in ein Privathaus einbrechen lassen?

1. ARBEITER Stier, Herr? Also, ein Stier war das nicht, Herr. *Er schiebt den Tisch an seinen Platz zurück.* Nur eine harmlose unschuldige Kuh, Herr. Hat dem armen Mädchen einen Schrecken eingejagt, was? *Schlau:* Aber sie hat Sie nicht erschreckt, Herr, wie man sieht.

POGES *geschmeichelt:* Aber was, mich doch nicht. *Zu Cloyne:* Komm, Mädchen, steh wieder auf. *Laut:* Es war kein Stier, ich wußte, daß es kein Stier sein kann! Außerdem ist er weg, du kannst also ruhig wieder aufstehn. *Stellt das Gewehr ab.* Steh auf! *Mit Hilfe des 1. Arbeiters stellt Poges Cloyne auf ihre Füße.* Na also, und jetzt ab mit dir. Sag Fräulein Avril, sie soll dir ein starkes Glas Whisky geben, und alles ist wieder gut. Und bring dem Herrn Basil die Flinte zurück.

Er nimmt das Gewehr und gibt es der zitternden Cloyne.

CLOYNE Meine Güte, dieser Ort ist schlimmer als ein Dschungel in der Wüste, Herr.

POGES Vorwärts, vorwärts! Ich dachte immer, ihr Iren seid so ein tapferes Volk.

Er zittert selbst, nimmt sich aber zusammen, damit man das Zittern nicht sieht.

CLOYNE *geht mit dem Gewehr hinaus:* Ich werd jetzt mein Leben lang von Stieren träumen, dabei hab ich nicht mal ein Schloß an der Tür!

POGES Fallen in Ohnmacht, schreien, kreischen und rennen herum wegen nichts und wieder nichts! Keine Nerven, keine Nerven, kein Mumm; keine Spur Kaltblütigkeit in der Krise.

I. ARBEITER *geschickt:* Die haben wohl alle geglaubt, daß es ein Stier war, Herr, was? Nur Sie haben tapfer die Stellung gehalten. Schau einer an. Auf alles gefaßt, Herr.

POGES *ohne die Ironie zu bemerken:* Der andere Bursche, dieser Herr Basil, ist um sein Leben gerannt; das muß man sich vorstellen – rennt um sein Leben!

I. ARBEITER Ist er das, ja?

POGES Dabei ist er ein Brite, wohlgemerkt; erstaunlich und ziemlich enttäuschend. *Lebhaft und etwas ängstlich:* Trotzdem muß ichs der Polizei melden. Ich kann nicht einfach Kühe oder Stiere durch die Räume von Schloß Ormond spazieren lassen.

I. ARBEITER *der damit beschäftigt ist, ein Feuer anzuzünden:* Eine der Damen hat mich hergeschickt, damit ich Ihnen ein Feuer mach. *Besänftigend:* Wissen Sie, Herr, es war nur die Kuh, die mein Freund in der Früh hier vorbeigebracht hat, damit Sie kurz rausgehn, wenn Sie ne freie Minute haben, und sie sich anschaun. Ein prima Tier, Herr. Hatte sich losgemacht, und als es die offne Tür sah, ist es halt reinmarschiert. Besser als das Beste von allem, was man in Cooley auf dem Rindermarkt findet.

Souhaun kommt durch einen der rückwärtigen Eingänge herein, gefolgt von Avril. Sie trägt eine schwarze Vase mit blauen Streifen und hat über einem ihrer Arme einen grell gemusterten Overall hängen. Avril trägt eine blaue Schale mit schwarzen Streifen. Sie tragen sie beide sehr vorsichtig, als wären sie besonders wertvoll.

SOUHAUN Was soll diese Aufregung wegen dem Stier? Wir mußten Basil davon abhalten, sich aus dem Fenster zu stürzen!

AVRIL Und Barney ist auf den Giebel vom Dach gestiegen.

POGES Ach, nichts, gar nichts; eine verirrte Kuh hat im Garten gemuht, da hat Basil den Kopf verloren und Cloyne ihre Füße.

AVRIL Als Barney vorbeirannte, hat er gesagt, du brüllst hier unten um Hilfe!

I. ARBEITER Brüllt um Hilfe, was? Hat er aber nicht, wie ich bezeugen kann, stand einfach da, gelassen wie sonstwer, und hat auf das Schlimmste gewartet.

SOUHAUN Wenn wir auf dem Land leben wollen, werden wir uns an alle Arten von Tieren gewöhnen müssen, große wie kleine.

POGES *schüttelt seinen Kopf:* Ich bin inzwischen davon überzeugt, daß Basil kein astreiner Engländer sein kann. Irgendwo muß es bei ihm eine schwache Naht geben.

SOUHAUN *läßt den Overall auf einem Stuhl liegen:* Da ist dein Overall, Schatz, den kannst du zum Arbeiten anziehen, wir bringen zur Sicherheit deine kostbare annamesische Vase und die kambodschanische Schale in unser Zimmer, bis alles wieder im Lot ist.

POGES Oh, das ist gut, wenn einem der Stücke etwas zustoßen würde, würd mich der Schlag treffen. Halte die Vase mal hoch, Schatz, damit ich sie einen Augenblick anschauen kann. *Sie hebt sie hoch.* Gott, ist sie nicht herrlich? *Zu Avril:* Die kambodschanische Schale auch. *Avril hebt sie über ihren Kopf.* Ein bißchen zu hoch, Liebe; geh kurz aufs Knie. *Sie tut es.*
Aaah! Kostbar, kostbar! Die keusche Form, die zarten Flächen, die raffinierten Farben; das erlesene Muster, das *tout ensemble* – sie berühren uns in den unerforschlichen Tiefen des Herzens!

I. ARBEITER Und das tun sie weiß Gott, Herr.

AVRIL *schmachtend:* Ein nilgrüner Hintergrund brächt sie erst richtig zur Geltung.

SOUHAUN *schaut sie mit schräg gestelltem Kopf an:* Nein, nein, Avril; Chinaweiß wär als Hintergrund richtig und angebracht.

AVRIL Nilgrün.

SOUHAUN Chinaweiß, Schatz.

POGES Weder noch. Chromgelb wäre der Ton. Eine warme und reine Hülle, das ist das richtige für die keuschen Körper von Vase und Schale. *Er geht hin und berührt sie zärtlich.* Meine liebsten Schätze! Bringt sie weg und stellt sie vorsichtig ab. Und vergeßt beim Rausgehen die Stufe nicht.
Souhaun und Avril gehen langsam und würdevoll hinaus und tragen die Vase und die Schale, als wären es kostbare Reliquien.

I. ARBEITER *zu Poges, der zum offnen Kamin kommt, wo jetzt ein ordentliches Feuer lodert:* Bitte sehr, Herr; ein Feuer, das Ihnen einheizt und Ihren Kopf leichter macht.

POGES *streckt die Hände nach dem Feuer aus.* Gut, herrlich, großartig! Sind Sie der Arbeiter, der die ganzen Geschichten und Legenden über Irland kennt und was seit der Entstehung der Erde hier alles passiert ist?

1. ARBEITER Nein, nein, ich nicht, Herr, Sie meinen Philib – den mächtigen Kerl mit dem mächtigen Bart. *Berührt seine Stirn.* Manche sagen, er ist nicht ganz dicht, aber er ist ein wunderbarer Mann, das ist er wirklich, der Philib. Tut einem gut, mit so jemand zu reden.

POGES Ich werd mich mit ihm unterhalten, sobald sich dafür die Gelegenheit findet.

1. ARBEITER *schaut sich mit einem Ausdruck des Entzückens im Raum um:* Ein wunderbares Haus, wirklich wahr. Es ist eine Ehre, in so was zu arbeiten. Nach Hunderten von Jahren, die es in Frost, Schnee und Regen so dasteht und den Winden der Welt seine Stirn bietet, ist es ein Wunder, daß es nicht längst auf der Nase liegt und nur noch gelegentlich einem verirrten Fuchs Obdach gibt; hier steht es aber, und alles wartet auf den windigen Winter, in dem es derart ins Schwanken kommt, daß es endgültig niedersackt.

POGES *entrüstet:* Niedersackt! Was heißt denn hier niedersackt? Das Haus ist stabil wie ein Leuchtturm. Niedersackt, alles, was recht ist!

1. ARBEITER *weist die Vorstellung von sich, an dergleichen gedacht zu haben:* Niedersackt, was? Also wer, beim wahrhaftigen Gott, außer höchstens ein eindeutig klarer Idiot, könnte denken, daß sowas mal niedersackt? Ich jedenfalls nicht; oh, nein, ich nicht. So ein Wort würd mir vorher den Hals runtersacken! Wo dieses feine alte Gebäude sich so drum bemüht, ein baldiges Zeichen zu sein für den herrlichen Landsitz, der es war, als die vornehme Welt hier am Morgen beim Aufglühn der Dämmerung ihre Pferde zum Jagen zäumte und sich am Abend in Atlas und Seide im schattigen Schein goldner Kerzen zum Festmahl traf!

POGES Purpurne Nächte und güldene Tage, mein Freund. *Er seufzt.* Aah!

1. ARBEITER *mit einem langen, tiefen, imitierenden Seufzen:* Aah! Unsere Augen werden dergleichen nie wieder zu sehen kriegen, Herr; die funkelnden Kutschen, die kamen und gingen, die Rösser in ihrem gefälligen Traben und leichten Galopp, alle höchst elegant, wenn sie hier bei ner Lordschaft und dort bei ner Lady die Aufwartung machten, und über ihnen ein Himmel, der wie ver-

zückt war vor Stolz über all die begeisternden Dinge, die es drunter zu sehen gab; und sie selbst voller Grazie, rausgeputzt mit der Pracht des westlichen oder des östlichen Indien, für den Einsatz im christlichen Abendland vielleicht eine Winzigkeit abgemildert, die Busen der Frauen funkelnd vor Juwelen wie ein lieblicher Abendhimmel, der nur so glitzert vor Sternen. Und die Herren kaum eine blasse Spur weniger elegant, auch sie fein herausgeputzt mit Krausen und Spitzen, in Cutaways und bestickten Westen, jeder mit einem Stock in der Hand, damit er sich grade hält, und alle umflort von den Düften, die sie heraushoben aus den Gerüchen der armen und unreinen Welt von Arbeit und Spiel!

POGES *begeistert:* Prächtige Zeiten waren das. *Er befestigt eine Feder aus Pampasgras an seinem Barett.* Wann wird man dergleichen je wieder erblicken? *Er drapiert den karmesinroten Vorhangstoff um sich herum, als wäre es ein Kavaliersmantel.* Rasen und Wälle, alles noch vorhanden, und wir, wir werden die Männer sein! *Er schnappt sich Basils Spazierstock.* Die Feder im Hut, den Samtmantel über der Schulter, das spitze Rapier in der Hand! *Er macht einen bösen Ausfall gegen den 1. Arbeiter, der dem Stoß knapp ausweicht.* Stirb, Schurke!

1. ARBEITER *protestierend:* He, he da; vorsichtig, Herr, seien Sie vorsichtig! Passen Sie auf, wo Sie hinstechen!

POGES *lehnt sich auf den Spazierstock, als wäre es ein Schwert – klagend:* Wo sind sie heute, die Könige und Königinnen und Krieger? Verschwunden mitsamt ihrer Glorie? Die heutige Zeit und der heutige Mensch? Erbärmlich, gemein, verstockt und gehässig. *Angeekelt:* Bah!

1. ARBEITER Was sind wir heute, was sind wir alle, außer ein mattes Geschlecht, das nur noch das eine im Sinn hat – in möglichst kurzer Zeit nichts zu tun? Ausgelaugt sind wir, das sag ich Ihnen, Fetzen und Schatten, die sich Maschinen erdenken, die für uns alles erledigen sollen. Wir sind müde geworden, nicht wahr? Oh, ja, müde und zitternd vor Sehnsucht nach dem letzten Zipfel von einem Leben, das kaum noch die Mühe lohnt!

POGES *geht düster hin und her:* Kaum noch die Mühe lohnt, kaum noch die Mühe lohnt.

1. ARBEITER *mit noch mehr Energie:* Es gab Zeiten, da hat man jedem ein williges Ohr geliehen, der den Glauben an Gott und den eigenen Nächsten bekunden konnte; heute laufen so viele Schwätzer herum, daß uns kaum noch jemand zum Zuhörn

bleibt. Als Strafe nicht weniger grausam als ein Aufenthalt in der Hölle als Urlaub. Wir sind zu spät gekommen, das sag ich Ihnen, wenn auch früh genug, um das Aufgeputzte zu purpurnem Staub zerfallen zu sehn, und den Glanz der vornehmen Welt zu murmelnder Asche.

POGES *in der Attitüde eines plumpen Kavaliers:* Wir lassen sie aber nicht völlig zugrunde gehen! Die eisernen alten Mauern lassen wir stehen. Wir werden dort gehen, wo sie einst gingen, dort sitzen, wo sie einst saßen, und dort schlafen, wo sie einst schliefen!

1. ARBEITER Und so sprechen, wie sie einst sprachen.

POGES *wild:* Unser Stolz wird ihr Stolz sein, unsre Eleganz ihre Eleganz, und das Banner der Ormonds soll wieder auf diesen Zinnen flattern! Der König, der König, Gott segne ihn!

1. ARBEITER *warnend:* Den König würd ich hier lieber nicht erwähnen, Herr; mit Königen sind wir ein bißchen heikel hier unten in Clune-na-Geera.

Von draußen ist das Schreien von Souhaun und das Kreischen von Avril zu hören; dann das Geräusch laufender Füße und das Scheppern zerbrechenden Porzellans. Einen Moment später kommt Souhaun aus dem linken hinteren Türgang in den Raum gestürzt und Avril aus dem rechten. Souhaun hält den oberen Rand der Vase in ihrer Hand, Avril den Sockel der Schale. Als der 1. Arbeiter den Schaden sieht, macht er sich fort.

POGES *wütend:* Was zum Teufel ist das wieder?

AVRIL *atemlos:* Ratten!

SOUHAUN *atemlos:* Gigantische Kreaturen!

AVRIL Hier.

SOUHAUN Da.

BEIDE *zusammen:* wo man hinsah!

POGES *in Pein:* Schaut euch an, was übriggeblieben ist von meiner annamesischen Vase und kambodschanischen Schale! Hundert gute Pfund hat jedes der Stücke gekostet, und das nur, weil ich in Singapur per Zufall das Schlitzohr von Händler besoffen im Basar erwischt hab. Was ist euch beiden da bloß durch den Kopf gegangen, Himmelherrgottnochmal?

SOUHAUN Ratten.

AVRIL Hier, da, wo man hinsah.

POGES *wild:* Tölpelhaftes Pack, mir meine kostbarsten Schätze kaputtzumachen! Dafür werdet ihr mir bezahlen, dafür werdet ihr mir bezahlen!

AVRIL *spöttisch:* Da würden wir jetzt schön aussehn, wenn wir an die gedacht hätten, als wir um unser Leben rannten.

SOUHAUN Du kannst dir vorstellen, was los war, wenn Basil jetzt mit der Flinte oben auf der Lauer liegt.

POGES *spöttisch:* Na, der ist mir der Richtige, um wilde Tiere niederzuschießen. *Flehend:* Geht um Gottes willen hoch und nehmt sie ihm aus der Hand, sonst jagt er noch einem menschlichen Wesen ne Kugel durch den Leib! Und in Zukunft haben deine Freundin und du ihre täppischen Pfoten von allem fernzuhalten, was mir an Schätzen vielleicht noch geblieben ist.

SOUHAUN *spöttisch:* an Schätzen! Wer hat dir erzählt, daß die annamesische Vase und die alte kambodschanische Schale Schätze sind?

POGES Jeder, der sie gesehen hat, Frau!

SOUHAUN Um sich über dich lustig zu machen. Ich will dir mal was verraten: sie waren nicht wertvoller als die gebrauchten Vasen und Schalen, die man bei Woolworth am Ramschtisch kauft. Das ist der Fakt, und es ist immer am besten, wenn man ihn kennt.

POGES *mit ruhiger Emphase:* Und woher hast du diese Information?

AVRIL Das sieht jeder, der kein Idiot ist, und zwar auf den ersten Blick.

SOUHAUN Herr O'Killigain mußte nur seine Augen drauf werfen, schon hat er gesagt, daß diese Dinger von Derby aus stapelweise nach Saigon und Singapur gehn, damit sie die Blöden dort kaufen!

POGES *mit wütendem Spott:* Ach, tatsächlich, hat er das? Das wird eine saubre Art Kunst sein, für die man in Clune-na-Geera als Sachverständiger gilt. Ich werde sie schätzen lassen. Ich schicke sie zum Kurator der Wallace-Collection. Wir werden ja sehen. O'Killigain – ach du meine Güte!

Er nimmt Avril und Souhaun die Scherben ab und legt sie auf den Tisch. Cloyne erscheint mit besorgter Miene an einem der rückwärtigen Türgänge.

CLOYNE Schaut euch das an, hauen ab und schmeißen einem Gartengeräte und Walze einfach vor die Haustür! Und die Walze steht so dicht davor, daß man drüberklettern muß, wenn man raus oder rein will.

POGES Dann sagst du dem, der sie angebracht hat, er soll sie gefälligst nach hinten schaffen und in den Schuppen tun, Dummchen!

CLOYNE Wie soll ichs ihm sagen, wenn er im Lastwagen auf und davon ist?

POGES *wütend:* Warum hast du es ihm nicht gesagt, bevor er auf und davon war?

CLOYNE Hab ich doch! Er hat nur gesagt, die Arbeiter haben hinterm Haus alles unter Wasser gesetzt, und er hat keine Zeit, sich erst Brücken zu bauen.

POGES Was für ein Land! Was für ein Volk! *Bösartig – zu Souhoun:* Und ihr ermutigt sie auch noch zu diesen Dingen, deine Freundin Avril und du, weil ihr selbst irisch seid!

SOUHAUN Wenn du mich fragst, du bist auch nicht grade ein leuchtender Ausbund an Güte.

POGES *explodierend:* Ich glaube an Tüchtigkeit! Ich verlange sie von mir, und ich verlange sie von anderen. Eine Sache gründlich und gut machen: das ist englisch. Ein Wort geben und halten: das ist englisch. *Brüllend:* Und ich bin ein Engländer!

SOUHAUN Das bist du allerdings, der Herr steh dir bei!

CLOYNE Und was machen wir jetzt mit dem Gartengerät und der Walze?

SOUHAUN *in geschäftiger und herrischer Art, wobei sie den grell gemusterten Overall nimmt und auf Poges legt:* Wenn wir noch mehr Zeit mit Reden vertun, kommt das Haus nie so weit, daß mans bewohnen kann. Zieh das an, und dann geh und schaff diese Walze vom vorderen Eingang hier durch, damit sie uns aus dem Weg ist, und bring sie nach hinten. Wenn das gemacht ist, trägst du das Gartengerät hinter und führst uns deine große englische Tüchtigkeit mal bei der Arbeit vor, während Avril und ich ein paar von den hundert anderen Dingen erledigen, die noch zu tun sind.

Sie stößt ihn von sich und eilt dann mit Avril durch einen der rückwärtigen Türgänge hinaus.

CLOYNE *warnend:* Sieht nach ner mordsschweren Walze aus, Herr, also passen Sie auf, daß Sie sich nicht was antun beim Ziehen.

POGES *gereizt:* Schau, daß du weiterkommst, schau, daß du weiterkommst, Mädchen; ich bin doch kein Invalide.

Cloyne geht hinaus. Poges läuft zum lodernden Feuer hinüber und streckt seine Hände den Flammen entgegen. Der 2. Arbeiter kommt durch den linken rückwärtigen Eingang herein und schiebt einen mit Ziegelsteinen beladenen Schubkarren. Er ist ein mächtiger Mann von fünfzig Jahren, mit funkelnden Augen und einem breiten und kräftigen Bart. Als er näher kommt, wendet sich Poges ihm zu und begrüßt ihn. Mit Wärme: Guten Tag, guter Herr; kalten Tag haben wir abgekriegt, was.

2. ARBEITER *schaut Poges neugierig an:* Oh, ja, haben wir, zumindest die, die ihm trotzen müssen und ihre Tage nicht vor einem handfesten Feuer verbringen können wie ein königlicher Pharao.

POGES *leicht verdutzt:* Ganz genau, ja, ja, ja, ganz genau. Die Leute hier erzählen, die hiesige Gegend sei das reinste Warenhaus an Geschichte, Legenden und Mythen?

2. ARBEITER *mit leichtem Spott in der Stimme:* Wenig genug wissen sie drüber, und wenig genug kümmern sie sich um diese Dinge. Aber die hiesige Gegend hat ihren Anteil an Geschichte, und auch ihren Anteil an Wundern.

POGES *schmeichelnd:* Und es heißt, Sie haben eine seltene Auswahl davon auf Lager.

2. ARBEITER Oh, ja, hab ich, ich hab meinen Anteil an Wundern, neuen wie alten.

POGES *bemüht, sich irisch zu geben:* Schau einer an. Aber, pscht, und man sagt, es seien absonderliche Geschichten, die Sie einem erzählen können über die edlen Taten, die eure Ahnen zu ihrer Zeit zu vollbringen hatten, wie auch in den alten Zeiten, die vor ihnen lagen.

2. ARBEITER *sinkt in nachdenkliche Stimmung:* Als eine knappe Handvoll Fennier den König von England als Gefangenen mitbrachte, Hindustan unterwarf und die Männer all jener Länder zu ihren Untertanen machte, die zwischen unsrer Bucht von Dublin und jenem heiligen Fluß lagen, der dem heiligen Täufer Johannes das heilige Wasser gab, mit dem er den Herrn taufte.

POGES *erstaunt:* Die Story kenn ich noch gar nicht.

2. ARBEITER *mit spöttischem Murmeln:* Wo sollte jemand wie Sie sie auch herhaben, Mann? Das war in den Tagen von Finn Mac Coole, als sein Haar noch nicht grau vernarbt war; der mächtige Finn, wie ich sage, der starr wie ein Stein auf dem Herzen der Hügel stand und dem Schrei des Brachvogels über den Klippen von Erris lauschte oder dem Singen der Amsel, dem Bellen der Hunde, die mit glühenden Pfoten hinter dem springenden

Hirsch herhetzten, dem stetigen Wummern der Wellen, die auf einsame Küsten herunterschlugen; der mächtige Finn, dem ein Platz bei den Barden das ganze Gepränge des Kaisers aufwiegt unn das Gold des Königs von Griechenland eine Nacht guten Schlafs am Strom Assaroe!

POGES *feierlich:* Ein großer Mann, ein großer Mann, zweifellos; ein großer Mann, der für immer dahin ist.

2. ARBEITER *scharf:* Er ist für immer unter uns! Draußen auf den Hügeln kann man ihn immer noch rufen hören; und seinen Speer kann man heute noch mit dem Spitz in den Sternen sehen; aber nur mit Augen, die weiter schauen können als bis zum wohlgeformten Rand einer goldenen Münze.

POGES *geht einen Schritt zurück – von leichtem Schauder ergriffen:* Und Sie sehen diese Dinge, nicht wahr?

2. ARBEITER Ich höre seltsame Dinge bei Tag und sehe seltsame Dinge bei Nacht, wenn ein Gefühl mich erfaßt, als hätte der langarmige Lugh eine Hand auf mir liegen. Wenn der Dagda aus dem Mond einen Gong macht und das Lichtschwert jenen den Weg weist, die es erkennen können.

POGES Aah!

2. ARBEITER Dann verwandelt sich jeder Grashalm in einen blank polierten Krieger, der seinen Speer wirft, das Schwert schwingt und den Schild vor sich herstößt. Dann wirft sich ganz Irland zum Zeltlager auf, und Könige und Weise, Königinnen und Helden, Heilige und Harfner starren mir ins Gesicht, verbeugen sich, ziehen vorbei, schreien Segen und Siegsgebrüll für die Kinder von Heber heraus, und ihre Hände wedeln mit dem Zweig unsrer Mächtigkeit!

POGES *traurig:* Und da geht's dann zu Ende!

2. ARBEITER *wirft Poges einen verträumten Blick zu:* Ich denke, für manchen wärs gut gewesen, wenn hier das Ende gekommen wäre und alles das; aber es erstreckt sich bis hin zum Anblick eines großen schemenhaften Schiffes, dem in großer nebelhafter Entfernung eine Flotte folgt, und bis hin zu dem Mann mit dem harten Gesicht in dem blaugoldnen Rock der Franzosen, der allein auf der Brücke des großen schemenhaften Schiffes steht, seine Augen fest auf das Ufer gerichtet, auf das die hohen Häupter der Wellen des aufgewühlten Meeres herunterschlagen!

POGES *beeindruckt bis zum Interesse – murmelnd:* Ein großes schemenhaftes Schiff, dem eine Flotte folgt und das einen Mann im blaugoldnen Rock der Franzosen mitführt – wer war das, und wann war das, jetzt?

2. ARBEITER Der Mann war Wolf Tone, und die Zeit war erst gestern.

POGES Erst gestern!

2. ARBEITER Der Mann war da, doch die Flotte war nichts als ein goldener Traum, sie kam wieder und wieder in die Bucht von Bantry gefahren und fuhr wieder und wieder hinaus!

O'Killigain ist beim Einsetzen der Phantastereien des 2. Arbeiters hereingekommen, unbemerkt von dem träumenden Arbeitsmann, und kaum bemerkt vom faszinierten Poges, der dem Gesagten gebannt zuhört und unter dem Einfluß des 2. Arbeiters ein wenig vom Schauder erfaßt wird. O'Killigain kommt leise herüber und bleibt etwas hinter dem träumenden Arbeiter, aber nah bei ihm stehen.

POGES *beugt sich zum 2. Arbeiter hinunter:* Und wer war der Mann in dem blaugoldnen Rock der Franzosen?

2. ARBEITER Das war ein großer irischer Soldat und ein großer irischer Freund der Besitzlosen Irlands.

O'KILLIGAIN *mild:* Wie einige andere auch.

2. ARBEITER *ebenfalls mild, doch nicht ganz so mild:* Wie einige andere auch; denn über die Straßen der vier grünen Felder geht Shane, der Stolze, sein schönes Haupt eingehüllt, und gibt den kühneren seiner Freunde zu verstehen, daß sie sich fernhalten sollen von den Hörnern eines Stiers, den Hufen eines Pferdes, dem Knurren eines Hundes und dem Lächeln des Engländers.

POGES *geht einen Schritt zurück:* Dem Lächeln des Engländers!

2. ARBEITER *ungeachtet der Unterbrechung:* Und mitten unter ihnen steht in aller Ruhe Parnell; unbekümmert steht er da, eine Hand auf die Brust gelegt, sein weißes Gesicht gen Osten gerichtet, und läßt aus den weinfarbnen Augen den Haß gegen England blitzen!

O'KILLIGAIN *sehr mild:* Wie einige andere auch!

2. ARBEITER *mit einem Blick auf O'Killigain:* Die kamen später, und sind nicht ganz bis dorthin zurückgewandert, wo ein Weg geebnet war für ein tastendes Volk, doch sie werden kommen und uns den Willen ins Auge brennen, uns das Unsrige wieder zu nehmen.

POGES *löst sich von dem Bann:* Von den anderen, die Sie kennen, sieht aber keiner die Dinge, die Sie sehen, guter Mann?

2. ARBEITER Außer einigen wenigen, wie zum Beispiel O'Killigain, betrachten die andern diese Dinge als kleine Wolke aus purpurnem Staub, die der Wind vor sich hertreibt.

POGES Das ist sehr traurig.

2. ARBEITER Außer O'Killigain und diesen wenigen, was bleibt da heutzutage, außer bittres Geschrei beim Erbetteln der Gnade des Himmels und saurer Kampf um einen weich gepolsterten Sessel im Winkel? Nirgends ein Aufschrei; nirgends der Einschlag eines Speers in den anderen Leib; nirgends Gesang; nirgends ein kräftiges Weinglas in kräftiger Hand; nirgends der mächtige Arm, der sich hebt, um die niederstürzenden Wasser von einem Schiff abzuhalten, das der Sturm bedroht. Wer heute kämpfen will, kämpft wie betäubt von dem allgemeinen Geschacher; Kaufen und Abstoßen, Huren und Heiligkeit, Gottes Ebenbild auf goldener Münze; die Männer des Friedens sind kleine Männer daneben, die mit winzigen Federn erloschene Wörter notieren und nur noch den sanften und sauberen Weg bis zum Ableben suchen. Respektable Untermieter des Daseins, die hinter massigen Türen mit Türklopfern hocken, Vorhänge über den Fensterscheiben, die die Sterne am Reinschauen hindern!

Der 2. Arbeiter bückt sich, hebt die Griffe des Schubkarrens hoch und macht sich ans Gehen.

POGES *zum 2. Arbeiter – versöhnlich:* Mein eigner Urgroßvater soll Ire gewesen sein, und meine Großmutter war ne Art Schottin.

2. ARBEITER *geht langsam mit dem Schubkarren hinaus:* Das ist nicht grade viel, und beides wissen Sie nicht einmal sicher.

POGES Was für ein seltsamer, wunderlicher Mann! Ich habe nicht mal die Hälfte von dem verstanden, was er gesagt hat. Gibt es viele von seiner Sorte?

O'KILLIGAIN Millionen, wenn auch nicht viele seine musikalische Zunge haben.

POGES Er war recht beeindruckt von mir, nehm ich an, und sieht in mir einen Freund.

O'KILLIGAIN *ironisch:* Er sieht in Ihnen einen Halunken, Dieb und hochgradigen Heuchler, wie in allen Engländern.

POGES *entrüstet:* Herr im Himmel, das ist doch die pure Ignoranz. Wo wäre die Welt ohne uns?

O'KILLIGAIN Der taumelnde Erdball käme ins Wanken, würde an

Fahrt verlieren und stehenbleiben, und jeden von uns würde blitzschnell der Tod ereilen.

POGES *ein wenig verwirrt über diese Bemerkung:* Wie? Genau. Ach, nein, wissen Sie, ganz so schlimm wirds nicht werden, aber so ähnlich, verdammt ähnlich.

Souhaun kommt mit einem Ausdruck finstrer Verärgerung angelaufen.

SOUHAUN Also, schau sich einer an, wie ihr immer noch dasteht, dabei gibt es so viel zu tun – *ihre Stimme steigt* –, dabei gibt es so viel zu tun, dabei gibt es so viel zu tun! Vor einer Stunde habe ich dich gebeten, die Walze von der Tür wegzuschaffen, und jetzt hat sich Barney beim Drüberklettern die Hand verstaucht, weil sie immer noch an der gleichen Stelle steht! *Sie packt ihn am Overall.* Zieh um Gottes willen los und schaff das verdammte Ding aus dem Weg!

POGES *schiebt ihre Hand vom Overall weg – wütend:* Hab doch ein bißchen Anstand, Benehmen und Würde, Frau! Siehst du nicht, daß ich eine ernsthafte Diskussion mit O'Killigain führe? *Er wendet sich rasch O'Killigain zu.* Wir sind ein freiheitsliebendes Volk, werter Herr, und wir waren immer bestrebt, die absolute – wohlgemerkt: absolute – Freiheit des Denkens zu wahren, und zwar nicht nur im eigenen Land, sondern überall auf der Welt; daß aber jemand das Recht haben sollte, Ansichten zu vertreten, wie dieser Verrückte sie vertritt, der grade hier raus ist, und die Sie, verehrter Herr, offenbar auch vertreten, das ist ein Skandal und eine Schande dazu!

SOUHAUN Schau, es hat wenig Zweck, sich hier in Clune-na-Geera aufs hohe Roß zu setzen!

POGES *wild:* Ich setze mich auf kein hohes Roß hier in Clune-na-Geera! Was in Clune-na-Geera geredet wird, ist doch völlig belanglos. Jeder anständige Mensch auf dieser Welt weiß aber, sollte zumindest wissen, daß uns überall dort, wo wir hinkamen, Fortschritt, Kultur, Wahrheit, Gerechtigkeit, Ehre, Humanität, Redlichkeit und Friede auf den Fersen folgten. Weder in Presse noch Parlament, auf Kanzel noch Schlachtfeld haben wir jemals eine Lüge geäußert, einen falschen Anspruch erhoben, eines Menschen Recht verletzt, Gottes Gebote mißachtet oder ein menschliches Gesetz gebrochen, ganz egal, ob im eigenen Land oder draußen.

O'KILLIGAIN *sehr ruhig:* Um Gottes willen, Mann, faseln Sie doch nicht wie ein Hanswurst im Priesterrock!

SOUHAUN *versucht Poges aus dem Raum zu schieben - ungeduldig:* Raus jetzt mit dir, hol die Gartenwalze!

POGES *laut:* Und ich sage Ihnen, Herr, die Gerechtigkeit ist Englands Amme; Redlichkeit und Friede sitzen friedlich vereint in Englands Gemeinschaftsraum, und der Pförtner am Tor ist die Wahrheit!

O'KILLIGAIN *ruhig, aber sarkastisch:* Und der liebe Gott höchstpersönlich sein Butler!

POGES *schreiend vor Wut:* Das ist eine üble Verleumdung, Herr!

O'KILLIGAIN Ob es das ist oder nicht, ist doch völlig belanglos, im Gedächtnis der nächsten oder übernächsten Generation wird das Englische Empire nur noch ein halbvergessener Kinderreim sein!

POGES *heftig, während Souhaun ihn hinausschiebt:* Diese Ansicht gehört hinter Gitter!

SOUHAUN *gibt ihm einen letzten kräftigen Stoß, der ihn durch einen der rückwärtigen Türgänge hinausbefördert:* Komm, geh zu! *Sie geht hinüber zu O'Killigain und schaut ihn verlegen und ein wenig durchtrieben an.* Was sind Sie für ein garstiger Mann, daß Sie ihn zu einem solchen Wutanfall provozieren! *Nach einer kurzen Pause:* Man hört überhaupt schlimme Dinge über Sie, Herr O'Killigain.

O'KILLIGAIN Ach?

SOUHAUN Sie sollen ein großer Freund der Damenwelt sein!

O'KILLIGAIN Ein hübsches Mädel ist für mich ein Zeichen, daß Gott gute Laune hat.

SOUHAUN *durchtrieben:* Da hab ich ja Glück, daß ich das junge und muntere Strahlen der hübschen Avril auf meiner Seite hab, sonst stünde ich schutzlos vor Ihren stürmischen Flausen!

O'KILLIGAIN *galant:* Wenn ich Sie aus der Nähe anschau, sehen Sie höchstens ein, zwei Wochen älter aus als Ihre jüngere Freundin, und wenn Sie genauso strahlend durchs Haus ziehn wie sie und sich so farbenfroh kleiden, könnte man meinen, ein verfrühter Sommer gibt einem leicht verspäteten Frühling den Abschiedskuß.

SOUHAUN Mehr als zwanzig Jahre jünger als der alte Esel Poges bin ich natürlich. Es hat ja auch etwas Lächerliches, daß ich mit ihm zusammen bin. Ich hab aber inzwischen mein nettes kleines eigenes Einkommen, und ich fühl mich wie ein junges Vögelchen, das seine unruhigen Flügel zum ersten Mal nach Belieben benutzen kann. *Sie unterbricht sich einen Moment.* Das finden Sie aber wirklich, daß ich so hübsch bin wie Avril? Sie ziehen mich nicht bloß auf damit, oder?

O'KILLIGAIN Ich doch nicht. Sie gehören zum Schönsten, was diese Welt an Anblick zu bieten hat. *Er singt:*
Was auch immer die Welt meinem Aug' bisher bot:
Blauer Himmel im Sommer, der Ros' flammend Rot,
Von all dem, was das Aug' eines Mannes entzückt,
Ists bildhübsches Weib, was am tiefsten beglückt,
Ists bildhübsches Weib, was am tiefsten beglückt.
Und Sie sind ein bildhübsches Weib.

SOUHAUN *geht nah zu ihm hin und streichelt seinen Arm:* Der liebe Arm, um anderer willen verwundet. Wie heißen Sie eigentlich?

O'KILLIGAIN Wie ich heiße? Na, O'Killigain.

SOUHAUN Nein, nein, ich meine sonst; wie Ihr Mädchen Sie rufen würde?

O'KILLIGAIN Jack.

SOUHAUN *verweilt dabei:* Jack. Was für ein lieber Name, Jack! Was für ein lieber Name – *sie stellt sich plötzlich auf die Zehenspitzen und küßt ihn* – Jack!

Sie läuft durch den rechten Eingang hinaus und prallt dabei auf Poges, der mühsam eine gigantische Walze hereinzieht, die im Durchmesser die gleiche Höhe hat wie er selbst. Die schweren Eisenscheiben an den Seiten sind lebhaft bemalt mit roten, weißen, blauen, grünen und gelben Farbflächen. Wenn die Walze in den Raum gezogen wird, kann man erkennen, daß der 1. Arbeiter sie von hinten anschiebt.

POGES *ungehalten, weil Souhaun mit ihm zusammenstößt:* He, du da, kannst du nicht schaun, wo du hinläufst?

SOUHAUN *erstaunt über die Größe der Walze:* Gott im Himmel, Cyril, was auf Erden zerrst du uns da ins Haus?

POGES *gereizt:* Siehst du nicht, was das ist? Das ist die Walze, die ich auf deinen persönlichen Wunsch quer durchs Haus schaffe. Die Walze, die Walze, die ich gekauft hab, damit sie den Rasen walzt.

SOUHAUN Sie ist viel zu groß, Mann.

POGES Nein, ist sie nicht. Der Mann, dem ich sie abgekauft hab, hat gesagt, je größer sie ist, desto besser die Wirkung.

SOUHAUN So ein Trumm Ding kannst du doch gar nicht ziehen.

POGES Was sollte mich daran hindern? Ziehe ich sie etwa nicht? Ein Zehnjähriger kann sie ziehn, sagt der Mann; so gut ist sie ausbalanciert, sagt der Mann. Leicht zu ziehen, sagt der Mann, und noch leichter zu schieben.

SOUHAUN Da hat man dich reingelegt, Cyril. Das Ding ist insgesamt viel zu groß. *Zum 1. Arbeiter:* Finden Sie nicht?

1. ARBEITER Eine Nummer zu groß kommts mir vor, Frau.

POGES Für das Gras der hiesigen Gegend braucht man speziell große Walzen, wenn es platt werden soll, sagt der Mann, und das ist eben die Walze, mit der man es platt kriegt.

1. ARBEITER Diese Walze kriegt einen Hügel platt.

O'KILLIGAIN Das Gras gibt sicher gut nach unter so einem Ding.

SOUHAUN Daß jemand die Stirn hat, zu behaupten, ein Zehnjähriger würde so was wie ein Spielzeug ziehn!

1. ARBEITER Sagen Sie, Frau, hat das tatsächlich jemand gesagt?

POGES Einmal über den Rasen drübergehn mit der Walze reicht für die ganze Saison, sagt der Mann.

O'KILLIGAIN Tut es auch, sag ich Ihnen, und für die nächsten dazu.

1. ARBEITER Ich würd sogar wetten, daß das stärkste Roß unter so nem Ding schlappmacht. Wer Ihnen das angedreht hat, hat es wahrscheinlich von irgend ner uralten Dampfwalze abgemacht, Mann.

Der 3. Arbeiter erscheint im rechten Eingang und kommt herein, um sich mit amüsiertem Interesse den Geschehnissen zuzuwenden.

3. ARBEITER Heilige Mutter Maria, schau sich einer an, was da jemand unter dem Decknamen Walze erstanden hat! Ist das nicht eine Schande, so gesehen, was man einem armen, einfachen, friedvollen Mann für ein Ungetüm angedreht hat!

POGES *trotzig:* Es ist ein günstiger Kauf, ich weiß, es ist ein sehr günstiger Kauf; der Mann sagt, es ist ein sehr günstiger Kauf.

SOUHAUN *spöttisch:* Der Mann sagt, der Mann sagt – und du schluckst einfach, was dir der Mann sagt.

O'KILLIGAIN *zum 1. Arbeiter:* Geh Herrn Poges zur Hand, damit die Maschine der sterblichen Menschheit aus dem Blickfeld geräumt werden kann.

POGES *stur:* Das schaff ich allein, vielen Dank. Wenn man raushat, wie man damit balancieren muß, kann man sie mit dem kleinen

Finger bewegen, sagt der Mann, und ich glaube dem Mann, was er sagt.

O'KILLIGAIN *zum 3. Arbeiter:* So, und du gehst zurück an die Arbeit; los, ab mit dir!

Er folgt dem 3. Arbeiter aus dem Raum. Poges gibt der Walze einen mächtigen Stoß und bewegt sie langsam auf einen der rückwärtigen Türgänge zu. Der 1. Arbeiter geht zu ihm hin und hilft ihm beim Schieben.

POGES *grimmig – zum 1. Arbeiter:* Willst du wohl loslassen, laß los, du da! Ich manövriere sie selber! Loslassen, sag ich!

1. ARBEITER *ebenso grimmig – zu Poges:* Sehn Sie denn nicht das Gefälle, Mann, das den Flur runterläuft und sie Gott weiß wohin bringen wird, wenn Ihnen das Ding aus der Hand springt?

POGES *mit einem Schrei ins Gesicht des 1. Arbeiters:* Loslassen!

Der 1. Arbeiter erschrickt und läßt die Walze plötzlich los, worauf die Walze den abschüssigen Flur hinunterschießt und Poges mit sich zieht wie eine Blitzspur. Während er den Flur hinunterjagt, hört man ihn mit Angst in der Stimme rufen: Hilfe!

Nach einer Pause von einigen Momenten ist ein Aufprall zu hören, dem das Krachen und Poltern herabfallender Ziegelsteine und Mörtelbrocken folgt; danach wieder Stille.

SOUHAUN *läuft in heftiger Wut hinaus:* Der verfluchte Idiot! Zerdeppert das Haus, bringt sich um und hat noch nicht mal sein Testament gemacht!

1. ARBEITER *schaut den Flur hinunter:* Mit voller Wucht durch die Mauer isser! *Er geht zu der Stelle, über der das Loch in der Decke ist, holt einen Stuhl und stellt sich drauf. Ruft durch das Loch:* He, Cornelius, he, schnell!

Das Gesicht des Mannes mit dem gelben Bart erscheint in dem Loch, und er streckt es durch, so weit es nur geht.

DER BÄRTIGE Was gibts denn jetzt wieder?

1. ARBEITER *aufgeregt:* Der alte Sack, der alte Esel ist mit der Walze voll durch die Mauer gedonnert und hat das gesamte Haus zum Erzittern gebracht – wumm!

DER BÄRTIGE Und ich denk noch, ein Erdbeben! *Ungehalten:* Du solltest mir aber nicht ständig solche Geschichten erzählen, wenn ich hier oben bin. Kannst du nicht warten, bis ich wieder in der Welt der Menschen bin, damit ich genießen kann, was passiert!

Er zieht wütend den Kopf aus dem Loch. Der 1. Arbeiter steigt vom Stuhl und läuft durch den rechten Eingang hinaus.

1. ARBEITER *im Hinauslaufen:* Herr O'Killigain, Jack, he, Jack! *Souhaun kommt zurück, gefolgt von Cloyne und Barney, die den verschreckten, mit Mörtelstaub gepuderten Poges hereinbringen. Souhaun legt eine Matratze für ihn zurecht, auf der er sich niederläßt, abgepolstert mit Kissen.*

SOUHAUN Man hat dich gewarnt, man hat dich gewarnt, aber du mußtest ja deinen Willen durchsetzen. Dabei hast du Glück gehabt, daß du dir keinen Knochen gebrochen hast.

POGES *stöhnend:* Brandy, gebt mir Brandy.

Barney geht hinaus und kommt mit einem Glas, Brandy und Sodawasser wieder. Er füllt das Glas voll und gibt es Poges. Nachdem er es ausgetrunken hat – zu Cloyne und Barney: Verschwindet, ihr beiden, steht nicht da und glotzt euch die Augen raus! *Sie gehen. Grübelnd:* Was muß dieser Mann für ein Lumpenhund sein, der mir die Walze verkauft hat! Wie ist es nur möglich, daß in diesem einfachen Land und unter diesen einfachen Menschen, wo schon die Luft von zaubriger Kunde erfüllt ist, so ein gefährliches materialistisches Denken herumlungern kann!

SOUHAUN Um Gottes willen, Mann, red vernünftig.

POGES *schüttelt traurig den Kopf:* Ein fröhlicher, reizender Menschenschlag, aber verantwortungslos, völlig verantwortungslos. *O'Killigain erscheint im rechten Eingang mit einem verhangenen Ausdruck im Gesicht.*

O'KILLIGAIN Hörn Sie her, Ihr Herr Basil läuft mit hochgehaltenem und entsichertem Schußeisen hier durch die Gegend. Er wird Unheil anrichten. Schicken Sie jemand hinter ihm her, ders ihm wegnimmt, sonst reiß ich es ihm aus der Hand! Und Sie selber sollten auch vorsichtiger sein, sonst werden Sie das alte Haus bald platt daliegen sehen!

POGES *ungehalten:* Was ist das nur für ein aufgeblasener Affe – rennt hier herum, damit er gefährlichen Schaden anrichten kann, weil ihm der Vertand und die Vorsicht fehlen. Ich glaube nicht, daß er in seinem Leben jemals eine Flinte abgefeuert hat. *Zu Souhaun:* Lauf raus, Schatz, und nimm sie ihm weg, bevor er jemand erschießt – und beeil dich! *Souhaun läuft durch den Eingang auf der rechten Seite hinaus, und O'Killigain geht ihr nach, als Poges ihn anspricht und am Eingang festhält.* Ach ja, Herr O'Killigain, eine Sache noch, bitte. *Er trinkt einen Schluck Brandy.* Em, nur eine Kleinigkeit. Die Leute hier reden darüber – es ist da ein Gerücht im Umlauf, daß Sie und – und Fräulein Avril mit – mit, also, daß Sie ab und zu miteinander gesehen werden.

O'KILLIGAIN Und?

POGES Und? Hergott, Mann, sie ist eine Dame, der Herr Stoke ist ein Herr, und Sie sind nichts als – als – ein Handwerker!

O'KILLIGAIN Ja und?

POGES Ja und? Hören Sie doch mit diesem »Ja und« auf! Die Woche, die sie weg war, war schlimm und verdächtig genug. Sie hatte die verdammte Stirn, zu behaupten, sie sei mit Ihnen gewesen.

O'KILLIGAIN War sie auch.

POGES War sie auch, was? Also, das ist unehrenhaft und hat aufzuhören.

O'KILLIGAIN Und wer will es verhindern?

POGES *entschlossen:* Ich und der Herr Stoke werden es verhindern.

O'KILLIGAIN *ruhig:* Zwei armselige alte scheinheilige alte Schrumpelzwerge wie Sie, na, das würd ich zu gern mal erleben!

POGES *erstickend vor Wut:* Verlassen Sie dieses Haus, und lassen Sie sich nie mehr hier blicken! Ich werde Ihrem Gemeindepfarrer schreiben! Ich werde – *Ein Schuß ertönt draußen im Freien.* Herr im Himmel, das Rindvieh hat jemand erschossen!
O'Killigain eilt hinaus. Eine Pause tritt ein. Dann streckt sich das gelbbärtige Gesicht durch das Loch, so weit es nur geht, und schreit auf Poges ein, der wie ein Buddha auf der Matratze sitzt.

DER BÄRTIGE *zu Poges herunter:* Er hat es erschossen, er hat es erschossen, das arme unschuldige Geschöpf! Das bezaubernde kleine Ding voller Freude und Schwung!

POGES *tief erschrocken, zum Bärtigen hoch:* Wen erschossen, wen erschossen, Mann? Das junge Mädchen etwa?

DER BÄRTIGE Ohne jede Warnung, ohne mit der Wimper zu zukken, hat er sie ins Unbekannte befördert!

POGES *murmelt gequält:* Avril! Oh, mein Gott, die kleine Avril. Der Fluch des irischen Dornbuschs liegt über uns! Das kleine Mädchen ist von uns gegangen. *Einer Ohnmacht nahe:* Zerfetzt wie eine farbige Seifenblase! Die bösen Geister müssen am Werk sein, und ich bin womöglich der nächste. Die süße kleine Avril mußte als erste gehen!

DER BÄRTIGE *grimmig:* Fünfundzwanzig Pfund zahlt er mir, keinen Penny weniger, sonst laß ich das harte Gesetz aufmarschieren. Ihnen wollt ich sie erst für zwanzig lassen, aber als Entschädigung für die schiere Verzweiflung, das arme Ding vor meinen Augen in seinen Tod sinken zu sehen, brauch ich die fünf andern auch noch, sonst laß ich das harte Gesetz aufmarschieren!

POGES *sitzt plötzlich aufrecht:* Was reden Sie da, Mann? Wer ist erschossen worden, wen hat man umgebracht?

DER BÄRTIGE Sagen Sie bloß, Sie wissen nicht, daß dieser jämmerliche Krummbuckel von einem Freund von Ihnen meine arme kleine unschuldige, kleine arme Kuh totgeschossen hat! *Sarkastisch:* Er dachte, sie ist ein Stier!

POGES *verwirrt:* Oh, was für ein schreckliches Land, auf das man sich einläßt! Meine kostbare Vase dahin, meine schöne Schale kaputt; eine Mauer zerstört, und ein schuldloses Tier totgeschossen: was für ein entsetzliches Land, in dem man da leben will! Ein Niemandsland; ein Ödland; die Wildnis!

3. Akt

Ehe der Raum sichtbar wird, ist das Rauschen von Regen und das Heulen von Wind zu hören; die Geräusche halten mit Unterbrechungen während der gesamten Szene an.

Gleicher Raum wie im vorigen Akt; es sind aber ein paar Möbelstücke dazugekommen. Zwischen dem rechten rückwärtigen Türgang und der rechten Wand steht ein mit altem Porzellan angefülltes Teil, das man als jakobinische Porzellanvitrine bezeichnen könnte. Zu beiden Seiten des Türgangs an der linken Wand stehen Figuren in Rüstungen – zwei kuriose Gebilde, aus denen an der Stelle, an der beim Menschen (wenn einer drinstecken würde) die Nase wäre, eine lange scharfe Spitze hervortritt; beide Figuren stehen steif da und strecken lange Hellebarden vom Körper. An der Wand über ihnen sind kreuzweise grüne und blaue Wimpel befestigt. Im offnen Kamin brennt ein loderndes Feuer. Es ist niemand im Raum. Nach einem Augenblick kommt Poges hereingelaufen, der seinen grellbunt gemusterten Overall anhat und eine Zeitung in der Hand hält, und stürzt zum Telefon.

POGES *in den Hörer – eilig:* Verbinden Sie mich – Ja, guten Abend, guten Abend. Poges hier, Schloß Ormond. Verbinden Sie mich mit St. Paul, London: 123. Das Haus macht sich tadellos, vielen Dank. Beeilen Sie sich, bitte. *Freundlich:* Es gibt hier kein »offenbar«; ich bin tatsächlich in Eile. Ja, den Damen geht's gut, Herr. Nein, nein, nein; ich habe keinesfalls vor, die Nacht auf einem Tanzfest zu verbringen und mir irische Songs anzuhören! Ich möchte St. Paul! Was? Nein, St. Peter nützt mir gar nichts; machen Sie bitte keine Scherze; ich stecke in ernsthaften Geschäften. Geben Sie mir sofort die Nummer, die ich brauche. *Er nimmt den Hörer vom Mund und macht seinem Ärger mit einem dröhnenden Knurren Luft.* Daß das in hundert Jahren womöglich ohne Bedeutung ist, tut nichts zur Sache, Herr. *Schreit:* Verbinden Sie mich verdammt noch mal mit St. Paul! *Platzend vor Wut:* Kein Wunder, daß man zu fluchen anfängt. Ist das die Art, wie hier gearbeitet wird? Kein Wunder, daß dieses Land in so einem Zustand ist. Was daran verkehrt ist? *Brüllend:* Alles ist verkehrt daran! Sie was? Sie hoffen, daß mich mein Aufenthalt hier etwas mäßigen wird! *Er schaut fassungslos; dann knallt er den Hörer auf den Haken. Fast im gleichen Moment läutet das Telefon. Er reißt den Hörer wieder herunter und hält ihn ans Ohr.* Was zum Teufel hat das – Wie? Wer sind Sie? St. Paul? Herr im Himmel! Hier spricht Poges, Bradford. Na, eine fürchterliche Gegend ist das. Die Leute alle abergläubisch, unbeholfen und ahnungslos. Ich möcht Sie bitten, mir fünfhundert Aktien der Wohlgemuth'schen Zementgesellschaft zu besorgen; die Aktien werden in die Höhe springen, sobald mit den Bombardierungen Ernst gemacht wird. Sie sind schon gesprungen? Ach. Was, einen Fünfer pro Aktie im Moment? Na, dann besorgen Sie mir zweihundertfünfzig. Was? Keine einzige mehr zu haben? *Schnalzt mit der Zunge.* Tscha, tscha. Alle Welt stürzt sich drauf, was? Wer hätte gedacht, daß so viele aus zerschmetterten Leibern Bares zu machen versuchen. Die Welt, die Welt, Bradford! Ja, ja, natürlich; sollten welche auftauchen, greifen Sie zu. Alles klar. Wiedersehn.

Er hängt den Hörer auf. Barney erscheint im Eingang rechts.

BARNEY Der Herr Kanonikus Creehewel würd Sie gern sprechen, Herr.

POGES Schön; dann schick den Herrn Pfarrer zu mir herein.

Barney geht hinaus; kaum eine Sekunde später kommt der Pfarrer herein. Er neigt zum Stattlichen, hat ein recht hartes Gesicht, der Kopf ist vorn bereits kahl, zeigt aber hinten und über den Ohren buschiges, ergrauendes Haar. Er trägt einen weichen Hut, der im Regen naß geworden ist und den er beim Hereinkommen am Ende des Tisches ablegt; sein langer dunkler Mantel glänzt ebenfalls vom Regen. Er geht voller Erwartung auf Poges zu – mit einem Lächeln im Gesicht und mit ausgestreckter Hand.

PFARRER Ach, mein lieber Freund, ich bin so froh, daß ich ein Wort mit Ihnen reden kann. Wie gefällt es Ihnen bei uns in Clune-na-Geera?

POGES Fabelhaft, obwohl das Wetter kalt und sehr feucht war. Legen Sie doch Ihren Mantel ab.

PFARRER *legt den Mantel ab. Wenn er abgelegt ist, kann man sehen, daß seine Kleider gut sitzen:* Lästig, nicht; und den Berichten nach sollen wir noch mehr davon kriegen. Wenn das so weitergeht, wird unser Sprengel ein trostloses Sumpfgebiet werden.

POGES *deutet auf einen Stuhl:* Setzen Sie sich doch, Herr Pfarrer, setzen Sie sich. Glas Sherry?

Der Pfarrer setzt sich, und Poges setzt sich ihm gegenüber.

PFARRER Nein, vielen Dank. Ich trinke selten. *Entschuldigend:* Das gute Beispiel, Sie verstehen. Also, seien Sie uns willkommen in unsrem Sprengel, lieber Herr. Sie haben ein wunderschönes Haus hier. Ein altes Haus, aber ein feines. Es ist direkt etwas Heiliges, eine alte Sache vor dem Sterben zu bewahren, Herr, denn was auch immer gerecht ist, was auch immer ehrlich ist, was auch immer rein ist, was auch immer schön und gut beleumundet ist, es erweist sich ausnahmslos als eng verbunden, ja manchmal sogar als innig eingeschlossen in das Leben und Wesen vergangener Zeiten, und in das Leben jener Männer und Frauen, die vor uns dahingingen.

POGES *erfreut:* Da stimme ich Ihnen aus ganzem Herzen zu, Hochwürden. Ich spüre es, weiß es sogar.

PFARRER Bei all ihren Flausen, ihren Frivolitäten, ihrem einstudierten Zeremoniell und wie grell gefärbt ihr Amüsement auch gewesen sein mag, die Vergangenheit hatte den Kern des Tugendhaften in sich; wogegen das heutige Wirbeln des jugendlichen Lebens, muß man wohl sagen, mit seinem fiebrigen Prahlen mit vermeintlicher Tapferkeit, seinem geschmacklosen Vorbeileben an allem, was Regel und Richtschnur des Religiösen für den Menschen zu sein hat, mit seinem verzweifelten Bemühen, aus jeder Sekunde des Lebens ein Vergnügen zu machen, einen bleichen Kern von Angst in sich trägt, den jeder Glockenschlag der vergehenden Stunden nur dunkler macht.

Regen und Wind sind deutlich zu hören.

POGES *beugt sich Creehewel entgegen – eifrig:* Wir müssen unseren Arm in die Vergangenheit zurückreichen lassen und ihr einige der guten Dinge entreißen, die noch nicht ganz so weit von uns weggerückt sind wie die Toten, die noch mit ihnen gelebt haben.

PFARRER Eine lobenswerte Initiative, lieber Herr, und ich hoffe, Sie und Ihre guten Leute werden uns zur Seite stehen, wenn wir etwas von der langsamen Bewegungsart der Vergangenheit zurückbringen wollen in die rücksichtslose und gottlose Hast unsrer Gegenwart. *Er beugt sich Poges entgegen, bis ihre Köpfe sich fast berühren.* Sie und die Ihren könnten manches tun, um den Klerus dabei zu unterstützen, die niedrigeren Neigungen des Volkes vernünftig unter Kontrolle zu halten, eine Aufgabe, die jedem vernünftigen, verantwortungsbewußten Menschen am

Herzen liegen sollte, der am Wohlergehen des Landes ein Interesse hat.

POGES Ich werde tun, was ich kann. *Lehnt sich zurück mit der Allüre des bedeutenden Geschäftsmanns.* Aber mal praktisch gesprochen, wie könnte diese Hilfe aussehen?

PFARRER *fällt ein wenig in den örtlichen Dialekt:* Helfen Sie uns, die verfluchten Aktivitäten der teuflischen Tanzsalons einzuschränken! Wenn hier jemand einen Tanzsalon aufmacht, dauert es keinen Monat, und die unschuldige Gegend ist schlimmer als der Londoner Leicester Square nach Anbruch der Nacht. Wenn es den Tanzsalons erlaubt wird, ohne die Kontrolle von Klerus und andren verantwortungsbewußten Leuten weiterzumachen, wird unser Herrgott Clune-na-Geera den Rücken kehren!

POGES *geschockt:* Großer Gott! Solche Zustände überraschen mich bei einer so einfachen, liebenswerten ländlichen Bevölkerung.

PFARRER *erwärmt sich dran:* Da sehen Sie's, und es würde Sie krank machen, wenn die heiße Jahreszeit kommt, und Sie müßten erleben, wie alte Männer und alte Frauen aus sich einen Narren machen, schlechte Beispiele geben, halbnackt herumlaufen, farbige Shorts am Leib haben, und mittendrin laufen schamlose junge Dinger mit tief ausgeschnittenen Miedern, provozierend kurzen Röcken oder noch viel kürzeren Hosen herum, die mit rücksichtslosen Händen alles ermorden, was jemals Anstand war!

POGES Ein zutiefst beklagenswerter Zustand, mein Herr.

PFARRER *steht auf und stellt sich direkt vor Poges – heftig:* Und wie Eden, lieber Herr, so haben auch wir eine Schlange in unserem Garten!

POGES Ach!

PFARRER O'Killigain!

POGES Oh!

Der Wind und der Regen sind deutlich zu hören.

PFARRER Sie sollten Ihre Weibsleute vor ihm in Schutz nehmen, denn vor diesem Mann ist keine Frau sicher. Er verteidigt in aller Öffentlichkeit zuchtlose Weibspersonen, die tief ausgeschnittene Blusen tragen; er verteidigt die Unsitte buhlender Pärchen, sich nachts in den Straßen und Gassen zu zeigen. Und eines Nachts kam er im hellen Mondenschein meinem Kuraten entgegen, als er eines seiner lasterhaften Dämchen nach Hause brachte, und da riß O'Killigain dem Kuraten doch glatt seinen Stock aus der Hand und zerbrach ihn in Stücke! Ein gefährlicher Mann, lieber Herr, ein äußerst gefährlicher Mann.

POGES *etwas nervös:* Ich gehöre leider zu denen, die man hierzulande als Fremde bezeichnet, drum kann ich mich mit diesem O'Killigain nicht persönlich befassen; wenn ich aber in anderer Hinsicht etwas tun kann, um Ihnen zu helfen, so werde ich das bestimmt tun.

PFARRER Vielen Dank – ich ging davon aus, daß Sie sich nicht entziehen werden. Ihre fünfzig Pfund haben uns bereits sehr geholfen. Und jetzt habe ich Ihre Zeit lange in Anspruch genommen und werde mich auf den Weg machen. *Er nimmt sich seinen Hut.* Ach, wie macht sich übrigens der Handwerker, den ich Ihnen vorbeigeschickt habe?

POGES Welcher?

PFARRER Er sollte sich ums elektrische Licht kümmern – ein Kerl mit einem gelben Bart.

POGES *übertrieben:* Oh, der macht sich glänzend!

PFARRER Freut mich, das zu hören. Anständiger Kerl – ein Ritter von Sankt Columbus.

POGES Ach, em, ich wußte gar nicht, daß Kolumbus ein Heiliger war.

PFARRER *lächelt nachsichtig:* Na, und wie er das war; ein großer irischer Heiliger.

POGES Ich dachte immer, er war Amerikaner.

PFARRER Amerikaner; wer?

POGES Christoph Kolumbus.

PFARRER *lächelt:* Oh, es gab zwei Columbusse, der eine war Ire und der andre – em – Amerikaner.

Als der Pfarrer sich zum Gehen wendet, kommt Avril aus einem der hinteren Türgänge in den Raum getanzt, und hinter ihr Souhaun. Sie trägt eine tief ausgeschnittene Bluse, einen maßgeschneiderten kurzen Rock und hohe Stiefel aus weichem Leder, die eng an den Waden liegen und bis knapp unters Knie reichen; sie sieht in der Tat wie ein höchst verführerisches, begehrenswertes junges Weib aus. Über dem Arm hat sie einen Regenmantel. Auch Souhaun trägt sehr kurze Shorts in lebhaftem Karmesinrot und dazu einen schwarzen Pullover mit V-Ausschnitt; auf ihre etwas reifere Art sieht sie nicht weniger verführerisch aus als die junge Avril. Poges ist etwas verwirrt, doch der gute Pfarrer zuckt nicht mit der Wimper. Souhaun zieht Poges den Overall herunter und läßt ihn in einem grünen Jersey und braunen Shorts dastehen.

SOUHAUN Du kannst den Herrn Pfarrer doch nicht im Overall empfangen!

AVRIL Cyril, alter Knabe, ich frage mich, wann wir endlich das verdammte Badezimmer kriegen? Ziemliche Schinderei, in einem Becken zu baden.

Sie sieht den Pfarrer und hört auf, ihn anzustarren.

POGES *stellt sie vor:* Herrn Stoke – em – Frau – Fräulein Avril, Herr Pfarrer. *Stellt Souhaun vor:* Meine – em – Frau, Fräulein Souhaun.

PFARRER *verbeugt sich graziös – vor Avril:* Meine verehrte junge Dame. *Vor Souhaun:* Gnädige Frau, ich bin sehr erfreut, Sie kennenzulernen.

AVRIL *nickt dem Pfarrer zu – zu Poges:* Sag schon, wann kriegen wir endlich ein anständiges Bad, alter Specht?

POGES *mißbilligend:* Der Herr Pfarrer ist hier, Avril.

PFARRER *jovial:* Jugendlicher Überschwang, lieber Herr, jugendlicher Überschwang!

POGES Wir werden ein Bad haben, wenn wir eines einpassen können, ohne die Harmonie des alten Hauses zu beschädigen. Die Tudorperiode kannte keine Badezimmer. Diese Generation verweichlicht, Herr Pfarrer; was wir aber brauchen, ist Härte.

AVRIL Blödsinn!

POGES *ungehalten:* Das ist überhaupt kein Blödsinn! Auch Shakespeare mußte ohne auskommen.

SOUHAUN Aber Schatz, weißt du nicht, daß die Tudorleute vom Umgang mit Dampf noch gar keine Ahnung hatten?

Nun erscheint Basil in einem der rückwärtigen Türgänge. Als er die Gesellschaft sieht, bleibt er stehen und hört zu. Er hat einen gelben Pullover und schwarze Shorts an. Niemand beachtet ihn.

POGES *gereizt:* Dampf! Wir stehen hier nicht nur im Zentrum eines Hauses, sondern einer großen Zivilisation, und du sprichst von Dampf!

SOUHAUN Im Zentrum eines heißen Bades hab ich nichts dagegen, im Zentrum deiner Zivilisation zu sein, Lieber.

BASIL *mischt sich ein – sieht dabei wie eine Statue im Türgang aus:* Nicht ganz, Souhaun, dazu bedürfte es nämlich, das erfordert zumindest den vollen und konzentrierten Rückzug durch die

Alleen des Denkens in jene Zeit, an die uns all das, was uns sichtbar umgibt, so lebhaft und zugleich sprachlos erinnert. Die Konzeption der bewußten Gedanken, in Beziehung gesetzt zur – zur äußeren wie inneren Aktion und Reaktion sämtlicher – zumindest aber der meisten körperlichen Sinne, die eine nach außen gerichtete Vorstellung vom Schauen mit einer nach innen gerichteten Vorstellung von einer nach innen gerichteten Konzeption der – der fragmentarischen Stimuli – em – Stimuli zu einem perfekten und harmonischen Ganzen verbindet; ein Ding, wenn ich es mir erlauben darf, dies zu sagen, wenn nicht der Unmöglichkeit, so doch der äußerst geringen Wahrscheinlichkeit, wenn man die Absicht hat, sich in die Mitte eines heißen Bades zu setzen oder auch nur zu stellen.

AVRIL *mit spöttischer Begeisterung:* Hurrah!

POGES *zum Pfarrer:* Herr Stoke, Herr Pfarrer; Vetter des Onkels eines Ritters vom Hosenbandorden und Oxford-Absolvent.

PFARRER Tatsächlich? Sieh einer an, sieh einer an, bemerkenswerte Verbindungen. *In der Ferne ist schwaches Donnern zu hören; der Pfarrer spitzt die Ohren, um ihm nachzuhorchen.* Ich muß los. Schlechtes Zeichen. Der schwache Regen, der momentan fällt, kann jederzeit in einen Wolkenbruch übergehn, und ich habe einen weiten Weg.

Der Pfarrer zieht seinen Mantel an. Barney und Cloyne kommen herein und tragen zwischen sich einen schweren jakobinischen Sessel.

SOUHAUN Ah, der jakobinische Sessel. *Zeigt die Richtung.* Raus damit in die Eingangshalle, Barney.

POGES Laßt ihn uns einen Augenblick anschaun. *Barney und Cloyne bleiben stehen.* Ach, Herr Pfarrer, diese alten Dinger stecken einiges weg.

PFARRER Das tun sie, mein Herr, das tun sie. Na, jetzt muß ich aber.

POGES *hält ihn fest:* Einen Moment noch, Herr Pfarrer. *Er geht zum Tisch, schreibt einen Scheck aus, und gibt ihn dem Pfarrer.* Noch mal eine Kleinigkeit, um die Dinge am Laufen zu halten.

PFARRER Fünfundzwanzig Pfund! Oh, vielen Dank, und Gott segne Sie, mein wahrhaft gütiger Herr.

SOUHAUN Sie müssen irgendwann abends zum Dinner kommen.

PFARRER Werde ich, werde ich, mit Vergnügen; Wiedersehn, alle zusammen.

Unter Wiedersehn-Gemurmel geht der Pfarrer hinaus.

POGES *ungehalten:* Hat nicht das leiseste Interesse an dem jakobinischen Sessel gezeigt. Ignoranz; typisch irische Ignoranz! *Verärgert – zu Cloyne und Barney, die den Sessel halten wie ein Verkäufer, der ein Stück Seide vorführt:* Los, bringt das verdammte Ding in die Eingangshalle, und steht hier nicht rum wie zwei Vollidioten!

Cloyne reißt den Sessel in ihrer Hast aus Barneys Griff, und er knallt auf den Boden.

POGES Oh, ihr Tolpatsche, wollt ihr ihn mir kaputtmachen? Das ist ein jakobinischer Sessel, Mann, ein jakobinischer Sessel!

BARNEY *mit einem Aufschrei, während er den Sessel mit Cloyne hinausträgt:* Also, wenn man hier mal nen verdammten Sessel fallen läßt, hat man noch lang keine Mauer niedergerissen!

POGES Unverschämter Lump. Je mehr man für sie tut, desto weniger denken sie an einen! *Er arbeitet sich hastig in den Overall zurück.* Jetzt zum Geschäftlichen. Was machen wir als erstes? Die Teppiche?

SOUHAUN Es hat keinen Sinn, die Teppiche auszuprobieren, solang du noch nicht den Platz für deinen Quattrocento-Schreibtisch gefunden hast. Erst dann läßt sich sehen, ob die Farbe der Teppiche zum Schreibtisch paßt.

Avril hat ihren Regenmantel angezogen und hat sich an den rechten Türgang herangemacht, der in die Vorhalle führt, und will sich grade davonmachen, da schießt Basil auf sie zu und packt sie am Arm.

BASIL Wo schleichst du hin?

AVRIL Ich will kurz am Ufer des überfluteten Flusses spazierengehn. Ich bin es leid, ewig Sachen hin und her zu schleppen, damit das dämliche alte Haus hier in Ordnung kommt.

POGES Bei dem Wetter? Unsinn!

BASIL Gute Idee; ich komm mit, Schatz.

AVRIL *mit einem feindseligen Blick auf ihn:* Das würde dir so passen, was? Ich rate dir aber, es bleibenzulassen! *Zu Poges:* Ja, bei dem Wetter.

Sie geht rasch hinaus und läßt Basil stehen, der unentschlossen hinter ihr herschaut.

BASIL *bitter:* Sie geht mit O'Killigain!

SOUHAUN Unsinn. Kaum ist sie dir eine Minute aus den Augen, schon bildest du dir ein, das Mädchen ist bei O'Killigain. Der

Regen wird sie gleich wieder heimtreiben! *Zu Poges:* Du schaust jetzt, daß du den Schreibtisch absperrst, und ich hol die Männer, die ihn hereintragen sollen.

Poges geht durch einen der rückwärtigen Türgänge hinaus.

BASIL *geht auf einen rückwärtigen Türgang zu:* Ich sage dir, das Miststück geht zu O'Killigain.

SOUHAUN *warnend:* Ich würde die kleine Avril an deiner Stelle nicht so bedrängen, Basil; du bist ein bißchen zu fordernd, um dir auf die Dauer ihre Zuneigung zu sichern.

BASIL *gehässig – als sie hinausgeht:* Und du bist viel zu alt, um jemals die Zuneigung eines O'Killigain zu gewinnen, verehrte Dame.

Souhaun erstarrt für ein paar Momente; dann geht sie zu dem Eingang, der in die Vorhalle führt, und man sieht sie einem der Arbeiter winken.

SOUHAUN *ruft:* Kommt mal rein hier, einer von euch da.

Der 2. Arbeiter kommt in den Raum und bleibt neben dem Eingang stehen, schaut Souhaun dabei ruhig an.

SOUHAUN Schick bitte Herrn O'Killigain zu mir.

2. ARBEITER Er ist zum Bahnhof und wollte nach ner Ladung Ziegel sehen.

SOUHAUN *langsam, nach einer Pause:* Allein?

2. ARBEITER *nach einer Pause:* Mit der hübschen jungen Frau. *Eine Pause.* Eine hübsche Frau sind Sie auch; und eine Irin dazu; Sie sollten nur vernünftiger sein.

SOUHAUN *langsam – ein bißchen überrascht:* Bin ich nicht vernünftig, guter Mann?

2. ARBEITER *ernst:* Ihre glänzenden Augen machen den Eindruck; Sie werden bestimmt bald genug davon haben, in einem trüben Winkel ein Nest zu bauen, wo draußen die Hügel und Straßen zum Wandern einladen.

SOUHAUN Ach, werd ich das, werd ich das?

2. ARBEITER *mit den Augen beharrlich in den ihren:* Oh, ja, das werden Sie, und Sie werden ihm davontanzen, diesem vernebelten Großmaul, das sich einbildet, daß sich die Welt um den Rand einer Münze dreht; davonlaufen werden Sie ihm, das sag ich Ihnen, und ein glückliches Herz wird Sie heiter stimmen auf Ihrer Reise zu dem einen, der für Ihre kleine Hand einen Platz in den Wolken findet und für Ihr kühnes Haupt einen Platz unterm Blau unsres Himmels.

SOUHAUN *mit einem Anflug von Spott:* Sie, zum Beispiel, was?

2. ARBEITER Er heißt Sie mit Wärme willkommen, damit Sie sich mächtig freuen können, und zeigt Ihnen Wunder von männlicher Art.

SOUHAUN *lacht, mit einem leichten Stocken in der Stimme:* Eine Tochter der Ormonds mit einem Arbeitsmann!

2. ARBEITER *hebt stolz den Kopf und schaut sie fest an:* Der Name O'Dempsey ist wesentlich älter, und es liegt eine sehr viel ältere Glorie drauf als die Ehre, die man dem Grafen von Ormond hinwarf, als er um einer Gunst willen den Engländern vor den Füßen kroch.

Einen Moment lang schaut der 2. Arbeiter Souhaun und Souhaun den 2. Arbeiter an, dann wendet sie sich um und geht langsam durch den rechten hinteren Türgang hinaus.

3. ARBEITER *erscheint im linken hinteren Türgang:* Hier, Philib, was treibst du? Du sollst uns helfen, dem alten Sack seinen Schreibtisch reinzutragen.

Die beiden gehen durch den linken rückwärtigen Türgang ab. Nach ein, zwei Sekunden sind unmittelbar hinter dem Türgang, durch den die beiden Männer abgingen, Geräusche, ein Rumoren und Reden zu hören, dann kommt Poges mit besorgtem Gesichtsausdruck herein, dreht sich um und konzentriert seinen Blick auf den Türgang. Kurz darauf erscheint an der Ecke das Ende eines großen vergoldeten Schreibtischs, den die drei Arbeiter zur größten Besorgnis des armen alten Poges keuchend, ziehend, schiebend und schrammend vorwärtsbewegen, wobei jeder von ihnen den beiden andren Befehle gibt. Wenn der Schreibtisch in den Türgang einschwenkt, zeigt sich, daß er nur knapp durchpaßt.

1. ARBEITER Ein bißchen mehr ostwärts, ihr zwei da, ostwärts, los, macht schon!

2. ARBEITER Nein, westwärts, mehr westwärts; seht ihr nicht, daß er dranschrammt, wenn ihr ihn ostwärts kippt? Mehr westwärts, ich sags euch!

POGES *besorgt:* Langsam, Jungs, erst mal schön langsam; ihr müßt vorsichtig sein, wirklich vorsichtig; das ist ein Ding, das ihr nicht alle Tage zu sehen kriegt, wenn ihr wißt, was ich meine. Ich hatte eine qualvolle Zeit, als es rüberkam.

3. ARBEITER *nimmt von Poges keine Notiz:* Herrgott, wo schiebt ihr ihn hin? Seid ihr blind, oder was? Mit Ruckeln allein geht er

nie rein. *Rücksichtslos:* Los, hoch mit dem Ding auf die Hinterbeine, und loslassen!

POGES *laut und besorgt:* Heda, he; sachte, sachte. Paßt auf, wie ihr umgeht damit. Das ist kein Ding, das man auf Hinterbeine stellt. Ich laß mir das wertvolle Ding nicht zerkratzen und hinrichten. Dies ist ein Möbelstück aus dem Quattrocento, davon gibt es nicht noch mal eins auf der Welt.

1. ARBEITER *zu den andern:* Hört, was der Herr zu euch sagt! Hab ich euch nicht bis zur Erschöpfung erzählt, wie lang ihr in ganz Clune-na-Geera herumsuchen könnt, bis ihr noch so ein Möbelstück findet? Ein Ding wie das schleudert man nicht durch die Gegend wie einen Küchenstuhl. *Zu Poges:* Hab ich nicht recht, Herr?

POGES Doch, doch; völlig recht, guter Mann. Tausende würden ihr gesamtes Vermögen hergeben, damit sie ein Ding wie diesen Schreibtisch besitzen. Also behutsam, Jungs, seid behutsam. Jeder kleine Kratzer wird irreparablen Schaden anrichten.

1. ARBEITER Da hört ihrs, Jungs, es ist eine Quattrocento-Schaluppe, drum braucht sie behutsamen Umgang. *Zum 2. Arbeiter:* Du, Philib, machst jetzt einen unerwarteten Schwenk Richtung Osten, und wenn ihr am Schwenken seid, donnern wir andern sie vorwärts.

2. ARBEITER *wütend:* Wie soll ich einen unerwarteten Schwenk Richtung Osten machen, wenns keine Vorrichtung gibt, an der man sich festhalten kann? Quadratocentro oder Zirklocentro, ich laß mir von dem nicht die Haut von den Händen fetzen!

3. ARBEITER *nachdenklich:* Es gibt nur einen Weg, wie man ihn anständig reinkriegt: nen Vorschlaghammer besorgen und ein Stück vom Portal abbrechen.

POGES *ungehalten:* Ein Stück vom Portal abbrechen! Da laßt ihr die Finger davon! Als nächstes schlagt ihr mir vor, das Haus abzureißen! Diesem kostbaren Schreibtisch hat kein Vorschlaghammer vor Augen zu kommen. *Beugt sich zu den Männern hin.* Hört her: dies ist ein Stück Quattrocento – versteht das endlich, und zwar alle!

1. ARBEITER *zu den andren:* Na bitte, was hab ich gesagt? Ihr hört, was der Herr da erzählt.

POGES Er würde ohne weiteres durchgehn, wenn ihr eine Ahnung von eurem Job hättet. Der Fahrer vom Möbelwagen mußte sich nur das Portal anschauen, und schon wußte er, daß ich mir keine

Sorgen machen muß, weil der Schreibtisch hier mühelos durchflutscht.

1. ARBEITER *verächtlich:* Das war sicher Larry Lanigan, der Ihnen das weisgemacht hat, was? Hören Sie bloß nicht auf Larry Lanigan, Herr. Wenn man Ihnen den Schädel gespalten hat, sagt er zu Ihnen, das ist bloß ein Kratzer, damit Sie den Mut nicht verlieren.

3. ARBEITER Und wenn Sie tot sind, erzählt er Ihrer Frau, sie soll erst mal abwarten, weil man nie wissen kann. Wir sind außerdem keine Möbelpacker, Herr.

POGES Also, eines steht jedenfalls fest: dieser Schreibtisch kommt hier herein, und er kommt ohne Kratzer herein.

3. ARBEITER Und wie er hier reinkommt!

1. ARBEITER Zeit und Geduld werdens richten.

POGES *schaut sich den Schreibtisch von nahem an – gequält:* Ach du großer Gott, hier frißt sich die Steinmauer in eine Ecke rein! Schafft ihn weg, zieht ihn raus, schiebt ihn rein, ihr Idioten! *Während sie schieben.* So wartet doch, wartet!

1. ARBEITER *begütigend:* Ich würd mich nicht grämen, Herr; daß ein, zwei Späne rausgehn, ist das Schlimmste, was ihm passieren kann.

POGES Wartet, wartet ne Sekunde. Ich geh und hol ein paar Polster und Kissen, damit sie die Seiten vorm Mauerwerk schützen. *Er läuft durch den daneben gelegenen Türgang hinaus, um die Polster zu holen.*

1. ARBEITER Habt ihr jemals so einen Pingelfritzen erlebt? Man könnt glauben, das Ding ist auf dem Weg ins himmlische Königreich, so ein Geschrei macht er drum.

3. ARBEITER Und seine häßliche alte Visage kommt einem vor wie die Melodie, bei der alte Kühe manchmal der Schlag trifft.

1. ARBEITER Einen Quattrocento nennt er das, wohlgemerkt.

3. ARBEITER Siebenhundert und ein paar Jahre alt, sagt er. Da wird's sowieso langsam Zeit, daß der Tod sich mal blicken läßt.

1. ARBEITER Kommt, wir schaffen ihn rein, bevor er mit seinen Polstern kommt. Ein, zwei Püffe verkraftet das Ding ohne weiteres.

2. ARBEITER Hier ist die Brechstange, die er verboten hat. *Er hebt eine enorme Brechstange hoch.* Wir schieben ihn mit vollem Karacho stückweise rein. Los, Jungs, die Schultern gegen den Quattrocento gestemmt, und ich heb ihn hoch mit der Stange.

Zum 1. Arbeiter. Laß nen Song steigen, Bill, das feuert uns an.

1. ARBEITER *fängt rasch zu singen an, während sie alle ihre Kräfte zusammennehmen:*
Was fang ich an mit nem trunknen Seemann,
Was fang ich an mit nem trunknen Seemann,
Was fang ich an mit nem trunknen Seemann,
Wenn der Morgen anbricht?

ALLE *zusammen – unter heftigem Schieben und Zerren:*
Schiebt ihn nur fest, und schon wird er reingehn,
Schiebt ihn nur fest, und schon wird er reingehn,
Schiebt ihn nur fest, und schon wird er reingehn,
Wenn der Morgen anbricht!

Poges kommt mit einigen Kissen unterm Arm angerannt. Er gerät außer sich, als er sieht, was die Männer treiben. Beim Hereinkommen wird er von einem Donnergrollen begleitet, das lauter ist als das vorige, aber doch eher schwach bleibt. Wenn er in der Nähe des Schreibtisches stehenbleibt, bricht das Donnern ab.

POGES *aufgebracht:* Was in drei Teufels Namen versucht ihr da? Wollt ihr ihn mir in Trümmer zerlegen? Gott, warum habe ich meinen armen Quattrocento in ein Land wie dieses gebracht! Schiebt ihn weg von der Wand, schiebt ihn weg von der Wand, bis ein Kissen dazwischengesteckt ist!

1. ARBEITER Für ein Kissen geht er nicht mehr weit genug von der Wand weg, Mann.

POGES *außer sich:* Ihr habt zu tun, was ich sage, ihr habt zu tun, was ich sage. *Er läßt die Kissen fallen, greift sich die Kante des Schreibtisches und versucht ihn von der Wand zu ziehen.* Geht her, irgendwer da, und helft mir!

Ehe er es gewahr wird, springt der 1. Arbeiter auf die Platte des Schreibtisches, um zu ihm hinüberzugehen, wobei er mit seinen schweren genagelten Schuhen über die Platte kratzt.

POGES *brüllt ihn an:* Runter da, runter da, Mann!

1. ARBEITER *erstaunt:* Ich lauf doch bloß drüber, weil ich Ihnen helfen will.

POGES *schreiend:* Das ist ein Quattrocento, ein Quattrocento, Mann!

1. ARBEITER Weiß ich doch selber.

POGES Dann geh runter, geh runter – bevor du deine genagelten Schuhe bis unten durch bohrst!

1. ARBEITER *hebt einen Fuß hoch, damit man die Sohle sehen*

kann: Glauben Sie, Herr? Die Nägel sind doch so zart und glatt abgewetzt, daß sie nicht mal den Flügel von einem Schmetterling ankratzen würden.

POGES *brüllend:* Runter da, geh sofort runter!

Der 1. Arbeiter springt vom Schreibtisch zu seinen Kumpels zurück.

2. ARBEITER *laut brummend:* Das wär ein Geschenk des Himmels für manche, wenn sie die Augen aufbrächten und die Zeichen und Wunder sähen, die sich auftun vor ihnen.

POGES Schluß jetzt mit dem Gerede; und keiner macht was, bevor ich die Anweisung gebe.

DIE MÄNNER Alles klar, Herr; legen Sie los; wir warten.

POGES Wenn ich los sage, schwenkt ihr ihn nach rechts, und ich schwenke nach links. Seid ihr alle bereit?

1. ARBEITER Bereit und wartend und willens.

POGES Und los!

Sie schwenken ihn alle nach links, dabei wird Poges' Fuß zwischen Schreibtisch und Türbogen eingeklemmt. Er stößt ein Quieken aus.

POGES *in Pein:* Laßt meinen Fuß los, mein Fuß ist eingeklemmt! Warum schwenkt ihr nach links? Könnt ihr rechts nicht von links unterscheiden?

3. ARBEITER Sie hätten ostwärts sagen sollen, Herr.

POGES Schiebt ihn weg, schiebt ihn runter vom Fuß!

1. ARBEITER *plaziert die Brechstange zwischen Schreibtisch und Türgang, wobei er sie an der Säule ansetzt:* So, Jungs, jetzt alle zusammen – hau ru-uck!

Sie bewirken einen mächtigen Ruck, der eine mit der Stange, die anderen mit ihren Schultern. Der Schreibtisch bewegt sich langsam vorwärts; man hört ein Krachen; die Säule zerspringt unterm Druck der Stange und fällt über den Schreibtisch, der plötzlich in die Mitte des Raumes vorschießt, die Männer stolpernd hinter ihm her. Die Männer blicken triumphierend auf den Schreibtisch, der 1. Arbeiter stützt sich auf die Brechstange wie ein Krieger auf seinen Speer. Poges reibt sich den Fuß und begutachtet den Schaden an Schreibtisch und Eingang.

1. ARBEITER Da hätten wir ihn, Herr; exakt an der Stelle, wo Sie ihn hinhaben wollten.

3. ARBEITER Ich wußte doch, daß die Geduld es am Ende schon richten wird.

POGES Oh, schaut euch den Schreibtisch an, und schaut euch den Eingang an!

1. ARBEITER *zuversichtlich:* Kleinen Spritzer Zement und nen Klacks weiße Farbe drauf, und der Eingang sieht frisch aus wie immer.

Souhaun kommt herein, und hinter ihr Cloyne und Barney, die gemeinsam einen Teppich tragen. Sie lassen ihn auf dem Boden liegen. Basil erscheint in sehr weiten Knickerbockern.

SOUHAUN Allmählich kommt etwas Ordnung ins Haus. *Sie sieht den Schaden.* Gott, wer hat diesen Trümmerhaufen da angerichtet?

POGES *sarkastisch:* Deine hochintelligenten Landsleute, Schatz.

BASIL *spöttisch:* Und die Mordsmeinung, die sie von sich haben.

2. ARBEITER Wir haben süße Musik auf dem Land, aber nicht für die Tauben; wir haben auch Weisheit, aber nicht in einem Schreibtisch, sondern draußen in den Hügeln und im Leben der Dinge, die unter dem blauen Himmel umherstreifen.

POGES *wütend und verzweifelt:* Schafft die zerbrochene Säule raus und macht euch an eure Arbeit. Laßt uns in Ruhe, laßt uns in Ruhe, bevor das Haus einstürzt!

Die Arbeiter tragen die Säule weg und gehen durch den Eingang hinaus, der zur Vorhalle führt.

SOUHAUN Laß uns um Himmels willen die Teppiche ausprobieren! Kaum ist man aus dem Zimmer, ist schon wieder ein Schaden passiert.

Cloyne und Barney breiten auf dem Boden einen Teppich aus, auf dem sich geometrische Muster in grellen Farben verteilen. Cloyne und Barney gehen dann hinaus; die anderen starren auf den Teppich.

Sieht recht lebhaft aus für den Fußboden von einem Tudorhaus, Schatz.

BASIL *entschieden:* Zu grell und modern.

POGES Wo? Wie? Warum?

BASIL Die Tudors waren vernünftige und nüchterne Leute, verehrter Herr, sie hätten niemals etwas geduldet, was vulgär, um nicht zu sagen abseitig ist.

SOUHAUN *mit etwas Spott:* Es war eben doch der Geschmack, nicht der Dampf, der damals alles bedeutet hat, Schatz.

BASIL Richtig, Souhaun; Geschmack war für die Tudors das – em – em – momentum aere perennius.

POGES Ich weiß zwar nicht alles, verehrter Herr, aber ich weiß etwas über die Zeit, die dieses Haus – em – exemplifiziert; diese Zeit war in Wahrheit so hemmungslos in den Farben, daß bei den Männerhosen das eine Bein blau und das andere rot war, oder umgekehrt.

BASIL *mit gönnerhaftem Lachen:* Na, na, na, alter Knabe, das war nicht die Tudorzeit.

POGES Welche Zeit wars denn dann?

SOUHAUN Die Hiawathazeit.

POGES *aufgebracht – zu Souhaun:* Wir machen hier keine Späße, bitte. *Zu Basil:* Welche Zeit wars denn dann?

BASIL *leichthin:* Jedenfalls nicht die Tudorzeit; die bestimmt nicht, alter Knabe.

POGES *verächtlich:* Pah! Du weißt es ja selber nicht!

In einem der rückwärtigen Türgänge erscheint der 2. Arbeiter mit einer Schubkarre, die mit Ziegelsteinen beladen ist. Auf seinem Weg zur Eingangshalle geht er an den Disputanten vorbei und schiebt dabei die Karre über einen Teppich.

POGES *schreit ihn an:* Wo zum Teufel gehst du hin mit deiner dreckigen Karre?

2. ARBEITER *läßt die Griffe der Schubkarre los und wendet sich Poges zu:* Ich bringe eine Karre Steine zu O'Killigain rüber, Herr.

BASIL Ach, ist er wieder da?

POGES Was zum Teufel glaubst du eigentlich, was du hier treibst, Mann?

2. ARBEITER Sag ich nicht grade, ich bringe eine Karre Steine zu O'Killigain rüber?

POGES Und was soll das bedeuten, daß du mit der dreckigen Karre über einen prachtvollen Teppich walzt, der zur Besichtigung ausliegt?

2. ARBEITER Was soll ich denn sonst machen? Die Karre Steine in die Arme nehmen und drüberfliegen?

BASIL *mit großer Würde:* Tun Sie ihn auf der Stelle da weg, Herr, und unterlassen Sie solche Impertinenzen gegenüber Höhergestellten.

2. ARBEITER *schaut Basil mit Verachtung an:* Jesus, schau einer an, was sich hier als was Höheres ausgibt.

O'Killigain erscheint in dem Eingang, der zur Vorhalle führt.

POGES *ernst – zum 2. Arbeiter:* Guter Mann, du legst dich mit dem Vetter eines Ritters vom Hosenbandorden an, dessen Familie zurückgeht bis zu – bis zu – *wendet sich Basil zu* – William dem Eroberer, nicht?

BASIL *wird steif – mit stolzer Selbstgefälligkeit:* Noch viel weiter, alter Knabe – bis zu Alfred; der letzte Mann der letzten Familie fiel in der Schlacht von Hastings.

POGES *beeindruckt:* Da, sehn Sie.

SOUHAUN *mit einer Spur Spott in der Stimme:* Und außerdem war der verehrungswürdige Herr in Oxford.

O'KILLIGAIN *vom Eingang:* Der Stadt der Mächte der Auflösung!

2. ARBEITER *mit gespielter Hochachtung:* Das erzählen Sie mir jetzt erst? Warum haben Sie mich auf diese Glorie nicht hingewiesen, bevor ich ins Reden kam? Ist das nicht alarmierend, daß man von der Verehrungswürdigkeit eines Wesens überrascht wird, das man für einen gewöhnlichen Sterblichen hielt? Und was mag erst der verehrungswürdige Name dieses verehrungswürdigen Herrn sein?

POGES Basil Horatio Nelson Kaiser Stoke.

2. ARBEITER Ein wahrhaft würdiger Name. Klingt zwar nicht musikalisch, dafür aber um so gesetzter. Da ist nichts Flatterhaftes dran, an diesem Namen. Möchten Sie meinen hören?

POGES *amüsiert:* Komm, ab mit euch an die Arbeit; was interessiert uns dein Name.

2. ARBEITER Mein Name ist O'Dempsey, von dem Clan, der die Lords von Offaly stellte, als Eure verehrungswürdige Hoheit noch tausend Jahre davon entfernt war, geboren zu sein; dieser Clan reicht in Zeiten zurück, als die Engländer noch nicht mal wußten, wie man aus Unkraut Hütten baut; er reicht sogar zurück bis ein, zwei Tage nach jenem Tag, an dem man der Sonne gesagt hat, daß sie jetzt scheinen soll. *Er greift nach der Karre und macht sich bereit, damit weiterzugehen.*

POGES *verächtlich:* Sieht man dir aber nicht an, armer Mann.

2. ARBEITER *während er die Karre hinausschiebt:* Ich spüre es; und der Fluß steigt.

POGES *streng – zu O'Killigain:* Sie sollten diese albernen, dummen, abergläubischen Hirngspinste nicht zulassen unter Ihren Männern, und schon gar nicht ermutigen; das hat etwas nahezu Skandalöses!

O'KILLIGAIN *zitiert:* Sie gehen ihren eigenen Gang: dabei schauen sie unbekümmert in die Gesichter von Präsidenten und Gouverneuren, als wollten sie sagen, Wer bist du?

POGES *gebieterisch:* Also, in diesem Haus hat derartiges nicht zu Gehör zu kommen! Das ungehobelte Betragen von Kinz und Hunz hat sich fernzuhalten. Hier regiert Würde.

In der Entfernung ist etwas stärkeres Donnergrollen zu hören, und der Raum wird dunkler.

O'KILLIGAIN Es regnet.

POGES Wie?

O'KILLIGAIN Es regnet mächtig.

SOUHAUN *bibbernd:* Und es wird kalt.

O'KILLIGAIN Und das Alte wird untergehen.

2. ARBEITER *erscheint im Eingang:* Wir verziehn uns, O'Killigain, der Regen wird ärger, und die Winde fangen zu beißen an.

O'KILLIGAIN Zieht nur ab, es ist Zeitverschwendung, ein Haus zu stützen, das kurz vor dem Einstürzen ist.

SOUHAUN *zum 2. Arbeiter hinüber:* Das Haus wird einsam sein ohne Sie.

2. ARBEITER Dann komm mit und bleib bei den Männern der breitströmenden Wasser, die in einem winzigen Weidenkahn aus Gedanken zur Neuen Insel hinüberfahrn, wenn die Flut abfließt, und zurückkommen, wenn die gleiche Flut wiederkehrt!

POGES *spöttisch – zu Souhaun, der er dabei auf den Rücken klopft:* Da hast du aber eine ergreifende Einladung abgekriegt, meine Dame!

Avril komm herein und tanz zu Basil hinüber.

SOUHAUN *während sie Poges ausgelassen in die Rippen boxt – zum 2. Arbeiter:* Eine lange Fahrt auf den breitströmenden Wassern, nicht weniger; welche Gabe wird ausgeteilt, wenn die Flut wiederkehrt, guter Mann?

2. ARBEITER Unter kräftigen Männern und hübschen, herzlichen Frauen wird um ein rotes Feuer Gelächter sein, wenn die Nebel heraufsteigen, über Wegen und Feldern die Fröste liegen und die Nächte still ruhn.

SOUHAUN *mit spöttischer Stimme – zu Poges:* Da hast du's, mein Lieber, gibt es etwas Besseres auf dieser Welt, und was du mir bieten könntest?

POGES *in gespielter Verzweiflung:* Er hat mich ausgestochen; was mach ich bloß, was mach ich bloß?

2. ARBEITER Und zum Teil unter denen, die mit glühenden Backen die vordersten in der Schlacht waren, mit karmesinfarbnem Mantel, weißem Rock und silbernem Gürtel, der glanzvoll ver-

ziert war von kundiger Hand; und zum Teil unter denen, die mit bleichen Gesichtern und weniger bunten Gewändern furchtlos und aufrecht den Weg zu den Galgen gingen, schweigend und kühn und umringt vom Gebrüll eines *Sassenach*-Songs!

SOUHAUN *versucht, einen spöttischen Ton zu bewahren, doch ihre Stimme gerät leicht ins Stocken; denn sie ist bewegt von den Worten des 2. Arbeiters:* Wo wäre die Dame, die zögern würde, einen Mann von so gewinnender Art auf ihr Kissen zu bitten?

AVRIL *die erkennt, daß ihre Freundin berührt ist. Sie geht auf sie zu und berührt sie am Arm:* Souhaun, Souhaun, komm und zeig mir dein neues Kleid, steh nicht da und hör dem entrückten Gerede zu. Laß mich nicht allein mit ihnen.

SOUHAUN *schüttelt Avrils Hand ab. Verfällt in irischen Dialekt:* Laß mich, Mädchen, es ist rechtens und angenehm, einer Stimme zu lauschen, die aus tanzenden Wörtern goldene Stickereien macht.

POGES *ärgerlich und ein bißchen nervös:* Es wird Zeit, diesem ganzen Unsinn ein Ende zu machen!

O'KILLIGAIN *Poges' ärgerlichen Ausruf ignorierend – zu Avril:* Und du, junges Mädchen, süße Knospe eines sprießenden Baumes, geh über zu den Lebendigen, bleib hier nicht länger vergraben. Komm mit dorthin, wo der Regen schwer niederfällt, wo die Fröste noch stechen und die Sonne noch wärmt. Avril, Pulsschlag meines Herzens, hör mich an, laß Sehnsucht dein Herz durchfluten, bis es den Ruf des Lebens hört. Der junge Dornbusch, der jetzt vertrocknet ist, kann wieder erwachen und neuen Duft verbreiten. Spuck aus, was du hier hast, und folg mir dorthin, wo die Liebe noch feurig und freundlich und fruchtbar ist. Komm mit dorthin, Mädchen, wo es noch Dinge zu tun und zu sagen gibt, die in die Liebe münden.

2. ARBEITER Jack hat schön gesprochen, und es gibt weit und breit kein lockendes Hindernis, das euch zurückhalten könnte. Was habt ihr hier, außer knarzende Pracht und erbarmenswert welkes Gerede; salziges Essen ohne Getränke; purpurne Trockenheit, die aus Angst von selber zu Staub zerfällt.

O'KILLIGAIN *geht nah an Avril heran:* Sind meine Worte nicht Sterne in deinem Ohr, Mädchen? Hast du sie nicht gehört? Sie haben dein junges Herz berührt, Mädchen. Komm mit mir, sag ich; geh weg von da, wo gemästete Ignoranz als ein Segen und Narrheit als Gabe Gottes gilt! Komm in das Haus auf dem Hügel: die Tür steht offen, im Herd brennt ein Feuer, und der Tisch ist gedeckt mit einem Linnen in leuchtendem Weiß.

AVRIL Laß eine andre durch diese Tür eintreten, laß eine andre an deiner Tafel essen; laß eine andre an deinem Feuer sitzen. Warum bist du nicht gekommen, bevor der Dornbusch die Blüten abwarf, O'Killigain, und bevor die Blätter zu sterben anfingen?

O'KILLIGAIN Ich hatte andres zu tun. Während du dein minderes Leben gelebt und die lästerlichen Lieder gesungen hast, hab ich in Spanien gekämpft, damit du in Frieden und Sicherheit singen kannst. *Er packt sie am Arm.* Jetzt aber bin ich gekommen, mein Herz.

AVRIL *aufgewühlt und bang:* Wie kann ich dort hingehn, wo solche Dinge gesagt und getan werden, wenn die Liebe keine Stimme drin hatte, als sie begannen! *Sie versucht ihren Arm loszumachen.* Oh Jack, laß mich los – du tust mir weh!

O'KILLIGAIN O'Killigain läßt dich den Druck von Schutz und Behaglichkeit spüren. Macht es dir etwas aus, daß es weh tut, wenn das, was dir weh tut, das Wehtun der Liebe ist?

AVRIL *leidenschaftlich:* Ja, macht es mir! Oh, nein, O'Killigain, nein, tut es nicht! Tut es nicht, tut es nicht! Wer meinen Arm drückt, drückt auch mein Herz. Geh fort, und laß mich allein!
Sie reißt sich los und läuft zu Souhaun, die einen Arm um sie legt.

O'KILLIGAIN Avril, komm raus aus dem funzligen Kerzenlicht und geh mit dorthin, wo uns die Winde Farbe übers Gesicht legen, die Haare zerzausen, den Atem zum Stocken bringen; komm zu dem, den du willst; komm zu dem Mann, der dich braucht!

2. ARBEITER *zu Souhaun:* Und du, Souhaun, aufrechte Lilie von Clune-na-Geera, komm in eine Liebe, die die Sterne des Himmels fixiert oder zum Flackern bringt und aus dem leuchtenden Mond eine Lampe für zwei macht. Komm zu dem, den du brauchst; komm zu dem Mann, der dich will!

SOUHAUN *halb scherzend, halb im Ernst:* Wenn du nur ein Pferd zur Hand hättest, ich würd mit dir auf und davon reiten!

2. ARBEITER *ruhig:* Es wartet draußen. Geliehen von Herrn O'Killigain. Ein Tier kann den lieben langen Tag lang glorreich Galopp reiten, wenn es den Laut einer festen Stimme und den Griff einer festen Hand auf sich spürt.

SOUHAUN *sehr bewegt:* N-nein!

2. ARBEITER *bestimmt:* Ja.

BASIL *löst sich aus seinem Erstaunen – zu Poges, aufgebracht:* Wie lang willst du dir das gefallen zu lassen, Mann? Jag diese schamlosen Kerle davon!

POGES *als erwachte er aus einer Erstarrung – wutschnaubend zu den beiden Männern:* Verschwindet, ihr zwei da! So lang haben wir noch nicht gelebt hier, daß wir uns von eurem Irrsinn anstecken lassen! Verschwindet!

SOUHAUN *zum 2. Arbeiter – sanft:* Ich seh zu; ich tue, was Avril mir rät. *Zu Avril:* Komm, Liebste, wir denken uns eine wunderbare Antwort aus.

O'KILLIGAIN *zu Avril, als die hinausgeht:* Sei bereit; ich rufe und hole dich, wenn der Fluß steigt. *Er geht hinaus.*

2. ARBEITER *zu Souhaun, als die hinter Avril hinausgeht:* Ich warte draußen beim schnell galoppierenden Pferd, bis die schneebrüstige Perle erscheint, um sich schimmernd an meine Schulter zu legen. *Er geht hinter O'Killigain hinaus.*

POGES *wütend und spöttisch:* Wenn der Fluß steigt! Komm mit und sei meine Liebe! Komm in meinen Garten, Maud. Sind Dämlacks jemals so dämlich gewesen!

BASIL *mit bittrem Humor:* Und der Bursche mit dem galoppierenden Pferd da draußen! Stiefel, Sattel, und auf und davon! Ich hätt nicht erwartet, daß ich so was jemals zu sehen oder zu hören kriege, nicht mal in diesem seltsamen Land. *Schlägt Poges auf den Rücken – spaßend:* Paß nur schön auf die Tritte des galoppierenden Pferds auf!

POGES *schlägt Basil auf den Rücken:* Und du halt die Ohren gespitzt, damit du O'Killigain rufen hörst, wenn der Fluß steigt!

BASIL *in gespielt tragischem Tonfall:* Nimm dich in acht vor dem Geräusch des galoppierenden Pferdes!

POGES *im gleichen Tonfall:* Nimm dich in acht vor dem Ruf von O'Killigain! *Poges geht zum Schreibtisch, öffnet eine Schublade, nimmt ein paar Papiere heraus und schaut sie sich an; dann setzt er sich vor den Schreibtisch, und bereitet vor, was er zum Schreiben eines Briefes braucht.*

BASIL Du gütiger Himmel, und hast du gehört, wie dieser ordinäre Kerl darüber geschwafelt hat, was der Mond alles machen soll?

POGES *richtet die Dinge auf seinem Schreibtisch her:* Armer verrückter Idiot. Sie sind alle ein bißchen imbezil. Muß am Klima liegen. Höchst amüsant.

BASIL *düster:* Bis zu einem gewissen Punkt amüsant, aber nicht allzu beruhigend; oh, nein. *Er nähert sich Poges.* Mir gefällt das nicht, Poges.

POGES *ein bißchen erschrocken:* Wie?

BASIL Na ja, es ist nicht unbedingt beruhigend, in einer Gemeinschaft von Irren zu leben, oder? Könnte sogar gefährlich werden.

POGES *sitzt aufrecht:* Ein ernst zu nehmender Gedanke, Stoke. Wo du drauf zu sprechen kommst, spüre ich selber, was für eine tückische Ausstrahlung dieser Ort hat. Kann sein, daß wir selber verrückt werden.

BASIL Wenn sie uns lang genug leben lassen.

POGES Guter Gott, was für ein Gedanke! Wir müssen uns darüber unterhalten, wenn ich meinen Brief fertig habe.

BASIL Du siehst ja, wie diese Ausstrahlung sogar die Mädchen erfaßt.

POGES *emphatisch:* Die Mädchen? Da täuschst du dich, Stoke. Oh, nein, Mann, die Mädchen nicht. Die haben diese zwei armen Tröpfe nur aufgezogen. Unsinn; die Mädchen nicht.

BASIL *im Gehen:* Warts ab. Komm hoch in unser Zimmer, wenn du mit dem Brief fertig bist, ja?

POGES Sofort.

Basil geht hinaus. Poges nimmt etwas Papier, und schreibt das Datum auf die rechte obere Ecke. Dann hält er inne und fängt offenbar an, über das nachzudenken, was geschehen ist. Er schüttelt den Kopf langsam von einer Seite zur andern – und sagt nachdenklich. Irland, die Träne und das Lächeln in deinem Auge.

Er hustet sich den Hals frei und macht sich ans Schreiben. Dann wird der Raum dunkler. Er hat kaum eine Minute geschrieben, da erscheint ein seltsames Gesicht um die Ecke des Türgangs, der zur Vorhalle führt. Es ist das kräftige kleine Gesicht eines kleinen Mannes, der über seinem gepflegten schwarzen Gewand einen durchnäßten rehfarbnen Regenmantel trägt. Große Brillengläser bedecken seine Augen. Ein gewaltiger feuerfarbner Bart, der bis zu seinem Bauch reicht, breitet sich wie eine Brustplatte über seiner Brust aus und steht von seinem Körper ab wie ein nach unten gewendeter Fächer. Er hat einen schwarzen Jerry-Hut auf dem Kopf. Wenn er spricht, zeigt es sich, daß er eine schwache Stimme hat. Er hat einen Schlehdorn-Stock in der Hand. Beim

Hereinlugen sieht er Poges am Schreibtisch sitzen und zieht seinen Kopf zurück. Er streckt ihn dann wieder vor, macht einen Schritt in den Raum hinein und wird zur Gänze sichtbar. Er zieht den Rock mit einem Ruck gerade und streicht sich die Hosen glatt, dann kommt er hereingetrottet und geht geradewegs auf Poges zu, beugt sich ihm entgegen und grüßt ihn auf herzliche Weise. Er ist der Postmeister des Dorfes.

POSTMEISTER Es ist eine Ehre, Herr, den Eigentümer von solch einem feinen Haus kennenzulernen. Einem Haus mit Geschichte. Einem Haus, in dem sich die vornehme Welt zum Vergnügen versammelte und die Sterne in Schlaf tanzte! *Er tanzt täppisch durch den Raum und singt dazu.* Schaun Sie, wie ich Polka tanze, schaun Sie, wie ich Polka tanze, schaun Sie, wie ich Polka tanze, wie vor langen Jahren. *Er bricht plötzlich ab und tritt dicht vor Poges hin.* Ich hoffe, ich finde Sie wohlauf, Herr! Ich bringe eine Nachricht vom Postmeister.

POGES *erstaunt:* Ich bin wohlauf, vielen Dank; und was ist die Nachricht vom Postmeister?

POSTMEISTER Als ich Sie von draußen husten hörte, hab ich am Klang des Hustens gehört, daß es das Husten eines noblen Herrn ist.

POGES *ungeduldig:* So, so; und was ist Ihre Botschaft?

POSTMEISTER Schaun Sie, als wahrhaft nobler Herr werden Sie der erste sein, der begreift, daß ein Postmeister mit einer kleinen Frau und großen Familie, und so gut wie keinem Gehalt – das hätt ich fast zu erwähnen vergessen –, so gut wie keinem Gehalt, um bei der Wahrheit zu bleiben, als ein wirklicher Herr werden Sie einsehen, daß ein solcher Mann schwer benachteiligt ist und einen Anspruch auf das Wohlwollen eines noblen Herrn hat.

POGES Seine Frau kann ich ihm aber nicht größer machen und seine Familie nicht kleiner, nicht wahr?

POSTMEISTER Klar, weiß ich doch, daß Sie das nicht können, das ists ja auch nicht, worüber der Postmeister Klage führt. *Er beugt sich über Poges.* Aber Schlaf braucht der arme Mann, er braucht seinen Anteil an Schlaf.

POGES *geht auf ihn ein – da er der Meinung ist, sein Besucher sei nicht bei Sinnen:* Ja, ja; natürlich braucht der arme Mann Schlaf. Wir alle brauchen Schlaf. Das ist ein feiner Stock, den Sie da in der Hand haben, Herr; darf ich mal sehen?

POSTMEISTER *hält den Stock hoch und streckt ihn von Poges weg.*

Wohl, wohl, ein feiner Schlehdorn. Da haben Sie ihn; schauen Sie ihn sich an, solang Sie wollen – *warnend* –, aber lassen Sie die Finger davon. Sie haben einen Stock vor sich, der einem Mann einen Hieb versetzen kann, den ein Mann nie vergißt!

POGES *nervös:* So? Ich kann ihn von hier aus kaum sehen; geben Sie ihn mir kurz in die Hand.

POSTMEISTER Den kriegen Sie nicht mal für eine Sekunde in Ihre Hand. Diesen Stock hat mein Vater nie aus der Hand gegeben, und ich hab ihn auch noch nie aus der Hand gegeben. Und wissen sie, warum?

POGES Nein, Freund, in keiner Weise.

POSTMEISTER Na, dann raten Sie, raten Sie.

POGES *mit süßem Lächeln:* Ich habe nicht die leiseste Ahnung, Freund; was soll ich da raten.

POSTMEISTER Das ist der nämliche Stock, mit dem mein Alter Parnell einen Hieb versetzt hat – dem Schänder von Irlands heiligem Namen, und zwar einen Hieb, der Parnell für die längste Zeit stillgelegt hätte, wenn er ihn nur getroffen hätte! Müssen Sie da als nobler Herr nicht zugeben, daß ich recht habe?

POGES Doch, doch; völlig recht.

POSTMEISTER Na schön, wo das geklärt ist, wollen wir auch noch das andere klären: hab ich nicht recht, wenn ich sage, jeder Mensch sollte seinen Anteil an Schlaf bekommen?

POGES Ja, ja; natürlich.

POSTMEISTER Na schön, und hab ich da nicht auch recht, wenn ich sage, auch der arme Postmeister sollte seinen Anteil an Schlaf bekommen?

POGES Aber sicher. *Er erhebt sich von seinem Stuhl.* Ich muß jetzt gehen. *Es ist ein recht lautes Donnern zu hören, dem das Geräusch eines zunächst trottenden, dann im Galopp davonziehenden Pferdes folgt. Die beiden hören zu, bis die Geräusche in der Ferne verklingen.* Ein Pferd zieht im Galopp davon. *Er wendet sich zum Gehen.* Ich muß nachschaun, was passiert ist.

POSTMEISTER *winkt ihn mit dem Stock zurück:* Warten Sie noch nen Moment – ich bin nicht ganz fertig. Sie haben gesagt, der arme Postmeister sollte seinen Anteil an Schlaf bekommen – nicht wahr?

POGES *ungeduldig:* Ja, ja, Freund.

POSTMEISTER Ich wußte, daß Sie das sagen würden. *Er streckt Poges die Hand hin.* Dabei solls denn auch bleiben. *Er schüttelt*

Poges die Hand. Jetzt muß ich kein Auge mehr offenhalten und kein Ohr mehr an die Klingel kleben aus Angst vor einem Fern- oder Nahgespräch, wenns nach zehn in der Nacht ist und der gemütliche Schlaf auf mich wartet.

POGES *beginnt die Wahrheit zu ahnen:* Ach, dann sind also Sie der Postmeister, was? Dann sind Sie es, der mich so hingehalten hat, als ich St. Paul wollte?

POSTMEISTER Wußten Sie das nicht?

POGES Das hiesige Telefon-System hat Tag-und-Nacht-Betrieb, nicht?

POSTMEISTER Natürlich hat es das, aber was heißt das schon.

POGES *entschieden:* Schaun Sie her, guter Mann; ich bin ein Geschäftsmann und muß zu jeder Tages- und Nachtzeit Anrufe tätigen können; ich kann nicht an jeden einzelnen Menschen denken, der seinen ehrlichen Nachtschlaf genießt.

POSTMEISTER Natürlich nicht; Sie sollen auch nur an den armen Postmeister denken.

POGES *streng:* Schaun Sie her, guter Mann, solange ich für den Service bezahle, hat mir der Service auch zur Verfügung zu stehn. Guten Tag.

POSTMEISTER Es gibt im ganzen Distrikt nicht einen einzigen noblen Herrn, der auf die Idee käme, abgesehen von Fällen wie plötzlichem Tod oder Unheil, ein Klingeln zu verursachen, wenn sich der Zeiger der Uhr an der nächtlichen Ziffer halb zehn mal vorbeibewegt hat.

POGES Schaffen Sie sich mitsamt Ihrem Stock aus dem Haus, Mann!

POSTMEISTER *macht ihn nach:* Schaffen Sie sich mitsamt Ihrem Stock aus dem Haus, Mann. Soll das Ihr Stil sein, daß Sie hier ankommen und uns Manieren beibringen wollen und sich dabei auch noch einbilden, daß es gelingt, und ein saures Gesicht schneiden, wenn man Sie bittet, vernünftige, lange erprobte Gepflogenheiten guter Nachbarschaft einzuhalten?

Während sie miteinander geredet haben, ist der Raum noch dunkler geworden, und Poges zieht heftig an der Schnur, die das Licht einschaltet; der Wind ist stärker geworden, und gelegentlich ist zu hören, wie er draußen durch die Bäume fährt und sogar das alte Haus durchschüttelt.

POGES *in Rage:* Na los, raus mit Ihnen!

Als er das sagt, ist ein langes, lautes Grollen des Donners zu hören.

POSTMEISTER Hören Sie das? Da wirds eine Weile keine Ferngespräche mehr geben, und der arme Postmeister wird einen süßeren Nachtschlaf haben als mancher andere, den ich kenne. *Er beugt sich zu Poges.* Wenn – der Fluß – steigt!

Der Raum ist dunkel geworden; der Wind wird stärker; das einzige Licht im Raum flackert. Der Postmeister und Poges starren es an. Dann wendet sich der Postmeister zum Gehen, hält aber inne, da die Gestalt eines Mannes zu sehen ist, die an dem Türgang steht, der zur Vorhalle führt. Sie ist von Kopf bis Fuß in glänzend schwarzes Ölzeug gekleidet, selbst der Kopf ist bedeckt davon und läßt nur ein Stück blaue Maske erkennen, und wird angeleuchtet von den flackernden Strahlen der Blitze, was die Gestalt als den Geist der aufgewühlten Wasser des steigenden Flusses erscheinen läßt. Der Postmeister geht erschrocken zurück, bis er neben Poges steht, und die beiden Männer starren die ominöse Gestalt an. Basil, Barney und Cloyne tauchen an den rückwärtigen Türgängen auf, jeder mit einer brennenden Laterne in der Hand. Sie sind voller Angst. Auch sie starren die Erscheinung an; dabei halten sie ihre Laternen hoch.

BASIL Der Fluß steigt!

BARNEY Er steigt hoch!

CLOYNE Und wird uns alle überwältigen!

DIE GESTALT *mit tiefer Stimme:* Der Fluß hat die Dämme durchbrochen und steigt höher und höher; bis er so hoch steht, daß er über eure Köpfe hereinbrechen wird. Rinder, Schafe und Schweine winseln im Wirbeln der Flut. Bäume von ehrwürdigem Herkommen, die auf alles herabblickten, was zu ihren Füßen geschah, sind der Macht jenes Ortes entrissen, in den sie geboren waren, und treiben dahin in der schäumenden Wucht dieser Wasser. Wer zu den Hügeln emporsah, wird sicheren Fußes stehn, denn auf den Hügeln ist Sicherheit; doch ein bebender Balken auf dem Dachfirst des höchsten Hauses wird denen zum Schicksal werden, die in den Tälern wohnen!

Das Blitzen hört einen Moment lang auf; der Eingang wird dunkel und DIE GESTALT verschwindet.

POGES *außer sich:* Was sollen wir tun? Was müssen wir tun? Was können wir tun?

BASIL *gepeinigt:* Wir sind verloren!

CLOYNE *sinkt auf die Knie:* König der Engel, errette uns!

BARNEY *faltet die Hände:* Amen! Da steckt man sauber in der

Klemme, wenn man in einem Tudorhaus um Hilfe schreien muß! *Zu Basil und Poges:* Es ist das gottlose Leben von euch Prahlhänsen, was dieses Verderben über uns brachte!

POGES *schreiend:* Souhaun, Souhaun! O'Killigain, Hilfe!

BASIL *brüllend zu Poges:* Wegen dir sind wir hergekommen!

POGES *brüllend zu Basil:* Du bist ein Lügner, wegen dir!

POSTMEISTER *schlägt den Schlehdornstock krachend auf den Quattrocento-Schreibtisch:* Heda, Ordnung, Ordnung, Gesetz und Ordnung; erst mal Ruhe! Sicherheitsmaßnahmen sind zu ergreifen. *Stößt den Stock in Richtung Poges – scharf:* Hat der höchste Raum des Hauses einen Ausstieg aufs Dach – hopp!

POGES *antwortet sofort:* Ja.

CLOYNE *gequält:* Aufs Dach – oh, mein Gott!

POSTMEISTER *eilig:* Rauf mit uns allen, und zwar mit Brot und Wein, Feuerholz und Kohlen und einer Axt. Alles hinauf!

POGES Einer Axt?

POSTMEISTER Damit wir zerhacken können, was wir an geeigneten Möbeln zu fassen kriegen, um ein Floß zu bauen, wenn wir vom Dach gespült werden. *Treibt Cloyne und Barney vor sich her.* Rauf mit euch!

POGES *laut:* Souhaun, Souhaun, wo ist Souhaun?

BASIL *ungeduldig:* Mach schon, komm mit hoch!

Avril kommt durch einen der rückwärtigen Türgänge herein. Sie trägt einen grünen Regenmantel und hat einen bunten Schal nach Art der Bauern über den Kopf gebunden. Sie trägt einen kleinen Koffer. Sie geht ohne ein Wort zwischen den beiden Männern durch, bleibt reglos in der Nähe des Türgangs stehen, der in die Vorhalle führt, und schaut hinaus.

POGES *starrt sie an:* Was machst du da? Was glotzt du? *Avril steht reglos und stumm.*

Wo ist Souhaun, wo ist Souhaun?

AVRIL *ruhig – ohne sich umzuwenden:* Sie ist auf und davon.

POGES Auf und davon? Wie? Wohin?

AVRIL *ruhig – noch immer regungslos:* Auf und davon mit dem Wind; auf und davon mit den Wassern; auf und davon mit dem einzigen Mann, der sie wirklich erkannt hat!

POGES *voller Wut:* Was, mit diesem Großmaul von einem ignoranten, abergläubischen, halbirren Iren? Na, da hat sie mich sauber reingelegt! Sie war wohl mit ihm auf dem galoppierenden

Pferd, das davongaloppiert ist? Na, da hat sie einen einfachen, ehrlichen, liebevollen Narren von Mann sauber reingelegt! Auf und davon ist sie, was?

AVRIL Und es wär gut, wenn ich bei ihr wär.

POGES Miststück, verdammtes, du bist wohl im Herzen genauso?

AVRIL *deutet auf Basil:* Das Herz, das mit ihm ging, ist um kein Haar besser als das Herz, das mit dir ging.

BASIL *höhnisch:* Die Chance, von ihm loszukommen, hast du aber verpaßt.

AVRIL Er hat gesagt, er kommt, wenn der Fluß steigt.

O'KILLIGAIN *draußen - laut:* Avril!

AVRIL *mit einem Anflug von Freude:* O'Killigain! O'Killigain!

O'Killigain erscheint mit durchweichtem Trenchcoat und triefend nassen Haaren am Eingang.

O'KILLIGAIN Mein Boot wartet, Liebe; komm zu mir!

Avril nimmt den Koffer und läuft zu O'Killigain.

BASIL Als ehrliche, anständige Frau hat sie einiges im Gepäck, was sie bei ihren Freunden erbeutet hat!

AVRIL *ruhig:* Ich hab mehr gegeben, als ich gekriegt hab, du vergoldeter Affe. Ich würde jeden Kontakt mit dem Leben verlieren, wenn ich in der Wüste deines Herzens bliebe. *Sie klopft auf den Koffer.* Hier ist das bißchen goldner Klunkerkram drin, den ich dir abgeluchst hab, und der wird auch da drinbleiben, denn der Lohn war erbärmlich für das, was man getan hat für euch.

POGES *höhnisch:* Der feine O'Killigain wird mit dem Vermögen eines Flittchens nur um so glücklicher sein!

O'KILLIGAIN *gut gelaunt:* Wird er auch. Die guten Dinge des Lebens sind gut für alle, und ein hübsches Mädel kann nur hübscher werden, wenn es in Armen liegt, die zärtlich und fest genug sind, es zu halten. Ihr habt eure Zeit gehabt, wie jeder Hund die seine hatte. Auch eure Tudors haben ihre Zeit gehabt, wie jeder Hund sie hatte. Auch eure Tudors haben ihre Zeit gehabt, und sie sind längst dahingegangen; und das Häufchen purpurner Staub, das sie zurückließen, wird in den Fluten des Flusses verschwinden. *Zu Avril:* Komm, Liebe, komm in mein Haus auf dem Hügel.

Er geht mit Avril hinaus. Nach einem Augenblick hört man, wie Ruder die Wasser peitschen, und man hört O'Killigain singen.

O'KILLIGAIN *singt – und andere Stimmen fallen draußen in den Refrain ein:*

Laß doch die Sterbenden, flieh vor dem Tod,
Weit, oh, weit fort!
Bei den Lebendigen suche dir Bett, Heim und Hof,
Voller Lust auf den besseren Ort!

Lauf nur fort, Schatz, lauf fort,
Weit, oh, weit fort!
Jedes Leben ist besser als das, was dir droht,
Schaff mit Lust einen besseren Ort!

Wir rudern der modernden Asche davon,
Weit, oh, weit fort!
Der Glanz des Lebendigen leuchtet uns schon,
Und die Lust auf den besseren Ort!

Lauf nur fort, Schatz, lauf fort,
Weit, oh, weit fort!
Das Brausen des Lebens, das ist unser Ton,
Und die Lust auf den besseren Ort!

Poges steht regungslos da, bis das Lied in der Ferne verklingt. Da packt ihn Basil plötzlich am Arm.

BASIL *panisch:* Schau, die Fluten kommen hereingestürzt! Lauf, Mann!

Er stürzt den rückwärtigen Gang hoch, Poges geht etwas langsamer nach.

POGES *im Hinausgehn:* Mein armer kleiner Quattrocento, die Fluten nahen, um dich zu bedecken! Mein Trost ist dahin, und das Haus meines Stolzes neigt sich dem Einsturz zu. Wollte Gott, ich wäre in England, wo hier der Winter ausbricht! *Während er im Gang verschwindet, stürzen die grünen Wasser durch den seitlichen Eingang in den Raum.*

Vorhang

Das Freudenfeuer für den Bischof

The Bishop's Bonfire

Deutsch von Michael Eberth
unter Verwendung der Übersetzung
von K. H. Hansen und D. Hildebrandt

Personen:

Dick Carranaun, genannt Prodical, *Maurer*
Richard Rankin, *Maurer*
Stadtrat Reiligan
Hochwürden Kanonikus Timothy Burren
Manus Moanroe
Daniel Clooncoohy
Keelin, *Reiligans Tochter*
Codger Sleehaun
Pater Boheroe, *Hilfspfarrer*
Foorawn, *Reiligans Tochter*
Leutnant Michael Reiligan, *Reiligans Sohn*
Ein Gepäckträger

1. Akt

Der Garten an Stadtrat Reiligans Haus. Kein großartiger Garten, aber man ist dabei, ihn zu verschönern. Im Hintergrund wird eine rote Backsteinmauer gebaut. Gegenwärtig zieht sie sich zu zwei Dritteln durch den Garten, ein Teil von ihr führt hinter dem rechts gelegenen Haus entlang. Der fertige Teil hat in der Mitte ein schmiedeeisernes Tor. Nach links zu wird noch an ihr gebaut. Sie ist hier bis zur Hälfte hochgezogen. Davor befindet sich ein Gerüst, auf dem die Maurer stehen und dabei sind, die Mauer bis zum Sims hochzuziehen. Vor der fertigen Mauer stehen einige Pflanzen, die einen trostlosen Eindruck machen. Nicht weit von der Mitte des Gartens steht auf einem Sockel aus neuen gelben Backsteinen eine stattliche, reich verschnörkelte Gartenurne aus Metall. Pompös steht sie auf ihrem Sockel da, wirkt aber ein wenig verlegen, weil sie nur dasteht und zu nichts weiter dient. Hinter der Urne liegt ein Haufen Backsteine, bereit, in den Teil der Mauer verarbeitet zu werden, an dem die Maurer bauen. Links von den Backsteinen steht auf einer grobgezimmerten Bank ein Sack Zement. Etwas abseits von der Urne steht ein Schubkarren, darin eine Schaufel mit langem Stiel, der am breiteren Ende des Schubkarrens herausragt. Der sichtbare Teil des Hauses, er besteht hauptsächlich aus einer großen, auf den Garten hinausgehenden Glastür, ragt von rechts her diagonal in den Garten. Zwischen der Hausecke und der hinter ihr verlaufenden Mauer sieht man die Zweige einer Esche, unter der man, teilweise sichtbar, einen Gartenstuhl erkennt, dessen Sitz und Rücklehne mit farbenfreudiger Zeltbahn bespannt sind. Über die Mauer hinweg und durch das schmiedeeiserne Tor hindurch sieht man die Felder und Wiesen, die Reiligan gehören, und jenseits davor die Dächer und Häuser der Stadt, als höchstes Gebäude dazwischen den Kirchturm, der wie ein steinerner Storch aus einem fleckigen Nest aus Wolken aufragt. Es ist ein warmer, sonniger Tag zu Beginn des Herbstes, wenn die Natur sich zu einem letzten Treffen und einem Lied der Farben zusammenfindet, bevor der Winter Feldern und Blumen den Tod bringt.

Dick Carranaun – bekannt als Prodical – und Richard Rankin stehen auf dem Gerüst, beide haben in der Rechten eine Kelle, mit der sie die Mauer bearbeiten und abwechselnd Mörtel auftragen und glätten. Rankin ist ungefähr vierzig, lang und schlaksig, mit etwas krummen Beinen, was besonders beim Gehen auffällt. Seine Gesichtsfarbe ist rötlichbraun, er ist bis auf mausgraue Haarbüschel über den Ohren und einen schütteren Haarkranz am Hinterkopf kahl (er trägt eine ehemals schwarze, jetzt grünlich verfärbte Melone, deren Rand durch jahrelange Abnutzung ausgefranst ist). Er hat eine dunkle, von Zement verschmutzte Tweedhose an, eine braune Weste und ein dunkelblaues, verwaschenes Hemd. Seine Augenbrauen sind so hell, daß man sie nur sieht, wenn man unmittelbar vor ihm steht, wodurch Gesicht und Kopf, wenn er keinen Hut aufhat, wie ein Knochenschädel wirken, in dem freilich noch die braunen Augen brennen, denn er ist, was man einen »Voteen« (Zeloten) nennt, ein Eiferer, besessen von der Vorstellung ständig anwesender Sünde, und oft genug wittern seine Nüstern den Nebeldunst der Hölle. Weder trinkt er, noch raucht er, und sein Interesse an Frauen besteht eigentlich nur darin, ihnen so weit wie möglich aus dem Wege zu gehen. Statt zu pfeifen, betet er lieber bei der Arbeit. Er hat die hohe Fistelstimme eines Mannes, der keiner ist.

Prodical ist ebenfalls lang und schlaksig, aber während Rankin wehleidig und muffig ist, ist Prodical muffig und streitsüchtig. Auch ihn überkommt ein Gefühl von Sünde, wenn er eine Sauftour hinter sich hat, und manchmal auch, wenn er noch dabei ist. Immer wieder schwört er sich, das Trinken ganz aufgeben zu wollen, aber trotz unzähliger Beteuerungen gelingt ihm das nie. Ein voller, eisengrauer Schnurrbart bedeckt seine Oberlippe. Über seiner von schmutzigroten Hosenträgern gehaltenen Hose und einem gemusterten Baumwollhemd trägt er einen blauen Arbeitsanzug. Sein eisengraues, buschiges und ungekämmtes Haar bedeckt eine braune, verschossene Melone, die er, da es heiß ist, hin und wieder abnimmt, um sich den Schweiß von der Stirn und vom Hutrand zu wischen. Beide tragen schwere, von Zement beschmutzte Arbeitsstiefel.

RANKIN *mißmutig:* Der Daniel hätte inzwischen ein Dutzend Wägen voll Heu laden können, solang ist er weg. Der läßt sich schön Zeit.

PRODICAL *gleichgültig:* Der kann von mir aus ganz wegbleiben, wenns ihm Spaß macht.

Rankin schweigt.

Du willst bloß fertig sein mit der Arbeit, damit du wegkommst von mir, was?

Rankin schweigt.

Du nimmst dir dein Recht, allein zu sein. Du hältst es nicht aus in der Nähe eines anständigen, gottesfürchtigen Sterblichen, dessen einzige Schwäche ein gelegentliches Schlückchen ist.

Rankin schweigt.

Kein Wort läßt er raus! Ich bemüh mich voller Verzweiflung, davon loszukommen, aber manchmal halt ich der Anstrengung einfach nicht stand. *Laut.* Du willst doch nicht, daß es mich plötzlich zerreißt, oder was? *Wischt sich die Stirn unterm Hut.* Wir hätten uns zum Ausruhn keinen besseren Tag raussuchen können. *Pause.* Ich habe die ganzen drei Tage keinen einzigen Tropfen an meinen Lippen vorbeikommen lassen. Ich bemüh mich verzweifelt. *Laut.* Du willst mich doch hier nicht zerplatzen sehen, oder? Hast du kein Mitleid?

RANKIN Ich bin, was ich bin.

Stadtrat Reiligan erscheint an der Glastür und bittet Hochwürden Timothy Burren, Gemeindepfarrer von Ballyoonagh, in den Garten. Der Stadtrat folgt ihm. Die Maurer machen sich mit ihren Kellen eifrig an der Mauer zu schaffen.

Der Geistliche ist untersetzt, kaum von mittlerer Größe, beleibt und etwas plump gebaut. Er hat kurze Beine und dadurch einen trippelnden Gang. Sein Schädel ist rund, die Kinnbacken aber sind ausladend und ziemlich massig. Sein Gesicht ist gerötet, und von den Nasenflügeln ziehen sich tiefe Falten zu den Mundwinkeln herab; seine Oberlippe schiebt sich wulstig vor. Sein Zeug scheint ihm nicht recht zu passen; Mantel etwas zu weit, die Hose reicht nur bis zum Rand der Stiefel. Tipptopp sind an ihm einzig sein Kragen und die rote kanonische Binde unter seinem Kinn. Er trägt einen schwarzen Schlapphut und hat einen schlampigen Schirm bei sich.

Stadtrat Reiligan ist klein, kaum mittelgroß, untersetzt und gedrungen, und ausgestattet mit einem beachtlichen Bauch. Sein Gesicht ist gerötet, wettergebräunt und faltig. Er ist fünfundfünfzig, wirkt aber älter. Er hat kleine, durchdringende Schweinsaugen, sein roter, ins Graue gehender Bart bedeckt Kinn und Hals. Sein rötliches Haar setzt hoch an, so daß er zur Hälfte kahl ist. Er trägt einen Cutaway, Rock, gestreifte Hose, außer um Bauch und Taille schlottert alles ein bißchen um ihn herum. Er ist hier in der Gegend der reichste Mann, steht loyal zum Klerus und hat große Macht und Einfluß in politischen Dingen – der örtliche Vertreter im Dail hätte ohne Unterstützung von Stadtrat Reiligan diesen Sitz nie bekommen. In der Hand trägt er einen seidenen Zylinder, den er beim Betreten des Gartens aufsetzt.

PFARRER *mit Bestimmtheit:* Ein Manus Moanroe gehört nicht in Ihre Umgebung, Stadtrat. Ich habe das schon öfter gesagt. Erinnern Sie sich nur, wie er hinter Ihrer Foorawn her war, bevor er aufs Priesterseminar ging und bevor sie ins Stift kam. Sie wissen, was für ein liederlicher Kerl er geworden ist, seit er sich seiner Berufung entzogen hat und bei der Englischen Luftwaffe war.

REILIGAN *entschuldigend:* Ich weiß, ich weiß: ein unglücklicher armer Kerl. Mag sein, Hochwürden, aber zu befürchten hat man nichts von ihm. Für mich war er ein Geschenk des Himmels. Wie er überwacht, was bei mir hereinkommt und hinausgeht, und wie er mit seiner Gewissenhaftigkeit meine Bücher führt, das hat mir bestimmt gute fünfhundert Pfund erspart.

PFARRER Sie denken zu viel ans nackte Geldverdienen, Stadtrat. Ich muß Sie daran erinnern, daß es wichtigere Dinge gibt als selbst gute fünfhundert Pfund.

REILIGAN *kleinlaut:* Weiß ich, Hochwürden; gewiß doch, ich weiß das; obwohl Pater Boheroe einiges von Manus hält.

PFARRER *mit kaltem Zorn:* Ich bin der Gemeindepfarrer von Ballyoonagh, Reiligan.

REILIGAN *kleinlaut:* Gewiß, Hochwürden, weiß ich. Weiß ich. *Um sich zu entziehen, wendet er sich den beiden Maurern zu.* Was treibt ihr denn da, ihr zwei? Stehen herum und rühren sich nicht, wie zwei vollgefressene Möwen beim Luftschnappen auf der Hafenmauer! Ihr wißt doch, der Kirchturm muß auch noch gebaut werden, nicht nur die Mauer.

RANKIN *mit seiner Fistelstimme:* Wir warten, daß Daniel uns die Ziegel bringt.

PRODICAL *mit seinem Bariton:* Warten, daß er uns den Mörtel bringt.

REILIGAN *macht einen wie den anderen nach:* Warten, daß Daniel uns die Ziegel bringt; warten, daß er uns den Mörtel bringt. *Wütend.* Runter vom Gerüst und holt euch die Sachen selber!

RANKIN Ein Maurer soll sich die Sachen zu sich hinbringen lassen.

PRODICAL Das ist die Aufgabe des Handlangers.

PFARRER *zu Rankin:* Wir sind alle Handlanger, Rankin. Wenn du für den Stadtrat arbeitest, und sei es in noch so niedriger Form, dienst du Gott. Wir brauchen euch Maurer für den Kirchturm; also, schaut, daß ihr vorwärtsmacht.

RANKIN *springt herunter und läuft nach den Ziegeln:* Jawoll, Herr Kanonikus.

REILIGAN *schaut auf seine goldene Uhr:* Wir müssen los, Hochwürden, wenn wir rechtzeitig bei Monsignore Mulligan sein wollen.

Sie gehen zum Tor.

Die Mauer wird gut aussehen, wenn sie fertig ist. Wenn sie steht, lass ich Kletterrosen drüberwachsen.

PFARRER Rosen? Ich muß schon sagen! Wie kommt eine derart unnütze Idee in Ihren Kopf? Ballyoonagh hat keine Zeit, sich durch Rosengestrüpp durchzukämpfen. Rosen kosten Geld, Stadtrat. Und Geld braucht die Kirche dringender als Ihre Mauer Rosen!

REILIGAN Weiß ich, Hochwürden, weiß ich; ich dachte nur, eine Rose hier oder da kann nichts schaden.

PFARRER Kann sein, kann aber auch nicht sein. Sie kann Neid erwecken. Kaum haben Sie sich verführerische Rosen in den Garten gesetzt, fangen andere an und wollen in ihren Gärten auch welche haben. Ich möchte die Bedürfnisse unserer Kirche nicht hinter Rosenblättern versteckt wissen.

REILIGAN Weiß ich, Hochwürden, weiß ich! Ich liebe Rosen, dabei weiß ich nicht mal, warum. Ein törichter Wunsch, Hochwürden, ohne Zweifel. Aber irgendwie wollte ich immer eine Rose an meinem Sonntagsanzug haben.

Sie gehen durchs Tor und hinter der Mauer entlang weiter. Man sieht nur ihre Köpfe und Schultern.

PFARRER *hinter der Mauer entlanggehend:* Der Anzug ist besser ohne. Die Mauer selbst wär schon nicht wirklich nötig gewesen. Sie müssen sich hüten, Michael, vor Stolz und vor Eitelkeit. Ihre Mauer kann sich auch ohne Ihre Rosen sehen lassen. Rosen haben uns grade noch gefehlt!

Sie entfernen sich auf einem Pfad hinter der Mauer, der Pfarrer voran, weiter die Rosenfrage erörternd; der Stadtrat kleinlaut hinterher.

RANKIN *empört:* Rosen haben uns grade noch gefehlt! Wir alle wissen, was einstens in einem schönen Garten zwischen den Rosen passiert ist. Kann er nicht Efeu pflanzen? Es wächst schneller, sieht genauso gut aus, kostet nichts und sündige Liebe gedeiht auch keine drin. Rosen haben uns grade noch gefehlt! Unsere Liebe Frau ist Rose genug für Ballyoonagh!

PRODICAL *verächtlich:* Rosen! Vielleicht ist es das, was er braucht! Als wär er nicht geschniegelt genug ohne eine Rose am Anzug dran! Aber irgendwie wollte ich immer eine Rose dran haben! Damit er selber daherkommt wie ein verdammter rosiger Rosenstrauß! Der Kanonikus hat schnell Schluß gemacht mit seinem Traum. *Er nimmt einen der Steine, die Rankin aufs Gerüst gebracht hatte, und will ihn verlegen.*

RANKIN *reißt ihn Prodical weg und legt ihn an seine Seite der Mauer:* Heda, das ist meiner. Hol dir deine eigenen Ziegel.

PRODICAL *wütend, während Rankin den Stein vermauert:* Du bist mir ein sauberer christlicher Halsabschneider, einem Kumpel ein paar lumpige Ziegel zu verweigern. Denk daran, was dein Pfarrer gesagt hat: Wenn du dem alten Reiligan dienst, dienst du Gott, und da ich Reiligan diene, dienst du, wenn du mir dienst, Gott damit mit. Als guter Katholik und alles, was du dich so nennst, wirst du dich nicht dazu verleiten lassen, auf mir herumzuhacken als eine Autorität, zu der du keinerlei gesetzliches oder christliches Recht hast. Ich möchte nicht, daß auf mir herumgehackt wird.

RANKIN *wütend:* Du bist der Hacker; aber ich dulde nicht, daß du mir die Ziegel aus der Hand hackst, die ich mir selbst heraufgetragen habe! Und auf mir herumhacken lass ich mir auch nicht! *Prodical klopft den Stein mit dem Stiel seiner Kelle fest und will sich von den Steinen neben Rankin einen zweiten nehmen; aber Rankin stößt ihn beiseite, so daß er vom Gerüst springen muß. Rankin nimmt dann den von Prodical eingesetzten Stein und vermauert ihn in seinem Stück Mauer.*

PRODICAL *geht wütend zurück aufs Gerüst und schubst Rankin mit einem wütenden Stoß herunter:* Paß auf, wen du herumschubst! Du legst eine saubere Art katholisches Benehmen an den Tag.

RANKIN *geht zurück aufs Gerüst:* Ich bin, was ich bin, und ich lass mich von dir nicht herumkommandieren. Es ist mein Ziegel – ich hab ihn hochgebracht.

PRODICAL Es ist nicht dein Ziegel und es ist nicht mein Ziegel; es ist niemandes Ziegel; und wenn es jemands Ziegel ist, dann ist es Gottes Ziegel.

RANKIN *packt Prodical am Arm und greift nach dem Stein, den*

Prodical hinter seinem Rücken hält: Es ist rechtmäßig meiner. Er ist für den Augenblick in meinem Gewahrsam. Gib her.

PRODICAL *versucht den Arm freizukriegen:* Es wird dir guttun, daß dir mal etwas versagt wird. Der Ziegel ist dir nicht zugesprochen worden. Laß los!

RANKIN Du läßt los! Er ist dir genausowenig zugesprochen worden. Laß los.

PRODICAL Ich laß nicht los!

RANKIN Du wirst gleich loslassen müssen!

Rankin und Prodical ziehen sich gegenseitig nach links und nach rechts hinüber, bis sie in ihrem Handgemenge an den Rand des Gerüstes kommen und beide herunterspringen müssen. Manus, hinter der Mauer auftauchend, betritt die Bühne. Er betritt den Garten durch das Tor, geht zum Schubkarren, setzt sich auf einen der Handgriffe und sieht den beiden bei ihrem Streit zu. Er hat in der Hand ein Notizbuch und einen Bleistift. Manus Moanroe ist um die Dreißig, groß und gut gebaut. Er macht einen ungepflegten Eindruck, hat einen einwochenalten Bart, sein Gesicht ist über sein Alter hinaus zerfurcht, es drückt sich eine dumpfe Traurigkeit darin aus. Er trägt eine alte, an den Aufschlägen zerschlissene Airforcehose, grobe, an den Spitzen aufgestoßene Stiefel; ein Ärmel seines schmutzigen Baumwollhemdes ist zerrissen und reicht nur bis zum Ellbogen. Er trägt im Moment weder Weste noch Jacke, lediglich einen alten grauen Filzhut, dessen lappigen Rand er über die Augen gezogen hat.

Prodical und Rankin stehen dicht beieinander, als wollten sie sich in einen Ringkampf einlassen, ein ärgerliches Gesicht ins andere gleichermaßen ärgerlich starrend.

PRODICAL *packt Rankin an den Schultern und schüttelt ihn:* Ich rauf mit dir, wenn du raufen willst. Ich erweck dir dein katholisches Gewissen, du heiliger Strolch, saut hier auf einem herum, als wär er in der Prärie, wo Gott und seine Sippschaft ihn nicht sehen können.

RANKIN *schüttelt jetzt Prodical, der sich an Rankin müde geschüttelt hat und schwer atmet:* Nenn mich, was du willst, aber sag nichts gegen meine Religion! *Schrill.* Nichts gegen meine Religion, verstanden?

Obwohl sie sich wie Ringer gepackt haben, begnügen die beiden Kampfhähne sich damit, einander in halb rhythmischen Bewegungen im Takt ihrer Argumente hin- und herzuschieben. Ma-

nus, auf der Schiebkarre sitzend, dirigiert dabei mit spöttischen Handbewegungen.

PRODICAL *heftig:* Wahre Religion ist nicht so aufgeplustert, du Bastard; sie ist langewährendes Erdulden und dergleichen und bläst sich nicht auf wie du; echte Religion neidet keinem Mann einen Ziegel, du geschrupptes Früchtchen, du!

MANUS *wirft wütend und aufgebracht sein Notizbuch auf sie:* Hört auf, euch zu zanken um Ziegel aus Lehm, wie sich Reiligan um seine Goldziegel zankt, ihr gottverlassenen Tröpfe! Ihr Ruin jeder Hoffnung und Aussicht der Menschheit, ihr Fluch von Ballyoonagh, wo der Rost aus der Hölle zerfrißt, was geschieht!

PRODICAL *geht wütend zurück zum Gerüst:* Und du? Wer bist du denn, daß du hier Reden schwingst? Hast selber nicht viel gemacht aus dir. Ein Stück dreckiges Papier bist du, rausgefetzt aus einem Buch. Ein gewöhnlicher Arbeiter, und sonst gar nichts. Wo du grade hier bist, bring du uns mal den Mörtel und die Ziegel hoch, die wir brauchen.

MANUS *hebt sein Notizbuch auf und geht zurück zum Schubkarren; überdrüssig:* Schert euch zum Teufel!

PRODICAL Empfehl ich dir selber. Uns braucht man noch am Kirchturm, wenn wir hier fertig sind, und der Pfarrer hats eilig. Das hat er nämlich gesagt.

RANKIN *mit Fistelstimme, scharf und kräftig:* Das hat der Herr Pfarrer gesagt.

MANUS Und der liebe Gott schweigt still, damit er hören kann, was der Herr Pfarrer sagt. Ach, schert euch zum Teufel, und nehmt den Herrn Pfarrer gleich mit; *Heftig.* ladet ihn euch auf den Buckel und wechselt euch beim Tragen ab; schafft euch fort in die Hölle und euren Herrn Pfarrer dazu.

Daniel Clooncoohy erscheint hinter der Mauer. Er öffnet das Tor und betritt den Garten. Er ist jung, um fünfundzwanzig, und sieht auf eine etwas ruppige Weise gut aus. Er hat ein offenes, argloses Gesicht, wenn auch sein Blick zuweilen etwas Verstohlenes hat. Er ist sich seiner selbst und seiner Zukunft nicht sicher. Er trägt Flanellhosen, eine Tweedweste und hat eine alte blaue Jacke über dem Arm. Beim Betreten des Gartens legt er die Jacke auf die Mauer, geht zur Schiebkarre, setzt sich Manus gegenüber hin, holt eine Zigarette hervor, zündet sie an und raucht.

PRODICAL *zu Daniel:* Na los, Daniel, Ziegel her; beeil dich! Bißchen schneller als sonst! Du kannst doch nicht so lang beim

Heuen gewesen sein. Wir haben eine Mauer zu bauen, Junge; eine Pflicht zu erfüllen.

RANKIN Ich brauch Mörtel, Daniel; mach zu, beeil dich! Wir haben an unser Gewissen zu denken.

DANIEL *zu Manus, die Zurufe ignorierend, eindringlich und begeistert:* Der Codger hat ein Faß entdeckt, Manus – ein Prachtstück! Das Holz war ganz aufgequollen vom Rest von dem, was mal drin war. Er hats mit ein, zwei Litern kochendes Wasser vorsichtig eingeweicht und zum Durchziehen in der Sonne stehenlassen. Ich habs probiert; schmeckt wie das zu Tau zerschmelzende Feuer der Liebe.

MANUS Ich weiß. Ich hab das Faß gefunden. Er bringts hierher.

PRODICAL *ungeduldig:* Mach zu, Dan; ich brauch Ziegel hier. Wir müssen uns beeilen. Wir müssen mit dem Kirchturm anfangen.

RANKIN Der Herr Pfarrer hats gesagt.

PRODICAL Ziegel her, Dan. Wenn wir hier fertig sind, heißts ran an den Kirchturm.

RANKIN Mörtel her, Dan. Heute hier, morgen am Kirchturm. Der Herr Pfarrer hats gesagt.

MANUS *zu Daniel:* Geh schon, Dan. *Er steht vom Karren auf.* Wir müssen sie höher und höher bauen, unsre Tempel, bis das Geschrei des himmlischen Stolzes das Murren und Knurren der Menschen übertönt und verdeckt hat. Der Kirchturm, Dan; der Kirchturm! *Er schiebt Dan zu den Ziegeln.* Geh schon! Gott wartet! Man läßt ihn nicht Schlange stehn.

Daniel nimmt den Karren und schiebt ihn an der Esche vorbei hinters Haus. Manus schaut auf den Steinhaufen und wirft einen Blick auf den Sack mit Zement. Schreibt ein paar Zahlen auf. Nochmal tausend Ziegel dürften reichen, und zusammen mit dem Zement hinterm Haus müßten wir mit dem Sack hier hinkommen.

Daniel kommt mit Mörtel im Karren zurück ans entfernte Ende des Gerüstes. Er schaufelt einiges in die Mörtelwanne, die zwischen den Maurern liegt; dann schiebt er den Karren dahin, wo er ihn hergeholt hatte.

PRODICAL *ruft hinter Daniel her:* Und jetzt Ziegel, Dan.

RANKIN *ruft wie Prodical:* Ziegel her, Dan.

Daniel kommt zurück, geht zu den Steinen und will sie alle gerade für die Mauer aufpacken, als Keelin an der Glastür erscheint und ihm zuwinkt. Keelin ist ein hübsches Mädchen von fünfund-

zwanzig Jahren. Ihr Haar ist kastanienfarben, eher rot als braun, und umrahmt ihren Kopf fast wie ein brennender Busch in wilder, lockiger Fülle. Sie ist schlank, aber ihre Brüste sind üppig. Sie trägt einen dunkelgrünen, bis zu den Knien reichenden Rock, eine weiße Bluse, ambrafarbene Nylonstrümpfe, schwarze Schuhe; über Rock und Bluse hat sie während der Hausarbeit eine hellgrüne, dunkelrot eingefaßte Schürze an.

KEELIN *winkt Daniel sanft und liebevoll zu:* Komm mal rein, Dan. Sie wollen, daß du ihnen beim Umstellen eines Schrankes in einem der Schlafzimmer hilfst.

Daniel läuft eilig durch die Glastür ins Haus. Keelin schickt Manus einen Kuß hinüber, einen anmutigen Kuß.

RANKIN *arbeitet auf dem Gerüst seinen letzten Ziegel in die Mauer:* Da geht der letzte Ziegel rein, Dan. Schaff Ziegel ran, schaff Ziegel ran.

KEELIN *mit lauter, scharfer und gebieterischer Stimme:* Richard Rankin!

RANKIN *wendet sich den gebieterischen Lauten zu:* Ja, Fräulein Keelin?

KEELIN *hebt schelmisch ihren Rock über die Knie:* Wie gefallen dir meine Nylonstrümpfe, Liebster?

RANKIN *seufzt hysterisch auf vor Scham und vor Angst:* Ooh nein. *Er wendet sich krampfartig ab und ihr den Rücken zu.* Ich hab nicht geschaut, ich hab nichts gesehn!

KEELIN Haben Sie wohl.

RANKIN Nein, hab ich nicht.

MANUS *zu Keelin:* Die Nylonstrümpfe sind nicht so hübsch wie die Beine, Keelin.

RANKIN *wendet sich ihr wieder zu:* Auf so was war ich nicht gefaßt, war ich auf so was. *Wendet sich aufgeregt von ihr ab.* Nicht gefaßt drauf, nicht gefaßt. *Er wendet sich wieder um und schaut sie an, fast schreiend.* Ich denk nicht dran zu schauen, ich denk nicht dran, ich denk nicht dran! *Er dreht sich wieder weg, bis er sein Gesicht woanders hat.* Scheucht sie weg, Männer. *Mit schwacher Stimme.* Oh, seid so gut, bitte! *Erschöpft lehnt er sich an die Mauer, fast liegend.* Mir ist schwindlig. Mir verdreht sich alles.

PRODICAL Mann Gottes, stell dich nicht so an! *Schüttelt ihn.* Wirst schon nicht sterben.

MANUS *animiert, zu Keelin:* Bei so einem Anblick fangen junge Herzen vor Erwartung zu beben an, und alte kommen ins Zittern vor Erinnerung!

Keelin verbeugt sich vor Manus, wirft ihm noch eine Kußhand zu, deutet auf Rankin und geht ins Haus, wobei sie die Glastüre offen läßt.

PRODICAL *schaut im Garten herum und sieht keinen Daniel:* Gottverdammich, wo ist dieser Bastard Daniel wieder hin verschwunden!

MANUS *bitter:* Ins Haus und in die Hölle, wohin ihn der eine und brennende Wunsch treibt, Keelin in seine Arme zu kriegen, und Keelin wünscht sich nichts sehnlicher, als sich endlich drin einzufinden; aber nichts wird zustande kommen zwischen den beiden als vielleicht ein zufälliges Händchenstreifen.

PRODICAL *spöttisch:* Keinen einzigen Kuß werden sie sich geben vor der Nase des Stadtrats, und hinter seinem Rücken auch keinen. *Manus hinterher.* Keelin ist eine Dame, und kein Mond wird auf die zwei mit den Köpfen nah beieinander jemals draufscheinen.

MANUS *heftig:* Haltet bloß euer Maul, ihr zwei Staubwedel, ihr ausgelutschten. Ihr Schatten des Schicksals, das Daniel und mir noch bevorsteht! *Er setzt sich niedergeschlagen auf die Griffe des Karrens und denkt nach.* Keelin, Foorawn, Daniel, ich und ihr selber, wir alle sind auf dem besten Weg, verstaubte Fragen zu werden, für die das Leben die Antwort vergessen hat. Keiner von uns wird jemals ein Kinderlachen zur Welt bringen.

PRODICAL *zu ihm hinunter, zornig:* Komm zu dir, Mann! Die ganze Stadt amüsiert sich doch darüber, und die Umgebung dazu, wie der hinter seiner Keelin her ist und du hinter deiner Foorawn!

MANUS *heftig:* Halts Maul, sag ich, du Funzel von Dummheit und Untergang! Oh meine Foorawn, die Zeit wird dir Falten ins liebe Gesicht streun und deine Brüste zum Welken bringen, und deine Knie wird sie beugen; und kein Windstoß voll Lebenskraft wird dir je untern Rock fahren.

PRODICAL *zu Manus hinterher:* Wenns dir nichts ausmacht, Manus, auf zweideutige Redensarten können wir verzichten.

MANUS Oh, hört sie euch an, schaut sie euch an. Zwei Leutchen aus Gottes Hand, zwei Schafe von Gottes eigener Weide! Weg mit euch, Höllenbrut, schleimige!

PRODICAL *fast schreiend:* Wir glauben an Gott, und du nicht!

Rankin ist vom Gerüst heruntergekommen und zur Glastüre

hinübergegangen.

RANKIN *ruft mit jammeriger Stimme ins Zimmer:* Daniel, Daniel!

MANUS Ich weiß nicht, wer von euch beiden der größere Trottel ist – er da, der sich einbildet, daß er dem Himmel versprochen ist, oder du, der weiß, daß er am Suff klebt.

PRODICAL *geht vom Gerüst herunter und stellt sich neben Rankin an die Glastür und ruft im Gehen laut und herausfordernd:* Ich glaube an Gott, und du nicht. *Packt Rankins Arm.* Stimmts, Rich? Wir glauben an Gott und der nicht, was?

RANKIN *vorwurfsvoll:* Ich möchte in das Gespräch nicht hineingezogen werden. Er ist, was er ist; du bist, was du bist; ich bin, was ich bin. Ich möchte in so ein Durcheinander von einem Gespräch nicht einbezogen werden.

PRODICAL *unwirsch:* Du traust dich nicht, für deinen Glauben einzustehn, oder wie? Wir glauben an Gott und er nicht, oder was?

RANKIN *mit jaulender Stimme:* Ja. *Ruft jammerig ins Zimmer.* Daniel! Daniel!

PRODICAL *ungeduldig:* Gottverdammich, Mann, so hört dich doch nicht mal ne Maus rufen. Gib bißchen Saft rein und laß es doch durchs Haus donnern! *Schreit.* Daniel!

RANKIN *jammerig wie zuvor:* Daniel!

PRODICAL *schreit:* Daniel! Verdammt nochmal, kommst du jetzt her? *Zu Rankin.* Jetzt mal zusammen – laut! Und!

PRODICAL *laut*
RANKIN *jammerig* *zusammen:* Daniel!

Manus, der vom Karren aufgestanden und nach links hinübergegangen war, um Ausschau zu halten in Richtung Westen, trifft auf Codger, der strahlend mit einem Faß auf der linken Schulter hereinkommt.

Noch bevor man ihn sieht, hört man ihn singen, und beim Auftreten singt er immer noch.

CODGER *singend:* Oh, goldene Zeit, mit der Sichel zu ziehn,
Als die Gerste noch gelb und die Wiesen noch grün.
Mit tanzendem Schritt gings hinein in das Korn,
Als noch Tau auf der Welt lag, zu Perlen gefrorn.

Codger ist vierundachtzig; aber er trägt sein Alter mit einer lebhaften, trotzigen Art. Er ist groß, hager und drahtig, Wetter und Betagtheit haben sein gebräuntes, ledernes Gesicht gezeichnet. Sein krauses, üppiges Haar ist weiß, sein Schnurrbart und sein wie eine Schaufel geformter Backenbart ebenfalls. Seine dunklen, lebhaften Augen funkeln. Seine alte schwarze Hose wird von einem mit vielen Medaillen britischer Regimenter bestückten Ledergürtel gehalten. Er trägt ein buntgemustertes Baumwollhemd, keine Weste, und hat schief auf dem Kopf einen alten, grauen, schmutzigen Filzhut. Über dem rechten Arm trägt er eine alte braune Jacke und zieht mit der rechten Hand eine Heugabel hinter sich her.

Als er den Garten betritt, kommt Daniel schnell aus dem Haus, schiebt Rankin und Prodical beiseite und starrt auf das Faß, das Codger trägt.

DANIEL *schiebt Rankin und Prodical beiseite:* Aufpassen! Aus dem Weg!

PRODICAL *sieht das Faß:* Ah, Codger, Freund meiner Seele!

DANIEL *läuft vor Codger her:* Komm her, Freund meiner Seele, wir verstecken es hinter dem Lorbeer.

Er geht an der Esche vorbei ab, Rankin und Prodical klettern wieder auf das Gerüst. Rankin bearbeitet die Mauer mit seiner Kelle, Prodical läßt die Augen nicht von dem Faß. Manus geht mit Codger, der an der Esche stehen bleibt und an ihr hochsieht.

CODGER *schaut sich den Baum an:* Die Esche wirft schon ihre Blätter ab. Seltsam, wie früh die alten Blätter fallen und wie spät die jungen kommen.

MANUS *zitiert:* Ein Säumen, wie die zarte Esche säumt,
Sich neu zu kleiden, wenn der Wald längst grünt.

CODGER *glühend:* Und doch lieb ich sie; lieb ich sie mehr als selbst die Buche.

MANUS Die Esche hat den alten Griechen das Holz für ihre Speerschäfte gegeben, Codger, und den unsrigen für die Spieße, mit denen wir im traurigen achtundneunziger Jahr Irland befreien wollten.

DANIEL *taucht hinter dem Baum auf, ungeduldig:* Was zum Teufel treibt ihr noch? Komm, Codger, her mit dem Faß.

Codger, hinter ihm Manus, geht um den Baum herum weg. Prodical sieht ihnen gierig nach, er steigt vom Gerüst, will ihnen folgen, klettert aber wieder hinauf und sieht in die Richtung, in der sie verschwunden sind. Rankin, Prodical mit einem Auge beobachtend, macht sich an der Mauer zu schaffen.

RANKIN *eindringlich:* Sieh dich vor, Mann. Schau anderswohin, Prodical. Zeig ein bißchen geistlichen Mumm und tu so, als sei dieses Ginfaß nicht da.

PRODICAL *fest:* Es ist aber da, oder? Hab ich das Faß etwa zum Leben erweckt? Ich hab nicht die Macht, dieses Faß wegzuhexen in ein körperloses Dasein. Oder kann ich etwa Wunder wirken? Das fehlt noch, daß deine Neigungen oder Abneigungen den Weg der Welt kontrollieren. Das Faß ist jetzt hier und darüber kann man nicht einfach hinweggehen, oder? Wir müssen es auf uns nehmen, ob wir wollen oder nicht.

RANKIN An den Kirchturm muß aber auch gedacht werden.

PRODICAL Das ist eine perspektivische Betrachtbarkeit; eine Sache der An- oder Aussicht. Dieser andere Gegenstand dagegen ist eine Machbarkeit im Hier und Jetzt.

RANKIN Du hast erst vor einer Weile gesagt, daß das für dich nie wieder in Frage kommt.

PRODICAL *protestierend:* Es ist nicht meine Schuld, daß du gewisse Leisheiten aufgeschnappt hast. Was ich gemurmelt hatte, war sotto voce gesagt. Ich bin nicht das Faktotum meines eignen Geflüsters in mein eigenes Ohr.

RANKIN Es war nicht sotto voce gesagt. Es war ausgesprochen deutlich gesprochen und kam kurz vor einem Schwur.

PRODICAL *unwillig:* Es war kein Schwur! Es hatte keinerlei Charakterzüge eines Schwurs an sich. Es war ein von Verschwiegenheit versiegeltes Einverständnis oder Mißverständnis mit mir selbst.

RANKIN *klagend zu Prodical:* Dein Schutzengel versucht dich zurückzuhalten, Prodical; wenn du auch nur ein einziges Mal an das Faß drangehst, bist du geliefert! Es ist eine Gelegenheit zum Sündigen und könnte deiner armen Seele unsterblichen Schaden zufügen.

PRODICAL *geht auf Rankin zu und wirft ihm das Gesicht entgegen, unwillig:* Schau mich mal an, du schützender Engel, ich verbitte mir, daß du über meiner Seele herumkurvst wie eine Möwe über einem Fisch, der zum Runtertauchen zu tief schwimmt! Ich lasse mir nicht von Fremdkörpern Botschaften auf die Seele schreiben, wie sonstige Körper werweißwas auf Weihnachtskarten schreiben. *Schickt sich an, vom Gerüst zu springen.* Meine Seele ist mein eigener höchstpersönlicher Leitfaden. Meine Seele ist mein eigenes geistliches Eigentum, voll und in Gänze, Wort und wörtlich in all seiner Bezogenheit. *Er springt zu Boden und geht zum Baum.*

RANKIN *ruft hinter ihm her:* Wenn du mir nur zuhören würdest.

Du könntest deinen Schutzengel hören, der dich zurückruft vom Faß.

PRODICAL *bleibt stehen und dreht sich um, wütend über die Kontrolle:* Was geht es einen Engel an, wenn ich in aller Ruhe hinter einem Faß hergehe. Was geht es einen Engel an, wenn ich hinter einem Faß herrenne? *Er kehrt rasch zum Gerüst zurück und schaut Rankin wütend an.* Was geht es den Engel an, wenn ich hinter einem Faß hergaloppiere?

RANKIN *mit dem Rücken zu Prodical:* Aha, du schwankst schon. Du hast schon halb Angst. Ich höre das Beben in deiner Stimme.

PRODICAL *außer sich vor Wut:* Du zugeknöpfter Verfolgungswahn, in meiner Stimme ist nicht die Spur eines Zitterns. Sie ist gespannt vor Konzentration, aber voll unter ruhiger Kontrolle.

RANKIN Hör nur das Warnen deines Schutzengels!

PRODICAL *laut:* Wie zum Teufel willst du wissen, was mein eigener Engel denkt? Wie willst du wissen, ob mein eigener Schutzengel nicht sogar lacht? Wie willst du wissen, ob mein eigener Engel nicht weiß, daß alles, was ich tue oder lasse, eh nur mein Schicksal ist? *Er geht wieder zum Baum.*

RANKIN *wendet sich um und schreit Prodical mit Bestimmtheit hinterher:* Mein Engel sagt mir, ich soll dafür sorgen, daß der deinem eigenen Engel und seinen Warnungen zuhörst!

PRODICAL *schreit vom Baum aus zurück:* Ich lass mir nicht von deinem Engel in meinen Engel hineinreden! Ein Faß hier oder da ist absolut kein zuständiges Thema für einen Engel, um das er sich kümmern sollte.

RANKIN *bestimmt:* Obs dir paßt oder nicht, dein Schutzengel ist dir schon am Ellbogen und zieht dich zurück von dem Fluch in dem Faß!

PRODICAL *mit wildem Schrei:* Hör zu, du, und hört ihr andern gleich mit zu! Ich wünsche weder, noch werde ich mir bieten lassen, daß andauernd ein Engel an meiner Seite ist, damit er mir jedesmal, wenn ich mich rühre, auf die Schulter tatscht! Tatsch Tatsch Tatsch! *Er verschwindet hinter der Esche und macht sich auf den Weg zum Faß.*

Rankin bleibt kurz auf dem Gerüst hocken, dann nimmt er den Hut ab und murmelt ein Gebet; danach steigt er herab, geht zu den Steinen, trägt einige zum Gerüst, geht wieder zu den Steinen, bleibt stehen, nimmt noch einmal den Hut ab und betet. Keelin erscheint am Fenster und sieht in den Garten.

KEELIN *zu Rankin:* Wo ist Dan?
Er beachtet sie nicht, sondern fährt fort zu beten.
Sie beobachtet ihn eine Weile, geht dann sachte zu ihm hin. Süßer Mann, kriegen Sie nie genug vom Beten? *Er ist überrascht, setzt sich den Hut auf den Kopf, dreht ihr aber weiter den Rücken zu.* Sie wissen doch, Herr Rankin, zuviel des Guten kann für den Menschen auch schlecht sein, ein bißchen was Schlechtes dagegen kann ihm guttun.

RANKIN *abwehrend:* Gott weiß, was für mich gut ist.

KEELIN *schmeichelnd:* Seien Sie da nur nicht so sicher; das, wovon Sie denken, daß Gott es denkt, kann ganz leicht bloß Ihr eigenes Denken sein, das sich in Ihrem Kopf bildet, damit Sie froh und zufrieden sind. Foorawn hat neulich Pater Boheroe erzählt, was Sie ihr erzählt haben, aber der hat nur gelacht, ausgelacht hat er sie. Der Priester hat nur gelacht. Wissen Sie, was er gesagt hat?

RANKIN *trippelt zur Esche, bleibt stehen, formt die Hände zum Trichter und ruft:* Daniel!

KEELIN *folgt ihm und stellt sich hinter ihn:* Pater Boheroe hat gesagt, was für ihn gut ist, lernt ein Mann durch Erfahrung; und oft weiß eine Frau genausogut wie Gott, was für einen Mann gut ist. Was sagen Sie jetzt?

RANKIN *trippelt zurück zu den Ziegeln und hebt sich ein paar aufs Gerüst:* Ich hab keine Zeit zum Schwatzen; ich muß schaun, daß ich vorwärtskomme mit meiner Arbeit.

KEELIN *folgt ihm:* Wie wollen Sie wissen, ob Gott es Sie überhaupt wissen läßt, was er für gut hält für Sie?

RANKIN *verwirrt und verlegen:* Das muß jeder selber wissen – durch Selbstkasteiung, Gebet und was der Pfarrer sagt.

KEELIN *spöttisch:* Und was Pater Boheroe sagt, was ist damit? Er hat mir mal gesagt, was ein Priester einem Laien erzählt, muß gar nicht unbedingt stimmen. Außerdem hat er gesagt, einiges von dem, was Schaumschläger wie Sie angeblich von Gott erzählt gekriegt haben, ist nichts weiter als eingebildetes, dummes Selbstgesabbere. Da denken Sie mal drüber nach!

RANKIN *wird plötzlich steif und mißtrauisch, sagt heftig:* Ich denk gar nicht dran, drüber nachzudenken! *Hinterhältig.* Sie scheinen sich mehr als öfters mit Pater Boheroe zu unterhalten.

KEELIN *vorsichtig:* Ich rede ab und zu mal mit ihm, genau wie Sie selber. Was soll da dabei sein?

RANKIN *hinterhältig, mit einem Schuß Bosheit:* Scheint mir nicht ganz das richtige zu sein für einen Priester, sich allzu oft mit einem Mädchen zu unterhalten, das gut aussieht. Ich hab heute morgen eine junge Schwalbe gesehen. Flog so geschwind dahin, als wolle sie himmelwärts rauschen.

KEELIN *heiter:* Rauschen Sie lieber mal erdwärts, mein Süßer. Vergessen Sie die fliegende Schwalbe – neben Ihnen steht grade ein viel hübscheres Vögelchen. Es freut mich, daß mich Pater Boheroe für ein gutaussehendes Mädchen hält, aber noch mehr freuts mich, daß Sie das gleiche denken, wenn Sie mich anschaun mein Süßer.

RANKIN *Kopf noch weiter hinuntergesenkt:* Ich hab Sie nicht angeschaut, ich schau Sie nicht an. Die Schwalbe muß ganz jung gewesen sein; allein da droben, ganz hoch oben, und getanzt hat sie, als wär sie in einem weiten, weiten Raum aus blauem Licht.

KEELIN *zieht ihn auf:* Schauen Sie mich an, na los, und vergessen Sie die Schwalbe. Sie müssen mich ja angeschaut haben, wenn Sie wissen wollen, daß ich gut aussehe.

RANKIN Ich habe nie geschaut; jedenfalls nicht so wie auf die Schwalbe. Das Wissen darüber kam bei den Redereien heraus, die ich von anderen gehört habe. Ich habe nie geschaut; nur auf die Schwalbe hoch droben und weit von den Menschen entfernt in ihrer riesigen Welt für sich selbst.

KEELIN Du versuchst doch nur, mir den Schüchternen vorzuspielen, mein Süßer. Jetzt wirds aber Zeit, daß Sie mal einen langen berauschenden Blick auf mich werfen. *Stellt sich vor ihn hin.* Schauen Sie mich so an, wie Sie die tanzende Schwalbe angeschaut haben.

RANKIN *wendet ihr rasch wieder den Rücken zu, verwirrt:* Ihr Dad möchte Rosen pflanzen an der Mauer. Rosen an der Mauer, die ganze Mauer entlang. Kann er nicht statt dessen Efeu hinpflanzen? Sieht genauso gut aus; und kosten tuts nichts.

KEELIN Ja, ja, Efeu wäre großartig, und dann ranke ich mich wie das Efeu zu dir empor!

RANKIN *erregt und verwirrt:* Ja, ja; nein, nein, nein! Die Mauer entlang. Oh, gehen Sie weg, Fräulein. *Ruft, so laut er kann.* Daniel!

KEELIN *vorwurfsvoll:* He, seien Sie nicht so unhöflich und strekken einer gutaussehenden Dame den Rücken zu. Da, tun Sie mal was gegen die Sünde des Müßiggangs. *Sie stellt sich vor ihn, zieht sich den Rock hoch bis zum Knie und zeigt schlankes Bein im*

Nylonstrumpf. Runter mit Ihnen, und binden Sie mir den Schuhbändel fester, aber keine Ungezogenheiten, bitt ich mir aus! Schauen Sie hin und lassen Sie sich mal ne Minute lang leben!

Als Rankin ihr Bein sieht, fährt er entsetzt schauernd zurück, reißt den Kopf hoch, sieht Keelin einen Moment in die Augen und spuckt ihr bösartig ins lächelnde Gesicht.

Überrascht und schockiert springt sie zurück, sucht ungestüm nach einem Taschentuch. Rankin klettert auf das Gerüst, packt die Kelle, stößt sie in den Mörtel und macht sich wieder wie ein Besessener zu schaffen.

KEELIN *wischt sich mit ihrem Taschentuch heftig das Gesicht:* Du Dreckswurm, du hinterhältiger! Du Hausierer mit verlogener Scheinheiligkeit! Du Abschaum! *Sie läuft zur Glastür, vor der sie weitere Beschimpfungen ausstößt.* Schaut ihn euch an, den Kerl, der großtut mit Gott. Jesusmaria, wirst du einen Wirbel machen, wirst du daherkommen, wenn du da hinkommst, wo's dich hinzieht. Kriecht in den Himmel rein, wie die Schlange aus dem Paradies rausgekrochen ist! Gott verdamm dich, du Strafe des Herrn für uns Menschen!

RANKIN *fast jaulend:* Daniel! *Zu Keelin.* Das werd ich alles dem Kanonikus erzählen, was Sie gesagt haben, Sie Mädchen!

KEELIN *wütend:* Erzählen Sie's doch dem Bischof, Sie Heuchelfritze; erzählen Sies dem Papst, Sie Stück Scheiße! *Sie geht durch die Glastür ins Haus und schließt sie ärgerlich.*

Nach einer Pause, während Rankin auf der Mauer arbeitet, kommt Pater Boheroe auf dem Weg jenseits der Mauer angeschlendert. Er tritt durch das Tor herein. Er ist Anfang Dreißig und von mittlerer Größe. Das geistliche Gewand, das er trägt, ist alt und abgenutzt, Rock, Weste und Hose sind ungebügelt; ohne Makel ist lediglich der weiße Kragen. Er hat ein furchiges Gesicht und eine von Falten durchzogene nachdenkliche Stirn; seine funkelnden, zuweilen forschenden Augen haben oft einen irgendwie traurigen und nachdenklichen Ausdruck; zuweilen aber zwinkert er schalkhaft, wenn er sieht oder hört, wie jemand etwas Törichtes tut oder sagt. Er hat schwere Stiefel an, die vom weiten Weg staubig und dreckverkrustet sind. Er trägt keinen Hut, sein dunkles, buschiges Haar ist Schutz genug gegen Regen und Sonne. Ein Mann von Welt ebenso wie ein Mann Gottes. Er schlendert zu Rankin hin.

BOHEROE Grüß Gott, Maurer.

RANKIN *reißt sich den Hut herunter:* Grüß Gott, Pater.

BOHEROE Behalten Sie den Hut auf. Warm ist es heute. Wo sind Ihre Kumpels?

RANKIN *selbstgerecht:* Ich muß leider berichten, daß sie sich da drüben unterm Lorbeer, um ein Faß versammelt haben, und am Trinken sind, Pater.

BOHEROE *fröhlich:* So so, wollen ein Stück Himmel zu sehen kriegen, und haben das falsche Fenster erwischt. Passiert uns auch oft, durch falsche Frömmigkeit oder durch törichte Sünden. Darum hab ich Keelin so schreien gehört – sie wollte sie wohl an die Arbeit zurück treiben?

RANKIN Ich hab nicht hingehört; obwohl ich vielleicht eine Stimme gehört hab. Ich war voll und ganz damit beschäftigt, an meine Arbeit zu denken.

BOHEROE Die Arbeit, ja, ja, die Arbeit. Arbeit ohne Ende, und kaum Früchte davon. *Nachdenklich.* Nur ein Anflug von Leben. Keine Farbe, kein Gedanke; dürres Vieh, magere Milch; abgeschabte Weiden, die mehr Staub als Heu geben; nicht ein einziges Gebäude, das den Blick zum Verweilen einlädt; nicht mal die aufgeputzte Kirche.

RANKIN *schockiert:* Die Kirche, Pater? Ho, Pater, die Kirche. Da würd ich mich fürchten, etwas gegen einen heiligen Ort zu sagen.

BOHEROE *ungeduldig:* Jeder Ort ist heilig, Mann; die Kirche, in der wir beten, die Häuser, die uns schützen, die Läden, in denen wir kaufen, was wir zum Leben brauchen, die Säle, in die wir zum Tanzen gehen; ja, selbst der Boden, auf dem wir gehen, ist ein heiliger Ort. Arbeit ist auch heilig, aber nur wenn sie sinnvoll ist. Arbeit kann ein Segen sein, Rankin, sie kann aber auch zum Fluch werden wie bei der kleinen Keelin, die in ihr eigenes Haus gehörte mit einem fröhlichen jungen Burschen dazu.

RANKIN Keelin, was? Das kann Ihnen hier jeder erzählen, Pater, daß der Mann erst geboren werden muß in Ballyoonagh, der geeignet ist, in diese Familie einzuheiraten.

BOHEROE Das erzählt man sich hier, was? Ich möchte mal wissen, was Gott dazu sagt.

RANKIN *erschrocken:* Weiß ich auch nicht. *Er geht zum der Esche am nächsten gelegenen Teil des Gerüsts und ruft.* Daniel! *Zu Pater Boheroe.* Ballyoonagh ist heilig, Pater, und wir sollten alles unterlassen, was nicht zu dem paßt, was Gott unseres Wissens nicht leiden kann.

BOHEROE *packt plötzlich Rankin, als sei er erschrocken:* Pscht! Haben Sie das Geräusch gehört? Wie splitterndes Holz.

RANKIN *aufgeschreckt:* Was für ein Geräusch? Wie, was für ein splitterndes Holzgeräusch, Pater?

BOHEROE Das Geräusch der gierigen Klauen von frommen Narren, die Gottes gute Manieren in Stücke reißen!

RANKIN *japsend:* Heiliges Herz, haben Sie mich erschreckt! Keine Ahnung, keine Ahnung; ich hab nur an Keelin gedacht, und an Daniel und an mich.

BOHEROE So, so, an Keelin, an Dan und an sich. Keelin ist ein Prachtsmädel, arbeitet nur zu hart und hat nichts davon. Zuviel Arbeit entstellt eine Seele für den Himmel wie für das Leben auf Erden, Rankin. Keelin ist ein Prachtsmädel, und sie verdiente ein großes und ein fröhliches Eckchen im Leben. Zuviel zwanghaftes Beten kann eine Seele dünkelhaft machen, Rankin; und Fröhlichkeit kann eine Art Gottesdienst sein!

RANKIN *boshaft:* Über zu wenig Fröhlichkeit braucht man sich bei der keine Sorgen zu machen. Man hört immer wieder von den seltsamsten Dingen, die sie manchmal treibt.

BOHEROE Ach, tatsächlich? Tja, schön, von unsrem Gesegneten Herrn heißt es auch, Er habe manchmal die seltsamsten Dinge getrieben. Hat Er vielleicht, und sie tuts vielleicht auch. Wenn ich wüßte, wann bei ihr die Fröhlichkeit ausbricht, würde ich ihr Gesellschaft leisten. *Plötzlich zu Rankin.* Sie sind doch nicht etwa in Keelin verliebt?

RANKIN *heftig:* Was, ich? In die? Nein, binichnicht, binichnicht, binichnicht! In eine, die nur darauf wartet, daß man ihr mit dem Finger winkt, damit sie sich mit ihrer Liederlichkeit aufspielen kann! *Mit zusammengebissenen Zähnen.* Ich hasse die bösen Evas, die einen Mann in die Sünde hinabschlängeln lassen.

Noch ehe Pater Boheroe, von Rankins wildem Ausbruch überrascht, sich fassen kann, erscheint Codger und kommt an der Esche vorbei zurück in den Garten. Er sucht sich aufrecht zu halten wie ein Soldat, aber es kostet ihn einige Mühe. Seine Augen funkeln wild, eher in Erregung als in Betrunkenheit, wenn auch der Gin halbwegs zu ihrem Feuer beiträgt. Die Heugabel wie ein Gewehr über der Schulter, geht er zu dem Steinhaufen.

CODGER *angeheitert, aber voll Würde:* Guten Morgen, guter Pater; und noch einen guten Morgen. Selten schöner Tag. Ein Tag für das Rühren der Großen Trommel! Brrum Brrum! Ich bin der einzige Sleehaun, der übriggeblieben ist in Ballyoonagh. Frau tot – Gott hab sie selig –, zwei Töchter und drei Söhne auf und davon, auf und davon nach Amerika, und mich einzigen einsamen Mohikaner Sleehaun haben sie in Ballyoonagh zurückgelassen. Flieg davon, Peter, flieg davon, Paul, flieg davon, Susan, fliegt alle davon – ein Fliegdavonland ist dieses unser Land, Pater, dieses unser Land von uns. Der Mensch muß mit seinem Gesicht den Dingen ins Gesicht sehen, was, Pater? Gott ist mehr als ein bloßer Harmoniumspieler. Ja, dem Menschen ist mehr aufgegeben, als bloß zu singen für sein Abendbrot. Ich sollte eigentlich im Heu helfen. Hab ich Heu gesagt? Gott! Im Boden kein Herz, und kein Herz in dem Gras, das draus rauswächst. Heu von Gras, in dem nie Leben war. Ich sollte solche Sachen besser nicht sagen, Pater, jedenfalls nicht vor dir.

BOHEROE Warum nicht, Michael, wenn sie wahr sind? Gott ist unglücklich, wenn wir aus seinen Gaben nicht machen, was wir nur können.

CODGER *emphatisch:* Türlich ist er das! Ein Mensch ist mehr als ne Eintagsfliege; obwohl auch der Tanz der Eintagsfliegen seine eigene winzige Herrlichkeit hat. *Er setzt sich auf den Ziegelhaufen.* Und die haben wir selber inzwischen auch – unsere eigene winzige Herrlichkeit. *Hält inne, nachdenklich und skandierend.* Langsam und langsamer dreht sich das Rad, bis sich die Spule ganz ausgesurrt hat.

Daniel kommt jetzt hereinmarschiert, ähnlich wie vorher Codger hereinkam. Er geht zu den Steinen, nimmt zwei, geht zum Gerüst und lädt sie dort krachend ab. Wieder geht er, um Steine zu holen, in sehr aufrechter Haltung.

CODGER *holt eine alte Pfeife heraus und steckt sie an:* Immer die Ruhe, Daniel, immer die Ruhe.

Wie die beiden vor ihm, kommt jetzt Prodical hereinmarschiert. Er will aufs Gerüst klettern, aber mit der gleichen Forschheit, mit der es ihm gelang, sich auf zwei Beinen aufrecht zu halten, will ihm das auf einem Bein nicht gelingen. Er verliert die Balance, klammert sich plötzlich bei Rankin an, der sich an der Mauer festhält, so daß es Prodical schließlich gelingt, sich hochzuziehen, sich zurechtzufinden und am Ende so aufrecht auf dem Gerüst zu stehen wie vorher auf der Erde.

PRODICAL *im Stolpern:* Hoppsala! Gestolpert. Immer schön grade! Mir gehts prächtig, Herrschaften. Alle Mann an der Arbeit, Pater. Kein schöner Bild auf Erden. Nein, keines. *Schiebt Rankin zur Seite.* Mach Platz und laß nen Kumpel vorbei hier. *Deutet ein paar Tanzschritte an.* Entlangstolziert zur Mitte, hiers Mädel, dorten du. Dann rausgetanzt ins Freie, komm dreh dich, Sindy Sue!

DANIEL *zu Pater Boheroe:* Pater, das wissen Sie sicher schon, daß der Bischof nach Ballyoonagh kommt; in seine eigene Heimatstadt kommt er; Bill Mullarkey war er hier; die älteren Leute erinnern sich noch, wie er als Kind durch die Straßen von Ballyoonagh gerannt ist wie ein Wilder.

BOHEROE *unbeeindruckt:* So? Ja, richtig; ich erinnere mich, der Kanonikus hat mir davon erzählt. Das wird ja großartig werden.

CODGER Meiner Treu, Bill Mullarkey macht sich mit ner Heugabel besser, als ers mit dem Krummstab je schaffen wird.

PRODICAL *zu Codger:* Keine Lästereien, du. *Zu Pater Boheroe.* Manus hats uns erzählt, Pater. Mir gehts prächtig. Er kommt, klare Sache; in seiner purpurroten Soutane kommt er, mit goldener Mitra und seidenen Schuhen. Das ist das Höchste – Purpur und Gold, mit nem seidigen Glanz über allem.

RANKIN Das wird großartig werden.

CODGER Was ist das schon, was Gott einem einzelnen gibt, wenn mans mit dem vergleicht, was er allen gibt. Was ist das Gold auf ner Bischofsmitra gegen das Gold auf dem Ginsterbusch? Was ist der Glanz seiner seidenen Schuhe gegen das samtweiche Blatt der wildesten Rose? Was ist einem Bischof sein Purpur gegen das Purpur im Seidenflaum einer stachligen Distel?

PRODICAL Der Bischof wird trotzdem ein paar goldene Tage nach Ballyoonagh bringen.

CODGER Oh ja, goldene Tage der Buße und des Gebets *zeigt auf Rankin* für Gottes Trottel da drüben, aber nicht für mich. Meine goldenen Tage sind vorüber. *Singt fröhlich und etwas düster.*
Oh goldene Zeit mit 'nem Mädel im Arm,
Als alles erstrahlte so scheu und so warm;
Als nem Mann noch ums Herz war,
das Heu und die Mädels zu wenden,
Oh, ihr Tage, die nie ohne Lebensglück enden!

PRODICAL *warnend:* Na, na, na, Codger! *Zu Pater Boheroe.* Ja, und Reiligan hat nen Trupp beisammen, der sich wahre Mühlbäche aus dem Leib schwitzt beim Aufschichten eines großen Scheiterhaufens, mit dem ein Willkommensgruß entflammt werden soll für den kommenden Bischof, und ganze Stapel sündige Bücher und schlimme Bilder obendrauf sollen dahingehen in den Flammen.

RANKIN *stottert vor Wut:* Feuert sie rein, alle rein – sündige Bilder, sündige Bücher – feuert sie rein in das brennende Bischofsfeuer!

CODGER Reiligan sollte sein Heu gleich hinterherfeuern, denn da steckt kein göttlicher Segen drin. *Er erhebt sich vom Ziegelstapel.* Weiß Gott, ich geh hin und sags ihm!

KEELIN *erscheint am Fenster:* Mein Vati ist am Telefon, Pater. Er fragt, ob Sie hier sind. Ich hab Sie vom Fenster aus gesehn. Er sagt, er hat eine Nachricht für Sie. Kommen Sie bitte kurz rein, Pater.

CODGER *zu Pater Boheroe:* Rein mit dir, Pater, und sag ihm, er soll das einzig Wahre tun und ganz Ballyoonagh samt Bischof und sämtlichen Büchern ins Feuer werfen.

Pater Boheroe geht hinüber zum Haus und mit Keelin durch die Glastür hinein.

PRODICAL *ausgelassen:* Alsdann, ran an die Arbeit! Mach zu, Dan, paar Ladungen Ziegel und Mörtel rangeschafft, bis die Mauer steht, und dann wird Finis! gerufen.

DANIEL *deutet auf einen Zementsack auf der Bank, zu Codger:* Geh her und hilf mir, das rübertragen zum Karren.

CODGER *verächtlich:* Dir und helfen! Habt ihr den gehört? *Zornig.* Mensch, wie ich so alt war wie du, hab ich so was zwischen Zeigefinger und Daumen getragen! Rauf damit auf den Rücken, Mann, und zeig uns, daß du kein Schwächling bist.

DANIEL *gereizt:* Nimm du dirs doch auf den Rücken, wenns dich so juckt.

CODGER Und wie ich das mache, das trag ich dir da rüber, ohne zweimal zu schnaufen.

DANIEL *spöttisch:* Du alter Spinner, du kannst doch nicht mal deinen Rosenkranz in die Hand nehmen, ohne aus der Puste zu kommen.

CODGER *schiebt Daniel vom Sack weg:* Weg da! Dir werd ichs zeigen! *Stellt sich mit dem Rücken zum Sack und packt ihn bei den Schlaufen.* Euch allen werd ichs zeigen!

PRODICAL *zu Codger:* Du läßt das schön liegen und gehst wieder an dein friedliches Heu!

CODGER *gibt dem Sack einen gewaltigen Schub auf seinen Rücken und im Weitergehen:* Euch werd ichs zeigen!

DANIEL *erschrocken:* Langsam!

Codger schwankt trippelnd auf die Glastür zu. Der Sack ist zu schwer für ihn, so daß er immer schneller ins Trippeln kommt, um nicht vornüberzustürzen. Die anderen schauen ihm erstarrt nach, Daniel steht steif da, Prodical, auf dem Gerüst, beugt sich mit weit offenem Mund vor; Rankin, der ahnt, was kommen muß, wendet sich ab, bekreuzigt sich, nimmt den Hut ab und senkt betend den Kopf. Um ihn vor dem Sturz zu bewahren, ruft Daniel Codger erschrocken nach.

DANIEL He!

Als sich Codger der Glastür nähert, kommt Reiligan auf dem Weg hinter der Mauer heran. Als er sieht, was hier vor sich geht, starrt er entsetzt über die Mauer. Als Codger an die Glastür kommt, dreht er sich halb um, stößt dabei krachend gegen die aufspringende Tür, so daß er mit Sack und allem vornüber ins Zimmer stürzt.

REILIGAN *gequält:* Oh, was gibt das, was war das? Was hat der Unglückskerl da gemacht? *Zu den andern.* Ihr maulfaules Gesindel, wer hat ihm aufgetragen, einen Zementsack durch mein gutes Wohnzimmer zu tragen? Über meinen Teppich, meinen neuen Teppich, der extra für den Bischof daliegt. *Prodical macht sich an der Mauer zu schaffen. Er hat Reiligan und der sonstigen Welt den Rücken zugekehrt. Rankin, ebenfalls arbeitend, betet noch. Daniel, ebenfalls mit dem Rücken zu Reiligan, reckt sich hoch und fummelt zwischen den Steinen auf dem Gerüst herum. Alle schweigen.*

REILIGAN *wütend:* Antwortet! Einer von euch da! Wer hat dem Codger eingeredet, sich einen Durchgang durch mein Wohnzimmer zu schaffen, damit er Material von hier an die Ostfront des Hauses tragen kann?

Schweigen. Er zieht Prodical vom Gerüst. He hier, runter vom Gerüst und raus mit der Antwort, Mann!

PRODICAL *wütend:* Irgendwo mußt er ja hin! Er war drin, bevor ich angefangen hatte, mich zu fragen, wo er hin will.

DANIEL *ernst:* Er muß falsch abgebogen sein.

REILIGAN *noch immer in Qualen:* Herrje! Und ich wollte, daß Keelin hilft, für den morgigen Markt fünfzig Enten zu rupfen! Jetzt kann sie die ganze Nacht meinen neuen Teppich putzen, der daliegen soll, damit die Welt weich ist unter den Füßen des Bischofs. *Er springt aufs Gerüst und stößt Rankin so heftig in den Rücken, daß der über die Mauerbrüstung klappt und halb verschwindet.* Du da, du betender Hornochs, sag du mirs!

RANKIN Keine Ahnung; ich hab nicht hingeschaut.

REILIGAN *schiebt ihn zur Seite, verächtlich:* Du Gebetsmühle, bet weniger, dann siehst du mehr! *Er springt vom Gerüst, sein Blick fällt auf die Ziegel. Zerrt Daniel hin.* Hab ich nicht gesagt, hinters Haus sollen sie gebracht werden, diese Ziegel? Siehst du nicht, wie sie den Anblick dieser entzückenden Urne verschandeln? *Schaut in die Urne.* Oh, wer von euch Affenpack schmeißt Zigarettenstummel und altes Papier in meine Gartenurne? *Er drückt Daniels Kopf in die Urne.* Schau dir das an. Wer hat das reingeschmissen? Hörst du nicht, was ich dich frage? Hats dir die Zunge verklebt, oder was?

DANIEL *bockig:* He, immer mit der Ruhe.

REILIGAN *wütend:* Kehr das raus, raus damit, sag ich, und schaff die Ziegel weg!

Keelin erscheint am Fenster, Kleid und Gesicht voller Zementstaub. Sie hat einen Kehrbesen in der Hand und ist den Tränen nahe.

KEELIN Was zum Teufel habt ihr dem Codger aufgehalst? Der Teppich ist halb hinüber, er ist ganz gelb vor lauter Zement; alles voller Staub von dem aufgeplatzten Sack. Und der Besen nützt nichts – statt daß ers rausbürstet, bürstet ers rein. *Sie schüttelt den Besen, und eine Zementwolke weht in den Garten.*

REILIGAN Feg es raus, Mädchen, feg es raus! Feg den Teppich sauber, und dann hilf die fünfzig Enten rupfen für den morgigen Markt.

KEELIN *unwillig:* Ich denk nicht dran. Ich hab dir oft genug gesagt, du sollst eine von diesen Maschinen besorgen, die einen Vogel in ein paar Sekunden rupfen, und wir brauchen eine Stunde dazu.

REILIGAN *wütend:* Maschinen! Das ist alles, was euch einfällt! Damit ihr schön bequem auf euren Hintern hockt und den Maschinen beim Arbeiten zuschaut. *Ärgerlich und ungeduldig.* Erst wird der Teppich gemacht, Mädchen, mach erst den Teppich sauber!

KEELIN Ich weiß nicht, wie ich das machen soll. Dazu brauch ich die ganze Nacht. Er ist in einem verheerenden Zustand. Und wir genauso. Wir haben es alle in den Augen und Nasen drin.

REILIGAN *fast außer sich:* In einem verheerenden Zustand! *Zu den andern.* Habt ihr das gehört, ihr Nachteulen, ihr minderbemittelten? Fast eine Tonne Rohzement ausgeschüttet, heruntergeprasselt, auf meinen neuen Teppich, und keine Seele von euch rührt einen Finger und rettet ihn! Ihr habt nicht zugehört, oder? *Schreit laut.* Sie muß die ganze Nacht aufbleiben und ihn saubermachen! Einen neuen Teppich, den ich hingelegt hatte, damit der Bischof mit Würde und Wärme durchs Zimmer laufen kann. Einen Teppich, der vor Farbe leuchtet und aufstrahlt vor gutem Geschmack.

KEELIN *wehmütig:* Der Teppich wird nie wieder, was er mal war.

REILIGAN *in Agonie:* Der Teppich wird nie wieder, was er mal war! Habt ihr das gehört? Und von keinem von euch auch nur der Mucks eines Tones! Und ich schicke den Codger noch extra zum Heuen. *Er springt vom Gerüst, packt Rankin an den Schultern und schüttelt ihn.* Was hatte der Codger hier zu schaffen, was hatte der Codger hier zu schaffen?

RANKIN Keine Ahnung; hat er nicht gesagt.

REILIGAN Er sagt nichts und ihr fragt nichts. *Er packt Prodical und schüttelt ihn.* Was hatte der Codger hier zu schaffen, du?

PRODICAL *verärgert:* Woher zum Teufel soll ich das wissen?

KEELIN *ungeduldig:* Komm, Vati, schick um Gottes willen jemand rein und laß den Codger raustragen und den geplatzten Sack dazu, bevor der Zement sich in den Teppich frißt.

REILIGAN *tobt:* Frißt sich rein, und ihr steht hier herum und quasselt, damit ihr nur ja keine Hilfe seid. *Schreiend.* Los, ab, rein mit euch, und versucht zu retten, was von meinem neuen Teppich noch übrig ist. *Er schiebt Daniel zum Karren.* Nimm den Karren, Mann, und rein, und raus mit dem Sack.

Daniel schiebt die Karre zur Glastür. Prodical geht nach drinnen. Rankin, mit dem Rücken zum Schauplatz, bleibt auf dem Gerüst. Keelin steht zögernd an der Tür. Reiligan springt in einem Wutanfall aufs Gerüst, packt Rankin und zieht ihn herunter. Er stößt ihn zur Glastür.

Oh, du Unglücksvogel, dreh dein Gesicht dahin, wos Probleme gibt, und hör auf, deine Jammerseele mit Rührgewäsch zu mästen, bis sämtliche Heiligen im Himmel sich fragen, warum sie nicht taub sein dürfen. Komm raus aus deinem Betrausch für ne

Minute und hilf der christlichen Menschheit beim Vorwärtskommen!

Reiligan schiebt ihn hinter Prodical her ins Haus. Daniel fährt die Schiebkarre zur Glastür. Prodical und Rankin tragen den geplatzten Zementsack raus und legen ihn auf die Karre. Daniel fährt ihn an der Esche vorbei hinters Haus und kommt mit der leeren Schiebkarre zurück in den Garten. Während dies alles geschieht, kommt Foorawn um die Esche herum in den Garten. Manus folgt ihr, bleibt aber an der Esche stehen, lehnt sich dagegen und betrachtet sie. Prodical und Rankin sind wieder ins Haus gegangen, um Codger herauszuholen. Foorawn ist groß und hübsch, siebenundzwanzig Jahre alt. Sie hat große blaue Augen und rötlich schimmerndes, braunes Haar; ihr volles langes Haar ist über der schmalen Stirn gescheitelt und im Nacken zu einem Knoten zusammengesteckt. Entschlossene Strenge und Gelassenheit drücken sich in ihrem Gesicht aus, oder zumindest bemüht sie sich doch, so auszusehen. Sie trägt ein schwarzes Schneiderkostüm, das ernst und nüchtern wirken soll, aber doch deutlich ihre hübsche, schlanke Figur betont. Vor ihrer Brust hängt an einer dünnen Goldkette ein rotes Emaillekreuz. Sie trägt einen blauen Schleier und einen Gürtel von der gleichen Farbe. Die Männer ziehen, wenn sie an ihnen vorbeikommt, respektvoll den Hut, steht sie doch im Ruf großer Frömmigkeit und hat sie doch das Gelübde ewiger Keuschheit auf sich genommen. Sie bemüht sich, die Augen sittsam gesenkt zu halten, was ihr aber nicht immer gelingt, dazu fehlt es ihr an Jahren, und ihr Herz ist jung und voller Verlangen. Sie sieht zwar in die andere Richtung, wirft aber verstohlen einen Blick zu Manus hin, um dann wieder die Augen zu senken.

FOORAWN *zu Reiligan:* Vater, ich gehe, und spreche ein paar kurze Gebete für eine gesegnete Ankunft des Bischofs. *Sie sieht die Erregung.* Was ist los hier? Was ist passiert?

REILIGAN *zu Foorawn, verwirrt:* Schon recht, schon recht, geh nur zu und geh aus dem Weg hier! Die schiere Verzweiflung ist ausgebrochen, das ist passiert; geh nur zu, Gebete helfen hier gar nichts.

MANUS *laut, und mit etwas Spott in der Stimme, von seinem Platz in der Nähe des Baums aus:* Und sag auch ein paar für das Bischofsfeuer!

Sie wirft Manus einen scheuen und sehnsüchtigen Blick zu, läßt den Blick aber rasch wieder zu Boden fallen.

FOORAWN *zu Reiligan:* Bis gleich, Vater. *Geht durch das Tor hinaus.*

KEELIN *während Foorawn zum Tor und hinter der Mauer entlang läuft; boshaft:* Wenn ich irgendwas weiß, dann so viel, daß unter diesem Rock, der sich so bescheiden anfühlt und so schwarz aussieht, seidene Schlüpfer und Nylonstrümpfe stecken. Warum befiehlst du ihr nicht mit deinem alten Meckermaul, daß sie ein bißchen im Haus hilft?

REILIGAN *ärgerlich:* Du weißt, warum. Sie gehört Gott und ist aussortiert von gewöhnlicher Arbeit – sie fürs Gebet und du für die Arbeit. *Noch ärgerlicher.* Geh rein, sag ich dir, und mach den Teppich fertig, und dann schau, daß du weiterkommst mit dem Entenrupfen. *Er schiebt sie hinein.*

Prodical und Rankin helfen Codger aus dem Haus und kommen in den Garten. Sein Gesicht und sein Zeug sind von Zementstaub bedeckt. An der Glastür lassen sie ihn los, er sinkt in sich zusammen und lehnt sich mit geschlossenen Augen gegen den Türrahmen.

PRODICAL *rät ihm:* Laß ihn in Ruhe, bis er seinen Status quo wieder hat.

REILIGAN *wütend, zu Codger hinunter:* Warum bist du hier? Warum bist du nicht beim Heuen geblieben? Du hast gewußt, was die Halmfliege angerichtet hat – mehr als die halbe Ernte zersiebt und vernichtet. Wie sollen wir die Kühe füttern im Winter ohne die gute Hilfe des Heus? *Schreit.* Was kommst du hierher und führst Verwüstung vor? Warum bist du nicht beim Heuen geblieben?

CODGER *ohne die Augen zu öffnen:* Gott, das Heu nennt der Heu!

REILIGAN Jawohl, und zwar eins a Heu! Heu voller reifem Saft von der Sonne, das fette Nahrung für meine Kühe liefert und hinterher fette Nahrung für den Menschen durch die Milch, die Kühe geben.

CODGER *matt:* Heu? Staub ist das, den die ausgemergelten Kühe gar nicht kauen können. In keiner einzigen Weide ist auch nur eine Spur von Klee oder Wicken. Weiden sind das, die seit fünfzig Jahren keine belebende Pflugschar mehr gespürt haben.

REILIGAN Es ist mein Land, oder?

Der Pfarrer kommt hinter der Mauer hervor und bleibt am Tor stehen, um zuzuhören.

CODGER *Augen geschlossen:* Diese Weiden sind ein Mischmasch von Unkraut und Sauerampfer mit Binsen dazwischen, die vom Bach aus dazukriechen. Dieses Gras ist sein Leben schon leid, bevors nur ein Viertel gewachsen ist. Der nennt seine Kühe Kühe! Die besten von ihnen schielen schon vor Anstrengung, übers Jahr ein paar hundert Liter Milch herauszutröpfeln; und was rauskommt, ist ein Witz im Vergleich zu dem, was herauskommen müßte. Jeder, der vorbeigeht, dreht den Kopf weg, damit er den gequälten Ausdruck auf ihren Schädeln nicht sehen muß, und sie selber beschweren sich schweigend bei Gott über den ersten Lichtstrahl, weil er ihnen noch einen Tag daherzerrt.

REILIGAN Und selbst wenn, selbst wenn deine Lüge die Wahrheit wäre, es ist mein eigener Verlust, denn mir gehören sie, alle zusammen.

CODGER Dir gehören sie, alle zusammen. Dir gehört das Land, dir gehört das Wirtshaus, dir gehört die Hemdenfabrik, dir gehört der Tanzsaal, dir gehört der Kaufladen, und dir gehören, Gottstehunsbei, selbst die Leute dazwischen. Du bist eine Bedrohung für die Welt, Reiligan.

Der Pfarrer ist vom Tor herbeigekommen und steht jetzt vor Codger, auf dessen geschlossene Augen er herunterschaut.

PFARRER *stößt ihm mit dem Schirm in die Rippen:* Was hör ich da, Codger Sleehaun, was muß ich da hören? Warum kümmerst du dich nicht um das Heu? Um das Heu deines Herrn?

CODGER *mit gespieltem Respekt:* Oh! Die Stimme des Kanonikus! Kirche und Staat vereinigen sich. Ich war grade dabei, einen Zementsack zu tragen, Kanonikus, da kommt so ein blöder Sack daher und schubst mich in die falsche Richtung.

PRODICAL *der sich mit Rankin wieder an seine Arbeit gemacht hatte:* Er ist ein bißchen daneben, Herr Pfarrer. Wenn er sich etwas ausgeruht hat, wird er wieder im Status quo sein.

PFARRER *stößt Codger wieder:* Wenn du in Zukunft mit dem Stadtrat sprichst, dann denk dran, daß du mit einem Grafen sprichst, denn Seine Heiligkeit hat uns alle geehrt und den Stadtrat zum Grafen am Päpstlichen Hof gemacht.

CODGER *Augen weiterhin zu:* Zum Grafen, tatsächlich? *Zieht den Hut in gespielter Ehrfurcht.* Ballyoonagh bringt sich dem Himmel um einen ganzen Schritt näher!

PFARRER *grob:* Und Schluß mit dem Geläster über die Felder des Grafen oder die Kühe des Grafen, Sleehaun; und für sein gutes Heu gilt das gleiche.

CODGER *eine Spur Spott in der Stimme:* Gute Felder, Kanonikus, und das beste Heu, das ich eine Generation lang gesehen habe; einmalig, von der Sonne bei voller Kraft erwischt und dann dem zarten Kuß des Taus dahingegeben, den die Nächte gewähren. *Schnuppert.* Ich rieche den Geruch des Heus bis hierher; kräftiger und voller als irgendein Duft aus einem weit entfernten Land, in dem Kampfer und erlesene Harze von den Bäumen träufeln und dem Wald all die Pracht eines von Thymianbüschen gesäumten Rosenhains geben.

Pater Boheroe kommt zur Glastür mit einem Glas Brandy in der Hand. Er bietet es Codger an.

BOHEROE *bietet Codger das Glas an:* Keelin läßt Ihnen das bringen.

CODGER *zieht sich zusammen:* Was ist es – Wasser?

BOHEROE Nein, nein: Brandy, von der allerbesten Sorte.

REILIGAN *entsetzt:* Brandy? Das ist der Brandy für den Bischof – Herr des Himmels! Das verdammte Luder! Einem wie dem da so einen Brandy zu geben! *Er läuft ins Haus.*

CODGER *nimmt das Glas gierig an:* Ein Prachtmädel. Gottbleibbeiihr! Der Duft von Kampfer und Thymian ist in ihrer Güte, und ihre Erscheinung morgens in der Früh oder beim Abendwerden ist wie die pure Pracht von Sharons Rose; ja, und ihr Kommen und Gehen führt Anmut heran und ist Verlockung genug, einem Mann zum Hinterherschaun den Kopf zu verdrehen und seine Gedanken zu verleiten, einen Griff nach ihr zu erwägen.

PFARRER *ruhig, zu Pater Boheroe:* Der hat keinen Brandy gebraucht. Tun Sie mir den Gefallen, und legen Sie diesem bösartigen alten Schwatzmaul ein paar Zügel an, wenn Sie die Gelegenheit dazu haben.

BOHEROE Er mag ein loses altes Mundwerk haben, Herr Kanonikus, aber bösartig würde ich ihn nicht nennen.

PFARRER *ungeduldig, aber ruhig:* Ihr Gemeindepfarrer sagt, er ist bösartig, und das ist er auch, bösartig und zügellos.

BOHEROE Wir haben allen Grund zu der Annahme, daß alte Männer manchmal Visionen haben, Herr Kanonikus; und was der Codger sieht, haben andere auch schon gesehen.

PFARRER *vorm Betreten des Hauses:* Visionen? Die Visionen des Codger sind zusammengerührt aus einfältigem und impertinentem Unsinn. Visionen, daß ich nicht lache! *Pause.* Und schauen

Sie, Pater Boheroe, ein Priester ist immer gut beraten, wenn er sich davor hütet, sich seine geistige Erhebung durch allzu großen Ehrgeiz im Seelsorgerischen zu verschaffen; und wenn er es sich genau überlegt, bevor er irgendwelche emotionsgeladenen Phantastereien mit einem Lob versieht. Bitte kommen Sie herein, Pater Boheroe. Es sieht so aus, als hätte ich mehr als einen bösartigen und zügellosen Mann in meiner Gemeinde.

Beide gehen hinein.

CODGER *zornig:* Zum Grafen! Seine Heiligkeit ehrt Ballyoonagh, indem er Reiligan zum Grafen macht! Zum Grafen, GottderGerechten! *Streckt das Schnapsglas von sich weg und ruft.* Dan!

Daniel wendet sich ihm zu, während Rankin plötzlich vom Gerüst herunter und durchs Tor hinaus geht, Hut abgenommen, Kopf zum Gebet gesenkt. Codger inbrünstig.

Glück und Segen für das Fräulein Keelin und *unterbricht* für noch jemand! *Trinkt.* Prima Gesöff. Bischof sein Brandy, mir solls recht sein. *Schreit leicht auf.* Jessas, tut mir das Kreuz weh! *Pause.* Graf Mick – man stelle sich vor!

PRODICAL *horchend:* Pscht! Das Angelus! Man kann es schwach läuten hören, wenn der Wind zu uns herüberweht.

Man hört tatsächlich ein schwaches Läuten, in unregelmäßigen Abständen und bis alle zwölfe geschlagen sind.

DANIEL *aufgebracht:* Und dieser Schuft von Rankin hat es gehört und geht weg, ohne einen Mucks zu machen.

MANUS *der am Baum gestanden war und aus einem Krug trinkt:* Schluck zum Abendessen, Jungs! Es ist noch mehr im Faß, falls einer von euch ne Erfrischung braucht; eine Flasche von Bischofs Brandy ist auch mit drin, damit die Brüh etwas Körper kriegt; denn du sollst dem Ochsen, der da drischt, nicht das Maul verbinden. *Er geht zu den Steinen und setzt sich auf den Haufen.*

Die anderen setzen sich eilig in Bewegung, nicht so steif und soldatenhaft wie vorher, zum Faß. Sie sind offensichtlich gehobener Stimmung; Codger folgt ihnen als letzter. Er bleibt beim Baum stehen und wendet sich Manus zu.

CODGER *zu Manus:* Kommst du nicht mit?

MANUS *ruhig:* Ich komm in ein paar Minuten nach, alter Freund.

CODGER *sanft und gefühlvoll:* Wartest auf eine Gelegenheit, sie zu sehn. Ihr zwei und vereinigt, das wär ein Geschenk des Himmels. Möge Gott herablächeln auf dich, Manus, und auf das Mädel dazu. Warten ist hart, immer hinterherschaun müssen ist auch hart, und noch härter ist das ewige Grübeln. *Pause.* Zum Grafen, GottderGerechten! *Er geht.*

Foorawn kommt auf dem Weg hinter der Mauer herein, geht durch das Tor, sieht Manus, tritt ein wenig beiseite, um ihm aus dem Weg zu gehen. Er aber folgt ihr, bis beide voreinander stehen; er sieht sie fest an, sie senkt, nachdem sie ihn lange angeschaut hat, den Blick und zieht ihren Schleier fester um sich.

MANUS Foorawn!

FOORAWN *mit etwas erschrockener Stimme:* Oh, Manus, halte mich nicht auf; laß mich in Ruhe hineingehn, es ist für uns beide am besten. Ich hätte nie gedacht, daß ich dir begegnen würde.

MANUS *bestimmt:* Du hast gewußt, daß ich in der Nähe sein würde. Du hast mich beim Weggehen gesehen. Du hast gehofft, mir zu begegnen. Du wolltest mir begegnen. Du hast es drauf angelegt, mir zu begegnen.

FOORAWN Nein, nein, habe ich nicht. Gestern, als du mich aufgehalten hattest, habe ich dich beschworen, mich in Frieden zu lassen.

MANUS Du wolltest mich gestern sehen und wolltest mich heute sehen. Du möchtest mich weiter sehen, bis deine Augen alt sind und nicht mehr sehen können.

FOORAWN *heftig:* Gott verzeih mir! Quäle mich nicht, Manus. Laß mich in Ruhe in meine Zuflucht gehn. Ich bin von jetzt ab unter dem reinen weißen Mond des Himmels. Bin für immer von dir gegangen, Manus. Schau mich an, wie ich dastehe, ganz in Schwarz und in Blau. Ich bin keine Verführung mehr für deine suchenden Augen.

MANUS Du kannst deine verführerische Figur unter keinem Finstermeßgewand verbergen und kein Schleier kann dein schönes Gesicht wegmaskieren. Oh Foorawn, meine Liebe und mein Verlangen dringen durch alles hindurch.

FOORAWN Geh weg von mir! Ich habe gebetet, um dir zu helfen, ein Priester zu werden; und während ich gebetet habe, bist du in den trägen und kalten Stunden eines frühen Morgens deinem Vorhaben davongekrochen und hast deinen Namen als den eines Toten im heiligen Register des Seminars zurückgelassen, und dann, und dann bist du weggelaufen, um einer von denen von der Englischen Luftwaffe zu werden.

MANUS Wo ich bei jeder Gelegenheit, die sich mir geboten hat, auf den Tod zugeflogen bin, damit ich zugrunde gehe an dem, was geschehn war; aber Gott hat gelacht und mir einen Orden beschert; und als ich mich bei einer anderen Gelegenheit noch näher an den Tod herangemacht hatte, hat Er wieder gelacht und eine silberne Spange zur Verzierung der Ordensschleife hinterhergeschickt.

FOORAWN Schau dich doch an jetzt! Oh, schau dich nur an jetzt!

MANUS Ja, schau mich nur an. *Er nimmt sanft ihren Arm und zieht sie an sich.* Ein Mann mit derselben Seele, demselben Hirn, derselben Verachtung für schäbiges Leben – *er nimmt sie in seine Arme* – und derselben fortdauernden und verzehrenden Liebe für Foorawn, meine – *küßt sie* – Einzige und Ewige.

FOORAWN *entwindet sich seinen Armen:* Nein, nein! Ich muß gehen! Ich gehöre jetzt Gott, und ihm allein kann ich dienen.

MANUS *bitter:* So reden der Stolz und die Furcht. Du bildest dir ein, Gott käme nicht zurecht ohne dich; er wäre in Verlegenheit, wenn er dich mal nicht findet. Geh nur zu, du, und staple weiter Schein auf Schein für die Auslandsmissionen, damit sie ihr tückisches Unheilsgewitter herunterbringen können über den schwarzgebeizten Afrikaner im Brennstrahl der Sonne wie über den eisbehausten Eskimo im grabtücherspeienden Schneegestöber des Nordens.

FOORAWN *bleibt an der Glastür stehen, überrascht:* Was für Scheine meinst du?

MANUS Die Geldscheine, die der guten Gier der Kirche zuliebe in der Schreibtischschublade unterm Ewigen Licht aufgestapelt werden. Der Schlüssel dazu liegt unter deinem Mieder auf deiner Brust, und zwar genau an der Stelle, an der obendrüber das Kreuz liegt. *Bitter:* Kreuz und Schlüssel liegen auf deiner Brust, damit sie dich kalt machen, und meine Hand müßte drauf liegen, um dich warm zu halten.

FOORAWN *kalt:* Deine Worte sind wild und deine Worte sind bitter. Deine Worte sind wie die Worte in den Büchern, die zu Asche verbrennen werden im Freudenfeuer für den Bischof. Manus, du bist ein schlechter Mensch.

MANUS *bitter:* Und in der Asche, die das Feuer übrigläßt, wird auch die Asche unserer Liebe sein; die der meinen für dich und die der deinen für mich; und Daniels Liebe für Keelin wie die ihre für ihn.

FOORAWN *geht zur Tür hinein:* Ein sehr schlechter Mensch!

Manus will ihr erregt folgen, aber Pater Boheroe stellt sich ihm in den Weg. Sie sehen sich einen Augenblick an, dann wendet sich Manus ab, geht langsam zu den Steinen und setzt sich, den Kopf in die Hände gestützt, dorthin.

BOHEROE *von der Tür aus, sanft:* Sei ein Mann, Manus. Sie steckt jetzt zu tief im heiligen Wahn ihrer Keuschheit, um auf dich zuzukommen.

MANUS *ungeduldig:* Ach, ihr! Ihr mit euren Laokoonsschlingen von Rosenkränzen, mit denen ihr die Leute knebelt und würgt!

BOHEROE Ich möchte niemanden mit Rosenkränzen knebeln, Manus, ich möchte den Leuten mit Leben beistehen . . . Komm, gib dir eine Chance, verlieb dich ins Leben und werde ein anderer Mensch.

MANUS *sarkastisch:* Der mit allem in Frieden lebt.

BOHEROE Der mit fast allem im Krieg lebt.

MANUS Sie sind ein freundlicher, guter Mensch, Pater. *Pause.* Tun Sie mir einen großen Gefallen?

BOHEROE *eifrig:* Selbstverständlich tu ich das. Du mußt mir nur sagen, was ich tun soll, Manus.

MANUS *tonlos:* Mich einfach in Ruhe lassen.

Pater Boheroe geht langsam zum Tor, öffnet es und geht auf den Weg hinter der Mauer. Dort bleibt er stehen und lehnt sich nachdenklich über die Mauer. Die anderen, Prodical, Daniel und Codger, kommen um die Esche herum in den Garten, Codger, die Heugabel am Stiel hinter sich herziehend, führt sie an. Er hat einen glasig verträumten Blick, hält sich aber, steifer als zuvor, aufrecht, wobei er freilich hin und wieder nicht so ganz sicher auf den Beinen zu sein scheint. Er geht zu dem Steinhaufen und setzt sich gegenüber von Manus auf die Rückseite, so daß nur sein Kopf oder nur sein Hut zu sehen ist, die Heugabel hat er mit den Zinken nach oben wie einen Dreizack neben sich gestellt. Daniel geht, steifer als zuvor, zum Tor und betrachtet von dort nachdenklich die Felder im Hintergrund. Prodical geht zum Gerüst, setzt sich dort mit erhobenem Kopf hin. Seine Augen glänzen herausfordernd, als fühlte er sich aller Welt überlegen.

PRODICAL *an die Welt und zu Pater Boheroe:* Prodical Carranaun fordert eine Welt mit mehr Raum, Pater Boheroe; eine Welt, in der ein Mann seine wahren Meinungen herausdonnern kann; in der die Nacht zum satten Teil eines Tages wird, in der schwere Seen hereinschlagen auf eine einsame Küste. Prodical Carranaun steht weit über der Bedeutung von Reiligans Rosen und von Reiligans Mauer!

DANIEL *schaut über die Felder, halb zu sich selbst:* Mir geht auf einmal die Lust zu weiterer Arbeit ab. Soll sie liegenbleiben. Ich geh und streck mich im Gras aus und höre der Lerche beim Singen zu. Der Lerche, wa? Ja, der Lerche beim Singen in den klaren Lüften, klaren Lüften des Tages, nicht wahr?

CODGER *sinnend:* Hast recht, Dan. Die Lerche ist ein Schatz von einem Vogel; Unserer Lieben Frau ihr Weibchen, das Jahr und Tag singt. Aber bei all ihrer Singerei hat die Lerche genauso ihre Probleme wie wir anderen auch. Sogar in der Liebe, wenn sie wartet und wartet und wartet, und ihr Kerl kommt vielleicht nie wieder zurück in ihr Nest. Und wir alle sind genauso wie die Vögel: Kummer, wenn uns die Liebste aus den Augen verschwindet und fort- und dahinzieht; Pater Boheroe da drüben kanns euch erzählen. *Nach einer Pause singt er ruhig und mit Zartheit:*

My Bonnie's gone over the ocean,
My Bonnie's gone over the sea;
My Bonnie's gone over the ocean,
Oh bring back my Bonnie to me.

Daniel und Prodical stimmen in den Chor ein – Daniel beim zweiten, Prodical beim dritten Vers, so daß sie vom dritten Vers an gemeinsam singen; Pater Boheroe, ans Tor gelehnt, hört ihnen zu; Manus sitzt allein auf den Steinen; er hat den Kopf gesenkt und das Kinn in die Hände gestützt.

Bring back, bring back,
Daniel fällt ein.
Oh, bring back my Bonnie to me.
Prodical fällt ein.
Bring back, bring back,
Oh, bring back my Bonnie to me.

2. Akt

Das Wohnzimmer des Hauses von Stadtrat Reiligan ist groß, alles darin ist neu, außer einigen Sachen, die noch neuer sind, und den allerneusten, die jetzt gerade hineingestellt werden, um dem Besuch des Bischofs Glanz zu geben. Durch das große, von einem schwarzen Plüschvorhang eingefaßte und mit einer weißen Falle versehene Bogenfenster im Hintergrund (Glastür) sieht man in den Garten und erkennt einen langen, elegant ausschwingenden Ast der Esche, der in der Dämmerung schon fast schwarz wirkt. Dahinter der Haufen Steine und die Urne. Jenseits davon die Mauer mit dem Tor, der Weg und die Felder, die sich zur Stadt hinziehen. Die Glastür, durch die ein- und ausgegangen wird, ist zum Garten geöffnet, denn es ist, obwohl sich der Herbst seinem Ende zuneigt, ein schöner, milder Abend. Man hört leises Vogelgezwitscher und in einiger Entfernung das Krächzen heimfliegender Krähen, nicht laut, aber klar. Draußen ist alles ruhig und friedlich, im Haus dagegen herrscht unruhiger, nervöser Betrieb. Rechts vom Fenster steht ein mit einem alten Tuch bedecktes Klavier, links vom Fenster ein ebenfalls mit einem Tuch bedecktes großes Buffet. Auf einem Sockel oder einer Konsole neben dem Klavier steht ein Telefon. Nicht ganz in der Mitte des Zimmers steht ein spiegelblank polierter Mahagonitisch für sechs oder sieben Personen. In dem Raum sind etwa sechs Mahagonistühle mit dunkelgrün bezogenen Sitzen verteilt. Rechts befindet sich ein großer, geräumiger, von blank poliertem Messing eingefaßter Kamin mit schwerem poliertem Messinggerät, Schürhaken, Feuerzange und Kohlenschaufel. Papier, Holzscheite und Kohlen liegen bereit, so daß jederzeit ein großes loderndes Feuer in Gang gesetzt werden kann, um den nur für den Empfangprominenter Besucher bestimmten Raum zu erwärmen. Auf dem Kaminsims steht an beiden Enden je eine Bronzefigur sich bäumender Pferde, in der Mitte eine vergoldete Uhr, die in Betrieb ist. An der Wand darüber hängt das große Bild eines Papstes, von dem Reiligan behauptet, er habe eine verblüffende Ähnlichkeit mit Pius IX. Zwischen Klavier und Fenster steht ein schmaler Sekretär, auch aus Mahagoni, mit schmalen Schubladen und einem Schreibpult. Er ist gleichzeitig Betpult mit einem unten angebrachten Absatz zum Knien, auf dem, das Knien zu erleichtern, ein schwarzbezogenes

Kissen liegt. Darüber steht auf einer an der Wand angebrachten Sohle ein Votivbild, über dem auf einer kleineren Konsole die kleine Statue des heiligen Casabianca steht; sein Gesicht ist schwarz, er trägt eine scharlachrote Robe und hat in der Hand eine goldene Krone. Auf dem Fußboden liegt ein dicker beigefarbener Teppich, teilweise bedeckt von alten Tüchern, die ihn vor allem gegen die in das Innere des Hauses führende Tür rechts vom Kamin und gegen die zum Flur, zur Haustür und in die im Tiefgeschoß liegende Küche führende Tür auf der linken Seite abdecken sollen. Auf einer Ecke des Tisches befinden sich Schreibpapier, Feder und Tinte.

Wenn der Vorhang aufgeht, sieht man Rankin gerade die Kaminplatte betrachten, die einst aus schlichtem Schiefer war und jetzt aus grünen, gelben und weißen Kacheln besteht, die er soeben gesetzt hat. Er hat in einer Hand eine Kelle und in der anderen ein Ledertuch. Codger ist dabei, ein Mörtelbrett aus dem Zimmer zu tragen. Rankin beugt sich zu den Kacheln und bringt sie mit dem Ledertuch auf Hochglanz.

RANKIN *zu Codger:* Du kannst ihnen sagen, sie können ab jetzt jederzeit Feuer machen. Ist alles fix und fertig.

CODGER Dringend nötig hier. Dieses Zimmer ist richtig muffig vor Neusein; mit seiner Ausstrahlung und seinem Heiligenbildchen riecht es genauso nach Barmherzigkeit wie das Kreisgericht.

Codger geht mit dem Mörtelbrett durch die Glastür hinaus; Rankin geht zum Fenster und schaut ihm hinterher, schleicht sich dann zum Sekretär, legt das schwarzbezogene Kissen beiseite, das davor liegt und kniet sich auf den Absatz, um zu beten.

RANKIN *verächtlich:* Kissen! *Sanft und in verhaltener Inbrunst.*
Heiliger Sankt Casabianca von Allahoon'!
Bitt für uns, daß Ballyoon'
Empfang des Bischofs Segen nun –

Die rechte Tür fliegt auf, und der Leutnant Michael Reiligan kommt hereingestürzt. Er ist in voller Marschausrüstung, Stahlhelm, britisch, dunkelgrüne Uniform, Säbel, Revolvertaschen links und rechts, Koppel.

LEUTNANT *außer Atem:* Wos mein Dad; hast du meinen Alten gesehn?

RANKIN *springt auf, schüchtern:* Keine Ahnung; nein, keine Ahnung; nein, keine Ahnung.

Der Leutnant rennt durch die linke Tür wieder hinaus, Rankin trippelt ihm hinterher, schaut ihm nach, schließt die Tür vorsichtig, geht zurück zum Betpult, kniet sich davor und betet wieder.
Heiliger Sankt Casabianca von Allahoon'!
Bitt für uns, daß das Bischofsfeuer von Ballyoon'
Zu einer mächtigen Flamme emporsteige nun –
Die linke Tür geht auf und Keelin kommt hereingestürzt. Rankin springt auf und bleibt schüchtern in der Nähe des Betpultes stehen.

KEELIN *außer Atem:* Haben Sie meinen Vati gesehn? Wo ist der Graf Reiligan?

RANKIN Keine Ahnung, Fräulein Keelin, keine Ahnung.

KEELIN *gereizt:* Sieht so aus, als würde dieser Bischofsbesuch eher ein Fluch als ein Segen. *Stürmt durch die rechte Tür wieder hinaus, die sie offenstehen läßt.*
Rankin trippelt hinterher, schaut hinaus, geht zurück, kniet wieder nieder und betet.

RANKIN Heiliger Sankt Casabianca von Allahoon'!
Bitt für uns und entzünde mit dem Bischofsfeuer
einen solchen Brand in allen Herzen von Ballyoon'
Daß kein Mann mehr an eine Frau denkt und
keine Frau mehr an einen Mann ab nun –
Reiligan, noch in Anzug und Hut, erscheint in der Glastür, schaut Rankin einen Moment lang an und explodiert dann.

REILIGAN *wütend:* Was zum Teufel hast du an diesem Betpult verloren?
Rankin, verlegen und erschrocken, springt auf.
Dieses Betpult ist das private Vorrecht von Fräulein Foorawn und nicht für jemand von deinem Stattus gedacht. *Er kommt Rankin näher.* Das ist Fräulein Foorawns spezieller Heiliger; *deutet auf die Statue* und keiner in diesem Haus hat zu ihm zu beten als sie. Ist das klar? Verstehst du?
Rankin bleibt, Kopf gesenkt, stumm vor ihm stehen.
Mann Gottes, sag was, damit ich weiß, du hast es kapiert!

RANKIN *schwach:* Ja.

REILIGAN Ja was?

RANKIN *ins Falsett geratend:* Ich verstehe!

REILIGAN *grob:* Dann versuch dich entsprechend zu verhalten! Sogar Fräulein Foorawn hat beschlossen, nicht dranzugehen, solang der Bischof hier für zwei oder drei Nächte als Hauptquartier wohnt. Verstehst du? *Er macht eine Handbewegung über den Raum.* Dieses ganze Zimmer ist das Hoheitsgebiet des Bischofs, solang er hier ist, und wir überantworten das Zimmer mitsamt allem, was drin ist, an den Stattus des Bischofs, indem wir ihn zu seiner Sicherheit und Bequemlichkeit mit einer Sitzecke und einem privaten Betplatz ausstatten, während er und sein Aufenthalt unsere hochgeliebte Stadt Ballyoonagh beehren. Verstehst du? *Ungeduldig, da Rankin schweigt.* Mann Gottes, sag was, damit man sieht, du hast es kapiert!

RANKIN *sehr leise:* Ja.

REILIGAN *schreit:* Ja was, Mann! Ja, wie!

RANKIN *schreit im Falsett:* Ja das! Ich verstehe!

REILIGAN *schreit:* Dann verhalte dich auch entsprechend! *Schaut zum Kamin.* Ah, also das sieht jetzt gut aus! Hier bist du fertig, jetzt schau, daß du weiterkommst und draußen im Flur beim Streichen hilfst. Hier bist du fertig, also schau, daß du weiterkommst. *Schiebt ihn.* Komm, vorwärts, vorwärts; kein Herumgetrödel!

Während sie durch die linke Tür hinausgehen, erscheint Daniel an der gegenüberliegenden Tür. Er trägt einen viereckigen Sockel aus poliertem schwarzem Holz mit einem runden Rand obendrauf, der zur Absicherung der Statue dient.

DANIEL Hier, Graf, das ist die Kiste, auf der der heilige Soundso stehen soll.

REILIGAN Stell sie auf den Tisch.

Daniel stellt sie hart am Rand des Tisches ab, wütend.

Vorsicht, Trampel, unachtsamer, und verkratz mir den Tisch nicht. In die Mitte, du Dummkopf. In die Mitte vom Tisch!

RANKIN *macht ihn im Falsett nach:* In die Mitte vom Tisch, Dummkopf!

REILIGAN *schiebt Rankin ungeduldig aus der Tür und folgt ihm:* Paß auf, du! Du hälst dich hier raus! Was geht es dich an, ob sie in der Mitte oder an der Seite steht? Geh du zu und hilf im Flur draußen beim Streichen! Ich hab es dir grade gesagt: und ich sags dir noch einmal: Trödeltanten können wir hier nicht gebrauchen.

Während Daniel die Kiste genau in die absolute Mitte des Tisches manövriert, kommt Leutnant Reiligan von rechts zur Tür herein und beobachtet für einen Augenblick Daniels Maßnahmen.

LEUTNANT *herzlich:* Hallo Dan, mein Junge.

DANIEL *wendet sich ihm zu, noch herzlicher:* Oh, hallo, Mick.

Der Leutnant geht durchs Zimmer und hängt seine Revolvertasche an einen Haken an der Wand links vom Ewigen Licht.

LEUTNANT Dieses Ding da scheuert einem die Hüfte auf. Hier ist es sicher, Dan, sollte man zumindest annehmen, neben nem Heiligen.

DANIEL Weiß ich nicht, ob das heutzutage so sicher ist, Micke, ne Pistole in Reichweite von einem Heiligen hängenzulassen.

LEUTNANT *lacht:* Komm, komm, Dan, keine Scherze! Haste irgendwo meinen Alten gesehn?

DANIEL *immer noch vorsichtig:* Grade zur Tür raus.

LEUTNANT Was hat er fürn Gesicht gemacht? n fröhliches, oder wie?

DANIEL Eher bekümmert wars. Spürt allmählich, wie ihm das Geld davonfließt. Die ganze Stadt redet nur noch darüber, was er alles ausgibt für den Bischof. Was er treibt und ranschafft, damit das Haus rausgeputzt wird, das ist das einzige, wofür die Stadt noch Augen und Ohren hat; als hätt er ne Rakete voller bunter Sterne in einen pechschwarzen Himmel reinplatzen lassen.

LEUTNANT *so zuversichtlich wie möglich:* Er wird nochn bißchen mehr rausrücken müssen, wenn ich ihn erwischt habe, ich muß nämlich irgendwo nen Zehner auftreiben.

DANIEL Nen Zehner? Warum nur nen Zehner? Warum zapfste ihm nicht gleich mehr ab? Ein Zehner reicht nirgendshin.

LEUTNANT Genau, Dan, als Offizier, der für die Ehrengarde zuständig ist, die den Bischof empfängt, und bei dem ganzen Glanz und Gloria um unser Haus herum, muß ich schließlich in der Offiziersmesse meinen Status aufmöbeln.

DANIEL *emphatisch:* Natürlich mußt du das. Du bräuchtest selber ne Ehrengarde um deinen Stattus herum.

LEUTNANT *emphatisch:* Und die krieg ich auch! Für nen Bischof läßt er das Geld fließen wie nen Wasserfall, und seinem Sohn verweigert er einen lumpigen Zehner; seinem eigenen Sohn wohlgemerkt, Dan.

DANIEL Seinem eigenen Sohn; ja, weiß ich, weiß ich. Sowas grenzt an ein offensichtliches Rätsel, Mick.

Codger kommt durch die Tür rechts herein, in der einen Hand hat er einen Topf mit grüner Farbe, in der anderen einen großen Pinsel. Unmittelbar nach ihm erscheint in der Glastür Prodical, der auf einer Platte eine große, gerupfte und zum Braten fertige

Ente trägt. Codger bleibt an dem einen, Prodical am anderen Ende des Tisches stehen.

PRODICAL Die prächtigste von den fünfzig kriegt der Bischof.

LEUTNANT *etwas neidisch:* Sieht so aus, als würden sie dem Kerl Köstlichkeiten auftafeln wie einem König. Muß den Alten einen schönen Batzen kosten. Und sein eigener Sohn klimpert mit nem Schilling in der Tasche herum.

CODGER Bill Mullarkey unter ner Bischofrobe ist was ganz anderes als mit nem Flicken auf dem Hosenboden, wie ich ihn noch kenne. Macht nen Mordsunterschied, wenn die Hand, die ne Heugabel hielt, mit nem Krummstab daherkommt. Aber mit seiner ganzen goldenen Mitra und seinem purpurnen Unterrock bleibt er trotzdem Bill Mullarkey.

LEUTNANT *zu Dan, der die Kiste poliert:* Was polierst du da?

DANIEL Da kommt ne große Statue drauf, bunt bemalt und vornehm vergoldet, die irgendnen Heiligen darstellen soll, von dem kein Sterblicher in Irland je was gehört hat.

CODGER Das ist das einzige, was zunimmt in Irland – die Bevölkerung an steinernen und hölzernen Heiligen.

LEUTNANT Wie heißt er denn? Vielleicht kenn ich den Burschen.

DANIEL Sie habens mir gesagt, aber ich habs wieder vergessen. Son komischer Name. Irgendwas mit nem Horn oder so ähnlich.

LEUTNANT Mit nem Horn? Wie kann es was mit nem Horn sein?

DANIEL *überlegt:* Irgendwas Musikalisches wars jedenfalls.

CODGER *souffliert:* Fiedel, Trommel, Kornett?

LEUTNANT Saxophon, Oboe?

PRODICAL *stellt seine Ente auf dem Tisch ab, wo schon Codgers Farbtopf und Pinsel stehen:* Ne Zither vielleicht?

DANIEL *überlegt angestrengt:* Wartet mal – laßt mich überlegen; genau, der Kerl war ein Soldat, der ein Bockshorn gespielt hat, ein Bockonino in der alten Römischen Armee.

CODGER Was für ne Art geistlicher Erweckung soll ein Sünder von einem Bockshornisten kriegen? Irgendwas ist für mich finster an dieser Sache. Mit Bischof und Bockshornino werden wir sauber bedient.

DANIEL *wichtigtuerisch:* He! Hört mal her! Ihr dürfts aber nicht weitererzählen! Dieser Bockinano ist dem Bischof sein privater Schutzpatron, und seine Statue muß ihm beim Denken immer gegenüberstehn. Wenn er richtig denkt, bläst der Bockanino nen festen Ton; und wenns mit dem Denken danebengeht, fängt der

Bockanino zu tremolieren an. Der Pfarrer hats dem Grafen erzählt, der Graf hats Foorawn erzählt, Foorawn hats Keelin erzählt und Keelin hats mir erzählt.

PRODICAL *schnaubt ein verächtliches:* Pfff!

DANIEL Was schnaubst du herum, Prodical? Schau doch, wie dieses Haus blüht und gedeiht, seit Fräulein Foorawn zum heiligen Casabianca betet. *Er deutet auf die Statue überm Schreibtisch.*

CODGER Bockanino hin oder her, fest oder Tremolo, Bill Mullarkey und denken, das will mir nicht in den Schädel.

DANIEL *verärgert:* Mit nem Pfff! ist sowas nicht abgetan. Bei dem Zustand, in dem das Land ist, brauchen wir von den Heiligen jede Hilfe, die wir nur kriegen können.

LEUTNANT Das ist alles richtig Dan, zumindest bis zu nem gewissen Grad; aber was wir jetzt brauchen, sind Soldaten, und keine Heiligen. Was sollen wir zum Beispiel machen, wenn Zehntausende russische Fallschirmspringer aus den irischen Himmeln herunterfallen auf die Hügel von Tara oder auf das Mourne-Gebirge? Da brauchst du nicht lange nachzudenken, um die Patsche zu sehen, in der wir dann drinstecken.

CODGER Es wär besser und passender, sich gegen die Schwärme von grünen und schwarzen Fliegen vorzusehen, die aus unseren irischen Himmeln herunterfallen und das Getreide niedermachen.

DANIEL *ungehalten, zu Codger:* Komm, sei kein Idiot! Erzähl weiter, Mick.

LEUTNANT Schau, Dan, wir sind viel zu klein, um aus eigener Kraft gegen die Russen anzukämpfen – wir wären auf Hilfe angewiesen.

DANIEL Wir sind zweimal zu klein – wir wären auf Hilfe angewiesen; da hast du recht.

LEUTNANT Es nützt auch nichts, sich auf Verbündete zu verlassen, die zu weit weg sind, wie Italien oder Frankreich – die bräuchten Jahre, bis sie hier sind.

PRODICAL *dessen Interesse erwacht ist und der Ente und Platte wieder auf den Tisch gestellt hat:* Und wie sie die bräuchten, und wie sie die bräuchten.

LEUTNANT Ihr seht also, Männer, Irland ist so wichtig, zumindest geographisch, daß die Russen im Kriegsfall innerhalb einer Stunde einmarschieren müßten, innerhalb von einer Stunde. Klingelt da was bei euch?

DANIEL *überzeugt:* Ja; eine ganze Batterie von Glocken. Aber dann, was wär dann?

LEUTNANT Tja, Mann, dann müßte eben auf der Stelle Hilfe her.

PRODICAL Und England, was wär dann mit England?

LEUTNANT England! Warum, Mann Gottes, die würden um ihr Leben kämpfen und hätten nicht mal nen Verkehrspolizisten übrig für uns. Ich bin Offizier bei der Armee; ich weiß Bescheid über diese Dinge.

DANIEL *weise, zu Prodical:* Verstehst du, Prodical? Er ist Offizier bei der Armee – er weiß Bescheid. *Zum Leutnant.* Ja, und dann, Mick, was dann?

LEUTNANT Unser Mann ist einzig und allein Amerika, Dan, denn was wir dann brauchen, sind Schwärme und noch mal Schwärme von Jeeps.

CODGER Jeeps?

LEUTNANT Ja, Jeeps, jeder mit nem Fahrer, nem Ersatzfahrer, nem Kommandanten und nem Funker drin. Jeder diensttaugliche Mann in Irland müßte hier in nem Jeep und da in nem Jeep drinsitzen, mit nem Maschinengewehr, nem Hammer und ner Beißzange, Kopfhörern und nem Sprechfunkgerät für den Jeepgebrauch, das ist die einzige Lösung, Dan.

CODGER *hakt nach:* Und was sollen die normalen Autos und Fußgänger machen, wenns auf den Straßen nur so wimmelt von Jeeps? Da würde doch im ganzen Land kein Mann, Frau, Kind oder Huhn am Leben bleiben!

DANIEL *rüttelt am Tisch:* Reiß dich zusammen, reiß dich zusammen, Codger; reiß dich zusammen.

LEUTNANT *erregt, zu Codger:* Und selbst wenn, selbst wenn sie alle umgelegt würden: ist ein Tod auf unseren eigenen Straßen nicht besser als die Verschleppung durch die Bolschewiken an einen unbekannten Bestimmungsort?

CODGER Von welcher Verschleppung sprechfunkst du da?

DANIEL Red nicht wie ein Idiot, Codger.

LEUTNANT *hitzig:* Schaut, eine Nation wie Rußland, die ihrem eigenen Volk so viel angetan hat, verschwendet doch keinen einzigen Gedanken an das Ausmerzen von ein paar tausend Iren oder Irinnen und denkt keine zweimal darüber nach, den Rest von uns wegzuschleppen.

CODGER *erregt:* Und wo wollen die Bolschewiken die Schiffe und Züge hernehmen, mit denen sie uns vier Millionen wegschleppen wollen? Sibirien soll ziemlich weit weg sein, hab ich mir sagen lassen!

LEUTNANT *zu Codger:* Schau, Mann, die Bolschewiken denken doch nicht im Traum an Sibirien, wo wir die Insel Man ein paar Schritte von unsrer grünen Grenze wegliegen haben.

DANIEL *zu Codger:* Aha, das hat dich ausgetrickst? Jetzt verstehst dus, Codger, was?

CODGER *heftig:* Nein, ich versteh überhaupt nichts. Wenn Rußland auch nur im entferntesten dem ähnelt, was die Pfaffen uns weismachen wollen, ist jeder Russe, der aus den irischen Himmeln auf unsre smaragdgrüne Erde herunterschwirrt, ein armer Teufel, der Asyl sucht.

PRODICAL Asyl? Du meinst ein Irrenasyl?

CODGER *ärgerlich:* Nein, nein, Mann; einfach Asyl, einfach Asyl.

PRODICAL Ein einfaches Asyl gibt es nicht. Wenn jemand sagt, wir haben den Soundso ins Asyl gebracht, dann meinen wir damit ein Irrenasyl, oder?

CODGER Ja, ja; aber ...

PRODICAL Da gibt es kein Aber. Ein Asyl ist ein Asyl – da gibt es kein Aber.

CODGER *hebt die Stimme:* Ich sage dir, es gibt verschiedene Asyle; zum Beispiel das Taubstummenasyl!

PRODICAL *hebt die Stimme über die Codgers hinaus:* Die Fallschirmspringer, die aus unseren Himmeln herunterfallen, werden ausgerechnet taubstumm sein, was?

DANIEL *lauter als die beiden zusammen:* Reißt euch zusammen, reißt euch zusammen! Laßt Mick reden!

LEUTNANT *gibt auf:* Komm, laß die Idioten doch reden, Dan!

PRODICAL *wütend zum Leutnant:* Selber Idiot! Will das Land mit Jeeps überschwemmen! Würdest du uns mal erzählen, wer diese Hunderttausende von Jeeps stellen soll, die hier herumkurven sollen, bis jedes Mannsbild und jedes Frauenzimmer von uns langliegt auf den Straßen von Eire wie eine tote Makrele, und nur die Bubis sind ausgenommen, die das Glück haben, drinzusitzen?

CODGER *heftig zum Leutnant:* Jetzt nimm mal an, wir würden in jeden davon nen Fahrer und nen Ersatzfahrer und nen Kommandanten und nen Funker mit seinem Sprechfunkgerät reinsetzen, und zähl die dazu, die lang und breit und tot auf den Straßen herumliegen, kannst du uns mal erklären, wer sich dann um den Alltagskram kümmern soll, damit das Land in Betrieb bleibt?

PRODICAL *zum Leutnant:* Aha, jetzt biste still. Das hat dich ausgetrickst.

LEUTNANT *geht wütend aus dem Zimmer und schlägt die Tür hinter sich zu:* Ach, schert euch zum Teufel, ihr zwei Idioten!

CODGER Seht ihr, da fängt er zu fluchen an, weil er ausgetrickst ist. Unwiderlegbare Argumente kann er nicht hören.

PRODICAL Der mit seinen Jeeps. Und noch was – wenn Amerika seine Jeeps tatsächlich abwirft, was hindert die Bolschies dran, im selben Moment ihre Fallschirmspringer abzuwerfen und sie in diese Jeeps reinzusetzen, kaum daß sie den Boden berührt haben, und selber herumzudonnern auf sämtlichen Straßen?

CODGER *emphatisch:* Gar nichts. Und dann besetzen sie womöglich den Rennclub und den Verkehrsverein und die Lotteriekasse für die Krankenhäuser, den katholischen Verein Junger Männer, die protestantischen Kanzeln und das Palais vom Präsidenten; und zu guter Letzt drücken sie der Sankt-Patricks-Statue, die wehrlos in der einsamen Ebene von Meath auf ihrem windigen Hügel steht, eine rote Fahne in die Hand.

DANIEL Spiel hier nicht den Idioten, Codger.

CODGER *wütend:* Wer spielt den Idioten?

DANIEL *ebenso wütend:* Du spielst ihn mit deinem Geschwätz.

CODGER *nah an ihm dran:* Selber Idiot!

DANIEL *legt seine Hand auf Codgers Brust und schiebt ihn zurück:* Ach, hau ab hier!

CODGER *kommt wieder heran, legt eine Hand auf Daniels Brust und schiebt ihn zurück:* Hau selber ab!

DANIEL *rasch wieder heran, stößt Codger diesmal heftiger zurück:* Du haust ab!

PRODICAL *weist sie zurecht:* Meine Herrschaften, immer die Ruhe! Seht ihr nicht, wie ihr eure eigenen Ansichten in ipso factos verdreht?

Plötzlich geht die rechte Tür auf und Reiligan kommt herein. Foorawn folgt ihm. Beim Anblick der drei kommt ein Ausdruck von Erstaunen und Ärger über Reiligans Gesicht.

REILIGAN *wütend:* Was soll das, Herrgott, was soll das alles? Und die Ziegel liegen immer noch in meinem Garten herum! Herrdeshimmels, soll das euer Beitrag zum Willkommenswerk für den Bischof sein? Schau sich einer die Farbe auf dem Mahagonitisch an, und die Ente für den Bischof liegt daneben und saugt die Dämpfe ein, dabei ist der Flur erst knapp zur Hälfte gestrichen, und jede Hand wird gebraucht, damit das Freudenfeuer für den Bischof den letzten Schliff bekommt. Ihr wißt doch, wir haben keine Minute übrig, keine einzige Minute, wohlgemerkt. Ab sofort ist Schluß mit dem Getratsche; und wenn trotzdem noch irgendwer redet, hört jeder keinem mehr zu. Irgendwer – keinem mehr – wohlgemerkt!

Die drei Männer stehen stumm da.

Verdammtnochmal, hört ihr mir zu?

CODGER Selber verdammtnochmal; hast du nicht grade zu erklären versucht, daß jeder keinem mehr zuhören soll?

REILIGAN *wild:* Nicht bei mir, ich bin doch nicht keiner! Nicht bei mir. Bei mir wird von euch allen zugehört. Bei irgendwem soll keiner mehr zuhören, aber bei mir hört jeder mir zu.

CODGER *in gespieltem Ernst:* Hört ihm zu, Jungs; ihr sollt ihm alle zuhören.

REILIGAN *schreit Prodical an:* Bring die Ente runter zum Koch! *Schreit Daniel an.* Bring die Farbe zu Rankin raus in den Flur!

Ein Gepäckträger von der Bahn erscheint in der Glastür; er ist von mittlerem Alter, hat eine Schifferkrause unterm Kinn und einen breiten Mund, er trägt eine dicke Brille. Bekleidet ist er mit einer gelben oder schwarzen Cordhose, mit einer Weste aus dem gleichen Stoff, in die baumwollene Ärmel eingesetzt sind. Auf dem Kopf hat er eine Schirmmütze mit rotem Band. Er wirkt erschöpft, sein Gesicht ist von Entsetzen geprägt. Er lehnt sich gegen den Türrahmen und steht halb im Zimmer, halb außerhalb. Seine Augenlider zucken, sein Atem geht schwer. Prodical und Daniel, der eine mit der Ente, der andere mit dem Farbtopf in der Hand, bleiben stehen und hören sich an, was vorgeht, wobei sie Farbtopf und Ente wieder auf den Tisch stellen.

REILIGAN *ungeduldig:* Was gibts? Was wollen Sie? Was Sie hier wollen?

GEPÄCKTRÄGER *keuchend:* Lassen Sie einen doch erst mal verschnaufen, Mann!

REILIGAN *nach einer Pause, während der alle den Gepäckträger anstarren:* Also, mein Guter, was wollen Sie? Haben Sie etwas zum Ausrichten oder wie?

GEPÄCKTRÄGER *halb zu sich selbst:* Schön und gut, bei ner Prozession, aber ein Mordsgewicht, wenn die armen Schultern auch noch die Last der Verantwortung für die eigene Seele tragen müssen. Armer Sünder, armer Sünder, der ich bin. Er war ekelhaft zu mir und ich war ekelhaft zu ihm. Er hat gewußt, daß es für mich zwischen Himmel und Hölle auf Kopf oder Zahl steht. Also hat er weitergeblasen; oh, meine armen Ohren – was für ein durchbohrendes Geblase! *Der Gepäckträger hört einen Trompeten- oder Hornstoß.* Genauso wars!

REILIGAN *irritiert:* Genau wie war was?

GEPÄCKTRÄGER *ohne darauf einzugehen:* Den gesamten Weg bis zur Polizeiwache bin ich gerannt, damit ich ihn abgestellt kriege. Dabei hatte er die ganze Zeit seine Krallen in mir drin. *Preßt seine Hände über die Ohren.* Oh, meine Ohren! Ein einziges Blechgetöse! Kaum hab ich mal ans Trinken gedacht, oder an eine komische Zeile in einem Lied, hatte er schon den Trichter über meinem Ohr und hat geblasen, was das Zeug hält.

REILIGAN Geblasen, was das Zeug hält? Ja, wer denn?

FOORAWN Wer hat geblasen, was das Zeug hält?

GEPÄCKTRÄGER *schmerzlich:* Na, er eben.

REILIGAN Wer wo was?

GEPÄCKTRÄGER Er! Laut und lang, oder abrupt, scharf und finster.

CODGER *ungeduldig:* Wer hat lang und laut geblasen? Wach auf, Hughie Higgins, wach auf, Mann!

REILIGAN Wer hat abrupt scharf und finster geblasen?

GEPÄCKTRÄGER Er: der Kerl mit dem großen, großen Körper und dem kleinen, kleinen Kopf; reißt mich aus meinem wohligen Traum; der Kerl mit dem Spukanino.

REILIGAN Kerl mit dem Spukanino?

FOORAWN Dem Spukanino?

PRODICAL Spukanino?

GEPÄCKTRÄGER Diese sogenannten Heiligen, die laß ich mir ja noch eingehn, wenn sie halbversteckt auf nem Podest in irgendner Kirche stehen, die an ihrem eigenen Dämmerlicht verzweifelt; aber draußen im Freien blenden sie einen dermaßen, daß das Glänzen geradezu gefährliche Dimensionen annimmt. Gefahren über Gefahren stecken da drin. *Mit Überzeugung.* Nein, nein, da such ich mir den Himmel lieber daheim in einem zerbrochenen Spiegel. Jetzt kann ich wenigstens wieder ruhig schnaufen. Jetzt sind wir beide in Sicherheit: ich hier, und er auf der Polizeiwache, wo er auf jemand wartet, der ihn hierherbringt. *Ängstlich flüsternd.* Pschscht, Leute, paßt mal auf; eine Frage: dieser Spukanino, soll das was Ständiges werden hier in Ballyoonagh? So was wüßt ich gern vorher.

REILIGAN *immer noch rätselnd:* Schaun Sie, mein Guter, worüber beschweren Sie sich eigentlich, und was ist los mit Ihnen?

GEPÄCKTRÄGER *zu Reiligan:* Und mit Ihnen, was ist mit Ihnen los? Was mit Ihnen los ist oder mit mir, das ist eine Grundfrage dieser Welt. Wir alle flattern herum mit aufgeplusterten und verwirbelten Flügeln. Der Mensch, selbst wenn er ein Lied singt, ist nichts als ein seufzender Sünder. Ein kleiner Whiskey würd mich jetzt wieder flottmachen und mir das Gefühl geben, daß ich auf sicheren Beinen stehe im Wirrwarr der Welt.

FOORAWN *streng:* In diesem Haus gibt es keinen Whiskey für Sie, und es wäre für Sie besser, wenn es draußen auch keinen gäbe.

GEPÄCKTRÄGER *ruhig und grollend:* Der ganze Whiskey, den ich zu mir nehme, stammt aus der Kneipe Ihres Herrn Papa, Fräulein. Kein Whiskey im Haus; kein gar nichts; kein Licht im Fenster; kein Willkommen an der Tür. *Zu Foorawn.* Ich will nichts hören von Ihnen; will Ihnen gar nicht zu nahe kommen, denn Sie sind eine von den Höheren, die schon im ersten Laut aus der Wiege das Wehklagen hören. Sonderbare Leute, diese heiligen Männer und Frauen. Keine Minute Frieden hat man mehr, wenn die einen zum Grübeln bringen. Die wenn einen im Griff haben, die bringens so weit, daß man sich bei Dingen um Gottes Hilfe bemüht, die man verdammt selber könnte, ohne daß Gott überhaupt belästigt wird.

FOORAWN *spielt sich auf:* Was Sie da reden, ist Gotteslästerung!

PRODICAL *als ihr Echo:* Jawoll – Gotteslästerung.

CODGER Wenn ihr mich fragt, der arme Kerl fängt langsam an, vernünftig zu werden!

DANIEL *fest:* Sei still, Codger! Wir müssen uns vorsehen. Ein heiliges Haus hat unheilige Feinde.

REILIGAN *findet des Rätsels Lösung:* Das ist der Alkohol. Er ist gar nicht er selber. Er hat den Verstand vom Alkohol umfärben lassen, und jetzt löst er sich in einzelne Bilder auf wie bei nem Kirchenfenster. Das ist der Alkohol.

GEPÄCKTRÄGER Was bleibt uns denn andres; uns, die wir nichts sehen und nichts hören und immer nur schuften, was bleibt uns denn andres als der Alkohol, der uns ab und zu farbige Träume schenkt.

FOORAWN Euch bleibt das Gebet, schlechter Mensch.

GEPÄCKTRÄGER *lebt plötzlich auf stellt sich den anderen gegenüber und gestikuliert aufgeregt vor ihnen herum, wobei er immer einen Schritt vor und wieder zurück und wieder vor geht:* Hört mir mal zu, ihr Schwätzer! Ich will euch was fragen! Eine Frage! Erhebt euch das Gebet, oder wirft es euch nieder? Ist diese betende Sorte überhaupt noch am Platz in einer Welt wie der unsern? Wie fändet ihr das, wenn einer von denen über euch herfiele, während ihr mit nem Glas in der Hand einem Bänkelsänger zuhört, der mit geschlossenen Augen ein Lied singt? Oder wenn einer von denen euch die Hand auf die Schulter legen würde, daß sich euch alles zusammenzieht, während ihr eurem Fußballclub Sieg! hinterherbrüllt? Hättet ihr da noch Lust zum Brüllen? Fuchsteufelswild werd ich, wenn ich an so was nur denke. Ich muß euch was fragen. Tut das Beten euch gut? Ich meine nicht das gelegentliche Kopfsenken vor Gott, mit dems die meisten von uns gut sein lassen, ich meine das wirkliche, richtige Beten – richtet das einen Menschen auf oder wirft es ihn nieder?

Die andern stehen schon einige Zeit im Halbkreis um ihn herum und schauen und staunen ihn stumm und steif an, weichen dabei einen oder zwei Schritte zurück, wenn er näherkommt und mit den Händen gestikuliert.

GEPÄCKTRÄGER Es gibt keine Antwort; *schmerzlich* es gibt keine Antwort! Wir fühlen uns mit denen hier nicht wohl, und mit denen dort bestimmt auch nicht. Was tun wir schon anderes, als einen Weg durchs Leben zu schlagen, zufrieden mit einem gelegentlichen Gebet, das uns hintreibt, wo kein Mensch hin will! Wie wollen wir herausfinden, obs uns den Strom rauf oder runter treibt? *Er sieht die große Ente auf dem Tisch.* Jesus! Wem gehört diese Mordsente da?

REILIGAN *löst sich aus dem Bann; wütend zu Prodical:* Hab ich dir nicht schon vor einer ganzen Weile gesagt, du sollst die Bischofsente dem Koch bringen, statt sie der gesamten Menschheit zum Angaffen auszustellen? Bring sie hinunter! *Zu Daniel.* Und du bring diesen Farbtopf dahin, wo der Flur gestrichen wird, und dann zieh die Livree und die Schuhe an, damit du an alles gewöhnt bist, wenns losgeht. *Zum Gepäckträger.* Und Sie, Sie gehen zurück und bringen hierher, was Sie bei der Polizei haben stehen lassen.

Prodical mit der Ente hinaus; Daniel mit dem Farbtopf hinaus; der Codger will ihnen hinterher, wird aber von Foorawn am Mantel festgehalten.

GEPÄCKTRÄGER Hab ich schon diesen Mann geschickt, diesen Rankin, der draußen den Flur gestrichen hat und heiliger und unbeugsamer zu sein scheint als irgendwer hier, die Dame mal ausgenommen, damit er abholt, was mit mir nicht mitkommen wollte. *Er erstarrt und schreckt auf.* Ich spürs kommen! *Er fährt sich mit einer Hand über Kopf, Brust und Beine.* Überall an mir zitterts! Hier zitterts, da zitterts: ich spür ihn kommen! *Horcht.* Näher. Der Heilige mit dem Buckanino.

Aus einiger Entfernung anhaltendes Horn- oder Kornettblasen.

Hört ihrs?

Reiligan nimmt seinen Hut ab, Codger, nach einigem Zögern, desgleichen.

REILIGAN *aufgeschreckt, unbehaglich:* Hören wir was?

FOORAWN
GEPÄCKTRÄGER *zusammen:* Das Blasen von seinem Buckanino.

REILIGAN *unbehaglich:* Ich muß los. Ich hab anderswo noch ne Menge zu erledigen. Foorawn, sorg du dafür, daß man den Heiligen richtig aufstellt. Ich muß los. *Geht zur Tür.*

CODGER *will folgen:* Ich auch.

FOORAWN *zieht ihn zurück:* Du bleibst hier bei mir, Codger.

GEPÄCKTRÄGER *unbehaglich:* Ich muß auch weiter. Also dann. Er mag mich nicht. Ich bring ihn aus der Fassung, und er mich. *Zu Foorawn.* Es ist noch mehr am Bahnhof, was ich herbringen muß. Ich geh hinten raus, wenns Ihnen nichts ausmacht, Fräulein.

FOORAWN *deutet zur linken Tür:* Da lang.

GEPÄCKTRÄGER *im Hinausgehen:* Kaum einer von diesen Heiligen, der sich nicht als Eroberer aufspielt. Man wird geradezu gezwungen, diesem heiligen Hans oder jener heiligen Gretel zu dienen. Kreuze nehmen manchmal die seltsamsten Formen an. Wir tappen alle in Mysterien herum.

CODGER *unbehaglich:* Ich geh auf die Neunzig zu, Fräulein, da kann man einen Schock kriegen, wenn man etwas denkt, und es stiftet diesen Bucinano zum Blasen an.

FOORAWN *besänftigend:* Du brauchst keine Angst zu haben, solange ich hier bin. Du bist kein schlechter Mensch, Codger, du bist eigentlich sogar ein ziemlicher Schatz! Oh! *Foorawns Schrei wird ausgelöst von dem in der Glastür erscheinenden Rankin, der eine weiß verhüllte Statue im Arm hat.* Hier, auf diesen Sockel, Herr Rankin; vorsichtig; nehmen Sie das Tuch ab – runter damit! Willkommen in unserem Haus, Sankt Tremolo! Mach, daß wir uns deiner würdig erweisen; bitt für uns alle und hilf dem lieben Codger, ein guter Mensch zu werden.

Sobald die Figur auf dem Sockel steht, nehmen sie vorsichtig die Umhüllung herunter. Die Figur ist sehr groß, beinahe einen Meter hoch; sie ist geformt wie eine moderne Skulptur und hat Züge des Phantastischen. Der Körper ist faßförmig, die Beine sind kurz und fett, der Kopf ist winzig, und das Ganze ist gekleidet in die Uniform eines römischen Legionärs. Auf Kirchliches verweist einzig die Tonsur in dem roten Haarschopf. Das Horn oder die Buccina ist aus Silber oder poliertem Messing und ist ihm um den Leib gewunden, wobei der Trichter über der rechten Schulter liegt. Sie schauen sich die Figur ein oder zwei Momente lang an, Rankin und Foorawn aus nächster Nähe, Codger aus etwas Distanz.

FOORAWN Es war also doch die Sünde, was den Gepäckträger gequält hat, und nicht die Statue, die ist nämlich ganz leicht, weil sie innen hohl ist.

CODGER *mit Überraschung und Zweifel in der Stimme:* Hohl? Eine hohle Statue; ein hohler Heiliger? Aller Hohligen – da geht bei mir was im Kopf um.

FOORAWN *zu Rankin:* Und wie sieht die Stadt aus, Herr Rankin?

RANKIN *enthusiastisch:* Hab sie nie schöner gesehen! Die ganze Stadt ein einziges Fahnengeflatter, überall bunte Bänder, und an der Kreuzung steht ein großer Bogen aus Papierblumen mit ner goldenen Mitra und kreuzweisen silbernen Schlüsseln in der Mitte, und in jedem Fenster steht eine lange weiße Wachskerze.

FOORAWN Hörst dus, Codger? Das alles haben wir – Mitra und Schlüssel für den Bischof der Bischöfe, Rosen für unsere Liebe Frau, und Kerzen für Gott. Klatscht in die Hände, klatscht in die Hände, bis unser Bischof heimkommt! *Sie schlägt Rankin heftig auf den Rücken.* Klatschen Sie in die Hände, Sie!

Er tut es furchtsam.

Klatsch in die Hände, Codger! *Sie schlägt ihm heftig auf den Rücken.* Klatscht in eure Hände, ihr beide!

Codger klatscht heftig.

Hunderte kleine Feuer von den Kerzen und ein Riesenfeuerstoß für das Bischofsfeuer! Klatscht alle in eure Hände!

CODGER *vergißt sich:* Ja, ja, Fräulein! *Er wirft einen wilden Kuß auf die Glastür zu.* Wir schnipsen den Kerzen einen Kuß zu *Dreht sich in einen Tanz hinein.* und tanzen im Kreis rund ums Bischofsfeuer!

FOORAWN *hält ihn zurück:* Codger, Codger, ich bitte dich! Was wird mein Vater sagen, wenn er hereinkommt und dich im Bischofszimmer herumhopsen sieht! Und kein Geküsse mit den Kerzen und kein Getanze ums Bischofsfeuer herum; nein, nein, und auch sonst keinen Ärger mit deinen albernen Liedern in die Luft hinein und bis in die Ohren des Bischofs. *Zu Rankin.* Und Sie gehn jetzt und helfen den Scheiterhaufen aufschichten. *Zu Codger, während Rankin geht.* Hilf mir, die Tücher von dem Teppich und den Möbeln herunternehmen, damit alles fertig ist, wenn Keelin zum Aufpolieren kommt.

CODGER Wunderschöner Teppich, Fräulein; trägts einem nicht nach, wenn man drauftritt. Ein Erzengel könnte mit bloßen Füßen drüberlaufen und würde keinen Pikser spüren.

FOORAWN Kein bißchen zu gut für den guten Bischof; obwohl du ihn fast ruiniert hast mit dem Zement, wie du durch die Tür gefallen bist.

CODGER *bitter:* Irgend son blöder Sack hat mich in die falsche Richtung geschubst, Fräulein.

FOORAWN *hilft ihm und zeigt ihm, wie er die Tücher falten soll:* Erst ausziehn. Jetzt in zwei Hälften falten. Und Schluß mit dem unanständigen Gerede, Codger. Jetzt auf mich zukommen und noch mal falten, so ists richtig! Ja, Ballyoonagh wird neue Zuversicht im Geiste bekommen; und du mußt mithelfen, Codger. Schluß mit dem Trinken.

CODGER *tonlos:* Ich muß das Trinken aufgeben.

FOORAWN *fest:* Und das Rauchen auch.

CODGER Das Rauchen auch.

FOORAWN Und auch das alberne Gesinge, Codger. In zwei Hälften falten. Jetzt auf mich zukommen – so ists richtig.

CODGER *zweifelnd: Ich* weiß gar nicht, wie ich das Singen aufgeben soll; ich hab mein Leben lang gesungen. Die Vögel singen, Fräulein, und die Engel singen, da seh ich nicht ein, warum der arme alte Codger nicht auch singen soll.

FOORAWN *fest:* Du bist kein Vogel und kein Engel, Codger, du bist ein armer alter Mann auf dem Weg in sein Grab. Wir wollen dich nicht verlieren, Gott bewahre, aber wir marschieren letztlich alle auf unsern Wegen ins Grab dahin.

CODGER So ist es, so ist es; im Gänsemarsch, Fräulein, und nicht anders.

FOORAWN *fröhlich: Im* Gänsemarsch marschieren wir dahin, Codger; o ja, und zwar munter voran – vorwärts marsch, Mann! *Sie hängt sich bei ihm ein und trippelt im Gänsetrab mit ihm durchs Zimmer.*

CODGER *heiter:* Schritt für Schritt! Immer der Reihe nach; links rechts, links rechts; vorwärts marsch, vorwärts marsch!

FOORAWN *fröhlich:* Und ab ins Grab!

CODGER *skandiert fröhlich die Marseillaise:* Lal de lal lal lal da dee, la da lal lal da dee; und marsch, und marsch!

Der Bockanino gibt einen klagenden Ton von sich. Foorawn hört ihn und unterbricht abrupt ihre Schritte, macht sich von Codger los und geht erschrocken von ihm weg. Codger bricht auch ab und bleibt erstaunt stehen, ein Bein in der Luft stehenlassend; nach ein paar Augenblicken setzt er es wieder vorsichtig auf den Boden.

FOORAWN *erschrocken und wütend:* Hör auf mit diesem Unsinn; aufhören, Narr! Hast du es nicht gehört?

CODGER *erstaunt:* Gehört? Was gehört, Fräulein?

FOORAWN *vorwurfsvoll:* Nein, nichts hast du gehört; gar nicht zugehört hast du. O Codger, hör auf damit, arme Seelen an Orte zu locken, wo sie nicht hin wollen. Hör auf, sie Dinge sagen zu lassen, die man nicht tut, und Dinge tun zu lassen, die man verschweigen sollte. Wir müssen ernst werden, damit jeder unserer Schritte ein neues Ankommen und ein ganz anderes Weitergehen wird.

CODGER Da ist einiges dran, Fräulein, o ja, das ist einiges dran. Hier kommen wir her, und dahin geht's weiter mit uns.

FOORAWN *ernst:* Hör zu, Codger: Wenn wir von da aus weitergehn wollen, wo wir jetzt zu sein glauben, müssen wir da hingehn, wo man nie hingelangt; da heißt es früh aufbrechen, bevor der Tau fällt, bevor die Sonne aufgeht, bevor das lustige Leben beginnt; da heißt es niemals vergessen, daß die Freude unterm Licht wie in der Dunkelheit eine Freude unterm Mantel des Todes ist.

CODGER *versucht, glühend zu sein:* Ja. Wie recht du hast! Da hast du völlig recht! Kannst gar nicht mehr recht haben!

FOORAWN *hilft beim Abnehmen des Überzugs über dem Klavier, oder beim Falten eines Tuches:* Und jetzt das letzte. Bring sie alle in die Kammer. Das letzte. Trauriges Wort, Codger. Vielleicht wird dieser Besuch jemands letzte Chance sein. Gesungenes Lied ist nicht erhörtes und nicht gesungenes Lied. Nicht gesungenes Lied ist erhörtes und gesungenes Lied.

CODGER *enthusiastisch:* Da hast du recht, Fräulein. *Halb träumend.* Wie wahr und wie erschreckend das alles ist, was du zu sagen versuchst, Fräulein: es reicht, daß dieses Horn hier ins Summen kommt, bis es heiß ist – jahrelang; ja, viele Jahre lang! *Schaut zu der Statue hin. Berührt sie, worauf man sofort zwei kurze, scharfe Hornstöße vom Bockanino hört. Codger springt erschrocken zurück.* Jessas! Mich mag er auch nicht! Hör dir diese beiden giftigen Hornstöße an! Er will mich hier nicht haben! Ich geh lieber.

FOORAWN *ebenso erschrocken und irritiert:* Warum hast du ihn angefaßt? Geh lieber, so schnell du kannst. *Legt ihm einen Stapel Tücher auf den Arm.* Hier – und ab mit dir! *Öffnet ihm die Tür. Codger wird von den Tüchern auf seinem Arm fast verdeckt. Er geht hinaus.*

Foorawn geht zur anderen Tür, öffnet sie, schaut hinaus und ruft nach Keelin. Alles fertig, Keelin, du kannst kommen und lospolieren! *Sie geht wieder zu der anderen Tür und folgt Codger.*

Keelin und hinter ihr Daniel kommen herein, beide mit Ledertüchern in den Händen. Während Daniel und Keelin beginnen, den Tisch zu polieren, jeder an einem anderen Ende, erscheint der Gepäckträger mit einem prächtig verzierten und mit Intarsien versehenen Stehpult in der Glastür.

GEPÄCKTRÄGER *ruft ihnen zu:* He, ihr da! *Dreht ihnen an der Schwelle der Glastür den Rücken zu.* Nehmt mir mal dieses Dings da aus dem Kreuz. Ganze Flur voller Pötte und Leitern, drum mußte ich hier durch. *Während sie es ihm vom Rücken nehmen.* Stehpult mit Intarsien nennt man so was: sieht man nicht alle Tage, son Stück, nicht mal in den feinsten Häusern, und in Ballyoonagh schon gar nicht; jedenfalls bis jetzt. Für dem Bischof sein Schlafzimmer. *Deutet auf den Sankt Tremolo.* Ich sehe, ihr habt den Buckaninoburschen sicher einquartiert.

KEELIN Ja. Wunderschön, diese Intarsien.

GEPÄCKTRÄGER Seltene Muster aus Perlmutt eingelegt und dazwischen kunstvoll eingesetzte Stücke aus emailliertem Metall, da ein blaues und da ein grünes – mit so was unter der Feder müßt er weiß Gott den schönsten Hirtenbrief abfassen können.

KEELIN *zu Daniel:* Hilf mir mal, das Ding aus dem Weg stellen, Dan, raus in den Flur.

Sie tragen es durchs Zimmer und durch die linke Tür hinaus in den Flur, stellen es dort ab und kommen zurück.

GEPÄCKTRÄGER *während sie den Tisch hinaustragen:* Wartet nur, bis ihr den Sessel seht, den ich für euch noch im Wagen hab. Ich hol ihn mal. Schön still bleiben! *Er geht den Sessel holen.*

KEELIN *im Zurückkommen:* Ein Sessel auch noch für den Herrn Bischof. Der wird ja von einer Glorie zur nächsten schreiten in diesem Haus. Ich hoff nur, sein Feuer und sein Segen bringen auch uns was.

DANIEL *fröhlich:* Ein Gutes hats schon gehabt: es hat uns ein bißchen zusammengebracht. Ich darf ins Haus rein, ich kann dich allein sehen, wie jetzt im Moment; und ich kann meinen Arm um deine Hüfte legen, schau, so. *Er legt einen Arm um sie.*

KEELIN *hochmütig, wenn auch nicht unglücklich über den Arm:* Daniel, vergiß nicht, ich bin eine Dame, und mein Vater ist ein Graf, der mir die beste Stiftserziehung gegeben hat, und außerdem wohnen wir in einem Nobelhaus, und ihr Clooncoohys habt zum ersten Mal ein Schieferdach überm Kopf, weil euch die Bezirksverwaltung aus öffentlichen Geldern ein Sozialhaus hingesetzt hat. Das hat mir mein Vater erzählt.

DANIEL *unbeirrt, da er sich Keelins Liebe sicher ist:* Was spielt das für eine Rolle, ob ein Mann unter Türmen oder unter nem Strohdach geboren ist? Der Mann mit dem fröhlichen Herzen, der reitet über die Wasser und Winde; der schüttelt dem Leben in rosigen Zeiten die Hand und packt es in grimmiger Zeit an der Schulter.

KEELIN *schiebt seine Arme von ihren Hüften weg:* Er kommt wieder.

Der Gepäckträger erscheint am Fenster mit dem Sessel, einem prachtvollen schmalen Lehnstuhl mit karminrotem Überzug, vergoldetem Schnitzwerk und vergoldeten Beinen. Die karmesinrote Rückenlehne ist bestickt mit Lilien und einer silbernen Krone darüber.

GEPÄCKTRÄGER Hier isser, halb Thron und halb Sessel, der Sitz schön eingebogen, damit er sich dem Rücken vom Bischof gut anpassen kann. Bitte schön, Bill Mullarkey, so kommen Sie schon in Ihr Haus. Sieht ganz so aus, als würd sich sein Herz hier zum ersten Mal heimisch fühlen!

KEELIN Bitte bringen Sie ihn herein.

Der Gepäckträger trägt ihn über die Schwelle der Glastür herein, aber er hat kaum das Zimmer betreten, da kommen drei kurze, scharfe Stöße von dem Horn oder Kornett. Er läßt den Sessel fallen und stürzt durch die Glastür hinaus.

GEPÄCKTRÄGER *aufgeregt:* Habt ihr das gehört? Der hats auf mich abgesehn, der Burschi.

KEELIN *überrascht:* Was gehört? Was haben Sie?

GEPÄCKTRÄGER *wischt sich den Schweiß von der Stirn:* Seid ihr taub? Habt ihr dem Burschen sein Bockshorn nicht blasen hören? In dem Augenblick, in dem ich den Fuß ins Zimmer gesetzt hab. *Er holt einen Zettel aus seiner Tasche und gibt ihn Keelin.* Hier, bestätigen Sie, Pult und Sessel erhalten, und dann lassen Sie mich verschwinden, solang ich noch sicher bin.

Keelin nimmt den Lieferschein, geht ans Ende des Tisches, wo Tinte und Feder sind, unterschreibt, gibt ihn dem Gepäckträger zurück.

Der seufzt vor Erleichterung. Danke. *Er nimmt Daniel am Arm und zieht ihn zu sich.* Hör zu, armer Junge. *Er zieht Keelin am Arm zu sich her.* Hör zu, armes Mädchen. Hört beide gut zu und gebt acht: ihr habt einen polternden Schiffsgeist in eurem verwunschenen Haus sitzen. Achtet gut auf euer Denken. Wenn ihr dieses beredet und jenes nicht, dann macht eure Stimmen so leise wie wispernde Winde im Weidengezweig. Hört beide her: laßt kein Wörtchen von dem, was ihr über eine gewisse Anwesenheit sagt, über den Rand eines Wisperns hinauskommen. Pscht! Leb wohl, armes Mädchen; armer Bursche, leb wohl!

Er schleicht auf Zehenspitzen davon, während Keelin einen Moment lang gedankenverloren dasteht. Daniel geht auf sie zu und legt einen Arm um sie.

KEELIN O Dan, ich weiß nicht, ich weiß nicht; unsre Liebe hat so viele Feinde.

DANIEL *rätselnd:* Feinde? Was redest du? Nur deinen Vater.

KEELIN *deutet auf die Statue:* Da ist der da; da ist der Pfarrer; da sind die Leute aus deiner Umgebung, die auf dich neidisch sind; und da ist mein eigner dunkler Stolz, der mich warnt, eine Klasse hinunterzuheiraten.

DANIEL *eingeschnappt:* Bitte, wenn du so denkst, dann laß uns Lebwohl sagen.

KEELIN *scharf:* Sei kein Affe, Dan! Du weißt doch, daß das von klein an in mich reingefüttert wurde. Mit diesen Kindern spielt man nicht; das paßt sich nicht für dich! Und später haben die Nonnen mir erzählt, ich bin eine Dame und darf nichts tun, was nicht damenhaft ist. Dieses Gefühl kriegt man nicht so schnell los.

DANIEL *brennend:* Schau du, daß deine Liebe dieses Gefühl Lügen straft, Keelin, und überlaß es mir, mich mit dem Grafen, deinem Vater, dem Pfarrer und der Stadt auseinanderzusetzen!

KEELIN *zweifelnd:* Sei nur nicht allzu tapfer und aufbrausend, Dan. Es wird nicht leicht sein, es wird nicht leicht sein.

DANIEL *zuversichtlich:* Warts nur ab. Wir wollen schließlich nicht in der Trübsal von Ballyoonagh zugrundegehn.

KEELIN O Dan, als gäbs draußen in der Welt nicht genausoviel Trübsal wie in dem kleinen Ballyoonagh.

DANIEL Weiß ich selber. Ich war in England und ein bißchen in Schottland, und da hab ich gesehn, wie die Trübsal dem Schotten genau wie dem Briten das Leben vermiest. Da und dort brannten aber Fackeln in der Trübsal und zeigten den Leuten einen Ausweg, aber wir hier sollen die Trübsal, an der wir ersticken, auch noch preisen und ehren. Draußen in der Welt kann man noch Stunden erleben wie früher als Kind, als man beim Bäumeklettern, Zweig für Zweig aus der Mühsal der Kindheit herausstieg, als das Blätterrascheln unser kleines Lebenslied war und die Sterne hoch oben das Leuchten unserer Gedanken.

KEELIN Wenn die Welt draußen so großartig ist, warum bist du dann nach Ballyoonagh zurückgekommen?

DANIEL *hält sie glühend im Arm:* Ich bin zurückgekommen, weil du da warst.

KEELIN Nein, Danny, nein!

DANIEL Doch, Keelin, doch! Ob drunten im Fundament oder droben zwischen den Stahlträgern, die Gestalt und das Gesicht von Keelin haben mich immer begleitet.

Pater Boheroe erscheint an der Glastür, schaut müde aus seinen sanften Augen, sein sensibler Mund ist aufgeworfen von einem halb traurigen, halb amüsierten Lachen. Er bleibt stehen und beobachtet das Paar.

KEELIN *versucht sich freizukämpfen, schmiegt sich dann aber in Daniels Arme:* Nein, Danny, nein.

DANIEL *beugt seinen Kopf zu ihrem hochgereckten Gesicht hinunter:* Doch, Keelin, doch!

KEELIN So was darfst du nicht machen, Danny, wirklich nicht.

DANIEL Was darf ich nicht?

KEELIN So was darfst du nicht sagen; und küssen darfst du mich auch nicht!

DANIEL *küßt sie mehrere Male:* Ich weiß, daß ichs nicht darf! O Keelin, wenn wir nur für immer so bleiben könnten!

KEELIN Das Leben aber kann uns gar nicht für immer so beisammenlassen, Dan, Lieber. Das wär auch nicht gut für uns; aber wenn wir tapfer und ausdauernd sind, können wir vielleicht ganz, ganz lang so beisammenbleiben.

PATER BOHEROE Ganz, ganz lang, sososo. *Mit gespieltem Ernst.* Hab ich euch also erwischt, ihr beiden.

Das Paar löst sich und steht verlegen da, dann geht jeder wieder an sein Ende des Tisches und fängt an zu polieren.

DANIEL *verwirrt und voller Reue:* Entschuldigen Sie, Pater, ich hab mich vergessen. Das hätt ich nicht tun dürfen. Das war unüberlegt.

KEELIN Du hast dich überhaupt nicht vergessen, Dan. Du hast getan, was ich von dir erwartet habe. Nichts war unüberlegt und nichts ist schlimm an dem Vergnügen, das du mir mit deinen Küssen gemacht hast.

PATER BOHEROE Keelin hat recht. Kein Grund zur Reue, Danny; ein Mann in den Armen einer Frau kann Gott ja so nah sein.

DANIEL *schockiert:* Aber Pater, was reden Sie da! Ich vergesse manchmal, wie hoch das Fräulein Keelin über mir steht mit ihrer Erziehung und ihrem Vater, der ein Graf und ein bedeutender Mann und die rechte Hand vom Kanonikus Burren ist. Wer bin ich schon, daß ich mir erlaube, an seine Tochter zu denken?

KEELIN *pathetisch:* Es steht so viel gegen uns, Pater. Was können wir nur tun? So gehts nicht weiter, so geht es nicht weiter.

PATER BOHEROE *laut und im Befehlston, plötzlich:* Hört mir zu!

Daniel und Keelin stehen ein paar Augenblicke lang gespannt da und hören auf ihn.

KEELIN *mit ehrfürchtigem Flüstern:* Was ist denn, Pater; was ist denn?

PATER BOHEROE Ich habe Gott lachen hören, Keelin.

KEELIN *schockiert:* Gott lachen? Aber Pater, wie kann Gott gelacht haben?

PATER BOHEROE Er lacht immer noch, Keelin. Was soll Er sonst tun, wenn Er uns nicht samt und sonders zugrund richten will?

DANIEL *ernst:* Worüber lacht Er denn, Pater?

PATER BOHEROE Er lacht über das Kasperltheater von Ballyoonagh. Über dich, Keelin, weil du dir einbildest, daß dein Vater über deine Seele und deinen Leib herrscht; über dich, Daniel, weil du dem Grafen Reiligan einen höheren Rang gibst, als Gott selbst ihn ihm gäbe. Und über mich lacht Er auch. Wer seid ihr denn, daß ihr schon heute vom größeren Morgen träumt! Und wer bin ich, daß ich selbst davon träume!

KEELIN Träumen ist schön, und es tut uns auch gut; wir trauen uns nur nicht, daran zu denken, was uns die Träume erzählt haben, wenn wir wieder aufgewacht sind.

PATER BOHEROE Tja, meine Kinder, wenn ihr euch nicht traut, euch an das zu halten, was euch die Träume erzählen, dann haltet euch an das Bischofsfeuer und an die Dinge für des Bischofs Wohlbefinden und seht zu, daß ihr gut eure Pflicht tut. *Zu Daniel.* Dann gib Keelin auf! *Zu Keelin.* Dann gib Daniel auf. Dann lebt wohl, alle beide. *Er geht auf die Tür zu.*

KEELIN *klammert sich krampfartig an Daniels Arm:* Nein, nein; ich werde Danny nicht aufgeben! Ich hab keine Angst, Pater, ich hab kein bißchen Angst.

DANIEL *legt seinen Arm um sie:* Ich hab auch keine Angst! Ich weigre mich, Angst zu haben! Wenn uns die Zukunft fröhliche Kleider webt, ziehn wir sie an und sind fröhlich; und wenn uns die Zukunft ein Trauergewand webt, tragen wir das und gehn tapfer dahin, wo das Leben uns hinführt!

KEELIN *schaut zu Daniel hoch, sanft:* Wo das Leben uns hinführt, wir gehen zusammen!

DANIEL *schaut ihr ins Gesicht:* Zusammen!

PATER BOHEROE *tanzt fast aufs Klavier zu in seiner Freude:* So ists recht, Kinder! Jetzt hat er euch beide erfaßt, der glühende Strom dessen, was unsere Dichter in tausenden Liedern verherrlicht haben. In Zeit und in Ewigkeit werdet ihr ein solches beseligendes Glühen nie wieder zu spüren kriegen. *Er spielt die zarten Töne eines Walzers sehr sanft auf dem Klavier an.* Nehmt euch den Mut, es ausglühn zu lassen. Der Herrschaft des großen Hauses mit Löwe und Einhorn vorn dran seid ihr inzwischen entkommen; laßt euch jetzt nicht unter die viel mindere Herrschaft des großen Krämerladens mit seinem Kreuz und dem irischen Kleeblatt im Giebel fallen. Was auch kommen mag, weigert euch, Angst zu haben, haltet fest, was dieses Glühen auch bringen mag, sei es die Trauerkluft oder das goldne Gewand.

KEELIN
DANIEL *zusammen:* Die Trauerkluft oder das goldne Gewand!

PATER BOHERO *spielt lebhafter:* Großartig! Gespornt und gesattelt und auf und voran! Ab marsch, blaue Mützen, und über die Grenze!

KEELIN
DANIEL *zusammen:* Ab marsch, blaue Mützen, und über die Grenze

Keelin und Daniel bewegen sich im Rhythmus der Musik und tanzen eng umschlungen, ruhig und verträumt vor dem Tisch durch das Zimmer. Sie sind ganz im Bann der Musik, da fliegt die rechte Türe auf und erregt und mit wütenden Blicken kommt der Graf hereingestürmt. Ihm folgt, ebenfalls verärgert und gereizt, der Kanonikus, inzwischen Monsignore.

Daniel macht sich wie wild los von Keelin, wozu er seine ganze Kraft braucht, da sie ihn weiterhin festhält. Er weicht vor dem wütend ihn anstarrenden Grafen zurück. Pater Boheroe spielt weiter, wenn auch viel leiser.

REILIGAN *wütend:* Was soll das hier? *Eilt auf Daniel zu, packt ihn an der Schulter und schüttelt ihn.* Wer hat dir erlaubt, mit dieser Dame von Tochter einen Bauchanbauchtanz zu machen? Herrdeshimmels, jemand von deinesgleichen, du jauchiges Knechtgesindel, und geht her und schlingt seine Arme um eine Dame herum!

DANIEL *voller Angst:* Das wollt ich nicht, wirklich nicht! Ich muß von Sinnen gewesen sein, Herr Graf.

REILIGAN *außer sich:* Raus aus meinem Haus, raus aus meinem Dienst, raus aus meinen Augen!

PATER BOHEROE *ziemlich laut:* Ab marsch, blaue Mützen, und über die Grenze!

KEELIN *läuft zu Daniel und nimmt seinen Arm:* Wir lieben uns! Ich lass mir den Daniel weder von dir noch von sonstjemand wegnehmen!

DANIEL *grob, sich losreißend:* Umgotteswillen, Mädchen, sei vernünftig und mach nicht alles noch schlimmer!

REILIGAN *packt Keelin grob, dreht sie um und gibt ihr einen solchen Stoß, daß sie fast durchs ganze Zimmer wirbelt und in dem Thronsessel landet:* Du Schande deines Vaters, du Schande deiner Schwester, du Weibsstück, du schamlos verkommenes! Du kannst was erleben!

PATER BOHEROE *geht zu Keelin, die weinend und stumm auf dem Sessel sitzt, legt ihr sanft eine Hand auf die Schulter:* Sie sind ein Lügner, Reiligan, wenn Sie so über Ihre Tochter reden. Sie hat keiner Wahrheit und keiner Tugend Schande gemacht.

REILIGAN *zornig:* Sie haben es ihnen doch eingeredet, Pater Boheroe, geben Sies zu!

PATER BOHEROE *ruhig, aber bestimmt:* Ich habe ihnen meinen Segen gegeben und einen zweiten provisorisch für alles, was jetzt noch wird kommen müssen.

REILIGAN Es ist nicht meine Sache, Ihnen zu sagen, daß Sie eine merkwürdige Art haben, mit Ihrem Segen umzugehen. Das überlasse ich alles dem Ehrwürdigen Monsignore Burren.

PFARRER *nach einer Pause zu Daniel:* Geh jetzt, Clooncoohy, und hilf beim Holzaufschichten für das Freudenfeuer, und morgen kommst du um 9 Uhr ins Pfarrhaus – ich habe mit dir zu reden.

DANIEL *unterwürfig:* Jawoll, Herr Kanonikus.

REILIGAN *explodiert:* Monsignore, du Flegel! Unser Kanonikus ist jetzt Monsignore.

DANIEL *entschuldigt sich:* Verzeihen Sie bitte, Herr Kanonikus, das habe ich nicht gewußt.

PFARRER *schiebt ihn unfeierlich zur Tür hinaus, ungeduldig:* Komm, geh zu, Mann! *Zu Reiligan.* Clooncoohy wird sich nicht noch einmal etwas herausnehmen. Kommen Sie, Graf, wir haben etwas zu besprechen.

Reiligan tritt zur Seite, um den Pfarrer als ersten hinausgehen zu lassen.

Nein; nach Ihnen, mein Lieber.

Der Graf geht hinaus, der Pfarrer bleibt in der Tür stehen.

REILIGAN *im Hinausgehen zu Pater Boheroe:* Nehmen Sies mir nicht übel, Pater Boheroe, aber es wäre mir lieber, Sie würden nicht so auf dem Klavier herumdreschen, das ich für den Bischof extra habe stimmen und auf Hochglanz bringen lassen.

PFARRER *ruhig zu Pater Boheroe:* Sie sind ein gescheiter Mensch, Pater – und, wie ich hoffe, auch aufrichtig – aber Sie scheinen mit Ihrer Gescheitheit gewisse Leute nur noch unglücklicher zu machen, als sie es waren. Ich fürchte, ich kann den Weg nicht gutheißen, auf den Sie meine armen Gläubigen in Illusionen zu führen versuchen. Können Sie nicht begreifen, daß diese Leute schwache Augen haben, die nur für ein bißchen Licht taugen? Verdammt noch mal, Mann, sehen Sie nicht, daß Clooncoohy gar nicht mehr aus sich machen kann, als er jetzt ist? Sie sind sehr beliebt bei den Leuten, aber vergessen Sie nicht, deren Liebe für Sie kommt nicht heran an die Angst, die sie alle vor Reiligan haben *Er stoppt kurz.* oder an den Respekt, ja die Verehrung, die sie ihrem Gemeindepfarrer schulden.

PATER BOHEROE *ebenso ruhig:* Wir sollten auch an Keelin denken, Kanonikus Burren, nicht nur an Clooncoohy. Gottstehunsbei, Monsignore, wir haben vor lauter Angstmachen vergessen, unseren Nächsten zu lieben; und unsere Art, Gott zu dienen, gleicht immer mehr einer Narrenposse und hört sich an wie das Schellengeläut.

PFARRER *sarkastisch:* Ich bilde mir ein, ich höre es aus Ihren Worten schon heraus, das blecherne Glockengebimmel. *Mit Nachdruck.* Pater Boheroe, ich glaube, es ist an der Zeit, daß wir beide uns in aller Freundschaft mit unserem Bischof unterhalten. *Er geht hinaus und schließt die Tür hinter sich.*

PATER BOHEROE *zu Keelin:* Mein armes Kind, mein armes Kind.

KEELIN *gebrochen:* Was soll ich nur machen, Pater; was soll ich nur machen? Dan hat nicht den Mut, ihnen standzuhalten. Dan hat mich im Stich gelassen, er hat mich im Stich gelassen! Ich werde nie heiraten. Ich werde so sterben, wie ich bin; ich liebe ihn, aber von jetzt an ist er für mich für immer verloren.

PATER BOHEROE Mein armes Kind.

Plötzlich wird es dunkel im Zimmer, ein kalter Windstoß fährt herein, und wenn das Licht zurückkommt, reichts zu nicht mehr als zu trauriger, lastender, dichtester Dämmerung.

KEELIN *aufgeschreckt, in plötzlichem Schüttelfrost:* Was war das, Pater? *Sie packt seinen Arm.* Ein kaltes und mächtiges Schaudern lief durch mich durch bis in die Seele.

PATER BOHEROE *der selber fröstelt:* Auch durch mich lief es kalt und mächtig durch bis in die Seele.

KEELIN *ängstlich:* Was ist das? Was war das, Pater?

PATER BOHEROE Das war ein langer und trauriger Seufzer des Herrgotts mein Kind.

3. Akt

Immer noch Reiligans Wohnzimmer: alles ist jetzt blitzblank für den Aufenthalt des Bischofs. Eine Lampe mit grünem Schirm hängt über dem Tisch von der Decke. In der Nähe des Kamins eine Stehlampe mit weißem Schirm und auf der Anrichte eine kleine Lampe mit einem gelben. Auf dem Tisch liegen Untersetzer bereit für heiße Teller. Der Brandy steht in einer Karaffe auf der Anrichte, daneben eine Flasche Mineralwasser und eine weitere Flasche Brandy. Es ist Nacht, die Glastür steht halb offen, denn die Luft ist warm, und sogar ein paar Vögel zwitschern noch in der Esche.
Prodical sitzt äußerst würdevoll in einem Stuhl am Tischende. Er ist gekleidet in die Livree eines Kellners, mit Schürze und was sonst dazugehört. Er trägt auf dem Kopf ein Ledertuch, das (wie er glaubt) zu einem mitraähnlichen Gebilde gefaltet ist.
Daniel ist auch wie ein Kellner gekleidet; ihm ist der Anzug zu weit, während Prodicals Anzug zu eng ist; die Hosen sind ein bißchen zu kurz. Daniel macht sich an der Anrichte zu schaffen. Er gibt offensichtlich vor, den Bischof zu bedienen. Plötzlich stellt er sich steif hin und nimmt Haltung an.

DANIEL *ruft laut heraus:* Ruhe! Unser Herr Bischof Bill Mullarkey will mal was sagen!

PRODICAL *pompös:* Dan, mein Sohn, ich gebe dir meinen pißhöflichen Rat, halte deine junge unschuldige Schnauze aus dem Whiskeyglas raus, halte sie aus jedem üblen Buch raus und bleib weit von den Mädels weg, denn von einem jungen Weibsstück mit Wohltaten bombardiert werden ist dem Teufel sein höllischster Fluch!

DANIEL Vernünftiger christlicher Grundsatz, Hochwürden. Möchten Sie noch etwas Suppe, Eure Ehrwürdigkeit, heiliger Mann, gütiger Bischof?

PRODICAL Bring mir noch ein Glas Brandy, Junge.

DANIEL Mach ich. *Schenkt eines ein.* Und eins für mich selber. *Schenkt noch eines ein und bringt es Prodical.* Bitte sehr. *Zurück zur Anrichte, hebt das Glas, wendet sich Prodical zu.* Auf den Bischof, auf das Bischofsfeuer – und zur Hölle mit beiden zusammen!

Keelin kommt herein mit Noten und einem Ledertuch in der Hand. Sie geht wort- und blicklos an Daniel vorbei zum Klavier, öffnet es und stellt die Noten auf dem Notenständer ab. Auf den Noten ist KISS ME, KATE zu lesen. Einen Moment herrscht Schweigen.

PRODICAL *tadelnd:* Du gehst wirklich zu weit, Dan. Wir riskieren nur unnötige Risiken. Wir laufen da in was rein, und dann schwirren womöglich die seltsamsten Dinge drin rum. *Nimmt die veralbernde Mitra ab.* Ich fühl mich nicht wohl dabei, daß wir aus dem Bischofsbesuch eine Posse machen, und diese Sankt-Tremolos-Figur schaut uns mit ihren Stielaugen zu. Man kann nie wissen, was so passiert.

Codger ist an der Glastür aufgetaucht, eine Laterne in der Hand. Er steht unentschlossen herum, beobachtet die beiden im Zimmer und hört ihnen zu.

DANIEL Laß es doch passieren; von mir aus kann passieren, was mag! Wenn ich mal in Rage bin, bin ich knallhart. Rücksichtslos bin ich dann. *Spielt sich auf um sich vor Keelin zu rehabilitieren.* Der kann sich ruhig aufspielen hier, davor hab ich keine Spur Angst. Im ganzen Haus wimmelts doch vor lauter Statuen. Mir völlig egal. Ich bin nicht mehr lang hier. Wenn der Spaß vorbei ist, bin ich verschwunden.

Keelin beginnt interessiert zuzuhören.

Ich bleib doch nicht als Tellerwäscher in Ballyoonagh. Dan Clooncoohy ist zu was Beßrem geboren. Ich hab genug gespart, daß ich vierzehn Tage lang davon leben kann – wenn also das Bischofsfeuer heruntergeprasselt ist zu schwarzem Ruß und grauer Asche, bin ich unterwegs zu englischen Ufern.

KEELIN *die sich immer näher herangemacht hat, mit eindringlichem Ton:* Ich hab auch was gespart. Ich habs mir in die Matratze von meinem Bett genäht. Dreißig Pfund und'n bißchen was! O Danny, nimm mich mit! Du kannst das ganze Geld haben; und mich kannst du auch haben – o Danny, bitte!

DANIEL *ignoriert sie, zu Prodical:* Komm, Prod, wir gehn – es gibt noch ne Menge zu tun.

Prodical war schon auf dem Weg zur Tür und geht jetzt hinaus; Daniel wird von Keelin, die ihn am Arm packt, für einen Augenblick zurückgehalten.

KEELIN *mit einem schmerzlichen Flehen; er schüttelt sich los und geht Prodical nach:* O Danny, bitte!

Daniel geht hinaus ohne ein Ja oder ein Nein, schließt dabei die Türe ruhig hinter sich und läßt Keelin fassungslos zurück. Ihre Brust wogt in stummem Seufzen. Nach einer Pause kommt Codger herein, stellt die Laterne gedankenlos auf den neuen Teppich und geht zu ihr.

CODGER *sanft:* Mein armes Mädelchen, mein armes Mädelchen! Was hilfts dir, wenn ich sage, du bist ohne den besser dran. *Schweigt einen Moment, dann mit Heftigkeit.* Herrgott! Wenn ich nur halb so alt wär wie jetzt, ich würde dich in meine Arme holen und raustragen aus dem Haus, raus aus der Stadt, raus aus dem Land und hinein in den erstbesten Hafen, wo ich dich leben lassen würde mit ein paar Möbeln, einem warmen Feuer und Geranien im Fenster!

KEELIN *gebrochen:* O Codger, du kannst mich bedauern, der Danny hat mir beinah mein Herz gebrochen! Dabei hätte ichs allen gezeigt.

CODGER *grimmig:* Und da erzählen sie einem, daß Irlands großer Held Cuchullain irgendwo in Dublin droben ne Statue hat. *Pathetisch.* O Keelin, Keelin, mein Liebling, ich bin Ire und schäme mich.

KEELIN *legt plötzlich die Arme um Codger und küßt ihn auf die Backe:* Ach Codger, lieber Codger, dich hätt ich viel lieber als Vater!

Man hört das Öffnen und Schließen des Gartentors.

CODGER *streichelt Keelins Haar:* Mein armes Kind, wir reden wieder, wenn sich die Dinge beruhigt haben; lange reden wir dann. Jetzt kommt grade jemand.

Sie gehen auseinander; Keelin geht zum Klavier und beginnt es zu polieren, Codger geht zu der Laterne auf dem Teppich, da erscheint der Kanonikus, jetzt Monsignore, in der Glastür und kommt ins Zimmer.

PFARRER *sieht die Laterne:* Aber, aber, eine schmierige Laterne auf dem guten Teppich! Alles wird einfach hingestellt – ganz egal wo! Linkischer Kerl, gedankenloser! Warum brennt sie nicht und steht draußen im Garten, damit man das Tor und den Weg erkennt?

CODGER *brüsk:* Kein Öl; bin grade dabei, welches zu holen, Kanonikus.

PFARRER *gereizt:* Monsignore, guter Mann; von jetzt an heißt es Monsignore.

CODGER *knapp:* Ich weiß, aber für mich bleibst du der Kanonikus.

PFARRER Für den ist das noch weniger als Kanonikus. *Zu Keelin.* Ein grantiger, respektloser alter Mann, dieser Codger. Du solltest dem Gebrabbel dieses alten Vagabunden nicht gar so hingebungsvoll zuhören, Keelin. So so, immer noch fleißig, mein Kind.

KEELIN Ja, Monsignore, wie Sie sehen.

PFARRER *leutselig:* Ich habe gerade mit dem Bruder des Bischofs geredet, mit dem Bauer Mullarkey; ein tüchtiger Kerl, ein junger und strebsamer Bursche.

KEELIN Ein Bursche ist der grade nicht mehr; der ist seine guten Fünfzig, Pater.

PFARRER *ungehalten:* Das ist doch heutzutage kein Alter. Er hat nach dir gefragt, Keelin. *Pause.* Ein Kerl von einem Bauern, und sehr daran interessiert, sich einzurichten; zu heiraten. Er mag dich, meine Tochter, und ein Mädel kann lange Ausschau halten und wird keinen besseren Mann finden.

KEELIN *schaut den Pfarrer an:* Der kümmert sich einen Dreck um mich! Er hat Schulden bei meinem Vater, und sie wollen ihr Hab und Gut zusammenbringen, mein Vater und er.

PFARRER *entschieden:* Und recht haben sie, Kind. Denk doch mal drüber nach. Zweihundert Morgen bestes Land, dreißig prächtige Kühe, Schweine und Geflügel, üppige Weizenernten, Gerste, eine geräumige Scheune, fast neu, und grüne Weiden für noch viel mehr Vieh. Durch das Heilige Sakrament der Ehe mit dir vereinigt, meine Tochter, käme der Schwiegersohn des Grafen und Bruder des Bischofs an Einfluß direkt nach dem Grafen; und wenn der Graf dahingeht, wie es uns allen eines Tages auferlegt ist, würdest du mit ihm zusammen im täglichen Leben von Ballyoonagh den Ton angeben.

Reiligan erscheint gegenüber der Tür, in deren Nähe Keelin steht, er schaut zum Monsignore, der an der Fensterseite des Tisches steht und eine Hand auf dem St. Tremolo liegen hat. Reiligan ist in der vollen Uniform eines Grafen am Päpstlichen Hof, kurzes Jackett, lange Hosen, Aufschläge und Kragen mit Besatz, elegantes Schwert, Zweispitz mit Federn, etc.; Keelin ignoriert ihn und läßt ihren Blick nicht vom Monsignore.

KEELIN *mit Leidenschaft:* Er kann mir gestohlen bleiben mit seinen zweihundert Morgen Land, er kann mir gestohlen bleiben mit seinen Prachtkühen, seinem Weizen und seiner Gerste, seinen Schweinen oder seinen Hühnern, seiner langen und luftigen Scheune, und mit seinen grasigen Wiesen dazu! *Sie geht zur Tür, öffnet sie, will hinausgehen, wendet sich aber zum Monsignore zurück und schaut ihn direkt an.* Der ganze alte Graukopf Paul Mullarkey kann mir gestohlen bleiben, mit oder ohne Sakrament der Ehe. *Mit einem leidenschaftlichen Ruf* Ich will meinen Danny! *Sie geht erregt hinaus und schlägt hinter sich die Türe zu.*

REILIGAN *wütend:* Und so was läßt man im Kloster erziehen – dieses aufmüpfige kleine Miststück! Will ihren Danny, wie? Aber das schwör ich ihr, ihren Danny kriegt sie nicht, was auch passieren mag!

PFARRER *besänftigend:* Nein, nein, Graf, ihren Danny kriegt sie nicht. Und jetzt Geduld, Michael. Sie ist noch jung und bildet sich ein, wer weiß was verloren zu haben. Das wird sich mit der Zeit alles geben. Was sie jetzt für Liebe hält, ist bald nur noch ein Gedanke in der Dunkelheit, den das Tageslicht des gewöhnlicheren Gefühls zum Nichts verblassen läßt. Das kennt man doch bei den jungen Leuten, daß sie sich einbilden, ihr Weg sei der weisere und bessere als der Weg Gottes.

REILIGAN Der Weg Gottes, das ist das letzte, woran heutzutage gedacht wird. Mullarkey selber ist auch nicht grade eine Hilfe. Schämen sollte er sich mit seinen achtundfünfzig Jahren, erzählt er mir doch neulich, eine Pfeife an seiner Seite sei ihm genauso lieb wie irgendne Frau. Wenn ich den nicht in der Hand hätte, der würde für Keelin nicht mal den Schädel in die Höhe kriegen, damit er sie anschaut.

PFARRER Er wird bald froh sein, zu Ihnen ins Haus zu kommen, Michael, machen Sie sich da keine Sorgen. Lassen Sie Keelin erst mal in Ruhe. Ihr Danny wird Ihnen nicht wieder in die Quere kommen, dafür habe ich gesorgt; er hat das Verwerfliche seines Treibens eingesehen.

REILIGAN Eine echte Dame, und soll mit so einer Laus zusammenleben! Ich kann einfach nicht verstehen, wie die sich einbilden können, daß man sie jemals zusammenläßt.

PFARRER Versuchen Sies erst gar nicht zu verstehen. Selbst in dem Buch, das Gott schreibt, gibt es ja nicht viel für uns zu verstehen, solange es nicht vollendet ist.

CODGER *man hört ihn im Garten rufen:* Überleg dir, was du da tust, Mann, überleg dir, was du da tust!

Der Prodical kommt zur Glastür, gefolgt von Codger, der etwas davon entfernt im Garten steht. Prodical kommt herein. Er ist erregt und ein Ausdruck von angespannter Entschlossenheit verdüstert sein Gesicht. Er ist ein bißchen außer Atem.

REILIGAN *irritiert, zu Prodical:* Na, was gibts denn, was willst du schon wieder?

PRODICAL *schiebt ihn achtlos zur Seite:* Nicht Sie, nicht Sie, den Monsignore. *Zum Pfarrer.* Habe gehört, daß Sie hier sind, da bin ich schnell hergelaufen, damit ich Sie noch erwische. Hatte schon Angst, ich verpasse Sie. Ich muß sie loswerden. Wenn ichs nicht schaffe, bin ich verloren. Ich muß sie mir aus den Augen und aus dem Sinn schaffen. Sonst bin ich verloren.

CODGER *von draußen aus laut zu Prodical:* Wenn dus tust, bist du genauso verloren! Verloren mit ist doch besser als verloren ohne Mann, viel, viel besser!

PFARRER *ungeduldig zu Prodical:* Na, worum gehts denn, was willst du? Was willst du loswerden?

PRODICAL *zum Pfarrer:* So warten Sie doch, Sie! *Zum Codger.* Verschwinde; ich hör dir nicht zu. Du bist eine Bedrohung für mich.

CODGER *laut zu Prodical:* Und eine Stunde später kommst du an und fragst mich, warum ichs nicht verhindert habe.

PFARRER *unwirsch zu Codger:* Geh weg und laß Carranaun reden. *Zu Prodical.* Nun, mein Sohn, was gibt es?

CODGER *ignoriert den Pfarrer, zu Prodical:* Du leidest, bevor du was tust, und hinterher leidest du auch. Das kostet dich Jahre, dieses ewige Wehgeleide von dir!

PRODICAL *zu Codger:* Ich leide im Augenblick überhaupt nicht. Ich bin erfüllt von Hochstimmung wegen meines Entschlusses, mich nicht von einer Flasche besiegen zu lassen. Im Augenblick bist du, Codger, der Satan, der mich in die Sünde reinschwatzen will.

CODGER Du schwatzt dich selber rein, Prodical, du schwatzt dich in eine wahre Katastrophe rein.

PFARRER *gereizt zu Prodical:* Was ist hier eigentlich los? Aus was versuchen Sie sich herauszuschwatzen, Mann?

PRODICAL *ignoriert den Pfarrer, zu Codger:* Du bist ein schlechter Umgang. Andauernd drängelst du dich zwischen mich und meinen Schwur.

REILIGAN *ärgerlich zu Prodical:* Monsignore Burren fragt dich was, Mann.

PRODICAL *laut und wütend:* Da muß er sich eben mal ne Minute gedulden! *Zum Codger.* Ich fasse einen Entschluß, und eine Minute später stehst du jedesmal vor mir oder schreist hinter mir her. Du bist eine allseitige Bedrohung für mich. Du kannst über so was hinweggehen, weil du nicht so wie ich daran leidest. Du vergräbst dein Leid in einem Lied, mein Leiden dagegen ist wie das Stöhnen des Hafengebälks in einer nebligen Nacht voller Trauer.

CODGER *heftig zu Prodical:* Kannst du sie nicht mir geben, und ich schaff sie für dich beiseite? Besudle nicht die Liebe eines Kumpels, indem du sie durch übellauniges Verhalten auf die Probe stellst. Du wirst sie nicht mehr zu sehen kriegen, bis sie hinüber ist.

PFARRER *schüttelt Prodical am linken Arm:* Was soll beiseitegeschafft werden, mein Sohn?

REILIGAN *schüttelt Prodical am rechten Arm:* Bis was hinüber ist?

CODGER *zu Reiligan und zum Pfarrer:* Könnt ihr nicht mal nen Augenblick still sein, ihr beiden? *Zu Prodical.* Paß auf, das wird dir noch leid tun mit deiner hemmungslosen Art. Laß mich die Sache in die Hand nehmen.

PRODICAL *entschieden:* Das kommt nicht in Frage. Ich stelle dir doch nicht die Mittel zur Verfügung, mit denen du die Sünde begehen kannst, der ich selber entkommen will.

PFARRER *schüttelt Prodical ungeduldig am Arm:* Was soll das alles, Mann? Ich und der Graf haben Dinge zu erörtern, wir können nicht die ganze Nacht hier herumstehen – worum geht es?

PRODICAL *kramt in seiner Fracktasche und holt eine Halbliterflasche Whiskey heraus, die er allen zeigt:* Da drum geht es. Ich habe einen Schwur geleistet, daß ich niemals je wieder trinke; und zu meiner Sicherheit und damit ich von Versuchung verschont bleibe, bitte ich Sie, gütiger Monsignore, diese Gefahr von einer Flasche dem Heiligen Sankt Tremolo zu überreichen, wie er da steht in der Mitte des Tisches und alle Männer auffordert, vernünftig und nüchtern zu bleiben.

CODGER *beschwörend zu Prodical:* Wirf sie mir her, Prodical. Sei doch auch fünf Minuten vor zwölf noch vernünftig.

PFARRER *gnädig:* Der heilige Sankt Tremolo ist ständig auf der Suche nach Leuten, die er warnen kann, und wenn sein Warnen gehört wird, ist er jederzeit zur Hilfe bereit. Außerdem wollen wir doch während des Bischofsbesuchs keine Dummheiten machen. Gib mir die Flasche.

PRODICAL *ernst, aber er zögert noch mit dem Hergeben der Flasche:* Wir sind alle ein Teil von dem Bischofsfeuer und flammen empor zu Gefühlen von froher Erwartung und löblicher Absicht. Ich möchte nicht, daß der Bischof an mir ein Wanken bemerkt.

CODGER *sarkastisch:* Dabei würde es Ehrwürden nur guttun, wenn er mal ein Stück von dem wahren Leben der Stadt zu sehen bekäme, in die er zum Segnen kommt.

PFARRER *verärgert zu Codger:* Verschwinde, du bösartiger Stachel im menschlichen Verlangen nach guter Tat! Du gottloser Mensch! Ich warne dich, der Tag steht schon bereit, an dem dir des Todes kalter Lehm das böse Mundwerk stopft. *Zu Reiligan.* Graf, so beenden Sie schon Ihr Schweigen und rügen sie!

REILIGAN *schreit Codger an:* Pack dich weg, du! Was hast du hier überhaupt zu schaffen?

CODGER War am Ausputzen deiner Urne de profundis und warte darauf, daß mir einer sagt, wo genau ich die Laterne im Garten hinstellen soll, wenn sie mal brennt.

REILIGAN *wütend:* Auf die Ziegel, Großmaul, oben drauf auf die Ziegel! Stell sie drauf und verschwinde!

PFARRER *liebenswürdig zu Prodical:* Gib mir die Flasche, mein Sohn.

Prodical gibt sie ihm, der Pfarrer hebt die Statue hoch und stellt die Flasche in den Hohlraum unter der Figur zwischen Beine und Mantel. Die Figur verdeckt die Flasche.

Hinweg mit dir! Du kommst zur Unzeit, und jetzt gehst du uns aus den Augen und aus dem Sinn!

PRODICAL *fest:* Aus den Augen und aus dem Sinn, was? Jawoll.

PFARRER *klopft Prodical auf die Schulter:* Deine Versuchung ist jetzt eingesperrt in einen heiligen Ort, und du bist frei.

PRODICAL *mit Zweifel in der Zustimmung:* Frei, Hochwürden, was? Jawoll, frei!

CODGER *ruft von der Glastür aus:* Nein!

PFARRER *klopft Prodical auf die Schulter:* Und in Sicherheit, mein Sohn.

PRODICAL *etwas zweifelnd:* Und in Sicherheit noch dazu.

CODGER *von draußen:* Nein!

PRODICAL *schreit hinaus:* Doch!

CODGER *der sich noch nicht von der Glastür entfernt hat; mißmutig:* Jetzt haben sie dich, wo sie dich hinhaben wollen, Prodical. Und was willst du jetzt machen, wenn die Blaskapelle spielt und die Leute jubeln und der Bischof hereingetanzt kommt in die Stadt, und du stehst da und hast ne trockene Zunge in deinem staubigen Maul und bist so ausgedörrt, daß du dir nichts andres wünschst, als mit einem Domine vobiscum dahinzuscheiden? *Geht von der Glastür weg, Laterne in der Hand, und auf den Ziegelhaufen zu, um sie drauf abzustellen.*

REILIGAN *horcht plötzlich angestrengt:* Pscht! Sind sie das? Nein, noch nicht. *Zum Monsignore.* Die Kühe, Pater. *Schaut auf seine Uhr.* Jerry der Hirte hätte sie schon vor ner Stunde im Stall haben sollen. Ich bin ganz unruhig. Hat sie womöglich alleingelassen, damit er in der Stadt die Beflaggung angaffen kann. Rennt einfach los und schaut sich die Fahnen an, rennt los und hört der Blaskapelle beim Üben zu, rennt los und schaut sich das Feuer an, und auf die Kühe wird keine Rücksicht genommen. *Schreit Codger nach.* He du, lauf mal schnell die Straße runter und schau, ob irgendwas von Jerry und den Kühen zu sehen ist. *Horcht wieder. Die Kühe sind zu hören, erst leise, beim Näherkommen aufs Haus zunehmend lauter, bis sie auf ihrem Weg in die Ställe wieder leiser werden. Er läuft zur Glastür und ruft Codger nach.* Hat sich erledigt, Codger – sie sind da! *Schaut in den Garten.* Ach, er ist schon weg! Strolcht bestimmt schon die Straße runter; er muß natürlich das Bischofsfeuer sehen; herumstehen wird er und der Blaskapelle beim Üben zuhören; überall wird er sich herumtreiben, außer da, wo er gebraucht wird! *Zu Prodical.* Lauf ihm nach, du da, und bring ihn zurück, bevor er im Wirtshaus oder in der Stadt landet.

PRODICAL *erschrocken:* Ich, oder wer? Für was zum Teufel halten Sie mich eigentlich? Einen sauberen Anblick geb ich ab da draußen, wenn ich in diesen Klamotten die Straße entlanggaloppiere. Ich komm mir schon so blöd genug vor, abgesondert in diesem absonderlichen Haus, ohne daß ich draußen herumrenne und mich dem öffentlichen Gestarre des Gestirns aussetze. Schicken Sie doch jemand, der normal ausstaffiert ist, daß er Ihnen den Wunsch erfüllt.

REILIGAN *schreit:* Wo sind denn die andern, wo sind denn die andern, die man schicken kann?

PRODICAL *genauso laut:* Woher zum Teufel soll ich das wissen?

PFARRER Kinder, Kinder! *Legt freundlich eine Hand auf Prodicals Arm.* Wir müssen jetzt alle aufhören mit der Schreierei, der Bischof wird nämlich sehr traurig sein, wenn er hört, wie wir uns hier gegenseitig anschrein. Außerdem machst du dich sehr gut in diesem Anzug, den einer tragen muß, der helfen will, dem Bischof das Essen zu servieren. *Besänftigt Reiligan mit einem Armklopfen.* Regen Sie sich nicht so auf, Graf, Sie müssen versuchen, sich weniger aufzuregen. Es ist viel verlangt, ich weiß, aber wir müssen die Ruhe bewahren, also bitte, keine Schreierei.

REILIGAN *voller Wut:* Ich jage ein paar von ihnen vor die Tür! *Er geht auf die rechte Tür zu und hat sie kaum erreicht, da hört man einen gewaltigen Tritt gegen die linke Tür. Er dreht sich unter Qualen um.* Herrgott, wer tritt da die gute Farbe von der frischgestrichnen Tür herunter? *Er eilt drauf zu, reißt sie auf, da kommt Rankin hereingestolpert, eine große Palme in der Hand in einem Kübel mit weißen und gelben Ringen. Wütend zu Rankin.* Du Puddinghirn von einem Idioten, was soll das bedeuten, eine frischgestrichene Türe in Stücke zu treten? *Er bemerkt daß Rankin Stiefel trägt.* Oh, schaut euch die Stiefel an, die er anhat! *Läuft zur Tür und untersucht sie.* Schaut euch diese abgesplitterte Farbe an, und das Holz ist auch eingedellt. Schaut euch das an, schaut euch das an!

RANKIN *der die Palme auf dem ihm nächsten Ende des Tisches abgestellt hat, geht auf die Tür zu, um sie anschauen zu können:* Halb so schlimm. Mußte sie schließlich irgendwie aufkriegen. Kleinen Klacks Farbe drauf, und sie sieht aus wie immer.

REILIGAN *heftig:* Wozu hast du diese Stiefel an? Wo sind die Hausschuhe, die ich dir gegeben habe? Wo sind deine Hausschuhe, wo sind deine Hausschuhe?

RANKIN *düster:* Die hab ich mir in die Fracktaschen reingesteckt, wenn Sies wissen wollen. Sie haben mir fast die Füße abgeschnürt.

REILIGAN Dann werden sie eben abgeschnürt. Du durchquerst diesen Raum kein zweites Mal ohne deine Hausschuhe an. *Bemerkt jetzt, daß die Palme auf dem Tisch steht.* Herrdeshimmels! Schaut euch an, wo er die Palme hinstellt! *Packt Rankin und zwingt ihn zu Palme und Kübel hin.* Bohrt sich voll rein in die Politur von meinem Holztisch. Tu sie da weg, tu sie da weg, tu sie da weg!

RANKIN *schleift sich den Kübel unter Protest in die Arme:* Irgendwo mußt ich sie schließlich hinstellen!

REILIGAN Nicht schleifen, schleif sie doch nicht, Mann! Der Tisch! *Wie Rankin sie im Arm hat.* Oh, schaut ihn euch an, schaut euch den Tisch an! Ganze Späne sind raus!

RANKIN *klagend:* Macht mal die Tür hier auf, macht mal die Tür auf!

PFARRER *schreit:* Schau, daß du uns aus den Augen kommst!

RANKIN *weniger klagend:* Dann macht diese Tür auf, sonst kugelt die Palme auf dem Teppich herum.

REILIGAN *eilt zur Tür, öffnet sie und schiebt Rankin hinaus:* Mach zu, raus mit dir, Satansbraten! Und zieh dir die Hausschuhe an. *Zu Prodical.* Und du gehst und holst einen Lederlappen, Prodical, und versuchst, diese Kratzer aus dem Tisch rauszukriegen. Und sieh zu, daß Rankin seinen Klacks Farbe auf die kaputte Tür macht, und achte darauf, daß er die Palme von der Haustür in die Eingangshalle stellt.

Prodical hinaus.

PFARRER Achtlose Bagage. Das Herz tut einem allmählich weh bei denen, Graf. Keine Rücksicht auf irgend etwas: wenn sie einen Sprung in einer Fensterscheibe sehen, heißt es: weg mit der Scheibe!, und wenn sie einen Geländerstab wackeln sehen, heißts einfach: raus damit!

REILIGAN Die bringen es noch so weit, daß alles für den Bischof nicht mehr zu gebrauchen ist, wenn sie damit fertig sind, den Sachen Gewalt anzutun. *Er kommt zum Tisch und beugt sich über eine daraufliegende Liste.* Jetzt haben wir fast alles beisammen. Manus hat nichts vergessen. Lassen Sie mich mal sehen. Die vier Wärmflaschen sind noch nicht gekommen, und der Bettvorleger für den Bischof auch nicht. Richtig, und der Wein. Der ist auch noch nicht abgehakt.

Wieder ist an der Tür der Tritt eines schweren Stiefels zu hören, härter als der von Rankin.

Gott erbarm! Schon wieder! Die Tür wird noch rausbrechen! *Läuft hin, Daniel stolpert herein, eine ähnliche Palme im Arm, wie vorher Rankin sie hatte.*

Außer sich. Schau sich einer schon wieder diese Türe an! Noch dazu an einer anderen Stelle! Die gesamte Türfüllung zerschmettert und auseinandergesplittert.

DANIEL *stolpert, dreht sich um, schaut zur Tür, trottet dann weiter seinen Weg:* Ach, das! Ein kleiner Klacks Farbe bringt das in Ordnung. *Er dreht sich im Kreis bei seinem Versuch, Reiligan zu antworten, und balanciert dabei die Palme in einen linken und einen rechten Winkel bei seinem Versuch, sie aufrecht zu halten.*

PFARRER *schreit:* Vorsichtig, du Tolpatsch!

REILIGAN *klagend:* Noch ein Klacks Farbe! Die kriegen nicht genug! Die holen sich ihre Zerstörung, wo sie sie herkriegen.

Daniel nähert sich der rechten Tür und setzt die Palme mit einem Knall auf dem dieser Tür nächstliegenden Ende des Tisches ab, will sich dann die Tür selber öffnen, da dreht sich Reiligan zu ihm um und sieht ihn.

Rasend.

Au weh, der Tisch! Kratz du da auch noch rein!

DANIEL *im Hinausstolpern:* Das ist doch gar nichts. Da können Sie nen Teller drüberstellen oder irgendwas andres.

REILIGAN *sinkt in einen Stuhl:* Einen Teller drüberstellen oder irgendwas anderes! O Gott, wozu läßt man den Bischof kommen? Wozu versucht man, ein kleines bißchen Kultur in die Stadt zu bringen? Man schafft sich nur Sorgen um Sorgen.

CODGER *man hört ihn draußen singen:*

Die Rose, die frisch in der Vase steht,
Wird verwelkt aus dem Blick getan morgen;
Das Lied, das heut fröhlich herüberweht,
Birgt in sich den Keim mancher Sorgen.

Er erscheint in das Glastür, schaut ins Zimmer, spricht mit Reiligan.

Soll ich die Laterne jetzt anzünden?

REILIGAN *gereizt:* Zünd sie an, zünd sie an, und Gott verdamm dich!

CODGER *geht zurück in den Garten:* Alles klar. *Singt wieder.*

Geht dahin, verschwindet, ihr Sorgen!
Kein Fuß eilt euch freudig entgegen;
Kommt zur Nacht, kommt früh am Morgen,
Keine Hand wird sich euch zulieb regen!

Codger zündet die Laterne an. Die rote Scheibe ist der Glastür zugewendet und sieht aus wie ein rotes Auge, das die im Zimmer beobachtet. Die anderen Scheiben, aus weißem Glas, beleuchten schwach Weg, Mauer und vielleicht Urne und die elegante, zweigreiche Esche, die im Dunkeln zu sehen ist.

PFARRER *bitter:* Hören Sie sich das an! Dabei könnte man glauben, dem schmilzt die Butter im Mund nicht mehr. Ich frage mich immer wieder, warum Sie dieses alte Schandmaul weiter bei sich beschäftigen Reiligan.

REILIGAN Wissen Sie, Monsignore, in der ganzen Gegend gibts keinen weit und breit, der einem nen Heuschober besser verputzt und mit Stroh deckt. Außerdem ist er geschickt mit der Sense und kennt den Boden von jedem Acker auf Meilen ringsum und weiß, was man im einen Feld säen darf und im anderen nicht. Er kann auch gut mit dem Vieh umgehn, wenn mal niemand zum Melken da ist, und das Schafescheren macht ihm immer noch keiner nach. Mit Hammer, Säge und Meißel ist es genauso, alles, was er macht, ist erstklassige Arbeit. Und schließlich ist er weit über achtzig, Pater. Nein, nein; den schlitzohrigen alten Codger kriegt außer Gott keiner aus Ballyoonagh mehr raus.

PFARRER Das betrifft die Dinge, die des Kaisers sind, Graf. Aber Sie müssen bedenken, es gibt immer noch Dinge, die Gottes sind. Auch so einer von den Lieblingen des Pater Boheroe. Eine feine Wahl, das muß man schon sagen. Ein anderes von seinen Hätschelkindern ist Manus Moanroe. Noch so ne feine Wahl.

REILIGAN Auch ein begabter Kerl, Pater; in den geschäftlichen Belangen der Landwirtschaft so geschickt wie der Codger in den praktischen. Schade, daß er kein guter Katholik ist. Ja, ein begabter Kerl. Genau wie der Codger. Schlechte Katholiken, schlechte Katholiken, aber begabt.

PFARRER *bitter:* Der Teufel ist bei denen, die ihm dienen, sehr freizügig mit seinen Gaben, Michael. *Lebhaft.* Aber wir sollten jetzt an nichts andres mehr denken als an den Bischofsbesuch. Damit haben wir uns zu beschäftigen. Wenn der vorbei ist, können wir uns über den Codger und über Moanroe unterhalten.

REILIGAN *ebenso lebhaft, steht wieder auf:* Der Bischofsbesuch – da haben Sie recht, Monsignore; wir dürfen nichts dem Zufall überlassen. Wo zum Teufel steckt dieser Prodical wieder? Vor einer Stunde geht er und holt einen Lederlappen, und jetzt ist er immer noch da. Der Daniel erzählt ihm wahrscheinlich, wie er dem alten Reiligan fast die Tür eingeschlagen hat, und dieser Prodical schlürft alles ein, damit ers hinterher überall in der Stadt herumtratschen kann. *Er lehnt sich gegen den Tisch und vergräbt das Gesicht in den Händen.* Diese hinterhältigen Lumpenkerle! Und was hab ich nicht alles getan für sie! Wie ein Vater war ich zu einigen von ihnen. Wie sähe diese Stadt aus, wenn keinen Reiligan gäbe?

PFARRER *legt eine Hand auf seine Schulter, besänftigend:* Der Vorsteher unserer Bruderschaft braucht nicht den Mut zu verlieren. Wenn unsere Sorgen und Aufregungen vorbei sind, werden wir mit all unserer Macht dafür sorgen, Michael, *grimmig* daß denen die Gottesfurcht beigebracht wird! Die verstehen nur die unerbittliche Sprache und den Peitschenknall. Bescheidene Geister beneiden eben immer die Erfolgreichen und Rechtschaffenen.

REILIGAN *löst sich vom Tisch:* Schauen Sie, Monsignore, manch einer von denen würde sich verbiegen vor Gelächter, wenn in dem Moment, wo der Bischof den Weg entlangkommt, dieses Haus in sich zusammenfällt. Was ist das doch für ein gehässiges Pack, die meisten von denen.

Prodical kommt mit dem Leder.

Ah, da bist du endlich. Mach dich an die Arbeit, Mann, mach dich an die Arbeit.

PRODICAL *locker:* Eins nach dem andern. Die vier Wärmflaschen sind gekommen, und der Bettvorleger. Und Foorawn braucht jemand in der Küche zum Entenrupfen und Kartoffelschälen. *Schaut auf den Tisch.* Da brauchts mehr als nen Lederlappen, wenn man die Schleifer aus dem Tisch rauskriegen will.

REILIGAN *gereizt:* So versuchs doch, Mann, versuchs erst, bevor du zu jammern anfängst.

PRODICAL *empört:* Jammern? Wer jammert? Nichts einfacher, als die Rillen mit nem Teller oder irgendwas anderem zuzudecken.

PFARRER *der zur Glastür gegangen war und in den Garten geschaut hatte, ist wieder zurückgekommen:* Der Codger ist im Garten grade nirgends zu finden. Ich hatte gedacht, er könnte in der Küche zur Hand gehen.

FOORAWN *erscheint in der Tür:* Dad, schick jemand runter in die Küche zum Kartoffelschälen und Entenrupfen. Dan will nicht. Er sagt, er ist kein Küchenjunge.

REILIGAN *zum Pfarrer:* Sehen Sie, wie die mit einem machen, was sie wollen, Pater? Jeder, der jemals in England war, erwartet fast, daß man ihn jetzt mit Herr anredet. *Zu Foorawn.* Da mußt du dir eben den Codger suchen.

FOORAWN Den hab ich schon gefragt; der macht es auch nicht.

REILIGAN *sarkastisch:* Und was beliebte der alte Herr zu sagen?

FOORAWN *in Verlegenheit:* Find ich nicht so wichtig, was er gesagt hat.

REILIGAN *ungeduldig:* Komm schon – heraus damit, heraus damit!

PFARRER *ermutigend:* Komm schon, Tochter; nur keine Angst. Wir können es uns ja zum Teil denken, was der Verworfene von sich gibt.

FOORAWN Er hat gesagt, wenn der heilige Monsignore die Enten rupft, schält er Kartoffeln.

REILIGAN Und meine eigene Tochter, die der ewigen Keuschheit geweiht ist, hat dem alten Gotteslästerer nichts zu erwidern gehabt?

FOORAWN Natürlich hat sie etwas zu erwidern gehabt. Sie hat erklärt, niemand denkt daran, zu erwarten, daß heilige Hände, die heilige Dinge gehalten haben, sich ans Entenrupfen machen.

REILIGAN Und was hat er zu diesem Volltreffer gesagt, der Feigling, der heidnische?

FOORAWN *verlegen:* Nein, nein. Er hat etwas Ungeheuerliches gesagt, was mich richtig erschreckt hat.

PFARRER Du brauchst nicht zu erschrecken über das, was so ein alter Wüstling daherredet. Wir aber müssen uns Einblick verschaffen in den gesamten Umkreis, in dem sich das Denken dieses respektlosen Buben bewegt. Was hat er gesagt, Foorawn?

FOORAWN Er hat gesagt, wenn die heiligen Hände von Christus die Füße seiner Jünger waschen können, brauchen sich die halbheiligen Hände vom Kanonikus nicht genieren, eine Kartoffel zu schälen.

PFARRER *fest:* Hören Sie, Graf?

REILIGAN Furchtbar, daß so jemand seine zersetzenden Gedanken über heilige Dinge immer weiter in die heilige Stille von Ballyoonagh hineinbrüten darf!

CODGER *singt im Garten:*

Wo sind sie, die lachenden Kinder, vernarrt in ihr Spiel?
Wo ist der Galan und sein Liebchen,
Dems sonst schon im Frühjahr im duftenden Weißdorn gefiel,
Wohin ist die Zeit voller Leben und voller Geschichten?

PFARRER Man höre ihn sich an! *Spöttisch.* Der Galan und sein Liebchen. Was für eine schmutzige Phantasie der hinterhältige alte Tollkopf hat!

Man sieht Codger vor der Glastür. Im gleichen Moment kommt

Pater Boheroe durchs Tor in den Garten. Er geht auf Codger zu, der eine zweigreiche, große Geranie voller prächtiger scharlachroter Blüten trägt. Codger hebt sie hoch, damit alle im Zimmer sie sehen können. Pater Boheroe steht neben ihm.

CODGER *streckt die Geranie vor:* Hier ist die Geranie für deine Urne. Eine hübsche Pflanze. Prächtiger als der Graf mit all seiner Herrlichkeit und sogar prächtiger als der Monsignore, wenn er sich mit ner scharlachroten Kardinalsrobe rausputzen würde. Ein Werk Gottes, meine Herren und meine Dame.

BOHEROE Ein bißchen menschliche Hilfe war schon dabei, mein Freund; es ist eine Zuchtpflanze. Gott und Mensch zusammen.

CODGER Ein bißchen menschliche Hilfe war dabei, völlig richtig. Der Mensch muß vollenden, was Gott anfängt. Prächtige Blüten, rot wie der Zorn Gottes; rot wie das heilige Blut Christi, das Barmherzigkeit ausspritzt über allen und jedem, was einigen unbekannt ist, die ich so kenne hier in Ballyoonagh.

PFARRER *kalt, aber heftig:* Kümmere du dich um deine Sachen, bei dir kommt noch Blasphemie heraus, wenn du mal fast vernünftig redest. Du machst Konterbande aus Gottes Barmherzigkeit, du Lasterfleck im Reich Gottes.

REILIGAN *geht auf die Glastür zu und fixiert Codger:* In die Urne damit, und zwar ohne weiteres Drumherum, und dann geh!

CODGER *völlig überrascht:* Geh? Geh wohin?

REILIGAN Raus aus dem Garten, runter von meinem Grund und Boden. Ich habe keine Verwendung mehr für dich. Deine verwerflichen Gedanken und dein Unglücksgekrächze hat man da, wo Reiligan etwas zu sagen hat, zum letzten Mal gehört. Also mach, daß du wegkommst!

FOORAWN *erregt:* Nein, nein, nein! Der Codger ist ein braver alter Mann, wir alle lieben den Codger.

BOHEROE *legt eine Hand auf Codgers von den anderen entferntere Schulter, wodurch es so aussieht, als habe er den Arm um ihn liegen:* Monsignore, Monsignore, wieder einmal ziehen wir Joseph seinen bunten Rock aus. Oh, ich fürchte, ich fürchte, wir tun unrecht, wenn wir einem tapferen alten Mann die Nützlichkeit absprechen und seine Ehrlichkeit tadeln.

CODGER *zu Boheroe:* Mach dir nichts draus, Pater. *Zu Reiligan.* Dich triffts genauso wie mich, Graf. Meine Rente reicht schon für Brot, Tee und die Zwiebeln, und was braucht ein alter Mann mehr. Zu meiner Zeit hab ich viel mehr gefastet als der Bischof, der kommt, und der Monsignore, der da ist. Ich setze die Blume in die Urne, denn es gibt kein böses Blut zwischen mir und der Geranie, und dann geh ich.

PFARRER Dann geh, und Schluß mit dem Geschwatze.

PRODICAL Nein, nein, der Codger wird niemals ein Fremder sein in der Stadt Ballyoonagh. Eine Sterbensschande ist das!

FOORAWN Es ist eine Schande!

Codger geht in den Garten, eventuell sieht man ihn noch die Geranie in die Urne pflanzen.

REILIGAN *heftig:* Der Codger hat dich nichts anzugehen. Kümmere du dich um deine Sachen.

FOORAWN *ungeduldig:* Und wer soll die Enten und die Kartoffeln machen?

REILIGAN *genauso ungeduldig:* Und was ist mit Keelin? Hol dir Keelin, hol dir Keelin.

FOORAWN Die hat eine Laune, will überhaupt nichts tun; sie will nicht mal um Gnade bitten.

Keelin erscheint in der linken Tür, Daniel in der rechten.

KEELIN *heftig:* Der Bischof kann seine Kartoffeln selber schälen!

DANIEL *heftig:* Der Bischof kann seine Ente selber rupfen!

REILIGAN *wütend:* Raus hier, ihr zwei! Wir brauchen euch nicht. Wir haben hier jemand, ders kaum erwarten kann, beides zu machen. *Zu Prodical.* Geh du, alter Junge, geh in die Küche und mach die Kartoffeln und die Enten.

PRODICAL *überrascht, schockiert und in Qualen:* Ich?

REILIGAN *ungeduldig:* Du, ja, du, du, du. Ab mit dir in die Küche!

PFARRER *warnend:* Graf, Graf, seien Sie etwas liebenswürdiger, reden Sie wie ein rechtschaffner Mensch mit einem rechtschaffnen Menschen.

REILIGAN *achtet nicht auf den Monsignore:* Geh zu und fang hier keine Widerrede an – ich befehle es dir!

PRODICAL *ein Leuchten kommt in seine Augen:* Sie befehlen, ach was?

PFARRER *besänftigend:* Er befiehlt nicht, nein, er befiehlt nicht; er appelliert an deine Großmütigkeit, Prodical.

BOHEROE *amüsiert:* Soll sich der Bischof doch mit Brot begnügen und auf die Ente verzichten.

PFARRER *zu Boheroe:* Ich bitte Sie, Pater Boheroe, wenn Sie nichts Konstruktives zu sagen haben, dann sagen Sie lieber gar nichts.

DANIEL *von der rechten Tür aus:* Laßt den Bischof doch seine Kartoffeln selber schälen!

KEELIN *ruft von der linken Tür aus:* Laßt den Bischof doch seine Ente selber rupfen!

PFARRER *wütend:* Kinder, Kinder, führt euch nicht so auf! Sankt Tremolo muß sich ja schämen für euch; Sankt Casabianca muß sich ja schämen für euch; und ich schäm mich auch. *Zu Prodical.* Herr Carranaun, seien Sie vernünftig.

PRODICAL *empört zum Pfarrer:* Würden Sie sich Ihren Stattus herabsetzen lassen, damit Sie Enten rupfen und Kartoffeln schälen können?

PFARRER *bittend:* Du tust es für den Bischof, mein Sohn, für den Bischof. Kartoffelschälen für einen Bischof und Entenrupfen für einen Bischof setzt unseren Stattus herauf, mein Lieber.

PRODICAL *heftig:* Ich laß mich in nichts hineinschwatzen! *Öffnet die Schürzenbänder.* Ich machs nicht! *Wirft Foorawn die Schürze zu.* Laßt doch die Dame das zur Abwechslung mal anziehn. Nach nem halben Leben voller Beten tut ein bißchen ehrliche Arbeit ihrer Seele nur gut!

PFARRER *legt fast den Arm um Prodical:* Mein lieber protestantischer Freund, dies ist eine einmalige Angelegenheit, nur dieses eine Mal, du hilfst uns doch, nicht wahr?

PRODICAL *gibt sich drein:* Das eine Mal vielleicht, Ingottesnamen.

PFARRER *strahlt:* Mein lieber Freund, ich danke dir. *Zu Daniel.* Und du auch, Daniel, komm her und mach mit uns mit.

DANIEL *kommt zögernd:* Na schön, das eine Mal, vielleicht.

PFARRER Großartig. Wir müssen für dieses herannahende Ereignis eine einige Familie sein. *Zu Keelin.* Du auch, Tochter, komm her und mach mit uns mit.

KEELIN *im Hinausgehen, wobei sie hinter sich die Tür zuschlägt:* Ich hoffe, ihr hockt bald leibhaftig in der Hölle alle miteinander und habt einen Mordshunger im Bauch und ganze Schwärme gerupfte Enten fliegen um euch herum und ihr könnt keine erwischen!

PFARRER *unerschüttert:* Beachtet sie gar nicht, Kinder. Wir dürfen jetzt nicht zornig werden. Eine einige Familie. Und eine irische dazu; der Zorn steht dem Iren nicht gut zu Gesicht, nur das Lachen, das Lachen von innen heraus. *Der Pfarrer hat Prodicals Schürze aufgehoben und begonnen, sie ihm um die Hüfte zu binden; dabei beginnt er mit leicht näselnder, leicht heiserer Stimme ein kleines schmeichelndes Lied.*

Wenn irische Augen lachen,
Das ist wie der Sonnenschein,
Und das Lachen irischer Stimmen
Kann Musik von Engeln sein.

Reiligan, Daniel und Prodical fallen unbeholfen ein, während Pater Boheroe und Foorawn amüsiert und etwas spöttisch zuschaun und zuhören.

Sind irische Herzen glücklich,
Wird die Welt zum fröhlichen Ort,
Und wenn irische Herzen lachen,
Nehmen sie dir dein Herze fort.

Während des Singens erscheint Codger in der Glastür und hört staunend zu, Spott in seinem Blick. Er hält in der Hand eine Säge und einen Hammer und über der Schulter Sense und Heugabel. Das Sensenblatt ist mit Sackleinen umwickelt, um vor Verletzungen zu schützen.

CODGER *spottet:* Eine glückliche, heilige Familie! *Wirft den Hammer ins Zimmer.* Da ist dein Hammer! *Wirft die Säge herein.* Da ist deine Säge! *Wirft die Heugabel herein.* Da ist deine Heugabel. Hebs auf und geh liebevoll um damit, solang deine Augen noch lachen. Die Sense ist meine eigene. Meine Empfehlung an den Bischof. *Er wendet sich ab und geht langsam den Weg entlang und durchs Tor, singt.*

Oh, gelobt sei die Zeit mit den Händen am Pflug,
Und den Vögeln über mir mit ihrem fröhlichen Gruß.
Ach, ich fühl mich zwar alt und ich beug mich mit Mühn,
Doch mein Herz ist noch jung und mein Geist ist noch kühn.

PFARRER Gott sei dank sind wir den alten Schandkerl endlich los. Ihn und seine Lieder!

BOHEROE Ich wünschte, ich brächte so viel Seele in meine Gebete wie er in seine Lieder. Ich fürchte, Gott hört den Liedern des Codger eifriger zu als unseren besten Gebeten.

REILIGAN Es tut mir leid, daß ich den Codger verliere, aber es geht eh bald zu Ende mit ihm. *Zu Prodical und Daniel, deutet dabei auf Säge, Hammer und Heugabel.* Schafft das Zeugs aus dem Weg hier und nehmt es bitte mit raus.

Prodical und Daniel heben es auf und tragen es hinaus.

PFARRER *gereizt:* So lassen Sie uns endlich vorwärtsmachen mit dem, was wir zu erledigen haben. *Er schaut auf die am Tischende liegende Liste.* Spiegel mit Goldrahmen, ist da; Bettvorleger und Wärmflaschen, ist da. Oh, der Wein ist nicht abgehakt – ist der schon da?

FOORAWN *an der Tür, ruft nach draußen:* Ist der Wein schon da?

PRODICAL *man hört ihn in der Vorhalle fragen:* Ist der Wein schon da?

STIMME *weiter entfernt:* Nein, Wein ist noch keiner da.

PRODICAL *ruft zurück:* Nein, Wein ist noch keiner da.

FOORAWN *von der Tür aus zum Kanon:* Nein, Wein ist noch keiner da.

Manus tritt ein durch die Tür, an der Foorawn steht. Er wirkt niedergeschlagen und finster. Foorawn weicht ein wenig zurück, streckt ihm halb die Hände entgegen, nimmt sie dann langsam wieder zurück. Er geht, scheinbar ohne sie zu beachten, an ihr vorbei und auf das Tischende zu, an dem die Papiere liegen. Er hat ein dünnes Kontobuch dabei, das er neben die anderen Papiere auf den Tisch legt. Er ist gekleidet wie bisher, trägt aber jetzt eine alte knopflose Fliegerjacke über seinem alten Hemd. Er trägt den alten Hut immer noch bis über die Augen. Der Pfarrer grüßt ihn kalt, aber Reiligan begrüßt ihn mit übertriebener Leutseligkeit.

REILIGAN *herzlich:* Na, Manus, mein Junge, alles in Ordnung?

MANUS Alles bestens. Es ist alles gekommen, auch der Wein. Ihr könnt eure Gedanken aufs Jubeln richten. *Er geht zur Anrichte, schenkt sich ein großzügiges Glas Brandy ein und gießt etwas Mineralwasser nach.*

PFARRER *mißbilligend:* Das ist der Brandy für den Bischof, Moanroe. Ich habe ihn selbst für ihn ausgesucht.

MANUS *kühl:* Tatsächlich. *Hebt das Glas.* Auf Manus Moanroe! *Trinkt.* Mm, sehr gut! Sie haben einen guten Geschmack, was Brandy betrifft, Monsignore. *Wendet sich dem Tisch zu und blättert ein paar Seiten des Kontobuchs durch.* Es ist alles in bester Buchhaltermanier eingetragen, Graf. Diese Volksbelustigung wird Sie ein hübsches Sümmchen kosten. Aber was machts – ist ja alles zum Ruhme von Gottes Bischof und zu Ehren von Ballyoonagh. Schauen Sie sichs an, Graf, damit Sie sehen, ob alles in Ordnung ist.

REILIGAN Keine Zeit jetzt, Manus, alter Junge; wir schauen es uns an, wenn sich alles etwas beruhigt hat. Morgen vielleicht.

MANUS Morgen bin ich nicht da. *Geht zur Anrichte, schenkt sich noch ein Glas Brandy ein, trinkt.* Auf Gottes Liebe zu mir! Ich verlasse Ballyoonagh heute Nacht, und zwar sofort.

FOORAWN *mit einem unterdrückten Schrei:* Oh, Manus!

REILIGAN *bemüht, es nicht zu glauben:* Unsinn! Du würdest mich jetzt nicht im Stich lassen – du bist meine rechte Hand. Schau doch nur, in was für einer Verfassung du bist, und Geld hast du auch keins. *Er legt liebevoll eine Hand auf Manus' Schulter.* Dein Fortgehn würde die Sterne über Ballyoonagh einsam machen.

MANUS *zu Reiligan:* Ich habe genügend Geld in Aussicht, keine Sorge. Sie sind der einzige Mensch außer dem Codger, der mir jemals erzählt hat, daß über Ballyoonagh Sterne stehen. Ich hab selbst nie welche gesehn. Für mich hats in Ballyoonagh immer nur einen Stern gegeben. Ich geh jetzt. *Er deutet auf das Kontobuch.* Hier ist die Abrechnung, komplett bis auf den letzten Penny der heutigen Vorgänge. *Geht zur Anrichte und schenkt sich noch einen Drink ein.* Ein letzter zum Abschied. Der Bischof wird ihn mir nicht nachtragen. Ich mach eine Sache gern gründlich, wenn ich sie mache.

PFARRER *bitter:* Schade, daß Sie nicht gründlich genug waren, dem Weg in den Ruhm und die Ehre des Priesterstandes zu folgen, als Sie seinerzeit im Seminar waren, für das der damalige Bischof Ihnen schon die Gebühren bezahlt hatte. Damals haben Sie sich auf und davon gemacht, raus aus dem College und fort von Ballyoonagh.

Es entsteht eine angespannte Pause, in der Manus steif dasteht, das Glas auf dem Weg zum Mund festhaltend. Seine Augen blitzen, dann schüttelt er den Zorn ab durch ein unbekümmertes Schulterzucken.

BOHEROE *zu Manus und den anderen:* Finstere Worte sind das, Manus, Worte ohne Güte und ohne Wahrheit. Ein Verstoß gegen die Nächstenliebe. Web dir nur keinen kalten und düsteren Umhang daraus, der dich zu Boden zieht.

MANUS *mit bitterem Lachen, trinkt:* Auf Manus Moanroe, den toten Priester! *Kalt, zum Pfarrer.* Ich hab schon aufregendere Zeiten erlebt, und an mancherlei Orten, die aber alle weit von Ballyoonagh entfernt waren. *Er wirft sein Glas in den Kamin.* Wenn ich an den Bischof denke, der kommt, und an den Monsignore, der da ist, dann bin ich heilfroh, daß ich auf Ruhm und auf Ehre des Priesterdaseins verzichtet habe. *Er geht zur Glastür.*

FOORAWN *besorgt:* O Manus, Manus, sei nicht so bitter!

MANUS *ohne sie anzuschaun:* Leb wohl!

REILIGAN *während er geht:* Mir tut es leid, sehr leid tut es mir, Manus.

Manus geht durch die Glastür hinaus, durchquert den Garten, öffnet das Tor, das man danach zuschlagen hört, dann verschwindet er.

PFARRER *mit Entschiedenheit:* Eine wahre Erlösung!

Das Telefon auf der Ablage neben dem Schreibtisch läutet, Reiligan nimmt den Hörer ab.

REILIGAN *in die Sprechmuschel:* Ja? Ja, gewiß, Stadtrat. Prachtvoll, finden Sie? Will ich hoffen. Rundtürme, Kleeblätter und Wolfshunde, alles wie echt, was? Großartig. Ich und der Monsignore werden in fünf Minuten unten sein. In Ordnung. *Legt den Hörer auf. Zum Pfarrer.* Die Stadträte warten im Rathaus auf uns, wir sollen unsere Namen oben auf die Grußadresse setzen. Der Schreiber Mulvey sagt, sie ist prachtvoll. In einem schönen vergoldeten Rahmen. Der Bischof wird ein stolzer Mann sein.

PFARRER *lebhaft:* Lassen Sie uns gehn, Graf.

REILIGAN Mein Wagen ist vor der Tür.

Sie gehen durch die rechte Tür hinaus.

FOORAWN Schreiben Sie sich nicht in die Grußadresse ein, Pater Boheroe?

BOHEROE Ich bin nicht gefragt worden. Du hast es ja selber gesehen, meine Liebe, der Graf und der Monsignore haben so getan, als würden sie meine Anwesenheit gar nicht bemerken. Mein Name ist verbannt von Wolfshunden,Kleeblättern und Rundtürmen. *Setzt sich in einen Stuhl am Tisch und in die Nähe des Sankt Tremolo.* Ach, Foorawn, ich bin das alles ein bißchen leid.

FOORAWN Was sind Sie leid, Pater?

BOHEROE Diese ganze vergoldete Narretei, die in all ihrer Fröhlichkeit angeblich von Gott stammt. *Setzt seine Arme auf den Tisch und legt seinen Kopf niedergeschlagen dazwischen.*

Foorawn gießt etwas Brandy in ein Glas ein, Mineralwasser dazu, und bringt den Drink zu Pater Boheroe.

FOORAWN *berührt scheu, aber liebevoll seine Schulter:* Trinken Sie das kleine Schlückchen, Pater, und verscheuchen Sie Ihre Niedergeschlagenheit.

Er hebt den Kopf, schaut ein paar Augenblicke lang das Glas an, nimmt es dann von ihr und trinkt den Brandy.

BOHEROE Danke, Foorawn, einverstanden; das hat gutgetan.

Gottstehunsbei, wie gering sind doch manche der Dinge, die uns den Mut geben zum Aufstehn und Weitermachen.

FOORAWN Pater, ich finde, Sie nehmen sich zu wenig heraus, und Manus zu viel.

BOHEROE Ach ja, der arme Manus; die Angst, ihm zu begegnen, braucht dich jetzt nicht mehr zu quälen! Er ist fort, und Ballyoonagh wird von jetzt an ein einsamer Platz für dich sein.

FOORAWN *fest, aber mit zuckender Lippe:* Ich bin froh, daß er fort ist. Ich hoffe, er kommt mir nie wieder unter die Augen.

BOHEROE *nach einer Pause:* Es ist noch nicht lang her, da war er dein Galan und du warst sein Liebchen Foorawn.

FOORAWN *heftig:* Das ist ewig lang her und tot und verblaßt und für immer vergangen.

BOHEROE Für ihn wars noch gestern, und wenn du die Wahrheit sagen würdest, wärs auch für dich noch gestern gewesen.

FOORAWN *leidenschaftlich:* Ich habe es vergessen, ich muß es vergessen!

BOHEROE Du hast es nicht vergessen, du kannst es gar nicht vergessen.

FOORAWN *bittend:* O Pater Boheroe, helfen Sie mir, mich zu überreden, daß ich das alles vergessen habe. Helfen Sie mir; haben Sie Mitleid mit mir; hindern Sie mich doch nicht dran.

BOHEROE Ich bin nicht imstande, dir zu helfen, aber dran hindern tu ich dich auch nicht; ich würde dich niemals dran hindern.

FOORAWN Sie sagen nur Sachen, die mich an das erinnern, was vorbei ist, aber etwas, das mir helfen könnte, alles zu vergessen, sagen Sie nicht.

BOHEROE Ich kann dir nicht helfen, zu vergessen, was du selbst niemals vergessen kannst. Du liebst Manus jetzt, wie du ihn früher geliebt hast. Du hast ihn noch immer als ein strahlendes Bild in deinen Augen und deinem Herzen. Wenn du das Bild eintauschen könntest gegen den Mann, um ihn für Jahre und einen Tag in deinen Arm zu nehmen, würden die Farben vielleicht blasser werden und das Strahlen würde sich legen; es würde ein gewöhnlicher Mann daraus werden mit seinen Ängsten und Plagen, der heute voll Kummer ist und morgen voller Lachen; es würde ein Leben daraus werden, das dich ärgert, ja manchmal sogar verletzt; aber dieser gewöhnliche Mann würde dir auch helfen zu lachen, und er würde dir helfen zu lieben, wenn dir ein Kind in den Arm kriecht. Eine solche Liebe wirst du bis zum Heulen vermissen in den Jahren, die kommen werden.

FOORAWN *abweisend, aber bewegt:* Sie reden merkwürdig, Pater. Sie reden, als hätt ich mein Gelübde gebrochen und mich in Manus Moanroes Armen versteckt!

BOHEROE Du hast dein Gelübde nicht gebrochen, dazu hast du gar nicht den Mut, aber du bist trotzdem in seinen Armen.

FOORAWN *heftig:* Bin ich nicht! Als der Monsignore noch Kanonikus war, hat er mich oft und oft gelobt, und genau der Bischof, der hierherkommt, hat mich auch mal gelobt.

BOHEROE Ich kann mir vorstellen, wie sie reden, die beiden weltklugen und ehrgeizigen Herren. Gottstehunsbei! Man braucht nur seine Hirtenbriefe zu lesen, um zu sehen, daß Bill Mullarkey mit einer Bischofsrobe auf den Schultern, einem Bischofsring am Finger und einer Bischofsmitra auf dem Kopf immer noch Bill Mullarkey ist. *Eine Pause.* Bitte ihn, daß er dich von deinem törichten Gelübde entbindet, Foorawn. Sei mutig.

FOORAWN *schockiert:* Aber Pater Boheroe! Sagen Sie nicht solche Sachen! Sie wissen doch, daß der Bischof niemals einwilligen würde, mich von meinem Gelübde zu entbinden. Ich trau mich ihn gar nicht zu bitten.

BOHEROE Dann bitte Gott, meine Tochter.

FOORAWN Gott bitten? Wie kann ich jemals herausfinden, ob Gott nicht böse ist, wenn ich mein Gelübde breche?

BOHEROE Wie hast du herausgefunden, daß er zufrieden war, wie dus geleistet hast?

FOORAWN Der Kanonikus hats mir gesagt und der Bischof hats mir gesagt.

BOHEROE Ja natürlich, der Bischof und der Kanonikus. Die hab ich ganz vergessen. Die hören jedes Wort, das Gott spricht.

FOORAWN *etwas unsicher in ihrer Empörung:* Was sind Sie für ein Priester, so etwas zu sagen! Ein junges Mädchen durcheinanderzubringen und davon abzuhalten, ihr Angesicht Gott zuzuwenden und der Welt, allem Fleisch und dem Teufel den Rücken zu kehren.

BOHEROE Ach Foorawn, es ist so leicht, den Dingen den Rücken zu kehren, aber besser und mutiger wärs, ihnen ins Gesicht zu sehen. Ich würde einer schönen Welt niemals den Rücken kehren, und schon gar nicht dem schönen Fleische der Menschheit, das aufstrahlt vor Kraft, Intelligenz und Gesundheit; und was den Teufel angeht, so ist das, was wir für den Teufel ausgeben, oft nichts anderes als die Wahrheit, die endlich den Mut hat, sich auszusprechen.

FOORAWN Sie sind für Gott keine große Hilfe. Sie haben wohl kein Gefühl für irgend jemand. Ich habe Sie dabei beobachtet, wie Sie dem Prodical seine Wünsche ignoriert haben. Er war schon so weit, daß er an die Pforte unserer Kirche geklopft hat, und Sie haben nicht mal versucht, ihm zu öffnen.

BOHEROE *steht auf, etwas ungeduldig:* Mach dir mal um den Prodical keine Sorgen – der ist geborgener als du oder ich.

FOORAWN *schockiert:* Geborgener als wir!

BOHEROE *geht zur Glastür:* Er hat an Spitälern mitgebaut, die den Kranken Schutz bieten, und an Häusern, in denen wir leben, ja selbst an Kirchen, in denen wir zu Gott beten; als Maurer dient er Gott sehr viel besser als ich in meinem Priesterstand oder du mit deiner Keuschheit.

FOORAWN *etwas sarkastisch:* Was für ein großartiger Bursche! Haben Sie vor, sich das Freudenfeuer für den Bischof anzuschauen?

BOHEROE Das Freudenfeuer, ach, das hab ich ganz vergessen. Nein, Foorawn, mein Weg führt in die entgegengesetzte Richtung, wo man zwar nicht unter Zedern wandelt, aber unter den Sternen. Komm mit mir, vielleicht fällt uns unterwegs etwas ein, das uns hilft, dem Weh dieser Welt mit mehr Festigkeit standzuhalten.

FOORAWN *schockiert, aber staunend:* Und wenn uns jemand zusammen wandeln sieht auf einer einsamen Straße in der Totenstille der Nacht?

BOHEROE *gespielt ernsthaft:* Das wäre entsetzlich, Foorawn! Wir sind zwei Tote, die noch lernen müssen, in ihren Leichentüchern auf der Hut zu sein.

FOORAWN *vorwurfsvoll:* Sie wollen sich über mich lustig machen, dabei sollten Sie sich über sich selbst lustig machen. Erst bemühen Sie sich um einen, und dann lassen Sie einen im Stich, Pater. Sie haben die arme Keelin im Stich gelassen.

BOHEROE Ich habe getan, was ich konnte.

FOORAWN *bitter:* Sie haben mir nicht geholfen, Pater.

BOHEROE Ich habe getan, was ich konnte.

FOORAWN Und Manus auch nicht.

BOHEROE Ihm auch nicht, dabei würde ich euch beiden weiß Gott gerne helfen. Mit *einigem Zorn.* Zwei Heilige hast du hier im Zimmer stehn, Foorawn, und weder der eine hier, *er deutet auf Sankt Tremolo* noch der andere da drüben *er deutet auf Sankt Casabianca.* hat sein Maul aufgemacht oder seine Buccina geblasen und ein Wort gesagt oder auch nur die Andeutung einer Hilfe gegeben. Wenn wir Probleme haben, müssen wir selber die Heiligen sein, die sie lösen, Foorawn. Mit unserer Schwäche – und unserer Kraft.

FOORAWN *öffnet die rechte Tür, um hinauszugehen:* Sie machen einem manchmal richtig Angst, Pater. Ich gehe jetzt. Gute Nacht, Pater Boheroe.

BOHEROE *bittend:* Foorawn, Foorawn, sei nicht gar so hart mit einem armen Priester, der nicht imstande ist, Wunder zu wirken.

FOORAWN *im Hinausgehen, wobei sie die Tür hinter sich schließt, kalt:* Leben Sie wohl Pater.

Pater Boheroe geht hinaus in den Garten, während Prodical durch die linke Tür hereinkommt.

PRODICAL *hinter Pater Boheroe her:* Unterwegs zum Freudenfeuer, Pater?

BOHEROE ruft *ärgerlich zurück:* Ach, zum Teufel mit dem Freudenfeuer!

PRODICAL *überrascht und schockiert:* Nanu. Was ist jetzt los mit ihm, möcht ich wissen. Da ist auch einiges an Glanz dahingeschwunden. *Schaut hinaus in den Garten, steckt ein paar Finger in den Mund und pfeift lang und schrill.*

Nach ein paar Augenblicken erscheint Codger vor ihm.

CODGER Da bin ich, mein Sohn; ich bin bereit. *Wendet sich um und schaut ins Weite.* Schau dir all die flackernden Lichter der Laternen an, die die Leute die Täler herauf und die Hügel hinunter und entlangtragen, damit sie sich den Bischof und sein loderndes Feuer anschauen können. Flackernde Lichter. Sterne von Menschenhand, die sich ein bißchen abheben vom Boden, aber nie allzuweit hochsteigen.

PRODICAL *verwirrt:* Laß uns jetzt nicht über flackernde Lichter und lodernde Feuer unsern Kopf zerbrechen. Du weißt, was für eine schwere Prüfung wir vor uns haben. Wir müssen uns jetzt die Flasche schnappen, die ich unterm Spukanino versteckt habe, denn ohne die sind wir aufgeschmissen.

CODGER Das war auch so eine Verrücktheit von dir! Sind sie alle zum Bischofsfeuer gegangen?

PRODICAL Ja, obwohl ich bei Foorawn nicht ganz sicher bin. Ich hab sie den Mantel anziehn, ausziehn und wieder anziehn gesehn. *Kommt herein, macht sich nah an Codger heran und flüstert.* Hör zu – wir machens im Dunkeln, das verwirrt ihn. Summ eines von deinen Liedern, damits so aussieht, als seien wir nur zufällig am Herumkundschaften.

CODGER *schaltet das Licht aus:* Eine gute Idee. Ich heb hoch, du schnappst. *Er summt ein, zwei Takte von MY BONNIE, plötzlich.* Jetzt! *Er hebt die Statue mit rascher Bewegung an, Prodical schnappt die Flasche darunter weg. Im gleichen Moment gibt der Bockanino einen langen, klagenden Trompetenton von sich. Codger setzt die Statue rasch auf den Tisch zurück und eilt zur Glastür.* Sankt Michael, Oberhaupt aller kämpfenden Engel, halt mir den Kerl vom Leibe!

Prodical und Codger laufen mit der Whiskeyflasche hinaus und verschwinden hinter der Esche.

Eine Pause. Wenn die Geräusche der Davonlaufenden nicht mehr zu hören sind und das Klagen des Bockanino verklungen ist, sieht man Manus draußen im Garten. Er trägt jetzt eine Stoffmütze, deren Schirm seine Augen verdeckt. Er nimmt die Laterne vom Ziegelhaufen und bringt sie mit ins Zimmer herein, das er durch die Glastür betritt. Er steht einen Augenblick still da und horcht, zieht dann die Mütze noch weiter über die Augen und geht zum Schreibtisch, über dem das Ewige Licht brennt und die Statue steht. Er nimmt ein Stemmeisen aus der Tasche und bricht die Schublade auf, aus der er ein Bündel Geldscheine nimmt. Er schaut sich das Bündel an und liest die Aufschrift auf dem Papierstreifen.

MANUS *spöttisch:* Pro deo et ecclesia. Für Gott und die Kirche. Für Manus und seine Nutten, heißt das jetzt. Hat sie vergessen dazuzuschreiben. Will, daß ich genauso eintrockne wie sie selber. *Beim Einstecken der Geldscheine fällt sein Blick auf die Pistole. Er nimmt sie aus dem Halfter und steckt sie sich in die andere Tasche.* Sankt Casabianca, du bist mir ein sauberes Früchtchen: überm Geld und neben der Pistole. Wenn die Pistole weg ist und das Geld verschwunden, wirst du ein bißchen mehr zu nem Heiligen werden. *Wendet sich der rechten Türe zu, da kommt Foorawn herein und schaltet das Licht an. Die beiden starren einander sprachlos für ein paar Augenblicke an. Manus fängt sich.* Oh, welche Überraschung!

FOORAWN *kalt:* Was machst du da?

MANUS *gießt ein Glas voll Brandy und bietet es ihr an:* Trink was, meine Liebe, macht deine Stimme wärmer.

FOORAWN Ich trinke nicht.

MANUS Also noch einer für mich. *Trinkt.* Ganz vergessen. Du trinkst nicht, rauchst nicht und tanzt nicht, gehst nicht ins Kino, liest keine sündigen Bücher, und fluchen tust du auch nicht. Du bist ein richtiges puritanisches Miststück, aber *er unterbricht sich einen Moment* ein wunderschönes.

FOORAWN *so kalt wie vorher:* Was machst du da, Moanroe?

MANUS Siehst du das nicht, verdammtnochmal, Foorawn, Tochter des Reiligan? Ich stehl mir ein bißchen was von einem Haufen, den man von vielen gestohlen hat.

FOORAWN Das ist nicht gestohlen; das ist gespartes Geld, gespart vom Lohn für ehrlich geleistete Arbeit.

MANUS *heiter:* Für geleistete Arbeit! Du meinst, für das Errichten einer Fassade von Heiligkeit, hinter der nichts als Schwindel steckt!

FOORAWN Schwindel! Was für ein Schwindel, du schleimiger Auswurf der ewigen Kirche! Was für Schwindel, du verkommener Saufkopf! Was für Schwindel?

MANUS *ruhig und fest:* Der Schwindel von Pfaffen, die im Tanzsaal das Trinken verbieten, obwohl hier in Ballyoonagh die Trinker aus Reiligans Wirtshaus in den Tanzsaal zum Tanzen und die Tänzer aus Reiligans Tanzsaal in Reiligans Wirtshaus zum Saufen gehen. Der Schwindel von Reiligans Kaufläden, in denen weder Geist noch Gebaren auch nur im mindesten zeigen, daß das Leben mehr als Fleisch und der Leib mehr als Kleidung ist. Der Schwindel seiner windigen Weiden, auf denen sein klappriges Vieh aus Mangel an Gras dem Herrgott sein Weh klagt. Der Schwindel seiner Hemdenfabrik, in der Mädchen arbeiten, deren Lohn zu nichts Beßrem reicht als zum Auswandern, und in der Maschinen stehen, die weit mehr Melodie in ihren Herzen haben als ihre schuftenden Wärter.

FOORAWN *ruhiger als zuvor:* Nachdem du dich ausgesprochen hast, du oberster Schwindler von allen, leg das Geld dahin zurück, wo dus hergenommen hast, und verschwinde!

MANUS *mild:* Du verlangst zuviel, Liebste.

FOORAWN *bittend:* Manus, was du machst, ist Kirchenschändung.

MANUS Ich bin ein schlechter Mensch, Liebling, aber da irrst du dich, meine dunkle Moschusrose – die Geldscheine sind nicht geweiht.

FOORAWN Du irrst dich; die Schublade ist oben, unten und an beiden Seiten vom Kanonikus persönlich gesegnet worden.

MANUS Schau sich einer an, wie geschwind der Kanonikus jeden Ort segnen kann, an dem Geld liegt! Er hälts mit den gemütlichen Stuben und dem Grog im Glas, und nicht so sehr mit dem Regen am Morgen und dem Taufall bei Nacht. Aber segnen ist noch lange nicht weihen. Wenn der Kanonikus sich beschwert, sag ihm, Manus hat die Scheine aus ihrem geheiligten Versteck genommen wie David das Weihbrot von Gottes Altar. *Er geht auf die Glastür zu. Sie läuft ihm nach und packt ihn.*

FOORAWN *kämpft mit ihm:* Gib sie her und geh deiner schändlichen Wege!

MANUS *macht sich los von ihr:* Ach, laß mich los, du Jammerausgabe von einem Weibsbild!

FOORAWN *läuft zum Telefon, hebt den Hörer an:* Ich hol die Polizei! Ich sorg dafür, daß du ins Gefängnis kommst, ich sorg dafür, daß du hier im Bezirk und im gesamten Lande erledigt bist.

MANUS Das ist also deine Liebe und deine Herzlichkeit, Foorawns Liebe und Foorawns Herzlichkeit, du tönendes Erz, du klingende Schelle! *Wild, mit dunkler Drohung in der Stimme, nimmt er die Pistole aus seiner Tasche.* Geh weg da! Hörst du? Leg den Hörer weg, du Miststück.

FOORAWN *wild und voller Leidenschaft:* Dich mach ich fertig für immer und ewig, du mißratener Priester!

Er schießt auf sie. Sie läßt den Hörer fallen, steht eine Sekunde lang wie betäubt. Geht dann zum Tisch, wo Kontobuch und Papiere liegen, eine Hand in ihre Seite gepreßt, fällt auf einen Stuhl der da steht. Während sie darauf zutaumelt.

FOORAWN Du Lumpenkerl! O Manus, du Liebster, ich glaub, ich sterbe! *Sie nimmt eine Feder und schreibt ein paar Worte auf eines der auf dem Tisch liegenden Papiere.* Gib mir die Pistole, schnell – bevors dahingeht mit mir! Die Pistole!

Er reicht sie ihr, wie betäubt, sie nimmt sie in ihre Hand, Manus starrt sie an, sie fällt vornüber auf den Tisch.

MANUS *tonlos:* Mach schnell, erschieß mich, bevor dir die Kraft und der Haß aus deinen erschlaffenden weißen Armen fließen.

FOORAWN *leise, halb zu sich selbst, halb zu Manus:* O Manus, ich hab dich geliebt. Ich liebe dich immer noch, ich liebe . . .

Sie stirbt. Er schaltet das Licht aus, Dunkelheit im Zimmer, wodurch der rote Schein des Bischofsfeuers am Himmel deutlicher zu sehen ist. Er geht zum Telefon und legt den Hörer wieder auf geht zurück zu ihr, die auf dem Stuhl sitzt, Kopf und Schultern auf dem Tisch liegend, ihr Arm und die Hand mit der Pistole ausgestreckt bis hin zur Statue des St. Tremolo, diese fast umarmend. Er nimmt das Blatt auf, das sie beschrieben hatte, langsam, und schaut es sich an.

MANUS *liest langsam und leise, mit unterdrücktem Schmerz:* ›Ich kann dies Leben nicht länger ertragen. Lebt alle wohl. Foorawn.‹ *Er legt das Blatt langsam auf den Tisch zurück.* O meine arme Foorawn! Meine dunkle Moschusrose; meine Moschusrose, jetzt bist du verwelkt!

Aus der Ferne Jubelgeräusche, während Manus die Laterne aufnimmt und zur Glastür geht. Bevor er dort anlangt, hört man Codgers Stimme, der im Garten mit Prodical spricht. Manus geht leise zur Seite und preßt sich gegen den Vorhang, wobei er die Laterne so hält, daß deren Licht für niemand zu sehen ist.

CODGER Da loderts empor, das Bischofsfeuer! Und der Jubel dazu, der Bischof ist nach Ballyoonagh gekommen!

PRODICAL *gereizt:* Vergiß den Bischof und sein Feuer! Ich bin dein Freund, nicht der Bischof. Mit unsrer Flasche Wein und der Flasche Whiskey und nem kräftigen Imbiß werden wir uns in meinem Häuschen die Nacht selber unter Feuer halten mit einem Mann-zu-Mann-Gespräch über die Wehs und die Wunders der Welt. Sing weiter, Codger, und verkürz uns den Weg, der noch aussteht. Graf ist der jetzt, Gottdergerechten!

CODGER Das würd ihm nicht passen, wenn er wüßte, daß wir durch seinen Prachtsgarten eine Abkürzung machen. Türe offen, und alles dunkel. *Ruft.* Du liebe Zeit, die Laterne ist vom Ziegelhaufen verschwunden.

PRODICAL *ungeduldig:* Vergiß jetzt die Laterne, den Bischof, das Bischofsfeuer oder den Bockshornisten, das sind alles Banalitäten! Ich bin dein Freund jetzt, oder nicht? Bin ich dein Freund oder nicht? Wir müssen darüber nachdenken, was wir mit den Wehs und den Wunders der Welt zu schaffen haben. Komm, sing das Lied weiter, das du grade gesungen hast, ich bin in trauriger Stimmung.

CODGER Wir sind alle in trauriger Stimmung, kreuzfideltraurig

sind wir. *Singt.* Heut nacht, als ich friedlich im Bett lag, da träumte ich wie ein Idiot.
Heut nacht, als ich friedlich im Bett lag, da träumt ich, mein Liebchen wär tot.

CODGER und PRODICAL *singen zusammen:* Bringts mir, bringts mir, o bringt mir mein Liebchen zurück, zurück,
Bringts mir, bringts mir, o bringt mir mein Liebchen, mein Glück.
Wenn das Lied verklungen ist, nimmt Manus die Laterne, geht hinaus in den Garten und stellt sie wieder auf den Ziegelhaufen; dann geht er zurück zur Glastür, schließt sie und geht gebeugt von dannen. Das Bischofsfeuer dagegen flammt heller und höher empor, und das Gejubel wird deutlicher hörbar.

Das Ende vom Anfang

The End of the Beginning

Eine Komödie in einem Akt

Deutsch von
Johanna und Martin Walser

Personen:

Darry Berrill, *etwa fünfundfünfzig, untersetzt, eigensinnig, ziemlich dickbäuchig. Er ist ganz kahl, hat nur ein Büschel grauer Haare direkt über der Stirn.*
Barry Derrill, *Darrys Nachbar. Gleich alt wie Darry. Dünn, unbeschwert, großer Schnurrbart, ist sehr kurzsichtig.*
Lizzie Berrill, *Darrys Frau. Etwa fünfundvierzig. Eine gute Hausfrau, aber das ist fast schon alles.*

Eine große wohnliche Küche. Eine steile Treppe, beinahe wie eine Leiter, führt zu einem oberen Zimmer rechts hinauf. Riesiger offener Kamin, rechts. Ein paar Stühle, ein schwerer, mit Laufrollen. Eine Polsterbank, ein Tisch. Links eine Kommode, auf der ein Grammophon steht. Hinten eine Tür und links von der Tür ein Fenster. Rechts von der Tür eine Anrichte, darauf Geschirr und eine große Uhr, eine Art Wecker. Rechts von der Anrichte, an einem Nagel, hängt eine Peitsche, links davon eine Mandoline. Auf dem Tisch ungespültes Geschirr. Rechts vom offenen Kamin eine Rumpelkammer. Nachts macht eine elektrische Glühbirne, die von der Mitte der Decke herabhängt, den Raum hell. Es ist ein schöner Abend im frühen Herbst, die Sonne tief am Himmel. An der Wand im Hintergrund ein großes rotes Stück Karton, auf dem in weißen Buchstaben geschrieben steht: »Tu's jetzt.« Unter dem Fenster ein Spülbekken.

DARRY *an der Tür des oberen Zimmers. Er rasiert sich gerade. Sein Kinn ist voller Schaum:* Absolut kalt, dieses Rasierwasser. Frau, hast du gehört? Dieses Rasierwasser ist absolut kalt.

LIZZIE *im Zimmer beschäftigt, ruhig:* Dann komm runter und wärm's dir auf.

DARRY *verächtlich:* Zuviel zu tun, was! Dreimal soviel, wie es hier zu tun gibt, würde ich im Handumdrehen erledigen, und wenn ich damit fertig wär, würde ich die Hände ausstrecken nach ein bißchen Arbeit.

LIZZIE Wenn du halb soviel zu tun hättest wie ich hier, würde man dich, wenn der Tag vorbei ist, tot aus den Trümmern fischen.

DARRY Mich?

LIZZIE Ja, dich.

DARRY Das glaubst du?

LIZZIE Das weiß ich.

DARRY Wenn ich nur halb soviel zu tun hätte?

LIZZIE Oder weniger.

DARRY Würde man mich aus den Trümmern fischen?

LIZZIE Aus einem Meer von Trümmern.

DARRY Tot?

LIZZIE Wie eine Makrele.

DARRY *wütend:* Wie oft hab ich dir schon angeboten, tausch mit mir für ein paar Stunden, aber du willst nicht. Dann würdest du sehen, was für einen harmlosen Job du hier hast, während ich draußen auf den Feldern schwitze.

LIZZIE Geh jetzt und mäh die Wiese fertig. In einer halben Stunde hast du das, hell genug ist es auch noch.

DARRY *der sich während dieses Wortwechsels rasiert hat:* Die Wiese hat Zeit bis morgen. Warum läßt du mich nicht tun, was im Haus zu tun ist, und gehst selbst und mähst die Wiese? Warum tust du das nicht? Tust du das nicht? Du das nicht? Eine Qual, dir zuzuschauen; eine Qual, dir zuzuhören. In deiner Nähe zu sein, nichts als eine Qual.

LIZZIE Und wie gern säh ich dich tun, was im Haus getan werden muß. Da möchte ich dich sehen.

DARRY Was muß im Hause getan werden – kannst du uns das einmal sagen?

LIZZIE Das Schwein muß gefüttert werden, das Rind, die Hennen, gefüttert und versorgt. Gebügelt muß werden. Gekocht, gewaschen und genäht auch.

DARRY Genäht auch! Und nur ein Knopf vorn und einer hinten; ist doch schon ein Wunder, daß die Nachbarn nicht längst über meine Hosen tratschen!

LIZZIE Red nur weiter so, dann geh ich nämlich, mäh die Wiese, und du kannst sehen, wie du mit der Hausarbeit fertig wirst.

DARRY *zornig:* Dann hau ab, hau ab, und ich zeig dir mal, wie die Arbeit in einem Haus erledigt wird. Ruhig erledigt, schnell erledigt, ohne auch nur einen Hauch von Hysterie. Bitte, hau ab, und ich zeige dir und deinem ganzen Geschlecht, wie Hausarbeit erledigt wird!

LIZZIE *zieht hocherregt ihre grellfarbige Mantelschürze aus und schleudert sie auf den Boden:* Zieh das an und tu, was noch zu tun ist im Haus, und ich geh und mäh die Wiese. Schlüpf hinein und zeige der Welt und deiner armen Frau, was für Wunder du vollbringen kannst, wenn du in einer Frauenschürze steckst.

DARRY *ein bißchen erschreckt:* Oh, das schaff ich wie nichts.

LIZZIE Und laß mir bloß diese Alice Lanigan nicht hier rein, solange ich weg bin, verstanden!

DARRY Welche Alice Lanigan?

LIZZIE *gereizt:* Welche Alice Lanigan! Die Alice Lanigan, mit der ich dich gestern erwischt habe, mit der du gequatscht hast, als du eigentlich hättest die Wiese mähen sollen. Die Alice Lanigan, die dich aufgehetzt hat, an mir herumzunörgeln, ich hätte im Haus so wenig zu tun! Die Alice Lanigan, die dir den Floh ins Ohr gesetzt hat, mit ein bißchen weniger Bauch wärst du Herr Abollo persönlich, der zuliebe du dich mit Leibesübungen quälst. Die Alice Lanigan, die bald fünfzig ist und aufgemacht ist, als ob sie ein Teenager wäre. Streckt ihre Brüste raus, wenn sie irgendwo eintritt, und das Hinterteil, wenn sie hinausgeht. Frau Sünde persönlich auf Männerfang – diese Alice Lanigan meine ich.

DARRY Alice Lanigan ist für mich Luft.

LIZZIE Ich habe dich gesehen – du dachtest, ich schlummre fest –, wie du nackt, mit gar nichts an, deine Leibesübungen vor dem Spiegel zelebriert hast, als die Predigten der Missionswoche noch in deinem Herzen brannten – und das alles für Alice Lanigan. Vielleicht weißt du es nicht, sie hat ein Kind, das nie eines Vaters Hand auf seinem Kopf gespürt hat.

DARRY Du haust ab jetzt, und ich werde dir zeigen, wie die Arbeit in einem Haus erledigt wird.

LIZZIE *während sie sich einen Hut mit breiter Krempe aufsetzt, sich ein paar alte Handschuhe über die Hände stülpt und eine Peitsche, die an einem Nagel an der Wand hängt, herunterholt:* Ich sage dir, einer Alice Lanigan die Hand zu schütteln ist gefährlich, auch wenn es ein Pfarrer war, durch den du sie kennengelernt hast. Eines Tages wirst du erkennen, daß sie nur herumspielt mit dir und dem anderen Altidioten, Barry Derrill, der so kurzsichtig ist, daß er den Himmel nicht sieht, wenn nicht grad der Mond scheint!

DARRY Mach's gut.

LIZZIE *an der Tür:* Ich gehe jetzt, und wir werden sehen, wie du fertig wirst mit der Arbeit im Haus.

DARRY Gutes Gelingen und tschüs. Und denk dran, dies ist erst der Anfang von dem, was noch kommt.

LIZZIE So Gott will, ist es nicht das Ende, und wenn ich zurückkomm, stehen nur noch die vier Wände.

Sie geht hinaus. Darry schlendert zur Tür und beobachtet, wie sie die Straße hinuntergeht.

DARRY *verächtlich zu sich selbst:* Jetzt mäh mal schön die Wiese! Ja, löffle aus, was du dir eingebrockt hast.

Während er die Tür schließt, schlägt die Uhr im Rathaus aus der Ferne acht. Darry dreht sich um, schaut auf die Uhr auf der An-

richte, bemerkt, daß sie stehengeblieben ist, nimmt sie, hält sie an sein Ohr, schüttelt sie, fängt an, sie aufzuziehen, es läßt sich schwer drehen, er dreht mit aller Kraft, ein surrendes Rasseln, als wenn eine starke Feder zerbreche, klingt aus dem Innern der Uhr. Er stellt die Uhr hastig wieder auf die Anrichte. Nachdem er ein paar Sekunden nachgedacht hat, nimmt er sie wieder, entfernt die Rückwand, ein Teil einer großen zerbrochenen Feder springt heraus, die er schnell wieder hineinstopft, dann stellt er die Uhr auf die Anrichte zurück.

DARRY Das ist echt Lizzie!

Er sieht das Grammophon, betrachtet es, denkt einen Augenblick nach, geht zur Kommode hinüber, holt ein paar Platten hinter ihr hervor und legt eine auf den Teller. Er zieht seine Weste aus, lokkert seine Hosenträger, steht steif, schlägt sich auf die Oberschenkel, tätschelt seinen Bauch und versucht, ihn ein bißchen zurückzudrücken. Er stellt das Grammophon an, läuft in die Mitte des Zimmers und legt sich der Länge nach auf den Rücken. Das Grammophon fängt an, Anleitungen zu körperlichen Übungen zu geben, die Darry sich anhört; ungeschickt, schwerfällig und keuchend versucht er, die Bewegungen nachzumachen, die in dem vom Grammophon gesprochenen Text, zu dem auch Musik erklingt, ausführlich beschrieben werden.

GRAMMOPHON Legen Sie sich auf den Rücken, die Hände unter den Kopf, die Füße zusammen – sind Sie soweit? Beugen Sie das rechte Knie, ziehen Sie es zu sich, bis zur Brust, atmen Sie aus – beginnen Sie!

Darry ist zu langsam, oder das Grammophon ist zu schnell, er kann mit dem Takt der Musik nicht mithalten. Als Darry merkt, daß er hinter dem Takt der Musik herhinkt, wird er schneller, indem er die Bewegungen nur teilweise ausführt und so wieder in den Takt kommt, aber nach kurzer Zeit ist er wieder aus dem Takt und keucht schwer. Er kommt mühsam auf die Füße, geht zum Grammophon hinüber und schaltet es auf »Langsam«.

DARRY Huh! Zu schnell, verdammt schnell das!

Er schaltet das Grammophon an, rennt in die Mitte des Zimmers und legt sich wieder auf den Rücken. Sobald die Musik zu spielen beginnt, führt er die Bewegungen aus wie vorher; aber die Musik spielt jetzt so langsam, daß er es nicht schafft, langsam genug zu sein, um im Takt zu bleiben. Vor jedem Taktschlag hält er an und keucht und wartet auf den Taktschlag, um mit ihm von neuem zu beginnen. Während er diese Bewegungen ausführt, öffnet sich die Tür und Barry Derrill kommt ins Zimmer. Er hat eine Mandoline unter dem Arm und eine Brille mit mächtigem Gestell und dicken Gläsern auf.

BARRY *flott:* Komm und küß mich, süßer Jüngling ... Was zum Teufel probierst du da aus?

DARRY Was ich ausprobiere? Nimm die Brille ab, Mensch, und komm näher her. Wie man sich fit hält und beweglich, das wird hier ausprobiert.

BARRY Der Rhythmus ist zu langsam, Mensch. Spann deine Muskeln an; du bist doch überhaupt nicht im Takt, Mensch.

DARRY Der Schalter steht falsch. Geh schon hin und stell ihn auf Position Mitte, dann kommst du her und machst mit.

BARRY Sollen wir nicht zuerst das Lied probieren, das wir im Rathauskonzert singen sollen?

DARRY Jetzt machst du erst mal fünf Minuten hier mit, um so besser geht nachher das Singen.

BARRY *zweifelnd:* Gymnastik nach Musik, nie gemacht, ich käm gar nicht in den ... den Takt rein.

DARRY Mit Musik geht es leichter, Mensch. Schau mir zu und beweg dich, wenn ich mich bewege.

Barry zieht widerwillig seinen Mantel und seine Weste aus, geht zum Grammophon hinüber, stößt mit der Nase gegen das Gerät und stellt den Schalter auf »Schnell«.

DARRY Eigentlich gehören dazu Turnhosen. Also, jetzt schön Takt halten, sonst verdirbst du alles. Einschalten und dich hinlegen.

Barry schaltet das Grammophon ein, rennt hinüber und legt sich gegenüber von Darry hin, so daß ihre Fußsohlen nur ein paar Zentimeter weit voneinander entfernt sind.

GRAMMOPHON *sehr schnell:* Legen Sie sich auf den Rücken, die Hände unter den Kopf, die Füße zusammen – sind Sie soweit? Beugen Sie das rechte Knie, ziehen Sie es zu sich, bis zur Brust, atmen Sie aus – beginnen Sie!

Das Tempo der Melodie zwingt sie, die Übungen auf eine hektische Art auszuführen, bis Darry, der schon fast erschöpft ist, darauf kommt, daß etwas nicht stimmt. Barry macht unermüdlich weiter.

DARRY *hämisch:* He, he, du, Moment, Moment, merkst du nicht, daß da was nicht stimmt?

BARRY *hört auf:* Nein; was denn?

DARRY *gereizt:* Was denn, was denn! Bei diesem Tempo entgleisen wir, verstehst du! Wahrscheinlich hast du den Schalter überdreht. *Er steht auf, geht zum Grammophon und stellt es richtig ein.* Wir tun das, weil es uns Spaß macht, nicht zum Sündenabbüßen. *Er kommt zurück und streckt sich wieder auf dem Boden aus.*

Die Musik beginnt zu spielen, und die zwei Männer fangen mit den Übungen an. Schon bald wird Darry ein bißchen langsamer, versäumt ein paar Taktschläge und versucht, Barry dafür die Schuld zu geben.

DARRY *während er spricht, führt er die Bewegungen aufgeregt weiter aus, aber nicht im Takt der Musik:* Jetzt bleib doch im Rhythmus, Mensch. *Er summt die Melodie von »Wenn du durchs Korn kommst ...«.* Da-diee da-diddy da-diddy-die. So geht das, Mensch. Da-diee da-diddy da-diddy-die ... *Schnell.* Schau mir genau zu. Da-diee da-diddy da-diddy-die ...

Nach kurzem ist Darry nicht mehr im Takt und atemlos; er hält an und setzt sich auf, um sich zu beklagen, aber in Wirklichkeit will er nur eine Pause. Er demonstriert Geduld.

Barry, du ruinierst alles, wenn du aus dem Takt kommst. Arme und Beine bleiben gestreckt, die Muskeln gespannt. Dreivierteltakt, capito? Also!

Sie fangen wieder an; Darry hinkt bald schwer keuchend hinter dem Takt her. Barry hält den Takt perfekt.

DARRY *wütend:* Verdammt noch mal, du bist einfach zu schnell, Mensch!

BARRY Nein, bin ich nicht – ich bin jedesmal rechtzeitig da.

DARRY *heftig:* Rechtzeitig da – wie kommt es dann, daß du mit mir nicht gleichzeitig bist, wenn du rechtzeitig bist? Ich weiß nicht, ob du vor oder nach mir da bist. Bist du zu steif oder was?

BARRY Ich bin jedesmal auf die Sekunde genau rechtzeitig da. Du bist es, der in jedem Takt einen Schlag ausläßt.

Darry, empört, hört auf zu üben, weil er sprechen muß; Barry übt weiter.

DARRY Ich laß ihn aus, weil ich dich in die richtige Balance und in den Bewegungsrhythmus schaukeln muß. Darum laß ich ihn aus. *Laut.* Aber ich verschwende meine Zeit!

BARRY *scharf:* Ich tue, was ich kann, mein Gott!

DARRY *noch schärfer:* Was du kannst, bleibt weltenweit hinter dem zurück, was hier verlangt ist. Du bietest einen erbärmlichen Anblick, Mensch. *Er steht auf und schaut Barry zu, der sich weiter bewegt.* He, he, du brichst dir noch was ab, Barry. Steh auf, wir singen das Lied.

Barry steht widerwillig auf, und Darry geht und schaltet das Grammophon aus.

BARRY Ich war immer sehr gut, wenn du mich nicht gestört hast.

DARRY *verächtlich:* Ja, wie ein Liebeslied im Marschtakt gespielt.

Sie holen ihre Mandolinen und stehen nebeneinander im Hintergrund.

DARRY Jetzt in einem Halbkreis nach vorn und Verbeugung, klar? Fertig?

BARRY Fertig.

DARRY Los!

Sie gehen los, nach rechts, machen ein paar Schritte, dann halten sie an.

BARRY Etwas stimmt nicht; wir gehen doch nicht zusammen, oder?

DARRY *gereizt:* Natürlich stimmt da was nicht; natürlich gehen wir nicht zusammen. Denk jetzt bitte mal mit, Barry! Du mußt nach links gehen, nach links.

BARRY Ich erinnere mich genau, daß ich nach rechts gehen mußte.

DARRY *reizbar:* Jetzt sei nicht so ein Egoist, Barry. Streng lieber deinen Grips an! *Eine Pause.* Entscheide dich jetzt – willst du nach links oder nach rechts gehen?

BARRY Links, rechts – mir doch egal.

Sie marschieren, einer nach rechts, der andere nach links, vorn treffen sie sich und verbeugen sich.

DARRY Mein lieber Barry, du fängst an.

BARRY *singt:* An einem Sommerabend geht ein schönes Mädchen spazieren.

DARRY Es summten die Bienen, und
die wilden Blumen blühten bunt.

BARRY Sie trifft nen schönen Mann und sagt:
Es darf aber nichts passieren.

DARRY Es summten die Bienen, und
die wilden Blumen blühten bunt.

BARRY Sie freuten sich an allen Farben
zwischen Schwarz und Rot.
Wie schön das alles lebt,

sagt sie, und endet doch im Tod.
Er legt die Hand auf ihre Brust
und sagt: Leben ist Not.

DARRY Es summten die Bienen, und
die wilden Blumen blühten bunt.

BARRY Der Mond schaut zu und denkt, was tut
bloß dieses junge Paar.

DARRY Es summten die Bienen, und
die wilden Blumen blühten bunt.

BARRY Dann murmelt der Mond: Bei soviel
Hitze gibt es Sturmgefahr.

DARRY Es summten die Bienen, und
die wilden Blumen blühten bunt.

BARRY Sie spricht so schön von hohen Dingen,
ihm gefällt das sehr.
Hinter Wolken flieht der Mond,
daß sie nicht mehr so sichtbar wär.
Sie zieht was aus, daß er ihr
nicht am Saum die Spitzen zerstör.

DARRY Es summten die Bienen, und
die wilden Blumen blühten bunt.

BARRY Das Süßeste vom Süßen
tauschen sie ganz hingegeben.

DARRY Es summten die Bienen, und
die wilden Blumen blühten bunt.

BARRY Ganz schnell verbrennt, was einmal
Anstand war in ihrem Leben.

DARRY Es summten die Bienen, und
die wilden Blumen blühten bunt.

BARRY Doch wenn der Mond sein Licht dämpft,
bleibt im Rahmen, was passiert.
Drum mögen junge Mädchen,
daß der Mond Regie führt,
wenn sie küssen und sich küssen lassen,
bis ihnen schwindlig wird.

DARRY Es summten die Bienen, und
die wilden Blumen blühten bunt.
Als das Lied zu Ende ist, spitzt Darry die Ohren und horcht.

BARRY Sollen wir noch einmal …?

DARRY Schsch, sei still, Mensch!

Darry geht zur Tür, öffnet sie und horcht aufmerksam. Knattern und Surren ist zu hören, das von der andauernden und regelmäßigen Bewegung einer Mähmaschine stammt. Aus der Ferne schlägt die Rathausuhr neun. Darry legt schnell die Mandoline weg.

DARRY Ich habe es total vergessen. Ich muß mich betätigen.

BARRY Du dich betätigen?

DARRY Hausarbeit. *Er versucht, in die Mantelschürze zu schlüpfen, die Lizzie dagelassen hat.* Ich habe sie provoziert, ich mache die Hausarbeit, sie mäht die Wiese. Falls ich nicht fertig bin, wenn sie zurückkommt, ist meine Position hier im Haus futsch. *In die Mantelschürze hineinzukommen ist schwierig.* Ts, ts, ts, wo ist hinten und wo ist vorn, und was ist, was ist unten und was oben?

BARRY Ruhig, Darry, ganz ruhig.

DARRY *ärgerlich:* Ruhig? Und die Zeit galoppiert davon? Soll ich mich auf einen Stuhl stellen und zur Sonne sagen: Bleib du bitte über der Wiese stehen, die die Madame gerade mäht, ja?

BARRY Geht nicht, weiß ich auch, aber mit Rumrennen beschleunigst du gar nichts.

DARRY *hat sich in die Schürze hineingezwängt:* Beschleunige ich gar nichts! Aha! Ist dir noch nie aufgefallen, daß, was du schnell tust, schnell getan ist? Beschleunige ich gar nichts!! Aber hier herumhängen, dir zusehen, wie du lang und breit auf dem Rükken liegst, mit den Beinen herumstrampelst, ja, das beschleunigt, was! Und dir zuhören, wie du die komischsten Klänge aus der Mandoline herauszupfst und ein zweifelhaftes Lied singst, das war überhaupt die Beschleunigungsmöglichkeit schlechthin?!

BARRY Beides war deine Initiative.

DARRY *beschäftigt sich mit dem Topf auf dem Herd:* Meine Initiative, aha! Was hältst du von dem Wort Verleumdung, Barry Derrill? Du bist hereinstolziert, die Mandoline unterm Arm, nicht wahr?

BARRY Stimmt, aber ...

DARRY Und hast gesungen! Dieses Lied.

BARRY Ja, aber ...

DARRY Als du angetanzt kamst, war ich ganz auf meine Gymnastik konzentriert, nicht wahr?

BARRY Warst du, aber trotzdem ...

DARRY Und du hast dich hingefläzt, hast es mir nachtun wollen, was bei dir zu einem richtigen Gliederwirrwarr führte, nicht wahr?

BARRY Moment mal …

DARRY Schau, Barry, dieses Gespräch darf sich nicht zu einer Diskussion auswachsen, weil ich mich jetzt nämlich betätigen muß. Wenn du mir schon nicht helfen kannst, dann laß mich, was getan werden muß, in aller Ruhe tun.

BARRY Natürlich werde ich dir helfen; ich warte nur darauf, daß man mich darum bittet.

DARRY *schaut auf die Uhr, plötzlich:* Ist die Uhr stehengeblieben?

BARRY *nimmt die Uhr und hält sie dicht an sein Ohr:* Sie tickt nicht und geht Stunden nach.

DARRY Das ist echt Lizzie! Vergaß, sie aufzuziehen. Dreh den Knopf ein paarmal herum, Barry, und stell die Zeiger auf halb zehn.

Barry beginnt, die Uhr aufzuziehen. Darry geht zum Tisch hinüber, holt sich eine Schüssel voll Wasser, wäscht das Geschirr ab, summt vor sich hin, die Melodie des Lieds »Es summten die Bienen«. Barry dreht und dreht an der Uhr, aber nichts deutet darauf hin, daß die Feder im Inneren anzieht. Er weiß nicht, was er davon halten soll, dreht wieder und will die Uhr gerade wieder dorthin zurückstellen, wo er sie gefunden hat, als Darry sich umwendet und ihn anblickt.

DARRY Jetzt hast du's kaputtgemacht, das Scheißding?

BARRY Nicht angerührt hab ich's.

DARRY Nicht angerührt? Schau ich dir nicht schon bald eine Stunde zu, wie du dran rumdrehst und -zerrst? *Er kommt zu Barry herüber.* Laß mal sehen. *Er nimmt Barry die Uhr weg und öffnet die Rückseite, die Feder springt heraus.* Nicht angerührt, was! Bitte, bitte, sei vorsichtiger, wenn du irgendwas anrührst in diesem Haus. Ts, ts, ts. *Er schiebt die Feder zurück und klatscht die Uhr auf die Anrichte.* Du mußt Hände haben wie ein Gorilla, Mensch. Komm jetzt und trockne ab, was ich spüle.

Eine kleine Pause, während die zwei sich mit dem Geschirr beschäftigen. Darry beobachtet Barry besorgt, der, weil er sehr kurzsichtig ist, alles, was er abtrocknet, dicht vor seine Brille hält.

DARRY *plötzlich:* Paß auf, paß auf, da – du bringst diese Kanne überhaupt nicht bis auf den Tisch; du stellst sie ja mitten in der Luft ab, Mensch.

BARRY *starrt auf den Tisch hinab:* Ach, keine Angst, ich laß schon nichts fallen.

DARRY *summt das Lied:* Da-diee da-diddy …

BARRY *schwingt seinen Arm zu der Melodie:* Es summten die Bienen, und
die wilden Blumen blühten bunt.

DARRY Reißt einen ganz schön mit, was! Da-diee da-diddy dadieee …

BARRY *schwingt seinen Arm:* Es summten die Bienen …

Barrys Arm schlägt die Kanne vom Tisch, sie fliegt durch die Luft und fällt zu Boden.

DARRY *schreiend:* Du schlangenarmiger, schwachstromiger Elefant, schau dir an, was du vollbracht hast!

BARRY *erregt:* Ist doch nur eine winzige Kanne, man sieht ja kaum die Scherben auf dem Boden.

DARRY *genauso erregt:* Wenn ich dich nicht sofort stoppe, wären sie bald groß genug, uns zu begraben! Setz dich, setz dich in die Ecke da! Tu nichts, sag nichts, eigentlich gehörst du in die Sicherheitsverwahrung. Bitte, bitte, rühr hier nichts an, wenn ich rasch rausrenne und dem Schwein die Kartoffeln bringe.

Darry rennt zum Herd, reißt den Topf herunter und läuft hinaus. Er läßt die Tür offen, und wieder kann man das Knattern und Surren einer Mähmaschine hören. Barry sitzt wie geschlagen in der Ecke. Kurz darauf hört man von draußen einen heftigen Schlag, danach einen Schrei von Darry, der gleich darauf wütend hereinstürzt und ein blutiges Taschentuch an seine Nase preßt. Er wirft sich flach auf den Rücken und hält seine Nase, so gut es geht, in die Höhe.

DARRY Schnell, was Kaltes, schieb mir's unter den Nacken.

BARRY *erschreckt:* Um Gottes willen, was hast du gemacht?

DARRY Nicht tief genug gebückt beim Reingehen und habe mir derart die Nase angehaut, voll auf den Beton. Was Kaltes, Mensch, das ich mir untern Nacken schieben kann, damit es aufhört zu bluten!

BARRY Die Nase hoch in die Luft, so hoch du kannst. Wo soll ich was Kaltes herbekommen, was man dir unter den Nacken schieben kann? Hab ich doch gleich gesagt, mit diesem Rumrennen beschleunigst du gar nichts.

DARRY *stöhnt vor Ärger, als er hört: »beschleunigst du gar nichts«:* Nimm dich zusammen, Mensch, denk dran, wir sind mitten in einer Katastrophe.

BARRY Ein kleiner Eisblock wär nicht schlecht jetzt.

DARRY Ein kleiner, ach ja, ein kleiner Eisblock! Und kannst du uns bitte sagen, wo du einen kleinen Eisblock herkriegen willst? Und selbst wenn wir einen hätten, wie willst du ihn in meinem Nacken fixieren? Hm? Los, sag... Wo willst du einen Eisblock herkriegen?

BARRY Wie bitte soll ich wissen, wo ich den herkriege?

DARRY Verlangst du vielleicht von mir, daß ich hier liege, bis es Winter ist?

Während dieses Gesprächs geht Barry ziellos im Zimmer umher, guckt in Schubladen, bringt mit seiner Nase das Geschirr auf der Anrichte zum Klirren, wenn er die Regale durchsucht.

DARRY *als er das Geschirr klirren hört:* Paß auf, paß auf, sonst machst du gleich wieder etwas kaputt. Ich verliere bestimmt unheimlich viel Blut, Barry, ich kann meine Nase nicht mehr lange in die Luft strecken. Findest du denn gar nichts?

BARRY Ich sehe nichts.

DARRY Lauf rauf und hole den Scheunenschlüssel, er hängt an der Wand, irgendwo über dem Kaminsims, schon halb in der Ecke. Mach doch, Mensch!

Bary läuft hinauf, geht in das Zimmer, kommt wieder heraus und schaut auf Darry hinab.

DARRY *schaut zu ihm hinauf:* Hast du ihn?

BARRY Wo ist der Lichtschalter? Stockdunkel da drin.

Darry stöhnt vor Wut, sitzt auf, fällt aber sofort wieder auf den Rücken zurück.

DARRY Blutet gleich wie wild, sobald ich mich aufrichte. *Zu Barry.* Es gibt keinen Lichtschalter in diesem Zimmer. Wir können nicht in jeder Zimmerecke einen Lichtschalter haben, bloß weil es dir so passen würde. Geh einfach mitten durchs Zimmer, bis du zum Kamin kommst; dann streichst du mit der Hand über den Kaminsims, an der Wand entlang, bis du auf den Schlüssel stößt, der dort hängt.

Barry geht in das Zimmer zurück. Nachdem es ein paar Augenblicke still war, hört man das Geräusch von fallendem Geschirr. Nach einem Augenblick stiller Bestürzung setzt sich Darry mit einem Ruck auf, taucht aber sofort wieder hinab und fällt auf seinen Rücken zurück.

DARRY *wieder liegend:* Was hat er jetzt getan; oh, was hat er jetzt getan? *Ruft zu Barry hinauf.* He, du da oben – was hast du jetzt getan?

BARRY *streckt den Kopf aus der Tür oben:* Nicht viel – das Gestell mit dem Waschbecken ist umgefallen.

DARRY *zornig:* Nicht viel. Das klang aber nach mehr. Nach viel mehr sogar. Du bist der Typ Mann, den man an die Kette legen muß, sonst bleibt im ganzen Haus nichts heil. Komm runter, komm runter und bleib herunten, sonst zertrümmert mir deine zarte kleine Hand noch alles, was das Haus hat!

BARRY Meine Augen haben sich jetzt an die Dunkelheit gewöhnt, ich kann sehen. Ich hol dir den Schlüssel.

Er geht in das Zimmer zurück und läßt Darry sprachlos zurück. Nach ein paar Augenblicken kommt er mit einem Schwall von Schreck und Ärger aus dem Zimmer, mit der einen Hand umschließt er die andere. Er rast die Treppe hinunter und beginnt, alles aus der Kommode herauszureißen, jeden zweiten Augenblick läßt er wieder alles liegen, um mit der einen Hand die andere zu umfassen.

BARRY *außer sich:* Hol dir deinen Schlüssel selbst, hol dir deinen Schlüssel selbst. Deinetwegen schlacht ich mich halb ab! Kannst du deine Rasierklingen nicht an einem sicheren Ort aufbewahren, anstatt sie haufenweise auf dem Kaminsims rumliegen zu lassen? Wo gibt's hier einen Lappen, mit dem ich meine Wunden verbinden kann? Hol dir deinen Schlüssel selbst, das kann ich dir sagen.

DARRY Bin ich nicht schlimm genug dran, bräuchte Hilfe, und was bekomme ich? Die Hilfe eines Halbblinden.

BARRY Weißt du, daß ich mir beinahe die Finger abgeschnitten hätte mit deinen verdammten Rasierklingen? *Kommt in Darrys Nähe mit einem Taschentuch in der Hand und zeigt ihm die verletzten Finger.* Schau sie dir an, bitte, schau sie dir an – einer sieht aus, als ob er nur noch an einem dünnen Faden Fleisch hinge. Wie soll ich jetzt Mandoline spielen?

DARRY Du würdest besser Mandoline spielen, wenn du gar keine Finger mehr hättest.

BARRY *behält die verwundete Hand in der Luft und streckt mit der anderen Darry das Taschentuch entgegen:* Da, nimm's und hilf mir, meine Wunden zu verbinden.

Barry kniet neben dem erschöpften Darry nieder, der das Taschentuch nimmt und es um Barrys verletzte Finger bindet.

DARRY *hält seine Nase noch immer hoch in die Luft:* Schon ein starkes Stück, so was eine Wunde zu nennen!

Darry bindet das Taschentuch um Barrys Hand, dieser steht und sieht zu.

BARRY *nachdenklich:* Kann jetzt nicht viel tun für dich damit.

DARRY Es wird deine Zerstörungskapazität mindern.

Eine Pause.

Sieh draußen nach, Barry, lieber Freund, ob das Rind auf der Böschung neben dem Haus noch lebt.

Barry geht zur Tür hinaus, bleibt stehen und schaut am Haus hinauf. Das Licht ist schwächer geworden, es wird dunkel. Wieder hört man das Surren der Mähmaschine, und die Rathausuhr schlägt zehn.

BARRY Man hört direkt, wie schön sie das Gras mäht, aber wenn es so dämmert jetzt, sollte man sie besser hereinrufen.

DARRY *gereizt:* Solange das so blutet, kann ich nichts machen, ja!

BARRY Überall liegen Kartoffeln herum, die du bei deinem Gerenne hast fallen lassen.

DARRY *stöhnend:* Kannst du nicht den Besen holen, sie zusammenkehren, sie nicht in den Boden trampeln; du siehst doch, wie ich dran bin!

Barry holt den Besen und fängt an, vor der Tür zu kehren.

BARRY *zu Darry hinein:* Wie geht es jetzt?

DARRY *setzt sich vorsichtig auf:* Es hat beinahe aufgehört, aber ich muß noch vorsichtig sein.

Barry kehrt mit einer Hand, kommt aus Versehen mit dem Besenstiel ans Fenster und zerbricht eine Scheibe. Ein Moment lang Schweigen.

BARRY *als ob er es nicht wisse:* Was ist los, was ist los?

DARRY *gequält, voller Ärger:* Was ist los, was ist los! Siehst du nicht, Mensch, daß du gerade den Besenstiel durch die Scheibe gestoßen hast?

BARRY *starrt auf das Loch im Fenster:* Merkwürdig, wirklich, denn ich habe überhaupt nicht gespürt, daß der Stiel das Fenster berührt hat; aber es hat ein Loch, das stimmt.

DARRY *mit wütendem Spott:* Und du hast nicht bemerkt, was da was berührt hat. Ein Loch drin ... o ja, ein Loch ist drin! Allmächtiger Gott, ich habe einen vernichtenden Engel im Haus!

BARRY Es jetzt anzustarren bringt nichts.

DARRY *heftig:* Ach, komm herein, komm herein, komm herein,

Mensch. Hast du nicht gehört, wie die Uhr zehn schlug? Ich muß mich jetzt betätigen. *Er steht behutsam auf, betastet seine Nase und hält sie immer noch nach oben.*

BARRY *leitet zu einem anderen Thema über:* Wäre es nicht besser, du würdest zuerst mal das Rind in den Stall bringen?

DARRY *heftig:* Muß ich nicht zuerst den Stall ausmisten, bevor ich es in den Stall bringen kann, Mensch? Mit deiner Gymnastik, deinem Singen und deinem großen und göttlichen Talent, alles zu beschleunigen, bin ich kein bißchen vorangekommen! Nicht einmal das Gras, das es braucht, habe ich dem armen Tier geben können, deshalb soll es auf der Böschung grasen, solange es will.

BARRY Und wenn es sich nun an den Rand der Böschung verirrt und stürzt ab?

DARRY Wie das verhindern? Ich weiß es nicht.

BARRY Es irgendwo anbinden?

DARRY *wütend:* Wo denn? Da ist doch nichts, wo du was anbinden kannst, Mensch.

BARRY Und wenn du ein Seil durch den Kamin herabläßt und es irgendwo hier drin festbindest?

DARRY *nachdem er einen Augenblick nachgedacht hat:* Eine gute Idee, Barry. Draußen hab ich ein Seil, ich leg ihm das eine Ende um den Hals, das andere laß ich durch den Kamin herab und bind's an einen Stuhl. Du stehst hier; wenn das Seil kommt, hältst du's fest.

Darry eilt hinaus. Nach ein paar Augenblicken ruft er mit schwacher Stimme von oben herab.

Hallo, hallo!

BARRY *der seinen Kopf ein bißchen in den Kamin hinaufstreckt, so daß der Rauch ihn zum Husten bringt, antwortet:* Jaahaaa.

Das Seil kommt herab; Barry fängt das Ende und zieht es weiter ins Zimmer hinab. Darry kommt zurück, und sie befestigen das Seil an einem Stuhl.

BARRY Stell den Stuhl ganz in die Ecke, wenn das Rind dann abhaut, sehen wir, wie der Stuhl durchs Zimmer schleift.

DARRY *begeistert:* Endlich fängst du an mitzudenken, Barry, mein lieber Barry. *Er schiebt den Stuhl in die Ecke.* Jetzt können wir uns betätigen und alles auf Hochglanz bringen, bevor Madame angewackelt kommt. Licht an, daß wir sehen, wo's fehlt! *Er knipst den Lichtschalter an, aber das Licht geht nicht an. Darry ärgert sich.* Ts, ts, ts – muß am Zähler liegen. *Er rennt in die Rumpelkammer und steigt über das Seil.*

BARRY *dringlichst:* Da würde ich die Finger davon lassen.

DARRY *im Zimmer – begeistert:* Laß mich nur machen, Barry.

Darry rast wieder hinaus, knipst den Schalter an, aber das Licht geht nicht an.

Nervös: Die verfluchte Birne also. *Er geht hastig zu einer Schublade.* Irgendwo muß hier eine Birne sein, seit ewigen Zeiten, noch nie benutzt. *Er nimmt eine aus der Schublade.* Und schon gefunden. *Er zieht einen Stuhl in die Mitte des Zimmers, stellt sich auf ihn, schraubt die alte Glühbirne ab und gibt sie Barry.* Schau mal, was los ist mit ihr.

BARRY *hält sie an die Nase:* Nichts zu sehen.

DARRY Leg sie einfach wo hin.

BARRY Hoffentlich hat die neue genug Watt.

DARRY *schraubt weiter:* Natürlich hat die genug Watt. Warum soll die denn nicht genug Watt haben?

BARRY Wenn nicht, könnte sie durchbrennen.

DARRY Durchbrennen! Die brennt nicht durch, keine Angst. *Er fängt wieder an zu arbeiten.*

Der Stuhl, an dem das Seil festgebunden ist, beginnt, quer durchs Zimmer zu schleifen.

BARRY *überrascht:* Schau, schau ... das Rind ... bewegt sich!

DARRY Halt den Stuhl fest, schnell, bevor er im Kamin verschwindet!

Barry packt den Stuhl, aber der Zug ist zu stark, und er wird mitgezogen. Darry springt von seinem Stuhl, läßt die Glühbirne auf dem Tisch liegen, ergreift das Seil und hilft Barry, den Stuhl zum anderen Ende des Zimmers zurückzuziehen.

DARRY Du setzt dich auf den Stuhl, dann kriegen wir jede Bewegung sofort mit.

Barry setzt sich auf den Stuhl; Darry steigt wieder auf seinen Stuhl und fängt an, die Birne festzuschrauben. Während Barry auf dem Stuhl sitzt, beginnt der, sich zu bewegen.

BARRY *aufgeregt:* Darry, schnell, komm wieder runter, das Rind, es bewegt sich!

Darry springt wieder herab, und die beiden ziehen den Stuhl zu seinem Platz zurück.

DARRY Die Madame wird zurückkommen, und wir haben nichts geschafft als Schaden. *Er steigt wieder auf den Stuhl und befe-*

stigt die Birne.

Es blitzt, und das Zimmer ist dunkler denn je.

BARRY *wie ein Prophet:* Ich habe dich gewarnt, Darry, ich sah das kommen.

DARRY *eindringlich:* Quatsch nicht. Wir sind nicht schlechter dran, als bevor wir sie reingedreht haben. In der Kammer ist ein Ölfaß, wenn da noch was drin ist, können wir die Lampen anzünden. Du zündest schon mal die an, die da an der Wand hängt; ich schau, wie's da drin aussieht. *Er rennt in die Kammer.*

Barry nimmt die Lampe von der Wand, nimmt den Zylinder ab, versucht, den Docht anzuzünden, aber er kann ihn nicht sehen und hält das Streichholz überallhin, nur nicht in die Nähe des Dochts. Darry kommt aus der Kammer.

DARRY *jubelnd:* Jede Menge Öl drin. Du bist mit dem Streichholz meilenweit neben dem Docht, Mensch. Gib her, gib her. *Er nimmt das Streichholz von Barry und zündet die Lampe an.* Jetzt hau ab und hol eine von den alten Lampen von den Regalen rechts im Schuppen hinter dem Haus.

BARRY Aber wie find ich die?

DARRY Zünd ein Streichholz an, mach die Augen auf, du kannst sie gar nicht übersehen. Ich hol einen Kanister Öl aus dem Faß, füll es ein, und wir haben Licht, soviel wir wollen.

BARRY *geht zur Tür hinaus:* Ich weiß doch, daß ich nichts sehen werde.

Darry rennt mit einem Kanister, der einen langen Schnabel hat, in die Kammer zurück. Barry hat die Tür offengelassen, das Knattern und Surren einer Mähmaschine ist wieder zu hören. Eine kleine Pause. Plötzlich stürzt Darry aus der Kammer zur offenen Tür hin.

DARRY *ganz außer sich:* Barry, Barry, schnell, komm doch, hörst du, Mensch! Ich hab den Hahn zu hastig aufgedreht, jetzt ist der Spund rausgerutscht und sofort im Gerümpel verschwunden, jetzt kann ich den Hahn nicht mehr zudrehen, im Dunkeln find ich den Spund nicht, wenn du nicht sofort kommst, ist kein Tropfen Öl mehr im Faß. *Er rennt verzweifelt zurück in die Kammer. Wieder ein Moment lang Ruhe. Er kommt wieder, hat das Faß in seinen Armen, mit einem Daumen hält er das Spundloch zu, er rennt zur Tür, brüllt verzweifelt.* Barry, hörst du denn nicht, wie ich nach dir rufe, Mensch! Ich kann das Öl nicht mehr länger drinhalten. Bist du eingeschlafen oder was!?

Von draußen ist ein Klirren zu hören, dann folgt der Krach von fallenden Töpfen, Dosen und Werkzeugen; dann für einen Augenblick Totenstille.

DARRY *taumelt gegen die Wand:* Heilige Muttergottes, was hat er jetzt angestellt?

BARRY *draußen, mit einer lauten, leidvollen Stimme:* Darry, o Darry, jetzt habe ich mich gerade beinahe selbst umgebracht! Wo ist die Tür? Ich seh überhaupt nichts!

DARRY *geht hinüber und steht in der Türöffnung:* Hier, hier, Mensch; nein, nach links. *Als Barry hineinschwankt, staubig und geschockt.* Was hast du jetzt wieder zertrümmert?

BARRY *stöhnend:* So ein Schock war das! Furchtbar.

DARRY *eindringlich bittend:* Nimm dich zusammen, Mensch, mein Gott, sage schon, was passiert ist.

BARRY *während er auf einen Stuhl sinkt:* Diese verdammten Lampen waren ganz oben auf dem obersten Regalbrett; und nichts da zum Draufstehen; ich mußte raufklettern, Brett für Brett, und während ich raufkletterte, kamen die Bretter und alles, was drauflag, auf mich herab!

Darry geht und stellt das Faß in das Spülbecken, seine Hand preßt er noch immer auf das Spundloch.

DARRY Und warum bist du da raufgeklettert? Warum?? Hast du nicht gesehen, du Trottel, daß die Bretter so gut wie nicht befestigt waren an der Wand? Warum hast du denn unbedingt an den Brettern raufklettern müssen?

BARRY Ich habe nur versucht, das Ganze etwas zu beschleunigen.

DARRY *jammernd:* Das Ganze etwas zu beschleunigen! O Gott, o Gott, da wird sie vor einem schönen Trümmerpanorama stehen, wenn sie zurückkommt, die gute Lizzie!

BARRY Und meine Brille flog auch davon, als die Bretter stürzten.

DARRY Du hättest sie auffangen müssen, bevor sie runterfiel!

BARRY *wütend:* Wie sollte ich sie auffangen, wenn alles stürzte und ich stürzte auch!

DARRY *ungeduldig:* Hol jetzt die Lampe und suche den verlorenen Spund in der Rumpelkammer.

BARRY Und sie dann fallen lassen und das Haus in Brand stecken.

DARRY *jammernd:* Ich bin wirklich in einem schönen Dilemma ... Der Stuhl, der Stuhl – das Rind bewegt sich!

Der Stuhl, an dem das Seil festgebunden ist, fängt an, quer durchs Zimmer zu schleifen. Barry greift zu, zieht tapfer, wird aber zum Kamin hinübergezogen.

BARRY *ängstlich:* Hilfe! Hilf doch! Ich werde gleich im Kamin hochgezogen!

Darry läßt das Faß stehen, rennt zu Barry hinüber, greift vor Barry nach dem Seil und um einen sicheren Halt zu gewinnen, löst er das Seil vom Stuhl und schlingt es unter seinen Armen durch um sich herum. Sie ziehen kräftig und gewinnen ein bißchen vom Seil zurück. Das Öl fließt unbemerkt aus dem Faß in das Spülbecken.

DARRY *keuchend:* Nicht nachgeben, sonst sind wir gleich im Kamin droben.

BARRY Wie soll ich heute abend ohne meine Brille heimfinden?

DARRY *brüllt:* Nicht nachlassen, Mensch, nicht nachlassen, zuerst müssen wir das geschafft haben, dann können wir über deine Brille spekulieren!

BARRY *bemerkt plötzlich das Ölfaß:* Das Öl, das Öl! *Er läßt das Seil los und rennt zum Ölfaß hinüber.*

Darry verschwindet im Kamin nach oben.

BARRY *hebt das Faß hoch und schüttelt es:* Kein Tropfen mehr drin, nicht ein Tropfen! Was machen wir je ... *Er dreht sich um und sieht, daß Darry verschwunden ist.*

LIZZIE *draußen, in Panik:* Das Rind, das Rind!

DARRY *ruft:* Lizzie, Lizzie!

Lizzie stürzt herein, als Darry im Kamin herabfällt. Er kriecht auf Händen und Füßen aus der Kaminöffnung heraus und kommt zum Stehen, erschöpft und voller Ruß.

LIZZIE *entsetzt:* Was um Gottes willen ist passiert?

DARRY *zu Lizzie:* Das kommt davon, wenn du immer deinen Kopf durchsetzen mußt! Warum zum Teufel hältst du das Seil nicht fest, wenn du das Rind losbindest! Dann wäre ich nicht einfach so hinabgeplumpst!!

LIZZIE Wie soll ich wissen, daß du am anderen Ende hängst?!

DARRY *empört:* Wie sollst du das wissen, genau das ist es! Mein Gott, Frau, könntest du nicht ein einziges Mal etwas richtig machen?!

Vorhang
Musik: Es summten die Bienen ...

Ein Pfund abheben

A Pound on Demand

Ein Sketch in einem Akt

Deutsch von Johanna und Martin Walser

Personen:

Ein Mädchen, *sie leitet die kleinere Poststelle von Pimblico*
Jerry, *ein Arbeiter*
Sammy, *noch ein Arbeiter*
Eine Frau
Ein Polizist

Szene

Eine Postnebenstelle an einem späten Herbstabend. In der Post; rechts ein Schalter, der etwa dreieinhalb, fast vier Meter in den Raum und bis zur Rückwand reicht. Die Vorderseite des Schalters ist vergittert, in der Mitte ist ein kleines Fenster für den Verkauf von Briefmarken. Über dem Fenster hängt ein Karton, auf dem das Wort »Briefmarken« steht. In der Mitte der Rückwand eine Schwingtür. Rechts von der Tür ein Fenster, auf dessen der Straße zugewandter Seite das Wort »Post« steht. Links ein Stehtisch für die, die Briefe, Telegramme schreiben wollen, Formulare ausfüllen oder Postanweisungen ausstellen. Auf dem Sims Löschpapier, Federkiel und Tinte. An der Rückwand über dem Sims ein Telefon. Anschläge besagen: »Spare in der Zeit, dann hast du in der Not.« »Kaufe telefonisch.« »Schreib oft und schreib früh.« »Kardinaltugenden: Mäßigung, Klugheit, Tapferkeit, Zahlen der Einkommensteuer.« Hinter dem Schalter auf einem hohen Hocker an einem Schreibtisch sortiert und prüft ein Mädchen Schriftstücke und erledigt die Routinearbeit einer Poststelle. Hinter dem Schalter, links, eine Tür. Es ist ungefähr sechs Uhr abends an einem Herbsttag; die Sonne steht tief am Himmel, und ihr Licht flutet durch das Fenster herein. Plötzlich öffnet sich die Schwingtür, seinen Körper gegen die Tür pressend, um sie offenzuhalten, erscheint Jerry mit einem gespannten und hoffnungsvollen Gesichtsausdruck, während er Sammy, der betrunken ist, mit seiner rechten Hand stützt. Jerry in zementfleckiger Arbeitskleidung, seine Hosen sind unter den Knien mit Schnüren gebunden. Er ist etwa vierzig Jahre alt. Sein Freund, Sammy, auch Arbeiter, ist gleich gekleidet. Jerry hat eine große Tweedmütze auf und Sammy einen großen braunen Schlapphut, der weniger gut aussieht. Sammy ist in einem Zustand sentimentaler Betrunkenheit, sein rötliches Gesicht ist nichts als ein breites albernes Grinsen.

JERRY *hält sich an Sammy fest und ruft dem Mädchen zu:* Sie erledigen die Postsparkassengeschäfte hier, stimmt das, Fräulein? *Bevor das Mädchen Zeit hat, zu antworten, torkelt Sammy weg, zur Tür hinaus, zieht Jerry mit sich, und die Türflügel schließen sich wieder. Das Mädchen sieht sich um, sieht aber nur die Schwingtür.*

Pause.

Die Tür öffnet sich wieder, und Jerry, der Sammy fester im Griff hat, erscheint und spricht in das Zimmer hinein zu dem Mädchen.

JERRY *zu dem Mädchen:* Das Postsparkassengeschäft wird hier erledigt, stimmt das, Fräulein?

Sammy torkelt wieder zur Tür hinaus, zieht Jerry mit sich, so daß sich die Türflügel wieder schließen. Wieder sieht sich das Mädchen um und sieht nur die Schwingtür. Es wendet seinen Blick nicht mehr ab.

Pause.

Die Tür öffnet sich wieder, und die zwei Männer erscheinen, diesmal ist Jerry hinter Sammy, schiebt ihn und sieht an ihm vorbei, während er zu dem Mädchen spricht.

JERRY Postsparkassengeschäfte werden hier erledigt, stimmt das, Fräulein?

MÄDCHEN *mißtrauisch:* Ja.

JERRY *fröhlich zu Sammy:* Was sage ich, Sammy, dies ist eine Poststelle, wo Sparkassengeschäfte erledigt werden. Los rein.

SAMMY *sieht sich mit ausdruckslosem Blick um:* Wohin?

JERRY Da, hier rein, siehst du das nicht? Wir sind im Hafen, Sammy – eine Poststelle, wo Sparkassengeschäfte erledigt werden.

SAMMY *ausdruckslos:* Wohin?

JERRY *flehend:* Ah, nimm dich zusammen, Sammy. Vergiß nicht, warum wir hier sind. Laß deinen Kameraden nicht im Stich. Vergiß nicht, was wir vorhaben.

SAMMY *ausdruckslos:* Hab nichts vor.

JERRY *reizbar:* Präg's dir ein, Mensch – ein Pfund abheben. Präg dir das ein.

SAMMY *sich versteifend:* 'n Pfund abheben, ich will 'n Pfund abheben.

JERRY Warum sagst du dann, daß du nichts vorhast? Blamier mich nicht im entscheidenden Augenblick, du mußt nur ein Formular unterschreiben – die junge Dame wird es dir geben.

SAMMY Unterschreib kein Formular, will kein Formular.

JERRY *gereizt:* Du kriegst dein Pfund nicht, Mann, bevor du nicht ein Formular unterschrieben hast. Das ist so bei Bankgeschäften, verstehst du? Unterschreib ein Formular, daß du ein Pfund abheben willst, und überreichs der jungen Dame, verstehst du?

SAMMY Was zu trinken.

JERRY Du hast kein Geld zum Trinken. Du kriegst keinen Tropfen, bevor du nicht dein Pfund abgehoben hast. *Führt Sammy zum Schalter hinüber:* Bleib ganz ruhig, solange wir das Geschäft abwickeln.

Das Paar kommt an den Schalter.

JERRY *schmeichelnd zu dem Mädchen:* Er will ein Pfund abheben, Fräuleinchen; *zu Sammy:* stimmt es, Sammy – ein Pfund abheben? *Zu dem Mädchen:* Geben Sie uns das Formular, Fräuleinchen, damit er seinen Namen draufknallt.

MÄDCHEN *zu Sammy – Jerry nicht beachtend:* Was kann ich für Sie tun, Sir?

SAMMY *ausdruckslos:* Was?

Eine kräftige Frau, etwa vierzigjährig, kommt zur Tür herein, nicht besonders eilig, und geht dann rascher zum Schalter hinüber. Sie starrt für einen Augenblick die zwei Männer an.

FRAU *zu dem Mädchen:* Wenn ich einen Brief schreiben würde und ihn einwerfen würde, so daß er noch mit der Neunzehn-Uhr-neunundfünfzig-Leerung wegkäme, würde er am Freitag mittag vor zwölf Uhr vierundfünfzig in Tarraringapatam ankommen?

MÄDCHEN *versucht sich zu konzentrieren:* Welche Leerung, Madam?

FRAU *hartnäckig:* Ich denke doch, daß ich gesagt habe: die Neunzehn-Uhr-neunundfünfzig-Leerung.

JERRY *ungeduldig:* Geben Sie uns das kleine Formular, Fräuleinchen.

SAMMY *stimmt betrunken ein Lied an:* Nur 'n Lied inner Dämmerung, wenn die Lichter schwinden.

JERRY *ermahnend:* He, he, du, Sammy!

SAMMY *ein bißchen gedämpft:* Un' das Flimmern schattenhaft, sanft ...

JERRY *nachdrücklich:* He, Sammy, he!

SAMMY *beendet es sanft:* ... erscheint und verschwindet.

MÄDCHEN *zu der Frau:* Der Bestimmungsort des Briefs, Madam, bitte?

FRAU Tarraringapatam.

MÄDCHEN Wo genau ist dieser Ort oder diese Region, Madam?

SAMMY In etwa unsere übernächste Nachbargemeinde isses.

FRAU *empört zu Sammy:* Ihre komischen Bemerkungen können

Sie sich sparen, bitte. *Zu dem Mädchen:* Tarraringapatam liegt im südlichsten Teil von Burma.

JERRY *zu dem Mädchen:* Rücken Sie mal das Formular heraus für die Abhebung eines Pfundes, ja? Fräuleinchen? Bevor mein Kumpel zu müde wird zum Unterschreiben.

MÄDCHEN *zu Jerry:* Einen Augenblick, bitte.

SAMMY *hämmert mit seiner Hand auf den Schaltertisch:* 'n Pfund abheben, will 'n Pfund abheben.

FRAU *zu dem Mädchen:* Kommt ein Brief, den ich so aufgebe, daß er noch rechtzeitig mit der Siebenneunundfünfzig wegkommt, am Freitag mittag vor zwölfvierundfünfzig in Tarraringapatam an?

MÄDCHEN Das kann ich Ihnen leider nicht sagen, Madam.

JERRY *energisch zu der Frau:* Die junge Dame weiß es nicht. *Zu dem Mädchen:* Ein Formular, um ein Pfund abzuheben, Fräulein.

FRAU *unwillig zu Jerry:* Seien Sie so gut, Sir, kümmern Sie sich um Ihre eigenen Sachen, ja? *Zu dem Mädchen:* Können Sie es herausbringen?

JERRY *zu der Frau:* Es ist unmöglich, daß Sie die ganze Zeit und Aufmerksamkeit eines zum Nutzen der Allgemeinheit bestimmten Postbüros für sich allein beanspruchen, oder?

SAMMY *schnell:* Will sie Probleme machen oder was?

FRAU *zu Sammy:* Ich ziehe ganz gewöhnliche Erkundigungen bei einer öffentlichen Dienststelle ein, und ich kann es nicht dulden, daß Sie mich dabei stören.

MÄDCHEN *das mit seinem Finger auf einer hinter dem Schalter hängenden Karte eine Liste von Ortsnamen entlangfährt:* Wie war der Name noch einmal bitte?

FRAU *würdevoll:* Tarraringapatam.

MÄDCHEN *schaut auf die Liste:* Nicht auf der Liste, Madam.

JERRY *ironisch:* Bushaltestelle im Dschungel, Fräulein.

FRAU Er muß draufstehen.

MÄDCHEN *zu der Frau:* Nicht auf der Liste. *Zu Sammy:* Was kann ich für Sie tun, Sir?

JERRY *vertraulich:* Er will nur ein Pfund abheben, Fräulein.

MÄDCHEN *streng, zu Jerry:* Lassen Sie den Herrn doch selbst sprechen. *Zu Sammy:* Was wünschen Sie, bitte?

SAMMY Versucht sie, Unruhe zu stiften, oder was?

JERRY *laut, zu Sammy:* Die junge Frau fragt, ob du ein Pfund abholen willst.

SAMMY *wird ein bißchen wacher:* Was is 'n jetzt? Ich will 'n Pfund abheben, klar.

JERRY *energisch:* Gem Se uns das Formular, und ich bring 'n soweit, daß er sein' Namen drunterhaut, Fräuleinchen.

MÄDCHEN *zu Sammy:* Kann ich Ihr Sparbuch haben, bitte?

JERRY *energisch:* Sparbuch, Sparbuch, Sammy; die junge Frau will's Sparbuch.

Sammy sieht ausdruckslos das Mädchen und Jerry an.

JERRY *energisch:* Jetzt mach schon. *Er langt in Sammys Brusttasche.* Sparbuch, Sparbuch, Sammy, mein Sohn, die junge Frau will ein Sparbuch. *Er nimmt das Sparbuch aus Sammys Tasche und reicht es dem Mädchen.*

MÄDCHEN *zu der Frau, die neben dem Schalter steht:* Tut mir leid, Madam, aber was Sie wissen wollen, kann ich Ihnen nicht sagen – der Name kommt auf der Liste nicht vor. *Sie blickt auf das Sparbuch, das Jerry ihr gegeben hat.* Wer ist Herr Adams?

JERRY *zeigt fröhlich auf seinen Freund:* Das da is er, Fräulein, quicklebendig und voller Tatendurst.

SAMMY *erfreut:* Nur 'n Lied inner Dämmerung, wenn die Lichter schwinden ...

JERRY *unterbricht ihn:* Schsch – die junge Frau mag nicht, wenn man in ihrem Büro singt, Sammy.

SAMMY *betrunken:* Sammy kümmert sich nicht um irgendwelche jungen Frauenzimmer; Büro oder junge Frauenzimmer is ihm egal.

FRAU *geht empört zum Stehtisch hinüber, um ihren Brief zu schreiben:* Das ist mir ein sauberes Postbüro, muß ich schon sagen, das nicht einmal über die Posttermine Auskunft geben kann.

Das Mädchen holt langsam ein Formular und streckt es zögernd Sammy entgegen, aber Jerry nimmt es ihr aus der Hand und bringt Sammy schnell zum Stehtisch hinüber.

MÄDCHEN *warnend:* Jeder Abheber muß selber unterschreiben; und seine Unterschrift muß mit der im Sparbuch übereinstimmen.

Die Frau schreibt ihren Brief und braucht viel Platz. Sie schreibt in der Mitte des Stehtischs, Papiere liegen auf beiden Seiten um sie herum. Jerry führt Sammy an ihre rechte Seite, sieht sich alles an, dann führt er Sammy um sie herum an ihre linke Seite.

JERRY Jetzt mußt du nur noch die Feder in deine Pranke nehmen und deinen Namen aufs Formular hauen.

Jerry breitet das Formular auf dem Stehtisch aus, holt eine alte Feder und drückt sie Sammy in die Hand, der sie auf den Boden fallen läßt. Jerry hebt die Feder verärgert wieder auf und drückt sie Sammy wieder in die Hand.

JERRY Jetzt halt sie mal richtig fest, Mann, und schmeiße sie nicht dauernd inner Gegend rum.

Sammy hält die Feder wie ein Schwert.

JERRY Ah, doch nicht so. Du fällst von einem Extrem ins andere. *Plaziert den Schreiber in Sammys Hand.* Ganz leicht und locker zwischen Zeigefinger und Daumen. So, verstehst du? *Spricht zu dem Mädchen hinüber.* Ist ein bißchen neu für ihn, Fräulein, aber in einer Minute kriegt er's hin.

SAMMY *steht still und blickt ausdruckslos an die Wand:* Will 'n Pfund abheben.

JERRY *ermutigend:* Her jetzt, schau aufs Papier und schreib deinen Namen. *Zu der Frau, die ihren Brief schreibt:* Macht es Ihnen was aus, ein bißchen zur Seite zu rücken, daß er Platz hat, seinen Namen zu schreiben – er will ein Pfund abheben.

Die Frau schaut empört, aber sie rückt ein Stück weg. Sammy beugt sich über das Blatt, bringt die Feder auf das Papier, gleitet und rutscht auf dem Stehtisch dahin, daß er die Frau beinahe umwirft.

JERRY *bestürzt:* Oh, Sammy, he, he. Schau auf das Formular, Mensch. Kannst du keine Sekunde lang dein Gleichgewicht halten?

FRAU *empört:* Ganz schön, wie man hier herumgestoßen wird beim Schreiben eines wichtigen Briefs nach Tarraringapatam! *Zu dem Mädchen.* Könnten Sie nicht ein bißchen für Ordnung sorgen hier, bitte?

JERRY *zu der Frau:* Er ist doch in Ordnung, er ist doch völlig in Ordnung, Madam.

FRAU *wütend:* Nein, nichts ist in Ordnung hier, überhaupt nichts. *Heftig zu Sammy:* Sie befinden sich in einer Poststelle, mein Herr! Vergessen Sie das nicht.

SAMMY *betrunken und entrüstet:* Poststelle! Was is 'n das wieder, eine Poststelle? Muß ich mir die Schuh vonne Füße ziehen inner Post, oder was?

JERRY *besänftigend:* Schon gut. Niemand will, daß du deine Schuhe von den Füßen ziehst. Halt dich jetzt hier am Stehtisch, bis ich dir ein neues Formular bringe. *Er lehnt Sammy an den Stehtisch und geht, um ein neues Formular zu holen.*

SAMMY *wendet sich zu der Frau hin:* Sie da! Will se, daß ich mir die Schuh vonne Füß zieh?

JERRY *zu dem Mädchen:* Schieben Sie noch 'n Formular rüber, Fräulein.

SAMMY *ganz eng an der Frau, eindringlich:* Sie hör'n das, wie ich sprech zu ihr? Will se, daß ich mir's Schuhzeug vonne Füße zieh?

JERRY *ungeduldig zu dem Mädchen:* Geben Sie uns das Formular, Fräulein, bevor er anfängt, lebhaft zu werden.

MÄDCHEN *mit ihrer Arbeit beschäftigt:* Augenblick, bitte. Ich hab Ihnen doch gerade eins gegeben.

SAMMY *ganz eng an der Frau:* Verziehen Sie sich mal, Madam, hier is besetzt. Muß mal mein Namen schreiben; brauch Platz; will 'n Pfund abheben.

Die Frau beachtet ihn nicht.

SAMMY Verziehen Sie sich, sag ich Ihnen, ja? Hier is besetzt.

JERRY *spricht vom Schalter aus zu Sammy hinüber:* He, he Sammy, beherrsch dich, Mann. *Zu dem Mädchen:* Beeilen Sie sich, Fräulein. Sachte, Sammy.

SAMMY *noch bestimmter, als die Frau ihn nicht beachtet:* Sie da! Ich sprech mit Ihnen! Ich sag Ihnen, ich brauch Platz. Verziehn Sie sich – hier is besetzt.

JERRY *warnend zu Sammy:* Sammy! Sachte!

FRAU *empört zu Sammy:* Wie können Sie es wagen, mir zu sagen, ich soll mich verziehen? Ich muß Sie darauf hinweisen, daß dies eine öffentliche Poststelle ist und daß ich etwas Wichtiges zu erledigen habe.

SAMMY *aggressiv:* Sie woll'n kein Pfund abheben, also verziehn Sie sich, bevor ich die Polizei ruf.

JERRY *dem Mädchen zugedreht:* Ruhig, Sammy, ruhig.

Sammy schubst die Frau, während die ihren Brief schreibt, aber sie schubst ihn voller Empörung zurück, er kann sich kaum noch auf den Füßen halten. Er fängt sich und greift wieder an, schubst sie wieder, aber sie schubst ihn heftiger als zuvor und stößt ihn weg, daß er fast bis zur Tür torkelt. Mit Mühe und Not fängt er sich wieder und wankt auf die Frau zu, wirkt ganz und gar entschlossen.

JERRY *zu dem Mädchen, während Sammy herumwankt – was*

Jerry gar nicht sieht: Geben Sie uns um Gottes willen ein Formular, Fräuleinchen.

SAMMY *schubst die Frau:* Über Sie weiß ich Bescheid, Mädel! Sie wollen uns einfach dreinpfuschen! Ich weiß Bescheid über Sie, aber da wird nix draus, Mädel!

Er schubst die Frau, die ihn zurückschubst; er versucht, sich zu halten, aber sie kommt hinter ihm her und schubst ihn noch einmal, so daß Sammy zur Tür wankt, gegen sie prallt, die Tür sich öffnet, Sammy auf die Straße hinaustorkelt und die Tür sich wieder schließt. Die Frau geht zurück, um an ihrem Brief weiterzuschreiben.

JERRY *der nicht weiß, daß Sammy verschwunden ist, klopft ungeduldig an den Schalter:* He, Fräulein, Fräuleinchen, das Formular, Fräulein, he, das Formular, Fräuleinchen.

MÄDCHEN *knallt ungeduldig ein Formular auf den Schaltertisch:* Jetzt bekommen Sie aber keins mehr.

JERRY *kampfbereit:* Oh, werden Sie nicht zu frech, Fräulein. Sie sind schließlich nichts als eine Angestellte im öffentlichen Dienst. *Er schlägt sich auf die Brust.* Meinesgleichen bezahlt Ihr Gehalt. Sie sind nur hier, um den Interessen der Allgemeinheit zu dienen, werden Sie also nicht frech.

MÄDCHEN *heftig:* Bitte, keine Unverschämtheiten!

JERRY *hitzig:* Sie werden sich an die Vorschriften halten! Was glauben Sie, was passiert, wenn ich dem Postminister einen Zettel mit 'ner Beschwerde drauf zugehen lassen würde? *Er dreht sich um, um zum Stehtisch hinüberzugehen, und bemerkt, daß Sammy verschwunden ist. Bestürzt umherschauend.* Wo ist er hin? He, wo ist Sammy? *Er rennt zu der Frau hin.* Warum, zum Teufel, haben Sie nicht auf ihn aufgepaßt, Sie wußten doch, daß er ein bißchen zuviel getrunken hat? *Er eilt zur Tür, stößt sie auf und rennt hinaus.*

FRAU *zu dem Mädchen:* Ganz schön besoffen, dieses Lumpenpaar. Und keine Polizei weit und breit!

Die Tür schwingt auf, und Jerry kommt herein, Sammy zieht er hinter sich her.

JERRY *aufgebracht zu dem Mädchen:* He, können Sie mal mit der Dame dort drüben reden und sie davon abhalten, Leute zu stören, die in aller Öffentlichkeit Geschäfte abwickeln. *Er führt Sammy zum Stehtisch, breitet ein Formular auf dem Tisch für ihn aus und drückt ihm vorsichtig eine Feder in die Hand.*

SAMMY *während er hinübergeführt wird:* Ich weiß Bescheid über das Mädel; dieses Mädel da drüben, ich weiß Bescheid, o ja!

JERRY *drückt die Feder in Sammys Hand:* Bewege deine Pranke, Sammy, bewege deine Pranke.

Sammy rührt sich nicht.

JERRY Jetzt beweg dich, Mann.

SAMMY Ich kann mich nicht bücken.

JERRY Warum kannst du dich nicht bücken?

SAMMY Ich kann mich nicht bücken, ich kann nicht stehen, ich will 'n Stuhl.

JERRY *ungeduldig:* Dann halte dich fest, während ich dir einen hole. Halte dich jetzt fest.

Sammy hält sich verbissen am Stehtisch fest, während er zu der Frau hinüberstarrt, die auf der anderen Seite des Tisches schreibt. Jerry rennt zum Schalter und agiert und spricht so heftig, daß das Mädchen tut, worum sie gebeten wird, bevor ihr bewußt wird, was vor sich geht.

JERRY *schnell zu dem Mädchen:* Den Hocker, Fräuleinchen, leihen Sie uns den Hocker; er kann seinen Namen besser schreiben, wenn er sitzt; schnell, Fräuleinchen!

Das Mädchen reicht ihm einen hohen Hocker herüber, Jerry rennt mit dem Hocker zu Sammy hinüber, hilft Sammy, darauf zu sitzen, legt ihm das Formular hin und gibt ihm eine Feder in die Hand. Sammy streckt die Zunge heraus, offenbar ist ihm sein Mantel im Weg.

JERRY Der alte Mantel stört, hm? Zieh ihn aus, dann hindert er dich an nichts mehr, die junge Frau wird nichts dagegen haben.

Nachdem er eine ganze Weile daran gezogen hat, hat Sammy mit der Hilfe von Jerry den Mantel ausgezogen.

FRAU *sarkastisch, starrt auf das Paar:* Warum lassen Sie nicht das Rouleau herunter, daß ihn das Licht nicht mehr blendet?

Sammy reagiert zornig mit einer plötzlichen Bewegung, fegt Feder, Tinte und Formular vom Tisch auf den Boden. Er hält sich unsicher am Stehtisch, kippt seinen Sitz schräg, gleitet zu der Frau hinüber und bringt sein Gesicht so nahe wie möglich an das ihre.

SAMMY *zornig zu der Frau:* Das 'ne Poststelle, stehen Se? Verboten, Menschen stören, die ihrn Geschäften nachzugehn haben. Bin ja nich von gestern, über Sie weiß ich Bescheid, Mädel!

JERRY *empört, zu der Frau:* Warum dieser Tumult jetzt, wo er gerade auf dem besten Weg war? Sie haben kein Recht, Leute zu stören, wenn sie Geschäfte erledigen. *Zu dem Mädchen hinüber:* Sehen Sie sich das an, Fräulein, sehen Sie, wie sie stört in dem Augenblick, als er gerade auf dem besten Weg war.

MÄDCHEN *ruhig:* Ich sah nicht, daß die Dame in irgendeiner Art störte.

JERRY *entrüstet:* Gut, wenn Sie Ihre Augen offen gehabt hätten, hätten Sie es gesehen. Hier fehlt es einfach an der Aufsicht.

Während Jerry spricht, geht das Mädchen zu dem Telefon, wählt eine Nummer und horcht. Jerry hilft Sammy auf seinen ursprünglichen Platz auf dem Stuhl zurück.

MÄDCHEN *am Telefon:* Hallo; hier spricht die Poststelle Pimblico; schicken Sie uns einen von Ihren Kleinen, ja? Ja, sofort bitte. *Sie hängt den Hörer auf und steht da, beobachtet die zwei Männer, hin und wieder blickt sie zur Tür.*

JERRY *als er Sammy auf den Stuhl gesetzt hat:* Jetzt fall um Himmels willen nicht gleich wieder um. *Zu der Frau:* Und keine herablassenden Bemerkungen mehr von Ihnen, bitte, verstehen Sie?

FRAU *heftig:* Noch ein Wort von einem von Ihnen, und ich geh sofort hinaus und hol einen Polizisten herein!

Ein paar Augenblicke Totenstille.

SAMMY *platzt aufgeregt heraus:* Hören Sie, was sie sagte? Hören Sie? Einen Polizisten hereinholen. Das hat man davon, wenn man Leuten vertraut. Geht mich die Polente was an? Frei heraus, Jerry, sei ein Mann – geht mich die Polente was an oder nicht?

JERRY *besänftigend:* Nein, niemals; jeder, der Sammy kennt, weiß das.

SAMMY Auch nicht, wenn sie zu Dutzenden um mich rum wären – stimmt's oder nicht?

JERRY Kein Wort mehr, Sammy, kein Wort mehr; diesbezüglich schweigen wir.

SAMMY Kein Wort mehr. Wir rennen nicht rum und erzählen was, aber wissen tun wir's, stimmt's Jerry?

JERRY Kein Wort mehr. Reg dich nicht auf jetzt. Hau deinen Namen hin.

SAMMY Kein Wort mehr. Polizei! Geht mich die Polente was an oder nicht – verstehst du, Jerry?

JERRY Kein Wort mehr – komm, schreib deinen Namen.

SAMMY *aufgeregt:* Soll sie doch die Polizei holen! Die hätten sofort keine Ahnung mehr, was hier passiert ist. Polente rechts von mir und links von mir, und am Schluß wär' nichts mehr übrig von denen außer Silberknöpfe als Souvenirs!

JERRY Fetzen und Knochen und Knöpfe, was? Komm schon – hau deinen Namen auf das Papier.

Die Tür öffnet sich, und ein riesiger Polizist kommt herein. Er spaziert langsam herein, geht zum Schalter hinüber, blickt das Mädchen an, das auf die zwei Männer zeigt; der Polizist nickt wissend.

SAMMY *lehnt sich hinüber, zu der Frau hin:* Oft pflasterten wir die Straßen mit Polizisten und hauten ab, und die konnten kucken, wie sie sich wieder zusammenflicken!

FRAU *zornig:* Ach, ist das wahr? Wirklich?

SAMMY *spottend zu der Frau:* Ja, wahr, wahr, wahr, wirklich; nicht wahr.

Polizist kommt herüber und steht in der Nähe der zwei Männer.

POLIZIST Also dann tun Sie jetzt, was Sie zu tun haben, und erledigen Sie Ihre Geschäfte.

Die zwei Männer blicken sich um und sehen den Polizisten. Sie starren ihn an für einige Augenblicke und wenden sich dann von ihm ab, konzentrieren sich auf das Formular. Eine Weile ist es totenstill, denn die bloße Anwesenheit eines Polizisten in nächster Nähe produziert Unbehagen und Spannung.

JERRY *beinahe flüsternd:* Genau auf der Linie, Sammy. Samuel, Vorname, verstehst du? Fang an mit einem großen S. Ein großes S, Mann, ein großes S. Mach ein großes S daraus – großer Buchstabe S – weißt du nicht, was ein großer Buchstabe S ist? Schau, ich werde es dir zeigen – ganz schön halten wir jetzt die Feder.

Jerry nimmt die Feder von Sammy entgegen, macht die notwendige Korrektur und gibt die Feder Sammy zurück.

JERRY Siehst du. Nein, mach weiter, vorsichtig: a, m, u – ich glaube – ja, zwei e, l – nein, ein e und zwei Doppel-l – guter Gott, was sage ich – nur einmal zwei l, nur ein Doppel-l, Mann! Du hörst mir nicht zu, Sammy. Du kannst es gar nicht falsch machen, wenn du nur zuhörst. Du hast beinahe ein Dutzend ls geschrieben. Laß es mal schnell sehen. *Er nimmt die Feder und streicht, so gut es geht, die unnötigen Buchstaben, warnend.* Jetzt der Nachname, Adams; schreibe die Buchstaben ein bißchen kleiner, sonst schreibst du meilenweit über das Formular hinaus, bevor noch der letzte Buchstabe in Sicht ist.

SAMMY *erschöpft:* Mir reicht's.

JERRY Du hast es doch gleich, da gibt man nicht mehr auf, Mann. Der Nachname jetzt. Ein großes A zum Anfang. Nicht so groß wie ein Elefant, na – du weißt, wie ein normales großes A aussieht. Oh, warum hast du gewackelt? Das muß jetzt gehen. *Dreht sich um und blinzelt dem Polizisten zu:* Er hat ein bißchen getrunken, aber es geht ihm gut. *Zu Sammy.* Jetzt ein kleines d, und ein kleines a, und ein kleines – einen Augenblick – ich bin ein bißchen durcheinander – ein kleines m, ein kleines m, und ein kleines s – ein kleines s, Mann! Jetzt komm schon, und dann gehen wir zu der jungen Dame.

FRAU *spöttisch zu Jerry:* Der arme Mann wird jetzt eine lange Ruhepause brauchen.

Jerry hilft Sammy vom Hocker herab und eilt mit ihm zum Schalter hinüber, beide versuchen auszusehen, als wäre ihnen die Anwesenheit des Polizisten gleich. Er reicht das Formular dem Mädchen, das es prüft und auf den Namen im Sparbuch blickt.

JERRY *summend, versucht uninteressiert auszusehen:* Rum tum tiddley um tum, parlez vous; rum tum tiddley um tum, parlez vous; rum tum –

MÄDCHEN *unterbricht Jerrys Summen:* Mit dieser Unterschrift könnte ich Ihnen kein Pfund auszahlen. Die Unterschrift stimmt kein bißchen mit der Unterschrift im Sparbuch überein.

JERRY Es ist doch seine Schrift, Fräulein? Und beide Namen sind Adamse, stimmt doch?

MÄDCHEN Sie stimmen nicht überein. Tut mir leid; ich kann Ihnen das Geld nicht geben. Ich weiß nicht einmal, ob der Herr wirklich Herr Adams ist.

JERRY *wild:* Hat man je einen so anmaßenden Unsinn gehört! *Zu Sammy.* Sie sagt, du seist nicht Herr Adams. *Zu dem Mädchen.* Natürlich ist er Herr Adams. Wer könnte er sonst sein außer Herr Adams? Er ist doch überall in dem Bezirk, wo er wohnt, bekannt, Frau!

MÄDCHEN Warum ist er dann nicht auf die Post in seinem Bezirk?

JERRY *ungeduldig:* Weil in der dortigen Poststelle zu viel Betrieb ist, deshalb haben wir uns entschlossen, einen Ort aufzusuchen, wo er, was er vorhat, in aller Ruhe tun kann, nämlich seinen Namen ungestört auf das Formular schreiben.

MÄDCHEN *nachdrücklich:* Tut mir leid; aber ich kann dem Herrn kein Geld aushändigen.

JERRY *erschrocken, entsetzt:* Und was soll er dann tun?

MÄDCHEN Kommen Sie lieber morgen noch einmal oder übermorgen.

JERRY Er will das Geld jetzt, Mädchen.

MÄDCHEN Ich kann es ihm nicht geben.

JERRY *zu Sammy:* Sie sagt, sie werde dir kein Pfund auszahlen.

SAMMY Ich will ein Pfund abheben.

JERRY *zu dem Mädchen:* Hören Sie, was der Sparer sagt? Er muß es bekommen.

SAMMY Ich muß es bekommen.

JERRY *zu Sammy:* Natürlich mußt du das. Nachdem wir alles mit soviel Mühe ordentlich erledigt haben, werden wir es nicht hinnehmen, daß uns unser Recht in irgendeiner Weise verweigert wird.

POLIZIST *kommt näher:* Sagte die junge Frau nicht, daß sie es Ihnen nicht auszahlen kann? Also gehen Sie jetzt nach Hause wie anständige Menschen, und vergessen Sie das Ganze.

JERRY *zu dem Polizisten:* Der Mann muß sein Geld kriegen.

SAMMY *träumerisch:* Türlich muß ich's kriegen.

POLIZIST *wichtigtuerisch:* Da er die nötigen Bedingungen nicht erfüllt, ist er zur Abhebung eines Pfundes nicht berechtigt.

JERRY Die einzige Bedingung war seine Unterschrift, oder nicht? Und er hat unterschrieben, oder nicht? Ihr habt doch alle gesehen, wie er unterschrieben hat, oder nicht? *Pause.* Traut sich jetzt keiner mehr, etwas zu sagen?

POLIZIST Jetzt gehen wir, kommen Sie, jetzt wird gegangen. *Zu Jerry.* Vielleicht sehen Sie doch ein, daß Ihr Kumpel nicht über die Entscheidungsfreiheit verfügt, irgend etwas von einer Behörde abzuheben. Jetzt wird gegangen, wie es sich gehört.

JERRY *flehend:* Er braucht dieses Pfund ganz dringend, verstehen Sie! *Zu Sammy.* Stimmt doch, Sammy.

SAMMY *träumerisch:* Ich muß es kriegen.

JERRY *zu dem Polizisten:* Hören Sie es? Bedenken Sie, das ist ziemlich schwerwiegend, einem Menschen den Zugang zu seinem privaten Eigentum zu verwehren.

POLIZIST *ein bißchen wütend:* Also, gehen Sie schon, Sie beide, bevor ich die Geduld verliere! Noch nachsichtiger kann ich nicht sein. Also gehen Sie nach Hause jetzt wie vernünftige anständige Menschen, bevor ich die Geduld verliere.

JERRY Dann geben Sie uns das Sparbuch zurück.

MÄDCHEN Herr Adams könnte es verlieren – ich werde es ihm morgen zuschicken.

JERRY *erschrocken:* Er will nicht, daß Sie es schicken. Er will es jetzt – stimmt es, Sammy?

SAMMY *müde:* Ich muß es bekommen.

POLIZIST *im Befehlston:* Jetzt gehen Sie schon heim wie anständige Menschen, sonst werden sie mich von einer anderen Seite kennenlernen. Gehen Sie schon und schlafen Sie einmal darüber, und morgen können Sie, frisch gewaschen und rasiert, alles zur Abhebung Ihres Pfundes in die Wege leiten, wie es sich gehört.

JERRY *wild:* Und jetzt für unsere ganze Mühe kriegen wir nichts. Ich sag Ihnen, das wird ein Nachspiel haben.

POLIZIST *grob:* Genau, und zwar jetzt sofort, wenn ihr beide nicht im nächsten Augenblick abhaut und einfach nach Hause geht. Vorwärts jetzt, da geht's hinaus.

JERRY *bekümmert:* Und wir sind von so weit hergereist, um dieses ruhige Plätzchen zu finden, daß er ungestört seinen Namen hinschreiben könnte.

FRAU *spöttisch, während sie hinausgehen:* Tut direkt weh, arme kleine Kinder so zu enttäuschen!

SAMMY *während sie hinausgehen:* Ich muß es bekommen.

Sie gehen langsam und bekümmert hinaus. Der Polizist hält die Tür auf und schließt sie, als sie weggegangen sind. Die Frau geht mit ihrem Brief zum Schalter hinüber.

FRAU Per Einschreiben, bitte.

Das Mädchen nimmt den Brief, registriert ihn als Einschreiben und reicht der Frau den Beleg, den die in ihre Tasche steckt, dann geht sie hinaus.

MÄDCHEN *zu dem Polizisten:* Ich bin froh, daß Sie diese zwei Finanzabenteurer hinausgejagt haben.

POLIZIST *nimmt ihre Hand in die seine, während er sich zum Schalter hinbeugt:* Schön und blühend sehen Sie aus heute, lieb und hold, wirklich.

MÄDCHEN *scheu:* Ich?

POLIZIST *schüchtern:* Ja, Sie, genau Sie.

Die Tür öffnet sich ein wenig, dann schließt sie sich wieder. Der Polizist läßt die Hand des Mädchens wieder los und steht steif da, während das Mädchen so tut, als sei es mit einem Schriftstück beschäftigt.

MÄDCHEN Hab gedacht, Sie meinen sonstwen.

POLIZIST Genau die. *Er nimmt wieder ihre Hand.* Schön und blühend sehen Sie aus heute und lieb und hold, wirklich.

MÄDCHEN *schelmisch:* Ja?

Plötzlich schwingt die Tür wieder auf, und Sammy erscheint, Jerry hinter ihm, stützt ihn. Sie stehen im Eingang und verhindern mit den Schultern, daß die Tür sich schließt. Der Polizist und das Mädchen gehen auf Distanz.

JERRY *ermutigend zu Sammy:* Komm jetzt, stell ihnen dein Ultimatum: sage ihnen klipp und klar, daß du, noch bevor du dich heute schlafen legst, dem Postminister schreibst. Komm jetzt – stell dein Ultimatum!

Sie kommen beide herein und nähern sich der Mitte des Raums. Sammy zeigt mit dem Finger auf das Mädchen und den Polizisten, der Finger zittert, wandert vom Boden zur Decke.

SAMMY Ich weiß Bescheid über Sie, über Sie beide und über den Postminister! Ich weiß Bescheid, o ja, über den Postminister!

JERRY *versucht, Sammys Ungenauigkeit zu überspielen:* Herr Adams, der Postsparer, hat sich entschlossen, dem Postminister eine bittere Beschwerde zu unterbreiten über die Art, wie er herumgeschoben wurde von Angestellten im öffentlichen Dienst, als er versuchte, ein Pfund abzuheben. Stimmt's, Herr Adams?

SAMMY Ich sage es denen ein für allemal, ich muß es bekommen.

JERRY Sehen Sie! Keiner soll mir sagen, ich hätte nicht gewarnt. Irgend jemand muß das ausbaden.

POLIZIST *laut und drohend:* Wenn Sie beide sich nicht ein für allemal auf und davon machen, und zwar in Sekundenschnelle, werden Sie die Nacht an einem Ort verbringen, wo Sie Zeit genug haben, sich beim Postminister zu beschweren. *Er bewegt sich in ihre Richtung.* Raus jetzt, sag ich, Sie samt Ihrer Pfundabheberei!

Die zwei Männer sind erschrocken durch diese Bewegung auf sie zu. Jerry manövriert Sammy schnell zu der Tür, und beide verlassen das Zimmer, so schnell Sammy es schafft.

JERRY *als sie die Tür erreichen:* Irgend jemand muß das ausbaden, daß das klar ist.

Zuerst schwingen die Türflügel wieder zu, dann öffnen sie sich wieder ein Stück, so daß Jerrys Gesicht zu sehen ist, während er wild in das Büro hineinschreit.

JERRY *ruft zu der ein Stück weit geöffneten Tür herein:* Die Regierung wird nie mehr auch nur einen Pfennig von unserem Geld bekommen!

Sein Gesicht verschwindet, die Tür schwingt zu, und der Vorhang fällt.

Gutnachtgeschichte

Bedtime Story

Eine Burleske à l'Anatole
in einem Akt

Deutsch von
Johanna und Martin Walser

Personen:

John Jo Mulligan, *ein Angestellter*
Angela Nightingale, *ein fröhliches Mädchen*
Daniel Halibut, *ein Angestellter, Freund von Mulligan*
Miss Mossie, *eine gutgestellte Vermieterin eines Mietshauses*
Ein Polizist
Ein Arzt
Eine Krankenschwester

Szene: Eine Junggesellenwohnung in Dublin.
Zeit: Die Gegenwart.

Das Wohnzimmer der Junggesellenwohnung, die John Jo Mulligan von Miss Mossie, der Eigentümerin eines der alten Häuser von Dublin, gemietet hat, ein bißchen verfallen, aber dank der hartnäkkigen Sorgfalt, die Miss Mossie ihrem Haus widmete, immer noch durchaus ansehnlich und annehmbar. Sie hat das Haus in Zimmer aufgeteilt, um sie an ordentliche junge Männer zu vermieten.
Ein ziemlich dunkles, aber hohes Zimmer. Rechts die Gasheizung; darüber ein Kaminsims, darauf eine Uhr, zu deren Seiten farbige Vasen. Über diesen, an der Wand, ein viereckiger Spiegel mit vergoldetem Rahmen. Weiter hinten eine Tür, die zu Mulligans Schlafzimmer führt. An der Rückwand, in der Nähe dieser Tür, ist ein kleines Bücherregal, auf dem verstreut ein paar Bücher liegen; und ganz oben steht eine blaßgrüne Vase, darin ein Büschel weißes Pampasgras.
Links davon ein Fenster, das im Augenblick von dunklen braunen Vorhängen verhüllt wird. Vor dem Fenster ein Ständer mit einem farbigen Blumentopf, in dem eine Art Palme wächst.
Nicht weit davon das Bild eines kleinen weißgetünchten, dicht strohgedeckten Landhauses, ein brauner Weg vor der Tür, an dessen Rändern Büschel von purpurfarbenem Heidekraut wachsen, und, in der Ferne, dunkelblaue Hügelkuppen, alles gekrönt von einem hellen blauen Himmel. In der linken Seitenwand führt eine Tür zu den anderen Zimmern des Hauses. An dieser Tür hängen einige Mäntel. Links von ihr ein Schirmständer, darin ein Spazierstock und zwei Schirme, einer neuer als der andere. In der Nähe des Kamins ein Sessel, überzogen mit dunkelgrünem Leder, und weiter weg, in einem Winkel, ein in derselben Farbe überzogenes Sofa für zwei Personen. In der Mitte des Zimmers ein runder Tisch mit einem roten Tischtuch. Auf dem Tisch ein oder zwei Fotos, eine Vase mit Chrysanthemen und ein Buch, aufgeschlagen, mit der Buchinnenseite nach unten, so daß die Stelle im Buch nicht verblättert werden konnte, nachdem der Leser es beiseite gelegt hatte. Das Zimmer ist hell von einer Lampe, die von der Mitte der Decke herabhängt; das Licht ist gedämpft von einem gelben Lampenschirm aus Pergament. Eine Stehlampe, nahe der Wohnzimmertür, dem Fenster zugewandt, ihr Licht ist weich durch einen roten seidenen Lampenschirm mit langen Fransen. In der Wohnzimmertür steckt

ein Schlüssel. Ein Paar von Mulligans gelbbraunen Schuhen steht neben dem Kamin. Es ist drei oder vier Uhr, an einem kalten Januarmorgen mit Eisregen. Im Kamin brennt kein Feuer, das Zimmer ist dunkel. Jetzt öffnet sich die Schlafzimmertür, und Mulligan kommt in das Wohnzimmer, er findet seinen Weg mit einer Taschenlampe. Er ist nur halb angezogen, in einem blauen Hemd, grellkarierten ausgebeulten Knickerbockern und bunten Ringelstrümpfen. Er ist ein junger Mann von 24 oder 25; groß, aber nicht dünn. Sein Haar ist fast blond, und er trägt es von der Stirn nach hinten frisiert, die zu hoch ist für das ziemlich schwerfällige Gesicht, das ihm dann und wann das Aussehen eines Clowns in Ferien gibt. Auf der Oberlippe ein kurzgestutzter Schnurrbart. Er ist ängstlich, nie fähig, die fröhlicheren Bedürfnisse des Lebens ohne Schwierigkeiten zu nehmen – obwohl er dies mit Freude tun würde, wenn er es könnte; aber er kann nie genesen von einem sinnlosen Sündenbewußtsein. Sein glattrasiertes Gesicht macht einen sehr besorgten Eindruck. Er kommt vorsichtig in das Zimmer, richtet die Lampe auf den Boden, den Tisch, die Stühle, als ob er nach etwas suchen würde – und so ist es auch; dann geht er zur Tür zurück, neugierig, um ins Schlafzimmer hinüberzuschauen.

MULLIGAN *steckt den Kopf in das Zimmer – flüstert vorsichtig:* Ich kann das Ding nirgends sehen. Bist du sicher, daß du es hier herüben gelassen hast?
Keine Antwort. Ich sage, ich find's hier nirgends. *Keine Antwort. Er murmelt vor sich hin, als ob er halb beten würde.* Ich hätte es nicht tun sollen; ich hätte es nicht tun sollen! Ich muß verrückt gewesen sein. Oh, vergib mir! *Er schnalzt mit der Zunge und schaut wieder neugierig in das Zimmer.* Ts; ts! Wieder eingeschlafen! *Flüsternd.* Angela! Angela! *Lauter flüsternd.* Bist du wach? He, Angela?

ANGELA *im Zimmer – schläfrig:* Was?

MULLIGAN *imitiert sie:* Was, was! *Zu sich selbst.* Oh, das war wirklich wahnsinnig. Miserere mei. *Spricht gereizt in das Zimmer hinein.* Hast du vergessen, was ich dir holen sollte? *Bittend.* Bitte, wach' jetzt auf, Angela!

ANGELA *drinnen:* Was?
Für einige Augenblicke ist es wieder still, während Mulligan mit der Lampe die Uhr beleuchtet.

MULLIGAN Es ist gleich vier Uhr morgens, Angela.

ANGELA *drinnen:* Hast' den Lippenstift.

MULLIGAN *mürrisch:* Ich sag' doch, daß ich ihn nirgends finde.

ANGELA *schläfrig:* Schau noch einmal – sei so lieb. Ich weiß, daß ich ihn irgendwo da drüben gelassen habe.

MULLIGAN *zittert ein bißchen:* Nicht gerade ein tropisches Klima hier herüben.

ANGELA *schläfrig:* Mach' doch die Heizung an, mein Gott.

Mulligan geht zum Kamin hinüber, dreht den Gashahn auf und sieht, daß der Zähler einen Schilling verlangt. Er dreht verärgert den Gashahn zu, und während er schnell zum Schlafzimmer hinübergeht, stößt er die Blumenvase auf dem Tisch um, das Wasser rinnt über den Tisch und auf den Boden.

MULLIGAN *halb zu sich und halb zu Angela, verärgert:* Jetzt ist die Vase umgefallen! Meine Schuhe, der Boden, alles voll Wasser! *Steckt den Kopf wieder ins Schlafzimmer.* Jetzt habe ich die Vase umgeworfen! Alles überschwemmt! Und die Heizung kann ich nicht anstellen – der Zähler will einen Schilling.

ANGELA *schläfrig:* Schau in meiner Handtasche nach, irgendwo da drüben. Vielleicht findest du einen.

Verzweifelt geht Mulligan zum Schrank, öffnet ihn, holt eine Brieftasche heraus, aus der er einen Schilling nimmt, geht zum Kamin zurück, steckt den Schilling in den Schlitz und dreht die Heizung an. Dann geht er zur Schlafzimmertür zurück.

MULLIGAN *steckt den Kopf ins Schlafzimmer:* Angela, bist du schon auf? Alles ist überschwemmt.

Keine Antwort. Du schläfst doch nicht schon wieder, oder? Angela!

ANGELA *drinnen – schläfrig:* Wie spät ist es?

MULLIGAN *flüstert laut und ungeduldig:* Ich habe es dir schon lange gesagt. Es ist gleich vier Uhr morgens. Der Freund, von dem ich dir erzählt habe, kann jeden Augenblick von seiner Ballnacht zurückkommen, bevor du draußen bist, wenn du dich nicht beeilst.

ANGELA *von drinnen:* Und was ist dann? Wenn er wüßte, was hier drin alles los war, würde er bereuen, daß er überhaupt zum Tanzen ging.

MULLIGAN Schau, Angela, ich finde das kein bißchen lustig. Wir hätten das nie tun sollen. Bitte steh' auf und bedenk' unsere Lage. Erinnere dich, du hast feierlich versprochen, du gehst, solange noch alles still ist.

Angela erscheint an der Tür. Sie ist ein Mädchen zwischen 25 und 27, groß, gute Figur und nicht ohne Würde. Ihr Haar ist kastanienbraun mit einem Schimmer ins Rötliche. Sie ist so etwas wie eine Heidin. Im Augenblick hat sie ihre Hemdhose an, darüber Mulligans braunen Morgenmantel, und die bloßen Füße stecken in Mulligans Schlappen. Viel zu gut, um eine Gefährtin für eine Stunde, für ein Jahr oder für ein Leben zu sein für einen Kerl wie Mulligan.

ANGELA *von der Tür herüber:* Hast du's gern dunkel, weil du Böses tust, ja? Mach' doch endlich das Licht an, Mann, schauen wir einander an, bevor du deine arme Eva aus ihrem Mulligan-Paradies vertreibst.

MULLIGAN *macht das Licht an:* Ich hatte Angst, daß es draußen jemand sehen könnte, stehenbleibt, unsere Stimmen hört und neugierig wird.

ANGELA Neugierig auf was?

MULLIGAN Auf eine Mädchenstimme in meinem Zimmer so spät beziehungsweise so früh.

ANGELA *spöttisch:* Und ist es nicht wunderbar für eine Mädchenstimme, gehört zu werden aus dem Zimmer eines Mannes zu dieser Nacht- oder Morgenzeit?

MULLIGAN *beinahe weinend:* Keinesfalls; nicht in unserer Lage. Du weißt, daß es nicht richtig war von dir, dich an einen Mann ranzumachen, der keine Ahnung hatte. In unserer Lage, ohne göttlichen Trauschein, gehört es sich nicht. Wir haben uns verstrickt in Leidenschaft und Sünde, und du solltest dich schämen, solltest bereuen, anstatt dich sündhaft zu freuen. Solche Sünden muß man bereuen.

ANGELA Du warst doch ganz fröhlich, als wir an unser Ziel kamen, Junge, oder? Du hattest einen von deinen helleren Momenten, warst sogar brillant, jetzt mach' nicht alles kaputt. Kann gut sein, daß es für mich ernster ist als für dich. *Sie schaudert.* Brr! Kalt hier! Ich komme wieder zurück, wenn das Zimmer wärmer ist und bereite mich darauf vor, der Welt des Anstands zu begegnen.

Sie geht ins Schlafzimmer zurück, während er für einige Augenblicke an der Schlafzimmertür steht und nicht weiß, was tun.

MULLIGAN *blickt zur Decke, bittend:* Oh, daß man so gründlich bestraft wird dafür, daß sie so fröhlich und sorglos drauflossündigte! Ach, wann werde ich je vergessen, was in dieser Nacht passiert ist? Niederschmetternder Sündenfall! Und auch noch der Tag direkt nach meiner Novene! *Er schaut neugierig ins Schlafzimmer.* Mach' es dir nicht zu gemütlich da drin, sonst willst du überhaupt nicht mehr von hier weg. Wir müssen weg und bald. *Er geht zum Schrank, schließt ihn wieder zu und steckt den Schlüssel in die Tasche; dann geht er zum Sessel, setzt sich hinein und fängt an, die Schuhe anzuziehen. Zieht einen Schuh an – halb im Gebet.* Liebe heilige Panteemalaria, hol' mich da raus, ohne Blamage. *Er schnalzt mit der Zunge.* Ts, Ts! Patschnaß! Von jetzt an bin ich die Vorsicht selber. Ich versprech's. *Er geht wieder zur Schlafzimmertür hinüber, hat nur einen Schuh an und schaut neugierig ins Schlafzimmer.* Angela, das Zimmer ist jetzt warm, ganz warm. Die Zeit vergeht, denk' daran. *Keine Antwort.* Ach, Gott, bist du wieder eingeschlafen! Bitte, Miss Nightingale, bitte, nehmen Sie ein bißchen Rücksicht auf andere!

ANGELA *von drinnen – schläfrig:* Hast du ihn gefunden?

MULLIGAN Was gefunden, was gefunden?

ANGELA Den Lippenstift, den du gesucht hast?

MULLIGAN Nein, nein, ich habe ihn nicht, muß irgendwo hier rumliegen.

ANGELA Ich weiß, ich hatte ihn, als du mich auf deinen Schoß gesetzt hast. Weißt du noch?

MULLIGAN *als ob er zu jemandem im Wohnzimmer sprechen würde:* Oh, erinnere mich nicht an dergleichen! *Ins Schlafzimmer.* Nein, ich erinnere mich nicht. Oh, um Himmels willen, steh' auf!

ANGELA Schon gut, schon gut. Hol' ein Glas Wein, und in einer Minute bin ich draußen.

Mulligan geht zum Schrank, schließt ihn auf und holt eine Flasche Wein und ein Glas heraus. Er schließt den Schrank wieder zu und läßt den Schlüssel stecken. Er geht zum Tisch, füllt ein Glas mit Wein, läßt es zusammen mit der Flasche stehen und wartet auf Angela.

Er setzt sich in den Sessel, zieht den anderen Schuh an, dann wikkelt er einen Wollschal um den Hals, zieht einen Pullover an und einen Mantel, der über einer Stuhllehne hängt, und setzt sich schließlich einen Schlapphut auf den Kopf. Während er das tut, murmelt er immer wieder etwas vor sich hin.

MULLIGAN *beschäftigt sich mit dem Wein für Angela:* Ihr ist es schnurz und piepe, was mir passieren könnte, wenn wir entdeckt würden. Sie denkt nur an sich. *Während er im Sessel sitzt und den zweiten Schuh anzieht – sagt er laut ein Gebet auf.* Oh, lieber Heiliger Camisolinus, Beschützer aller braven jungen Menschen, komm' zwischen mich und diese Meisterin der sündigen Selbsttäuschung im Petticoat, und ich werde für immer brav sein. Das verspreche ich!

Dann kommt Angela ins Zimmer und geht rasch zum Kamin. Sie hat Strümpfe an – Seidenstrümpfe – und einen Rock, einen kurzen, gutsitzenden, in etwas dunklerem Grün, mit einem breiten dunkelroten Gürtel und schwarzer Schnalle. Sie trägt eine braune Weste über dem Arm und die Schuhe in der Hand.

ANGELA *wirft die Schuhe auf den Sessel und streckt die Hände zum Kamin:* Brr! Es ist immer noch kalt hier herüben! Hast du nicht gesagt, das Zimmer sei warm? *Sie bemerkt, wie er angezogen ist.* Reisefertig, was? Bald segeln wir die Treppe hinunter, was? Beten zu allen Heiligen, die du kennst, daß sie mich hinausbugsieren? *Sie zieht die Weste an, zieht sie über den Kopf nach unten, vor dem Spiegel über dem Kamin, und zupft sie gleichmäßig hinab über Brüste und Schultern.*

ANGELA Jetzt müssen wir den knallharten Tatsachen ins Auge sehen, nicht wahr, Liebling?

MULLIGAN Wir müssen jetzt überlegen, was mit mir passieren würde, wenn man dich hier entdeckte.

ANGELA *spottend:* Wirklich? Natürlich, wenn man darüber nachdenkt, wird dies zum einzig wichtigen Problem.

MULLIGAN *bemerkt den Spott nicht:* Allerdings. Verstehst du, Angela, der Chef meiner Abteilung ist ein Großritter von Columbanus, ein kompromißloser Katholik, mit strenger Lebensauffassung, und wenn er von so etwas hören würde, wäre ich, wäre ich sofort draußen in Düsternis und Kälte; das bißchen, was noch schön war in meinem Leben, wäre dahin, ich wäre ruiniert! Gott helf' mir!

ANGELA *drängt ihn:* Und dann auch noch Pater Demsey?

MULLIGAN Dann auch noch Pater Demsey, dessen rechte Hand ich bin in der Brüderschaft und bei allen Heiligen-Vinzenz-de-Paul-Treffen, mit seinem »Wir können diese Sache ruhig Mr. Mulligan überlassen« oder »John Jo wird dies für uns erledigen«. Verstehst du, das ist eine wichtige Sache nicht nur für mich. Also komm' jetzt – gehen wir lieber sofort.

ANGELA *steht vom Stuhl auf und trinkt das Glas Wein aus:* Angelas leuchtende Augen, ihre purpurroten Lippen, ihr hübscher Fuß, ihr gerades Bein, ihr bebender Schenkel haben ihren Reiz für Mr. Mulligan verloren. Er ist jetzt nur noch an Frömmigkeit interessiert. *Sie schenkt sich noch ein Glas Wein ein und trinkt es aus.* Und was soll aus mir werden? Dir egal und mir auch. *Sie geht trällernd im Zimmer umher in einem langsamen, fast fröhlichen Rhythmus, trällernd – Mulligan folgt ihr und versucht, sie dazu zu bringen, wieder still zu sein.*

ANGELA *trällernd umhergehend:*
Mir doch egal, was aus mir wird,
mir doch egal, was aus mir wird.

MULLIGAN *schlurft hinter ihr her, während sie umhergeht, so gut er kann – mit tiefer, bekümmerter Stimme:* Angela, bitte! Setz' dich doch!

ANGELA *trällernd:* Ich zieh' rum bis nachts um zwei,
mir doch egal die Polizei.

MULLIGAN *folgt ihr:* Bitte, Miss Nightingale, nehmen Sie sich zusammen! Wenn dich die Vermieterin hört, sind wir erledigt!

ANGELA *trällernd:* Was die Leute sagen, mir egal,
hier und dort und überall.

MULLIGAN *bittend, zur Decke:* Heiliger Curberisco, hilf' mir!

ANGELA *in einem entscheidenden Ausbruch:* Morgen werd' ich verheiratet sein.
Drum, Jungs, ist mir alles egal heut' nacht.
Mulligan zugewandt. Irgendwann müssen wir alles aushalten, was uns passiert, aushalten, daß wir mit einer Frau ins Bett gehen, genauso wie die Stille nach dem Zauber des Gebets; aushalten, wenn aus dem Sommer Winter wird, und aus dem Leben Tod!

MULLIGAN *bekreuzigt sich:* Das grenzt an Blasphemie, Angela! Sprich' nicht so weiter, das ist gefährlich. Wegen dir werde ich noch verflucht, wenn du dich so gehen läßt! Sei um Gottes willen vorsichtig!

ANGELA Das sind Tatsachen.

MULLIGAN Tatsachen können wir jetzt nicht brauchen.

ANGELA *wendet sich ihm wütend zu:* Du stehst da, bejammerst dich und vergißt total, daß du mich verführt hast! Ja, mich verführt hast!

MULLIGAN *erstaunt:* Oh, lieber Gott, hörst du sie! Dich verführt? Oh, komm' jetzt, spiel' nicht die Unschuldige.

ANGELA Du spielst doch den Unschuldigen, aber es wird dir nicht gelingen. Ich war noch ein unschuldiges Kind, als ich dich traf. Du hast mich verleitet, hast jeden Glauben an das Gute in meiner Natur zerstört! Du hast eingeredet auf mich, bis du mich hier drin hattest. Nicht einmal meinen Hut hätt' ich abgenommen, wenn ich auch nur im geringsten mißtrauisch gewesen wäre. Nur dasitzen wollten wir und ruhig über Yeats' Gedichte diskutieren. Du wolltest in deinem Sessel sitzen wie ein Eisklotz.

MULLIGAN *empört:* Ich dich verleitet! Angela Nightingale, du phantasierst. Du warst es, die mit wollte, weil du Restaurants nicht magst. Ich bedaure, daß ich dir überhaupt zugehört habe!

ANGELA *ignoriert seine Bemerkungen:* Ich habe es zu bedauern, daß ich dir zugehört habe. Eine besinnliche Stunde der Dichtung hast du versprochen, aber kaum waren wir hier, ging's los. Von Yeats' Gedichten war nicht mehr die Rede. Gerade daß du noch die Zeile rausbrachtest: »Ich möchte aufstehen und gehen und gehen nach Innisfree«; dann hast du mich, noch bevor die Zeile verklungen war, auf deinem Schenkel plaziert. *Sie fängt an zu weinen.* Das war der Anfang meines Unglücks. Was wird aus mir!

MULLIGAN *blickt auf zur Decke:* Alles Lügen! *Schaut sie an.* Verwundert war ich, als du, ohne jede Vorwarnung, auf meinem Schoß gelandet bist! *Kommt ihr näher – leidenschaftlich.* Die Wahrheit ist, wenn du es wissen willst, daß ich auf dem ganzen Weg hierher heimlich zu allen meinen Heiligen gebetet habe, daß du bei aller Bedrängnis, sei es durch Blick oder Bewegung, apathisch bleiben mögest!

ANGELA Du hast dafür gesorgt, daß deine Heiligen draußen blieben; oh ja, ihnen die Tür vor der Nase zugeschlagen hast du. Du versprachst mir feierlich, bevor ich deine Wohnung auch nur betrat, du seist harmlos wie ein Spiegelbild. Ich vertraute dir. Ich hatte gehört, du seist ein braver Kerl. Ich hielt dich für einen Gentleman.

MULLIGAN Und was ist mit deinem aufregenden Cancan um den Tisch herum, während ich das Yeatsgedicht las?

ANGELA *bleibt auf ihrer Spur:* Du machtest mich glauben, du würdest einen weltweiten Abstand zwischen uns beibehalten, damit nichts passiere. Jeder, der dich kenne, sagtest du, könne bestätigen, wie sehr du Mädchen achtest; und wie zögerlich du seist beim Lieben.

MULLIGAN *hartnäckig:* Der Cancan; was ist mit deinem Cancan um den Tisch herum?

ANGELA *mit heftig klagender Stimme:* Und dann machtest du mich sprachlos mit deinem Tempo!

MULLIGAN *noch hartnäckiger:* Und ich frage dich, was ist mit dem Cancan, den du um den Tisch herum getanzt hast, als ich versuchte, »Ich möchte aufstehen und gehen und gehen nach Innisfree« vorzulesen?

ANGELA *spielt die Unschuldige:* Was Cancan? Was redest du? Ich weiß nicht, was du meinst mit Cancan.

MULLIGAN Ich meine den Tanz, der deinen Rock bei jedem Schritt hochschleuderte, und der ein Inbild spiritueller Traurigkeit in ein Wahnbild von bebender Freude verwandelte.

ANGELA *wendet sich an die ganze Welt:* Oh, hat man so was schon gehört! Was für eine Gemeinheit, dieser Versuch, den Mantel eigener finsterer Pläne um meine armen Schultern zu legen! Der Tanz, den ich tanzte, könnte von einem Unschuldsengel in einem Kinderlied getanzt werden. Du hattest von Anfang an diesen entsetzlich bösen Plan im Kopf. Ich spürte es, als ich mit dir ging – da lag was Böses in der Luft. Ach, warum folgte ich nicht meinem Gefühl! *Sie kann sich nicht mehr beherrschen.* Und ich hielt dich für einen netten Mann; und jetzt, nachdem du mich mit Schande überhäuft hast, behauptest du, den Stoff zur Schande hätte ich geliefert. Was für eine Niedertracht! *Sie geht schnell im Zimmer hin und her, faltet die Hände, löst sie wieder.* Was soll ich tun, wohin soll ich gehen, was soll ich sagen!

MULLIGAN *wird sehr ängstlich:* Angela, beruhige dich. Sprich' leiser, sonst wacht Miss Mossie auf, und wir sind erledigt. Setz' dich, bitte!

ANGELA *geht ziellos herum und taumelt ein bißchen:* Ich bin ruiniert, völlig ruiniert. Ich werde keiner anständigen Frau mehr ins Gesicht sehen können; ich werde keinem anständigen Mann, dem ich begegne, die Hand geben können; meine Zukunft ist vernichtet! *Sie preßt die Hand ans Herz.* Ich fühle mich nicht wohl, überhaupt nicht wohl; am besten, du holst Miss Mossie.

MULLIGAN *entsetzt und sehr aufgeregt:* Angela!

ANGELA *taumelt auf den Stuhl zu:* Überhaupt nicht wohl. Ich glaube, ich werde ohnmächtig! Nein, nein; ja, ja – ich werde ohnmächtig! *Sie sinkt auf den Stuhl, streckt sich aus und schließt die Augen.*

MULLIGAN *fällt vor ihr aufs Knie – jetzt sehr geängstigt:* Angela, nicht! Angela, Liebling, wach' auf! *Er blickt zur Decke hinauf.* Heiliger Correliolanus, komm' jetzt und rette uns vor unserem Untergang!

ANGELA *klagend und matt:* Wasser!

MULLIGAN *von panischem Schrecken ergriffen:* Nein, Wein! *Er steht auf, schenkt ein Glas Wein ein und bringt es ihr:* Ach, Angela, was ist bloß los mit dir? Da, trink', schlückchenweise. *Während sie trinkt.* Schluck um Schluck. Das hilft dir sicher. Hoffentlich hat dich niemand gehört. Miss Mossie schläft mit einem gespitzten Ohr. *Er streichelt ihre Hand.* Gleich geht es dir besser, dann huschst du hinaus.

ANGELA *bemerkt den Ring an der Hand, mit der er sie streichelt:* Hübscher Ring; goldgefaßter Granat; ein wertvoller Granat, hast du doch gesagt?

MULLIGAN *weiß nicht, was er sagen soll:* Tja. So wertvoll auch nicht.

ANGELA Warum trägst du ihn am kleinen Finger?

MULLIGAN Der Knöchel an dem daneben ist zu groß; da geht er nicht drüber.

ANGELA *betastet ihn:* Laß' mich ihn anprobieren.

Er zögert, dann streift er ihn sich vom Finger und gibt ihn ihr widerwillig.

Sie steckt sich ihn an den Verlobungsringfinger. Paßt mir ganz genau. Woher hast du den?

MULLIGAN Für einen Onkel, der nach Honkong ging, sollte ich ihn aufbewahren. Er kam nie zurück, und da niemand ihn wollte, behielt ich ihn.

ANGELA Ach? Glücklicher. *Sie schaut ihm ins Gesicht, lächelt schelmisch und zeigt den Finger mit dem Ring.* Sieht aus, als wären wir Verlobte, John Jo, Liebling, was?

MULLIGAN Verlobte? *Mit einem verlegenen und unnatürlichen Lachen.* Ja! Lustiger Gedanke das; wirklich. Geht es dir besser?

ANGELA Scheint so; hoffentlich passiert mir das nicht noch mal.

MULLIGAN *inbrünstig:* Gott bewahre! Was sagst du, wenn wir jetzt unsere Schuhe ausziehen und aufbrechen? *Er zieht sie aus.*

ANGELA *zieht die Schuhe aus:* Irgendwann müssen wir ja gehen.

MULLIGAN *versucht in einem gleichgültigen Ton zu sprechen:* Gib' den Ring ruhig wieder her, Liebling.

ANGELA *als ob sie ihn vergessen hätte:* Den Ring? Ach ja; fast vergessen. *Sie spielt mit ihm; dann plötzlich richtet sie sich auf und horcht.* Hörst du, ist da jemand unten an der Tür?

MULLIGAN *wieder aufgeregt:* Ach Gott, wenn das Halibut ist, der vom Ball zurückkommt, dann müssen wir warten, bis er sich hingelegt hat! Wärst du bloß gegangen, als es noch günstig war!

ANGELA *die ihre Schuhe ausgezogen hat – steht vom Stuhl auf:* Na, komm' schon, wir werden es drauf ankommen lassen!

MULLIGAN *drängt sie zurück:* Es drauf ankommen lassen! Wir können es uns nicht leisten, es drauf ankommen zu lassen. *Geht zu der Tür hinüber, die zu den anderen Räumen des Hauses führt.* Ich werde nach unten gehen, um zu erkunden, ob der Weg frei ist, bevor wir es drauf ankommen lassen. *Er geht aus dem Zimmer, bleibt für wenige Augenblicke abwesend, während Angela noch ein Glas Wein hinunterstürzt; dann kommt er hastig zurück, mit der erhobenen Hand warnt er, still zu sein.*

MULLIGAN *ängstlich flüsternd:* Fast wäre ich auf der Treppe in ihn hineingerannt. Gott sei Dank war es so dunkel. Hatte gerade noch Zeit umzukehren. Jetzt müssen wir warten, bis er in seiner Wohnung ist. *Er horcht an der Tür, schließt sie plötzlich und geht leise zu Angela hinüber.* Schnell! Er ist an seiner eigenen Wohnung vorübergegangen und kommt jetzt hier herauf! *Er packt sie am Arm, eilt mit ihr durch das Zimmer und schiebt sie ins Schlafzimmer.* Da hinein und sei still, um Himmels willen! *Während er sie hineinschiebt, hört man es an der Wohnzimmertür klopfen. Mulligan schließt die Schlafzimmertür, gleitet zum Stuhl hinüber, setzt sich, nimmt das Buch vom Tisch und tut so, als würde er lesen.*

Es klopft noch einmal an der Tür, dann öffnet sie sich und Mr. Daniel Halibut wird sichtbar. Er ist 25, ein bißchen kleiner als mittelgroß, eher rundlich. Sein Haar ist rötlich, und der volle Schnurrbart, der von der Oberlippe lose herabhängt, verbirgt den Mund. Manchmal versucht er ihn mit der Hand zur Seite zu streichen, aber sobald die Hand weg ist, fällt er sofort zurück. Er trägt einen rehfarbenen Mantel, darunter einen legeren Abendanzug – eine Smokingjacke mit schwarzer Krawatte. Auf dem Kopf hat er einen schwarzen Homburg. Er kommt herein wie einer, der von sich eingenommen ist, als habe ihm das Tanzen gutgetan, er fühlt sich als Mann von Welt, dem vorsichtigen und furchtsamen Mulligan überlegen. Hut und Mantel sind naß.

HALIBUT *kommt ins Zimmer:* Hallo, da bist du ja, mein Freund,

Sauwetter draußen; Eisregen. Als ich heraufkam, hätte ich schwören können, daß ich dich treppabwärts kommen sah.

MULLIGAN *täuscht Verwunderung vor:* Ich treppabwärts? So früh am Morgen? Was soll ich so früh auf der Treppe?

HALIBUT Also, warum bist du überhaupt so früh auf?

MULLIGAN Ich konnte einfach nicht schlafen, also stand ich auf und probierte, ob ein paar Gedichte von Yeats mich schläfrig machen würden.

HALIBUT Yeats, sagst du, ja? Meine Güte, der schläfert nicht ein; der macht dich verrückt! Alle Leute, die Yeats mögen, sind total seltsam. Besteht aus nichts als Fragen. Was bin ich? Warum bin ich? Was ist? Woher kommt es? Wohin geht es? Nichts als Seifenblasen. Eingezwängt in seinem alten Turmgemach, ließ er die Seifenblasen durch ein kleines Guckloch hinaussegeln, daß ihn die ganze Welt bewundere. Und alle die kleinen Schreiber machten es nach, produzierten gleichfalls Seifenblasen, die dann auf jedem Altar herumglänzten oder im Haar des angebeteten Mädchens schimmerten.

MULLIGAN *gähnt sichtbar:* Also, mich hat Yeats jedenfalls schläfrig gemacht. *Er wirft das Buch auf den Tisch und steht vom Sessel auf.* Ich gehe wieder zu Bett.

HALIBUT *schubst ihn wieder auf den Sessel zurück:* Erst wenn ich's dir sage. Du hättest auf den Ball mitkommen sollen. Nie gab es eine großartigere Veranstaltung! Großartiger, als je eine war! Im Saal wimmelte es von Mädchen. Und so gut wie keine, bei der du, wenn sie dir auf den Knien gesessen hätte, die Augen zugemacht hättest. Und sobald der Walzer dran war, John Jo, ein vielversprechender Wirbelwind aus Rock und Unterrock!

MULLIGAN *steht auf und drängt Halibut zur Wohnzimmertür:* Geh' jetzt zu Bett, sei so gut. Ich bin müde. Reden wir morgen darüber. Gute Nacht.

HALIBUT *drängt Mulligan zum Kamin zurück:* Erst wenn ich's dir sage. Junge, Junge. Du würdest nie erraten, wer dort war? Deine Flamme für eine Woche – Jessie! Sie erzählte mir Sachen! Wann wirst du aufwachen? Als er mich das erste Mal bat, mit ihm auszugehen, sagt sie, erwartete ich eine lustige Nacht auf einem Ball oder im Varieté, sagt sie; ich fiel fast in Ohnmacht, sagt sie, als er mich statt dessen bat, mit ihm zum Dankesgottesdienst zu gehen! So behandelt Mulligan Mädchen! Oh! John Jo, wann wirst du aufwachen?

MULLIGAN *verärgert, schubst Halibut zur Tür:* Wenn ich mich bewußt von Gefahren fernhalte, ist das meine Sache. Schau, Dan, ich muß früh aufstehen, um auf dem Weg ins Büro in die Messe zu gehen, also sei so gut und geh'. Ich habe mit Mädchen nichts im Sinn.

HALIBUT Besser, du hättest. *Er schubst Mulligan wieder zum Kamin zurück.* Du solltest lieber nachts schlafen, daß das mal klar ist. *Er legt einen Arm um Mulligan und zwingt ihn dazu, sein Tanzpartner zu sein.* Gleiten durch die Weiten, ha? Ach, Junge! *Fröhlich singend.* Was Hübsches an der Seite; das Schönste, was es gibt. Gleiten durch die Weiten.

MULLIGAN *zornig – entwindet sich Halibuts Griff und drängt ihn ziemlich grob zur Tür:* Ah, hör' auf damit, verflucht, Dan! Ich bin nicht in der Stimmung für einen flotten Tanz! Bitte geh' in dein Zimmer und laß' mich in Frieden – ich bin erschöpft! *Er schiebt ihn hinaus und schließt die Wohnzimmertür.*

HALIBUT *während er hinausgedrängt wird:* Schon gut, wenn du meinst. Ich rate dir, leg' deine Hand auf ein Mädchenknie, und laß' es drauf ankommen.

Mulligan horcht für einen Augenblick an der Tür. Dann kniet er hin und legt das Ohr an den Boden. Er steht auf, geht zur Schlafzimmertür, öffnet sie und ruft Angela.

MULLIGAN Jetzt, Angela; jetzt ist unsere Zeit. Bitte, nicht trödeln.

ANGELA *geht hinter die Vorhänge vor dem Fenster:* Was ist das für eine Nacht, was für ein Morgen? *Von hinter den Vorhängen.* Heilige Maria Muttergottes! Wie das schneit. *Sie kommt hinter den Vorhängen hervor, geht zur Tür und nimmt einen von Mulligans Mänteln, die dort hängen.* Ich brauche einen Mantel. *Angela zieht den Mantel an.*

MULLIGAN *protestiert zaghaft:* He, Angela, das ist mein bester.

ANGELA *nimmt einen Schirm aus dem Ständer:* Und einen Schirm auch.

MULLIGAN Das ist mein bester Schirm.

ANGELA Schon gut, Liebling. Du kriegst ihn wieder, wenn du mich im Taxi am Taxistand ablieferst. Komm', mach' jetzt, Junge.

Mulligan öffnet vorsichtig die Tür, horcht einen Augenblick; zieht eine Taschenlampe aus der Tasche und leuchtet voraus, dann geht er aus dem Zimmer und schließt behutsam die Tür hinter sich zu. Sie gehen beide auf Strümpfen. Nach wenigen Au-

genblicken fliegt plötzlich die Tür auf, und Angela kommt eilig herein, Mulligan folgt ihr mit gequältem Gesicht. Sie tragen die Schuhe unter den Armen. Als sie hereinkommt.

ANGELA Du Schuft! Du wolltest mich bloß los sein! Alles andere war dir egal. Und alles, was ich für die nächsten vierzehn Tage brauche, ist in dieser Tasche.

MULLIGAN *bittend:* Leiser, Angela, oder wir haben gleich die Mossie am Hals. Ich kann mich einfach nicht erinnern, daß du eine Handtasche hattest, als du hereinkamst.

ANGELA *zornig:* Du kannst dich nicht erinnern! Also, ich hatte eine, und auch noch eine gute, und ich muß sie haben, verstehst du! Soll das heißen, ich phantasiere?

MULLIGAN *gequält:* Nein, nein; aber um Himmels willen, nicht so laut, bitte Angela!

ANGELA *stellt die Schuhe ab, zieht die Kissen vom Sofa und wirft sie auf den Boden:* Also los jetzt, such' sie. Laß' dir gesagt sein, wenn ich erst drunten auf der Straße gemerkt hätte, daß sie mir fehlt, hätte ich die Haustür eingeschlagen, um hereinzukommen und sie zu holen.

MULLIGAN *stellt die Schuhe ab, zieht den Tisch umher, schiebt die Stühle von der Wand weg und zieht den Schirmständer zur Seite, um nachzusehen:* Das ist schrecklich! Wenn das herauskommt, bin ich erledigt. Was für eine Farbe hat sie? Wo hast du sie zuletzt gehabt? Wo, meinst du, könntest du sie hingelegt haben?

ANGELA Keine Ahnung, Blödmann. Dunkelgrün, gekauft vor einer Woche für fünf Pfund. Ich war ganz durcheinander und vergaß einfach alles, als du anfingst, mich auf dein Knie zu ziehen.

MULLIGAN Aber wir können jetzt nicht ewig hier herumsuchen. Jeden Augenblick kann Miss Mossie hier auftauchen mit der Kerze in der Hand.

ANGELA Ohne Tasche gehe ich nicht! Ich glaube, ich weiß noch, daß du sie mir aus der Hand gerissen hast, als du anfingst, mich auf deinen Schoß zu ziehen.

MULLIGAN Ach, hör' auf, red' nicht dauernd davon, daß ich dich auf meinen Schoß gezogen habe, hilf' lieber die Tasche suchen! *Er rennt ins Schlafzimmer, sucht dort, wirft die Bettwäsche herum. Im Schlafzimmer.* Hier ist sie nirgends, garantiert.

ANGELA *weinend:* Und eingeladen war ich zu einem besinnlichen Glas Wein mit Keksen. So hast du dich ausgedrückt. Wiederholt. Und ich habe dir geglaubt, ach, ich habe dir geglaubt!

MULLIGAN *kommt aus dem Schlafzimmer:* Drüben ist sie nicht.

ANGELA *marschiert im Zimmer hin und her, faltet die Hände, löst sie wieder:* Ach, ist das nicht ein hübsches Ende für ein besinnliches Glas Wein mit Keksen!

MULLIGAN Nimm' dich zusammen. Was war's denn für eine?

ANGELA Aus reinem Saffianleder, dunkelgrün, mit Perlmutt-Initialen drauf.

MULLIGAN *ungeduldig:* Jaja; *aufgeregt.* Aber wieviel war denn drin?

ANGELA Etwas über fünfzehn Pfund.

MULLIGAN *erschrocken:* Ach du meine Güte!

ANGELA Und der Lippenstift, den du nicht finden konntest, muß auch noch drin sein; in Silber gefaßt; und eine hübsche Armbanduhr, die darauf wartet, repariert zu werden. Ach, was mach' ich jetzt! Ach ja, und eine silberne Brosche, für die ich eine Nadel suchte. Was mach' ich bloß, was mach' ich bloß?

MULLIGAN Du verschwindest, und wenn ich zurückkomme, such' ich alles durch.

ANGELA *mit zunehmender Nervosität:* Und wovon leb' ich, bis du sie findest? Dir wär's doch völlig egal, wenn ich im Unterrock wegginge! John Jo Mulligan, du bist ein Feigling! Es geschähe dir recht, wenn Miss Mossie und das ganze Haus mitkriegten, was du für einer bist!

MULLIGAN Um Himmels willen, Angela! Was willst du, daß ich tu'; sag' doch, was willst du, daß ich tu'?

ANGELA *geht zerstreut umher:* Und zu glauben, daß ich glaubte, auf dich sei Verlaß! *Ihr Blick fällt auf den Schrank, und sie geht schnurgerade auf ihn zu:* Könnte sie da hineingekommen sein?

MULLIGAN *hastig:* Nein, nein; da kann sie nicht hineingekommen sein.

ANGELA *zieht eine Ledertasche heraus:* Was ist das?

MULLIGAN *geht zu ihr hinüber, um ihr die Tasche wegzunehmen:* Ein paar private Briefe und jede Menge Rechnungen. *Aber noch bevor er bei ihr ist, um sie ihr wegzunehmen, hat sie ein Bündel Geldscheine aus der Tasche gezogen.*

ANGELA *kichernd, ein bißchen überdreht:* John Jos versteckter Schatz. *Sie zählt schnell die Scheine.* Achtzehn Pfund zehn. Alle auch noch ganz neu. Fühlen sich angenehm an.

MULLIGAN Sie gehören nicht mir. Ich bewahre sie für einen Freund auf. Steck' sie zurück.

ANGELA *spottend:* Sofort, Liebling. Ich werde sie für dich aufbewahren, Liebling. *Sie nimmt ein Scheckheft aus der Tasche.* Auch noch ein Scheckheft. *Als er näher kommt.* Nicht näher, nicht näher, oder ich zerkratz' dir das Gesicht!

MULLIGAN Ich wollte dir doch grade was geben, Liebling, für das Nötigste.

ANGELA *wütend:* Wirklich? Wie nett von dir! Ich nehme alles mit, du hochkarätige Nervensäge! Und was nicht sonst noch! *Spricht lauter und schriller.* Und was nicht sonst noch!

MULLIGAN *flüsternd:* Schon gut, schon gut, nur ruhig, ganz ruhig.

ANGELA *zeigt auf das Scheckbuch:* Stell' mir einen Scheck aus über fünf Pfund wie ein anständiger, ehrenwerter Mann.

MULLIGAN *zieht einen Füller aus der Tasche und setzt sich, um zu schreiben:* Schon gut; nur daß du zufrieden bist.

ANGELA *tätschelt ihm herablassend den Kopf:* Es gibt Schlechtere als dich, John Jo. Du bist sogar ein reizender Kerl, wenn du mal loslegst. Stell' einen Scheck aus über zehn, Liebling, für alles, was in der Tasche war. Zehn, mein Schatz; das wär's dann. Also du, war doch ganz nett mit uns zwei. Schade, daß ich nicht länger bleiben kann. Bis bald, wenn's dir danach ist, ha? Du Schlimmer du! *Sie hat den Scheck von dem benommenen Mulligan genommen, ihn in seine Tasche gesteckt und richtet sich jetzt auf, um zu gehen, nimmt ihre Schuhe auf und klemmt sie sich unter den Arm. An der Tür.* Ich finde hinaus, also bleib' ruhig. Ich verdufte wie ein Dienstmädchen aus Arabien. Bis bald. Sei brav.

Mulligan sitzt für ein paar Augenblicke benommen und verdutzt; dann steht er vom Stuhl auf, um sich umzusehen.

MULLIGAN *steht vom Stuhl auf:* Die gehört in die Hölle, und du hast es nicht bemerkt! Oh John Jo, John Jo! *Er wird plötzlich hart.* Sie hatte keine Handtasche! Sie hatte nie eine Handtasche! Oh, heilige Muttergottes, sie hat mich hereingelegt! *Er schaut in den Schrank, dann blickt er über den Tisch.* Meine Tasche hat sie auch mitgenommen! Meinen Schirm! *Er rennt aus dem Zimmer, um ihr zu folgen, so aufgeregt, daß er die Tür hinter sich weit offenläßt.*

Ein paar Augenblicke ist es still, dann erscheint Miss Mossie in der Tür, sie hat eine brennende Kerze in einem Kerzenhalter. Sie ist eine kleine, kräftige Frau um fünfunddreißig. Sie trägt einen braunen Rock, der ihr bis zu den Knöcheln reicht, man sieht gerade noch ein Paar schwarze Strümpfe und grobe schwarze

Schuhe. Ihr dunkles Haar ist im Nacken zu einem Knoten zusammengebunden. Sie hat einen gelben Pullover an, und über den Schultern einen braunen Wollumhang. Sie hat eine Brille auf. Sie schaut für einen Augenblick in das Zimmer, mit einem verwunderten und besorgten Gesichtsausdruck, dann wendet sie sich zur Seite, um Halibut zu rufen.

MISS MOSSIE Mr. Halibut, Mr. Halibut, kommen Sie herauf, kommen Sie schnell herauf!

Halibut erscheint in der Tür. Er trägt jetzt einen blauen Schlafanzug, darüber einen dunkelroten Morgenmantel, an den Füßen Schlappen.

MISS MOSSIE Ach, Mr. Halibut, sagen Sie, was soll das bedeuten? Ach, mein Lieber, was soll das bedeuten?

HALIBUT *aufgeregt:* Was ist los, Miss Mossie?

MISS MOSSIE *kommt ins Wohnzimmer, Halibut folgt ihr:* Sehen Sie nur, wie es hier aussieht; und Mr. Mulligan ist gerade hinausgerannt, in Strümpfen, auf die Straße!

HALIBUT *erstaunt:* Nein? Woher wissen Sie, daß er auf die Straße hinausgerannt ist?

MISS MOSSIE Ich habe ihn gesehen. Ich hörte, daß sich etwas bewegte, als ich meinen Pullover anzog, ich sah hinaus, und da trippelte Mr. Mulligan die Treppe hinab. Er schien im Schlaf zu wandeln. Er machte den Eindruck, als sei er durch und durch glücklich, sah aus, als durchlaufe er Leben und Tod zugleich, um festzustellen, was das Größte sei.

HALIBUT Wirklich? Als ich vom Ball zurückkam, meinte ich auch, ihn auf der Treppe gesehen zu haben, aber als ich heraufkam, saß er da und las Yeatsgedichte. Sagte, er könne nicht schlafen. Ich warnte ihn vor den Gedichten.

MISS MOSSIE *geht zur Schlafzimmertür hinüber und öffnet sie:* Jetzt schauen Sie bloß, wie's hier aussieht! Alles durcheinandergewirbelt.

HALIBUT *eingeschüchtert:* Sieht aus, aus hätte er einen Wutanfall gehabt, irgend so etwas!

MISS MOSSIE Irgend etwas Fürchterliches! Dies ist nicht nur Unordnung, Mr. Halibut – das ist ein Aufstand! Meinen Sie nicht, daß irgend etwas mit ihm plötzlich nicht mehr ganz richtig ist?

HALIBUT *überrascht durch den Gedanken:* Nicht mehr ganz richtig ist, Miss Mossie? Was könnte nicht mehr ganz richtig sein mit ihm?

MISS MOSSIE Ein ruhiger Mann wie Mr. Mulligan tut so etwas nicht – *zeigt auf die Unordnung in den Zimmern* –, wenn nicht irgend etwas in ihm herumwirbelt.

HALIBUT *beängstigt:* Sie meinen, in seinem Kopf?

MISS MOSSIE *sicher:* Wir müssen handeln. Wir können ihn nicht durch die Straßen streunen oder hier Schaden anrichten lassen. Ich werde die Polizei anrufen und einen Arzt und werde den Polizisten holen, der gewöhnlich an der Straßenecke steht. *Sie gehen zur Wohnzimmertür.* Ich gehe jetzt. Sie bleiben hier im Gang im Dunkeln und passen auf ihn auf, wenn er zurückkommt.

HALIBUT *unsicher:* Ich bin kein so starker Mann, Miss Mossie.

MISS MOSSIE Schlußendlich, Mr. Halibut, wollen wir nicht in unseren Betten ermordet werden.

HALIBUT *bekreuzigt sich:* Gott bewahre, Miss Mossie!

MISS MOSSIE Und das Seltsame ist, er würde sich nichts Böses dabei denken. Wenn er zurückkommt, wandelt er vielleicht noch im Schlaf, also ihn nicht anschreien und jäh wecken. Heitern Sie ihn einfach auf, es sei denn, er wird gewalttätig.

HALIBUT *malt sich aus, was alles passieren könnte:* Naürlich, gewalttätig – das ist die Gefahr!

MISS MOSSIE Dann müssen Sie dicht ran an ihn, bis der Polizist kommt.

HALIBUT *von panischem Schrecken ergriffen:* Ganz dicht ran an ihn? Ihn halten, bis der Polizist kommt? Menschenskind, dergleichen liegt mir nicht!

MISS MOSSIE Sie tun, was Sie können, das weiß ich; wenn er Sie überwältigt, ist es nicht Ihre Schuld.

HALIBUT Was halten Sie davon, wenn ich einen Schürhaken in die Hand nähme?

MISS MOSSIE Sieht zu gewalttätig aus. *Zeigt in eine Korridorecke.* Da ist ein Stück von der Gardinenstange, mit der ich immer das Fenster aufstoße – das können Sie in die Hand nehmen, aber daß er nicht merkt, was Sie damit wollen. *Sie nimmt den Schlüssel von innen und steckt ihn von außen in die Tür.* Da schauen Sie, schlimmstenfalls können Sie herausrennen und ihn sicherheitshalber ins Zimmer sperren.

HALIBUT Das ist leicht gesagt, aber es ist wirklich eine verzweifelte Situation.

MISS MOSSIE Lassen Sie ihn nicht merken, daß Sie Angst haben.

Behalten Sie ihn unter Kontrolle. Meine Schwester machte es auch so mit mir, als ich schlafwandelte vor ein paar Jahren.

HALIBUT *bestürzt, angstvoll:* Was, Sie sind auch geschlafwandelt?

MISS MOSSIE Darum habe ich ja Angst, daß es wiederkommt, Sie wissen dann ja nicht, ob Sie immer schlafen und nie wach sind, oder immer wach sind und nie schlafen. Ich gehe jetzt. Ihnen kann nichts passieren, wenn Sie nur Ihre Geistesgegenwart bewahren. *Sie geht mit der Kerze weg und läßt dem armen Halibut eine dunkle Welt zurück. Für wenige Augenblicke ist es still, dann hört der Wächter in der Dunkelheit und jeder, der horcht, ein Getrappel von Füßen auf der Treppe draußen, und die Stimme von Mulligan, die einige Male laut den Namen von Miss Mossie ruft. Dann schlägt eine Tür laut zu; für einen Augenblick ist es totenstill, bis wieder Mulligan zu hören ist, der noch einmal laut ruft.*

MULLIGAN *draußen:* Dan, Dan, bist du wach? Mann, Dan Halibut, bist du wach? *Mulligan erscheint auf dem Gang, genau vor der Wohnzimmertür. Er spricht zu sich selbst, sein Gesichtsausdruck ist wild, er wirkt verloren und ist außer Atem. Mantel und Hut sind naß vom Eisregen draußen; die Füße sind naß. Er bleibt im Gang stehen und schwenkt die Taschenlampe hin und her, bis ihr Strahl auf den stillen und halb zusammengekauerten Halibut fällt.* Ach, da bist du? Dachte, du würdest im Bett fest schlafen. Rief dich, aber bekam keine Antwort. Was für eine Nacht! Achtundzwanzig Pfund zehn verloren und vertan. *Er hebt ein Kissen vom Boden auf, um unter ihm nachzusehen.* Sie ist nicht da! *Er wirft es grimmig weg. Zu Halibut.* Was suchst du hier in Dunkelheit und Kälte?

HALIBUT Ich schließe grade das Fenster, damit es nicht klappert.

MULLIGAN *geht ins Wohnzimmer:* Wir müssen etwas tun. Miss Mossie ist hinausgerannt, ohne Hut hinaus, in Dunkelheit und Eisregen. Ohne Hut, denk' nur! Sah aus, als ob sie wieder schlafwandeln würde. Eine frühere Gewohnheit von ihr, wußtest du das? Du mußt ihr nachlaufen.

HALIBUT *kommt ein kleines Stück ins Zimmer, bleibt aber in der Nähe der Tür, hält den Haken der Gardinenstange hinter dem Rücken:* Ich weiß, ich weiß, aber was hast du gemacht draußen in Eisregen und Dunkelheit? Und dazu noch in Strümpfen, schau' dir das an!

MULLIGAN Ich? Konnte nicht schlafen; litt an Atemnot; ging hinaus an die frische Luft. Dachte nicht an Schuhe. In meinem Kopf ging es durcheinander. *Ein bißchen ungeduldig.* Aber du, zieh' dich an und lauf' Miss Mossie nach. Schau, was nicht mehr ganz richtig ist mit ihr. Bevor du kamst, kam sie ein paarmal in mein Zimmer, fest schlafend, mitten in der Nacht, mit einem liebevollen Ausdruck in ihrem Gesicht. Wir können es uns nicht leisten, uns im Schlaf ermorden zu lassen, Dan. *Er läßt sich plumpsend in einen Sessel fallen.* Heiliger Tuunsgut, hilf' mir heut' Nacht.

HALIBUT *bestürzt, voller Angst, blickt zur Decke hinauf, leise bittend:* Oh, lieber heiliger Schlummerschnarchius, komm' und hilf' mir jetzt! *Zu Mulligan.* Also gut; ja. Zuerst muß ich dich versorgen. Du gehst zu Bett, John Jo. *Ruhig.* Geh' zu Bett, geh' zu Bett und schlaf ein und schlaf ein!

MULLIGAN *sieht Halibut neugierig an – ein bißchen gereizt:* Ich habe dir gesagt, ich kann nicht schlafen. Achtundzwanzig Pfund und zehn und meine schöne Ledertasche sind weg für immer!

HALIBUT *leiert befehlend:* Schon gut. Denk' nicht dran und geh' zu Bett, geh' zu Bett und schlaf' ein und schlaf' ein – ich befehl's!

MULLIGAN *steht halb vom Sessel auf, so daß Halibut zur Tür zurück weicht – starrt Halibut verwundert an:* Ist was nicht ganz richtig mit dir, Halibut? *Er sinkt wieder in den Sessel zurück, und Halibut kommt ins Zimmer zurück.* Mein bester Mantel und auch noch mein bester Schirm! Weg. *Sein Blick fällt zufällig auf seine Hand, mit einem Satz springt er vom Sessel auf und treibt Halibut schnell wieder aus dem Zimmer.*

MULLIGAN Mein Ring! Ich bekam ihn nicht zurück!

HALIBUT *schwankt vorsichtig ins Zimmer zurück:* Das Geld, der beste Mantel, der beste Schirm, Tasche und Ring! Wann hast du das alles verloren, Mensch?

MULLIGAN Vor einer Minute ungefähr; nein, nein, vor einer Stunde; vor zwei Stunden; noch früher. *Er legt die Arme niedergeschlagen auf den Tisch und vergräbt den Kopf darin.* Ich hab's nicht verloren, Dan; ich hab's verschenkt, verschleudert, alles!

HALIBUT In einem Anfall von Nächstenliebe, weil du zuviel besitzt oder was? Du weißt, ich habe dich gewarnt, John Jo; dich oft gewarnt.

MULLIGAN *hebt den Kopf von den Armen – gereizt und mißtrauisch:* Mich gewarnt? Wie mich gewarnt?

HALIBUT Ich habe dich gewarnt, daß morgens und abends in Andachten zu rennen und zuviel kostbare Zeit auf den Knien zu verbringen, daß dir das nicht bekommen würde auf die Dauer. Und jetzt, gib' zu, daß dir all' das nicht passiert wäre, wenn du diese Nacht mit einem Mädchen verbracht hättest.

MULLIGAN *klagt grollend:* Ooch! Sei doch kein solcher Idiot! *Er bemerkt, daß Halibut etwas hinter dem Rücken hält.* Was hast du hinter dem Rücken?

HALIBUT *versucht, unbekümmert lustig zu sein:* Meinen Schwanz. Wußtest du das nicht? Ich bin ein wildes Tier. *Er wackelt mit dem Gardinenstangenstück hin und her.* Jetzt sagt das wilde Tier, du mußt ins Bett gehen, ins Bett gehen und einschlafen und einschlafen. Gehorch' dem wilden Tier sofort!

MULLIGAN *steht langsam aus seinem Sessel auf, starrt ängstlich und mißtrauisch Halibut an:* Was fehlt dir, Halibut? Schlafwandelst du auch? Leg' diese Gardinenstange weg. Spiel' nicht den Clown, Mensch. *Schmeichelnd – als Halibut das Stück Vorhangstange hinter seinem Rücken hervorbringt.* Komm' schon, Dan, alter Junge, leg' das Ding weg!

HALIBUT Sobald du sicher im Bett liegst, John Jo. Dann flitz' ich hinaus, hinter Mossie her. Zu Bett; zu Bett; und schlaf' ein; schlaf' ein – ich befehl's!

MULLIGAN *von Furcht erfaßt – plötzlich packt er die Weinflasche am Hals und hält sie wie eine Keule, rennt zum Fenster, zieht die Vorhänge zurück und versucht, das Fenster zu öffnen:* Hilfe!

HALIBUT Ich lasse nicht zu, daß du dich selbst zerstörst – geh' weg vom Fenster, oder ich schlag' dich nieder!

MULLIGAN *dreht sich um, hält die Flasche immer noch am Flaschenhals, um sie als Keule zu benützen und blickt Halibut entgegen:* Schau, Halibut, leg' diese Keule weg. *Schmeichelt.* Komm', sei jetzt vernünftig, Dan, sei ein braver Junge und laß' die Keule fallen.

HALIBUT Laß' zuerst die Flasche fallen, sag' ich; laß zuerst die Flasche fallen!

MULLIGAN Laß' die Keule fallen, sag' ich zu dir. *Wütend.* Laß' die Keule fallen!

HALIBUT *tänzelt hin und her – von Angst erfaßt:* Stell' die Flasche hin! Stell' sie hin und geh' ins Bett, sag' ich zu dir!

MULLIGAN *springt von einer Seite zur anderen:* Laß' sofort die Keule fallen, Halibut!

HALIBUT Augenblicklich stell' die Flasche hin!

MULLIGAN Ich befehl' es dir!

HALIBUT Ich befehl' es dir!

Sie sind umeinander herumgesprungen, ohne einander näher gekommen zu sein; Halibut schwingt das Gardinenstangenstück zum Schutz vor sich hin und her. Bei einem der sinnlosen Schwünge des Gardinenstangenstücks gleitet ihm die Stange aus der Hand und fliegt aus dem Fenster, so daß das Glas laut herabfällt. Sie starren beide auf das Fenster – für wenige Augenblicke sprachlos.

MULLIGAN *triumphierend:* Aha, jetzt hab' ich dich!

Aber Halibut ist aus dem Zimmer geflohen, hat die Tür hinter sich zugeschlagen und sie von draußen abgeschlossen. Mulligan eilt zur Tür und stemmt sich dagegen. Dann ist draußen Miss Mossies Stimme zu hören.

MISS MOSSIE *draußen:* Ach, was ist passiert? Das hab' ich gefürchtet, daß es gewaltsam enden wird! Mr. Halibut, Mr. Halibut, sind Sie sehr verletzt?

MULLIGAN *ruft Miss Mossie durch die Tür zu:* Miss Mossie, hier, Miss Mossie!

MISS MOSSIE *von draußen:* Ach, Mr. Mulligan, was haben Sie dem armen, unschuldigen Mr. Halibut getan? Wir haben ihn gefunden, hier draußen im Gang, er liegt in tiefer Ohnmacht.

MULLIGAN *empört – hinausrufend:* Armer, unschuldiger Mr. Halibut! Was hat er nicht alles versucht gegen mich! Rennt hier herein, in den Augen Wahnsinn, versucht, mich mit der Keule niederzuschlagen, mit einer Keule; versucht, mich zu ermorden! Jetzt hat er mich eingeschlossen.

MISS MOSSIE *beschwichtigend:* Das ist aber allerhand! Was für ein böser Mann! Schon gut. Gehen Sie zum Sessel, und setzen Sie sich an den Kamin, und ich hole den Schlüssel, um Ihre Tür aufzuschließen. Alles wird wieder gut, Mr. Mulligan.

MULLIGAN *entrüstet:* Jetzt ist alles nicht gut! Ich lebe nicht länger im selben Haus mit Halibut!

MISS MOSSIE *schmeichelnd:* Gehen Sie und setzen Sie sich an den Kamin, Mr. Mulligan, seien Sie so lieb. Ich bringe Ihnen was Heißes zu trinken, und wir reden über alles; gehen Sie jetzt, seien Sie vernünftig jetzt.

Mulligan geht zum Kamin und setzt sich in den Sessel. Er zündet eine Zigarette an und zieht empört daran. Nach ein paar Augenblicken öffnet sich die Tür und Miss Mossie läßt einen großen Po-

lizisten in Mantel und Helm ins Zimmer herein, einen Arzt mit Tasche und einem ängstlichen Gesichtsausdruck und eine Krankenschwester, in einen dunkelblauen Mantel gehüllt, an dessen linker Seite ein weißer Kreis mit einem roten Kreuz. Sie hat den üblichen Rotkreuzkoffer in der Hand. Miss Mossie mitten zwischen ihnen, im Hintergrund stellt sich Halibut, mit einem totenblassen Gesicht, auf die Zehenspitzen, um über ihre Schultern zu sehen. Alle außer Halibut bilden einen Halbkreis um den Rükken von Mulligan, der drauflosraucht, ohne die Gruppe, die in das Zimmer getreten ist, zu bemerken. Miss Mossie hinter dem Polizisten neigt sich zur Seite, um zum dasitzenden Mulligan zu sprechen.

MISS MOSSIE Also, Mr. Mulligan, jetzt wollen wir mal sehen, was dieses nette kleine Durcheinander bedeutet und wie es entstanden ist, und dann werden wir alle – äh – o.k., ha? Und ich habe ein paar liebe Freunde mitgebracht, die mir helfen.

MULLIGAN *steht völlig überrascht vom Sessel auf und imitiert Miss Mossie beinahe:* Ein paar Freunde, um Ihnen zu helfen? *Er dreht sich um, um Miss Mossie anzusehen, aber es stehen ihm ein großer Polizist mit Helm, der Arzt und die Krankenschwester gegenüber. Er gleitet in den Sessel zurück, fast in eine tiefe Ohnmacht. Er fällt in den Sessel zurück.* Großer Gott!

Vorhang

Mir doch egal, was aus mir wird;
mir doch egal, wer mich verführt;
mir doch egal bis nachts um zwei;
mir doch egal die Polizei;
was die Leute sagen, ist mir doch egal,
hier und da und überall;
morgen werd' ich verheiratet sein;
drum, Jungs, ist mir alles egal heut' nacht.

Gleiten durch die Weiten,
was Hübsches an der Seite,
das Schönste, was es gibt,
Gleiten durch die Weiten.

Inhalt

Deutschsprachige Literatur in der edition suhrkamp: Drama

Bernhard, Thomas: Der deutsche Mittagstisch. Dramolette. Mit zahlreichen Abbildungen. es 1480
– Ein Fest für Boris. es 3318
Brasch, Thomas: Frauen. Krieg. Lustspiel. es 1469
– Lovely Rita. Rotter. Lieber Georg. Drei Stücke. es 1562
Braun, Volker: Böhmen am Meer. Ein Stück. es 1784
– Gesammelte Stücke. 2 Bde. es 1478
Brecht, Bertolt: Der aufhaltsame Aufstieg des Arturo Ui. es 144
– Aufstieg und Fall der Stadt Mahagonny. Oper. es 21
– Baal. Drei Fassungen. Kritisch ediert und kommentiert von Dieter Schmidt. es 170
– Baal. Der böse Baal der asoziale. Texte, Varianten, Materialien. Kritisch ediert und kommentiert von Dieter Schmidt. es 248
– Das Badener Lehrstück vom Einverständnis. Die Rundköpfe und die Spitzköpfe. Die Ausnahme und die Regel. Drei Lehrstücke. es 817
– Biberpelz und roter Hahn. Bearbeitung zweier Stücke von Gerhart Hauptmann. es 634
– Furcht und Elend des Dritten Reiches. es 392
– Die Gewehre der Frau Carrar. es 219
– Der gute Mensch von Sezuan. Parabelstück. es 73
– Die heilige Johanna der Schlachthöfe. es 113
– Herr Puntila und sein Knecht Matti. Volksstück. es 105
– Der Jasager und Der Neinsager. Vorlagen, Fassungen, Materialien. Herausgegeben und mit einem Nachwort versehen von Peter Szondi. es 171
– Der kaukasische Kreidekreis. es 31
– Leben des Galilei. Schauspiel. es 1
– Leben Eduards des Zweiten von England. Vorlage, Texte und Materialien. Ediert von Reinhold Grimm. es 245
– Mann ist Mann. Die Verwandlung des Packers Galy Gay in den Militärbaracken von Kilkoa im Jahre neunzehnhundertfünfundzwanzig. Lustspiel. es 259
– Die Maßnahme. Kritische Ausgabe mit einer Spielanleitung von Reiner Steinweg. es 415
– Die Mutter. es 200
– Mutter Courage und ihre Kinder. Eine Chronik aus dem Dreißigjährigen Krieg. es 49

301/334/12.96

Deutschsprachige Literatur in der edition suhrkamp: Drama

Brecht: Der Ozeanflug. Die Horatier und die Kuriatier. Die Maßnahme. es 222
– Die Rundköpfe und die Spitzköpfe. Bühnenfassung, Einzelszenen, Varianten. Herausgegeben von Gisela E. Bahr. es 605
– Schweyk im zweiten Weltkrieg. es 132
– Stücke. Bearbeitungen. Bd. 1. es 788
– Stücke. Bearbeitungen. Bd. 2. es 789
– Die Tage der Commune. es 169
– Trommeln in der Nacht. Komödie. es 490
– Der Untergang des Egoisten Johann Fatzer. Bühnenfassung von Heiner Müller. es 1830 und es 3332
– Das Verhör des Lukullus. Hörspiel. es 740
Dorst, Tankred: Toller. es 294
Drawert, Kurt: Alles ist einfach. Stück in sieben Szenen. es 1951
Franzobel: Das Beuschelgeflecht. Bibapoh. Zwei Stücke. es 1995
Frisch, Max: Biedermann und die Brandstifter. Ein Lehrstück ohne Lehre. Mit einem Nachspiel. es 41
– Die Chinesische Mauer. Eine Farce. es 65
– Don Juan oder Die Liebe zur Geometrie. Komödie in fünf Akten. es 4
– Frühe Stücke. Santa Cruz. Nun singen sie wieder. es 154
– Graf Öderland. Eine Moritat in zwölf Bildern. es 32
Fritsch, Werner: Fleischwolf. Ein Gefecht. Ein Stück. es 1650
Goetz, Rainald: Festung. Stücke. es 1793
Handke, Peter: Kaspar. es 322
– Publikumsbeschimpfung und andere Sprechstücke. es 177 und es 3312
– Der Ritt über den Bodensee. es 509
– Wind und Meer. Vier Hörspiele. es 431
Hodjak, Franz: Franz, Geschichtensammler. Ein Monodrama. es 1698
Kipphardt, Heinar: In der Sache J. Robert Oppenheimer. Ein szenischer Bericht. es 64
Leutenegger, Gertrud: Lebewohl, Gute Reise. Ein dramatisches Poem. es 1001
Plenzdorf, Ulrich: Zeit der Wölfe. Ein Tag, länger als das Leben. Zwei Stücke. es 1638
Rakusa, Ilma: Jim. Sieben Dramolette. es 1880
Roth, Friederike: Die einzige Geschichte. Theaterstück. es 1368
Roth, Friederike: Das Ganze ein Stück. Theaterstück. es 1399
– Krötenbrunnen. Ein Stück. es 1319

301/335/12.96

Deutschsprachige Literatur
in der edition suhrkamp:
Drama

Roth, Patrick: Die Wachsamen. Drei Monodramen. es 1614
Walser, Martin: Ein fliehendes Pferd. Theaterstück. Mitarbeit Ulrich Khuon. es 1383
– Ein Kinderspiel. Stück in zwei Akten. es 400
Weiss, Peter: Die Ermittlung. Oratorium in 11 Gesängen. es 616
– Stücke I. Der Turm. Die Versicherung. Nacht mit Gästen. Mockinpott. Marat/Sade. Die Ermittlung. es 833
– Stücke II. 2 Bde. Gesang vom Lusitanischen Popanz. Viet Nam Diskurs. Hölderlin. Trotzki im Exil. Der Prozeß. es 910
– Die Verfolgung und Ermordung Jean Paul Marats, dargestellt durch die Schauspielgruppe des Hospizes zu Charenton unter Anleitung des Herrn de Sade. Drama in zwei Akten. es 68

301/336/12.96